Katja Lund und Markus Stephan
Wattenmeerblut

Katja Lund
und Markus Stephan

Wattenmeerblut

Roman

blanvalet

Penguin Random House Verlagsgruppe FSC® N001967

1. Auflage
Copyright © 2024 der Originalausgabe
by Blanvalet Verlag,
in der Penguin Random House Verlagsgruppe GmbH,
Neumarkter Str. 28, 81673 München
Redaktion: René Stein
Umschlaggestaltung und -motiv: © www.buerosued.de
LH · Herstellung: sam
Satz: Uhl + Massopust, Aalen
Druck und Bindung: GGP Media GmbH, Pößneck
Printed in Germany
ISBN: 978-3-7341-1229-4

www.blanvalet.de

Für Hauki, »unseren kleinen Prinzen«,
die wundervollste Katze, die wir kennenlernen durften.

Pellworm, im Mai 1951

Die Tür krachte mit einem Knall ins Schloss, der Meike zusammenzucken ließ. Papa war wieder zu Hause. Und wenn er die Tür so zuschlug, dann hatte er nicht nur im Dorfkrug ein paar Bier und Schnäpse getrunken. Dann hatte er auch schlimme Wut im Bauch.

Dann war es besser, wenn man den Kopf einzog und nicht auffällig wurde.

Meike, die bis eben in einer Ecke des Wohnzimmers mit ihrer Puppe gespielt hatte, hielt den ausgestreckten Zeigefinger vor die Lippen. »Pst, Anne«, flüsterte sie. »Wir müssen jetzt ganz leise sein.«

Sie beneidete Magnus, ihren Zwillingsbruder, der um diese Zeit noch zusammen mit Opa draußen sein durfte, um die Kuh und das Schwein zu füttern, die der Papa erst kürzlich irgendwo *organisiert* hatte. So hatte er das jedenfalls ausgedrückt. Meike wusste nicht, was *organisiert* bedeutete, aber die Mama hatte ziemlich traurig geguckt, als Papa mit den beiden Tieren angekommen war. Sie hatte dann aber natürlich nichts gesagt. Nie stellte Mama eine Entscheidung von Papa infrage, denn sie wusste genauso gut wie Meike, dass es besser war, keine Widerworte zu geben, wenn man nicht seinen Ledergürtel zu spüren bekommen wollte.

Meike schossen Tränen in die Augen. Wenn sie doch auch ein Junge wäre, so wie Magnus! Dann würde sie jetzt auch draußen im Schuppen bei den Tieren sein und nicht mit anhören müssen, wie der Papa in die Küche polterte und die Mama anschrie.

»Wo bleibt das Abendessen?«

Mamas Antwort war nicht zu verstehen. Normalerweise hatte Mama eine hübsche, helle und laute Stimme, mit der sie Meike und Magnus oft Lieder vorsang. *Hoch auf dem gelben Wagen* zum Beispiel. Oder *Wir lagen vor Madagaskar*, was Meike besonders gern hatte. Aber wenn der Papa im Raum war, verwandelte sich Mamas Stimme in ein Wispern, bei dem man ganz genau hinhören musste, wenn man es verstehen wollte.

»Dann mach hin!«, brüllte Papa.

Wieder zuckte Meike zusammen. Sie presste Anne ganz fest an sich.

Wenn bloß der Papa mit dieser Wut im Bauch nicht ins Wohnzimmer kommen und sie entdecken würde.

»Wo sind die Blagen?«

Nicht gut. Meike schloss die Augen. Wenn der Papa das fragte, dann gab es immer – *immer!* – am Ende Schläge. Meike hielt die Hand vor den Mund, damit das ängstliche Schluchzen, das ihr in der Kehle nach oben kriechen wollte, nicht rauskonnte. Weinen hasste Papa. Genauso wie zu lautes Lachen. Und Singen. Manchmal hasste er es sogar, wenn seine Kinder atmeten.

Meike hatte keine Ahnung, was sie und Magnus getan hatten, dass ihr Papa sie so unerträglich fand.

Sie hörte die schnellen, schüchternen Schritte ihrer

Mutter, gleich darauf ging die Stubentür auf. »Komm«, sagte die Mama. »Papa will dich sehen.« Weil Meike nicht gleich reagierte, packte sie sie am Arm und zog sie ruppig auf die Füße. Aus irgendeinem Grund wurde Mama auch immer ganz grob, wenn er im Haus war. Noch etwas, das Meike nicht verstand.

Die Mama schaute sie prüfend an. »Wie siehst du aus!« Sie rubbelte ihr über beide Wangen. »Hast wieder in der staubigen Ecke gespielt, was?« Sie schüttelte Meike, als ließe sich damit der Staub von ihrem Gesicht und aus ihrem Kleidchen loswerden. »Ach, was soll's! Gibt sowieso Senge. Jetzt komm endlich!« Sie zerrte Meike hinter sich her.

Meike schaffte es inzwischen kaum noch, die Schluchzer zurückzuhalten. Sie presste ihre Zähne aufeinander. Der eine, der schon wackelte, tat ein bisschen weh. Egal. Sie zitterte.

Als die Mama sie in die Küche schob und der Blick aus Papas schwarzen Augen sich auf sie richtete, ergab sie sich in ihr Schicksal.

Es gab ja ohnehin keinen Ausweg.

Dienstag (heute)

Tamme Hansen fuhr in seinem alten, liebevoll restaurierten VW T1 namens Fiete um die Kurve, in der der Waldhusen in den Nordermitteldeich überging. Er hatte das Radio eingeschaltet und lauschte einem Beitrag des NDR über eine Deicherhöhung in der Nähe von Dagebüll, bei der es offenbar Streitigkeiten in der Gemeindevertretung gab. Er war froh, als der Beitrag zu Ende war und wieder Musik kam. Santiano konnte er eigentlich immer hören, auch wenn der Song, der nun gespielt wurde, nicht sein Lieblingslied war. Er drehte ein bisschen lauter und summte mit. Björn, einer der Sänger der Band, war hier auf Pellworm geboren. Tamme grinste. Die Insel war eben in jeder Hinsicht besonders.

Tief holte er Luft und sang den Refrain mit: »Wir segeln nach Californio, oh, oh, auf gehts nach Californiooooo!« Er traf die Töne nicht ganz sauber, aber das hörte ja zum Glück keiner.

Kalifornien.

Eigentlich müssten er und die Inka, seine Freundin, da mal hinfliegen, dachte er. Während Inka in jungen Jahren die Welt bereist hatte, war er selbst nur selten von der Insel runtergekommen. Abgesehen natürlich von seinen gelegentlichen Fahrten nach Husum, aber dabei ging es dann ja meistens um einen Besuch beim Arzt oder bei Verwandten. Das zählte also nicht wirklich.

Kalifornien, das war schon eine Art Sehnsuchtsziel …

Während er das dachte, kam die Nordermühle in Tammes Blickfeld, und ihr Anblick vertrieb seine Gedanken an den *Golden State*. Stattdessen dachte er an den ersten Mordfall, den sie hier auf der Insel gehabt hatten. Dort oben auf der Bank bei der Mühle hatte der tote Maler gesessen, aufregend war das gewesen.

Und es war nicht der letzte Mord gewesen. Ganz im Gegenteil.

Ein Lächeln glitt über Tammes Lippen. Es schien geradeso, als hätte Jan Benden die Kriminalstatistik von seiner früheren Stelle in Nordrhein-Westfalen mit nach Pellworm gebracht. Seit er nämlich Polizist auf der Insel war, hatte es hier nun schon drei richtige Mordfälle gegeben, von dem der letzte sogar gerade mal ein paar Wochen zurücklag. Tamme schauderte es, wenn er daran dachte, dass der Täter von ihrem letzten Fall ganz am Ende doch tatsächlich eine Waffe auf ihn gerichtet hatte. Genau wie im Fernsehen. Zum Glück war alles gut ausgegangen.

Er ging vom Gas, weil die alte Katze von Familie Feddersen am rechten Straßenrand saß und sich putzte. Das Tier sprang einem gerne mal direkt vor den Kühler. Besser also, man war vorsichtig. Heute allerdings machte die Katze keinerlei Anstalten, sich selbst umzubringen, sondern starrte Tammes Bulli einfach nur ausdruckslos hinterher. Tamme behielt sie im Rückspiegel im Auge, bis sie hinter einer Kurve verschwunden war.

Er war auf dem Weg nach Tammensiel zu Frau Lorenzen, die im Ütermarkerweg wohnte.

Die hochbetagte Dame hatte ihn vorgestern angerufen und ihn gebeten, einmal nach ihrem Kamin zu sehen. Offenbar zog der nicht mehr richtig und qualmte Frau Lorenzen die gute Stube voll. Tamme vermutete, dass das Nest einer Dohle in den alten Schornstein gefallen war und ihn verstopfte. Das passierte öfter mal. Es war lästig, aber letztendlich kein Drama. Ausgenommen natürlich für die Dohle.

Natürlich hatte Tamme Frau Lorenzen versprochen, vorbeizukommen und ihr zu helfen, auch wenn er eigentlich im Moment gar keine Zeit für so was hatte. Nicht nur dass er an einer richtig großen, geheimen Sache saß, einer inselweiten Verschwörung sozusagen, daneben ermittelte er auch noch in einem Fall von Internetkriminalität. Er suchte nach einem Täter, der ein ganz perfides Verbrechen begangen hatte, und zwar nicht nur einmal, sondern gleich dreimal. Irgendjemand auf der Insel jagte nämlich mit einer Drohne Schafe über die Deiche, filmte ihre panische Flucht und stellte die Videos dann anonym auf einer dieser neumodischen Social-Media-Plattformen ins Internet. Das erste dieser Videos – Tamme konnte es kaum glauben – hatte schon über zweihundert Likes, und das, obwohl darauf zu sehen war, wie eines der Mutterschafe vor lauter Angst das Gleichgewicht verlor und Hals über Kopf von der Deichkrone kugelte. Tamme knirschte mit den Zähnen, wenn er nur daran dachte. Den Kerl, der das tat, den würde er erwischen, das hatte er sich fest vorgenommen. Und dann würde er ihn eigenhändig den

Deich hinunterstoßen, damit er lernte, wie sich so was anfühlte.

»Jawoll!«, murmelte er in die letzten Takte von Santianos »*Auf nach Californio.*«

Das Lied endete, und es folgte ein Song eines dieser amerikanischen Popstars, die in Tammes Ohren alle gleich klangen. Er schaltete das Radio aus. Von Norden her fuhr er nach Tammensiel rein bis fast zum Hafen, wo es linker Hand in den Ütermarkerweg ging. Frau Lorenzens Haus stand etwas abgelegen zusammen mit zwei anderen inmitten von Viehweiden, gehörte aber noch zum Ort.

Als Tamme davor anhielt, wunderte er sich über die zugezogenen Vorhänge im Erdgeschoss. Meike Lorenzen, das wusste er, war eine Frühaufsteherin. Meist machte sie schon vor sieben Uhr morgens einen Spaziergang und verbrachte den Vormittag dann damit, ihr kleines Häuschen blitzeblank zu putzen. Sie hatte Tamme einmal erzählt, dass sie sich ihre Hausarbeit sorgfältig einteilte, sodass sie immer irgendwas zu tun hatte. Andernfalls – das hatte sie nicht erwähnt, aber Tamme war sich dessen trotzdem bewusst – wäre ihr nämlich vor lauter Einsamkeit die Decke auf den Kopf gefallen. Soweit Tamme wusste, war Frau Lorenzen Witwe. Kinder oder gar Enkel, die sie besuchen kommen konnten, hatte sie keine, auch wenn Jan das dachte. Sie wohnte allein in dem winzigen Häuschen, nur ein paar Hühner im Garten leisteten ihr Gesellschaft.

Tamme schaute auf die Uhr. Es war kurz vor Mittag. Leicht beunruhigt stieg er aus. Die zugezogenen Vorhänge waren um diese Zeit tatsächlich überaus ungewöhnlich.

Auf dem Nachbargrundstück schlug ein Hund an. Ein paar Spatzen flatterten vom Gartenweg in die Luft und landeten mit lautem Gezeter in einem der Fliederbüsche, die das Grundstück flankierten.

»Is ja man gut!«, murmelte Tamme. »Müsst nicht so ein Spektakel machen.«

Er erklomm die drei Stufen vor Frau Lorenzens Haustür. Das Namensschild neben dem Briefkasten war aus Salzteig gefertigt und vor Jahren einmal knallbunt gewesen. Inzwischen jedoch wirkte es verblasst und trostlos. Eine der Enten, die am unteren Rand im Gänsemarsch liefen, hatte den Kopf verloren, und die Sonne in der linken oberen Ecke war nicht mehr gelb, sondern erinnerte Tamme mit ihrer Farbe eher an die Nikotinfinger seines Onkels Krischen, der sein ganzes Leben lang Kette geraucht hatte. Tamme vertrieb den Gedanken und betrachtete erneut das Schild von Frau Lorenzen. Immerhin: Der Name war noch gut zu lesen.

Tamme drückte seinen dicken Daumen auf den Knopf der Klingel.

Die Glocke hinter der Tür ertönte. Der Nachbarshund bellte ein weiteres Mal, was in Tammes Ohren aber eher neugierig als aggressiv klang.

Im Haus rührte sich nichts.

Tamme läutete erneut.

Wieder nichts.

Er lauschte, ob hinten im Garten Stimmen zu hören waren. Manchmal, wenn Frau Lorenzen dort arbeitete, summte sie vor sich hin, meist irgendwelche alten Schlager oder – was Tamme besonders mochte – alte Rock'n'Roll-

Songs von Peter Kraus. Aber heute ertönte im Garten weder »*Sugar Baby*« noch »*Hello, Mary Lou*«.

Stattdessen lag das Grundstück still da. Total unheimlich, fand er.

In seinem Nacken richteten sich die Haare auf: Hoffentlich war der alten Dame nichts passiert!

Er ballte eine Faust und klopfte an die Glasscheibe der Haustür. Der Nachbarshund fand, dass er genug gebellt hatte. Er legte sich auf dem Hausstein nieder, kreuzte die Vorderpfoten und beobachtete Tamme, als wollte er sagen: *Na, dann bin ich mal gespannt, was du jetzt machst!*

»Frau Lorenzen?« Tamme klopfte ein weiteres Mal.

Wieder keine Reaktion.

Der Hahn im Schuppen krähte einmal kurz. Tamme stieg die Stufen wieder runter und umrundete das kleine Häuschen. »Frau Lorenzen?«, rief er noch mal. »Ich bin's, Tamme! Ich komme, weil ich nach dem Kamin gucken will!« Sein Blick fiel auf das doppelflüglige Tor des Schuppens, in das eine niedrige Tür eingelassen war, sodass man nicht das ganze Tor aufmachen musste, wenn man reingehen wollte.

Warum war diese Tür nur angelehnt?

Frau Lorenzen achtete normalerweise sorgfältig darauf, dass alle Türen und Fenster geschlossen waren. Sie hatte große Angst vor Einbrechern, obwohl es in ihrem Haus vermutlich nicht besonders viel zu stehlen gab. Vielleicht war sie ja im Schuppen und fütterte die Hühner, dachte Tamme, bevor ihm einfiel, dass der Zeitpunkt dafür eigentlich unpassend war. Jan und Laura fütterten ihre Hühner einmal morgens und einmal abends. Tamme kannte niemanden, der das auch mittags tat. Aber vielleicht hatte Frau Lorenzen ja etwas anderes im Schuppen zu tun gehabt. Und vielleicht war ihr dabei schlecht geworden. So ein altes Herz machte ja gern mal ein paar Mucken.

Besser, er ging nach dem Rechten sehen. Tamme streckte die Hand nach der Tür aus, griff nach dem Riegel. Zog daran.

Ein ungewöhnlich metallischer Geruch drang ihm in die Nase, den er im ersten Moment nicht einordnen konnte. Im Inneren des Schuppens war es dunkel, also tastete Tamme nach dem Lichtschalter, der sich links neben der Tür befand. Es war so ein altmodisches Ding, das man drehen musste. Als er es einschaltete, knackte es laut, dann flammte mit einem Flackern und einem Geräusch, als würde sie bald das Zeitliche segnen, eine alte Neonröhre an der Decke auf.

Und in derselben Sekunde wusste Tamme, was es mit dem metallischen Geruch auf sich hatte. Er stammte von Blut. Von viel Blut.

In einer riesigen, glänzenden Lache bedeckte es den Boden.

»So. Und was machen wir jetzt diesmal mit dir?« Jan Benden, Pellworms einziger Polizist, hakte beide Daumen in den Gürtel seiner Uniform und betrachtete den Jungen, der mit gesenktem Kopf, aber aufsässig zusammengepressten Lippen vor ihm saß.

Jasper Paulsen war erst fünfzehn, hatte in diesem jungen Alter aber schon mehr Begegnungen mit der Polizei hinter sich als die meisten älteren Pellwormer in ihrem ganzen Leben. Jan kannte Jaspers Akte mehr oder weniger auswendig, sie reichte von Fahren auf einem geklauten Mofa über Ladendiebstahl bis hin zu Prügeleien auf dem Schulhof. Bei Letzteren hatte der Junge einmal auch ein illegales Butterfly-Messer gezogen. Jan hatte es ihm abgenommen, und es war in einen abgeschlossenen Schrank auf der Polizeistation gewandert.

Heute ging es zum Glück nur um eine vergleichsweise harmlose Angelegenheit. Der Inhaber des Supermarktes in Tammensiel hatte Jan angerufen. Der Junge war beim Diebstahl von zwei Schachteln Zigaretten erwischt worden.

In dieser für Teenager so typischen Mischung aus Elend und Wut hockte er jetzt im Büro des Marktleiters auf einem Stuhl, starrte Löcher in den Linoleumfußboden vor seinen Füßen und schwieg sich aus. Die beiden gestohlenen Zigarettenpackungen lagen vor ihm auf dem Schreibtisch. Beide stammten von einer Billigmarke, was Jan bei seinem Eintreffen zu einem ironischen Kommentar verleitet hatte: »Wenn du schon klaust, dann solltest du dabei wenigstens ein bisschen Stil beweisen.«

Jasper hatte darauf nur mit einem trockenen »Hahaha!« geantwortet. Seitdem hatte er eisern geschwiegen.

Ihm musste klar sein, dass er sich in echte Schwierigkeiten gebracht hatte. Das hier war der dritte Ladendiebstahl, bei dem er erwischt worden war, und schon beim letzten hatte Jan ihn gewarnt. Diesmal würde es nicht bei einer freundlichen Ermahnung bleiben, zumal der Supermarktbesitzer – im Gegensatz zu den ersten beiden Malen – Strafantrag gestellt hatte. Jan vermutete, dass Jasper diesmal mindestens ein paar Sozialstunden in der Pflegeeinrichtung vom Roten Kreuz an der Königswiese ableisten musste. Vielleicht brachte ihn das ja zur Einsicht.

»Okay«, seufzte Jan. »Ich denke, wir informieren dann erst mal deine Eltern.«

»Könn'se auch gleich lassen.« Jaspers Worte kamen so undeutlich, dass Jan nicht sicher war, ob er ihn richtig verstanden hatte. Der Junge hob den Kopf. Er hatte blonde, glänzende Haare, die zu lang waren und ihm in die Augen hingen. Sein häufiges nervöses Blinzeln ließ ihn aufsässig und verletzlich zugleich wirken. »Sie glauben immer noch, dass mein Alter kommt und sich kümmert, oder?« Er schnaufte höhnisch. »Sie sind ganz schön naiv, Mann!«

Der Supermarktinhaber stieß ein ärgerliches Zischen aus. »Wie redest du mit einer Respektsperson?«, fuhr er Jasper an und hätte sich vermutlich weiter echauffiert, wenn Jan ihm nicht mit einer Handbewegung Einhalt geboten hätte.

»Schon gut.« Er wandte sich an Jasper. »Dein Handy!«, befahl er und streckte die Hand aus.

Jasper reagierte nicht sofort, aber als Jan einfach die Hand weiter ausgestreckt vor ihn hinhielt, seufzte er so schwer, als müsse er das Gewicht der ganzen Welt auf seinen Schultern tragen. Vermutlich fühlte es sich für ihn wirklich so an, überlegte Jan, und dann dachte er kurz an seine eigene Jugend. Als er noch ein Kind gewesen war, hatte er als Mutprobe im Supermarkt einmal ein paar Süßigkeiten mitgehen lassen, und er konnte sich noch genau daran erinnern, wie es sich angefühlt hatte, als der Polizist mit ausgestreckter Hand vor ihm gestanden und ihn aufgefordert hatte, auch noch das letzte Gummibärchen auszuhändigen. Er erinnerte sich ebenso gut daran, wie gern er in dieser Minute am liebsten vor Scham im Boden versunken wäre.

Als Jan Jaspers Handy endlich hatte, fragte er: »Worunter hast du deine Eltern eingespeichert?«

Jasper grinste. »Mein Vater steht unter *Das Arschloch*.«

Jan warf ihm einen schrägen Blick zu, weil er glaubte, dass der Junge ihn veräppeln wollte. Aber dann merkte er, dass Jasper es bitterernst meinte. Er tippte auf das Display, hielt das Handy vor Jasper, sodass die Gesichtserkennung es entsperren konnte. Anschließend tippte er auf das Adressbuch und fand tatsächlich einen Eintrag, der »Das Arschloch« lautete. Er wählte die hinterlegte Nummer. Sie gehörte zu einem Festnetzanschluss.

Es läutete.

Und läutete.

»Wahrscheinlich ist der wieder *duun*«, hörte Jan Jasper sagen.

Er biss die Zähne zusammen, legte auf, wählte erneut. Diesmal klingelte es dreimal, dann wurde abgenommen. »Paulsen!« Die Männerstimme klang gleichzeitig verschlafen und zackig, und Jan fragte sich, wie das ging. Vor seinem inneren Auge sah er einen übergewichtigen Mann in Jogginghose und Feinripp-Unterhemd vor sich. Das erste Mal, als er den Jungen zu Hause abgeliefert hatte, hatte Paulsen senior ihm nämlich in genau diesem Outfit die Tür geöffnet. Das Bild der grauen, krausen Haare, die aus dem Ausschnitt des Hemdes und unter seinen Achseln hervorgequollen waren, hatte sich unauslöschlich in Jans Gedächtnis gebrannt.

»Herr Paulsen, hier ist Jan Benden von der Polizei Pellworm, ich …«

»Was hat der Blage denn jetzt schon wieder angestellt?«, fiel Paulsen ihm ins Wort.

Jan atmete tief durch. »Ich befinde mich mit Ihrem Sohn im Supermarkt in Tammensiel«, erklärte er in möglichst neutralem Ton. »Ich fürchte, Jasper hat versucht, zwei Schachteln Zigaretten mitgehen zu lassen. Sie sollten herkommen und ihn abholen.«

»Wozu? Haben Sie ihm die Beine abmontiert, sodass er nicht mehr selber laufen kann?« Paulsen schien das für ziemlich lustig zu halten. Er kicherte in sich hinein.

Jan musste sich beherrschen, ihn nicht anzuraunzen. »Nein, aber als sein gesetzlicher Vertreter …«

»Ich bin sein Vater, nicht sein Babysitter«, blaffte Paulsen. »Ich muss arbeiten, hab keine Zeit, mich schon wieder um den kleinen Mistkerl zu kümmern. Verpassen Sie ihm Ihre Anzeige oder was immer Sie machen müssen, und dann sagen Sie ihm, er soll seinen knochigen Arsch hierher nach Hause schwingen, damit ich ihn ihm versohlen kann.«

»Ich glaube nicht, dass körperliche Züchtigungen …«

»Sagen Sie mir nicht, wie ich meinen Sohn zu erziehen habe!«

Diesmal unterdrückte Jan seinen Ärger nicht, sondern ließ ihn deutlich hörbar in seine nächsten Worte einfließen. »Sie wissen, dass es gesetzlich verboten ist, ein Kind körperlich zu züchtigen, Herr Paulsen? Oder muss ich Ihnen das erklären? Vielleicht muss ich dafür ja auch einmal bei Ihnen vorbeikommen?«

Wie die meisten aufbrausend-aggressiven Kerle mit Minderwertigkeitskomplex war Paulsen Gegenwind nicht gewachsen. »Nee, nee, schon gut. War ja nicht so gemeint«, lenkte er ein. »Ich hau dem schon keins aufs Maul, können'se mir glauben. Aber da Sie ja offenbar so gut Bescheid wissen in der Kindererziehung, sagen'se mir doch mal, wie man einen kleinen Kriminellen wie den zur Räson bringt!«

Vielleicht, indem man sich für ihn interessiert, dachte Jan und warf Jasper einen langen Blick zu. Der Junge hatte den Kopf wieder gesenkt und wippte mit den Füßen, als spüre er eine große innere Unruhe, gegen die er einfach kein Mittel fand.

Im ersten Moment weigerte sich Tammes Gehirn zu begreifen, was er da sah. In der hinteren Ecke des Schuppens, dort, wo Meike Lorenzen ihre Gartengeräte aufbewahrte, stand einer dieser kleinen und uralten Ackerschlepper, die es hier auf der Insel immer noch vereinzelt gab. Tamme hatte keine Ahnung, warum Frau Lorenzen den immer noch nicht verkauft hatte, denn anfangen konnte sie damit eigentlich nichts mehr.

Das war allerdings auch völlig nebensächlich, denn das, von dem Tamme die Augen jetzt einfach nicht abwenden konnte, war die alte Frau. Halb zurückgelehnt, so, als säße sie bequem in einem Liegestuhl, lag sie vor dem Ackerschlepper und blickte Tamme aus weit aufgerissenen Augen entgegen. Erst nachdem einige Sekunden vergangen waren, begriff er, dass es keine extravaganten Schmuckstücke waren, die aus der Brust der Frau ragten.

Es waren die Zinken der Ackerschleppergabel. Sie hatten sich von hinten zwischen Meike Lorenzens Rippen hindurchgebohrt und waren vorne wieder zutage getreten. Das Blut, das von den Spitzen der Zinken tropfte, fiel mit leisem Klicken in den bereits durchtränkten Schoß der alten Frau.

Tamme schluckte. Noch nie zuvor hatte er so viel Blut gesehen – jedenfalls kein menschliches.

Er bedeckte die Augen mit der flachen Hand. Nahm sie wieder weg.

Das Bild war unverändert. Wie ein regungsloses, makabres, in Rot gemaltes Stillleben brannte es sich in Tammes Netzhaut. Er wusste nicht, wie lange er dastand und einfach nur starrte.

Irgendwann tastete er nach seinem Handy. Jan musste herkommen. Sofort.

Er würde gar nicht glücklich darüber sein, dass es auf der beschaulichen Insel schon wieder eine Leiche gab. Noch dazu diesmal eine so schlimm zugerichtete.

Während Jan noch überlegte, was er nun mit Jasper machen sollte, erinnerte ihn sein Handywecker daran, dass er in einer halben Stunde schon den nächsten Termin hatte und sich langsam auf den Weg machen musste. Gestern hatte ihn die Assistentin von Pellworms reichstem Immobilienbesitzer Ulf Brunke angerufen und um einen

Termin gebeten. Brunke war gerade dabei, am Alten Kirchenweg einen leer stehenden Bauernhof abreißen zu lassen, um an der Stelle neue und moderne Ferienwohnungen zu bauen. Über den Grund für das Treffen hatte die Assistentin nichts Genaues gewusst, sie hatte nur etwas nebulös gesagt, dass es um ein möglicherweise kurz bevorstehendes Verbrechen ging. Da Jan Brunke als ziemlich arroganten, vor allem aber egozentrischen Gesellen kannte, ging er davon aus, dass besagtes Verbrechen eher eine Lappalie war. Es wäre nicht das erste Mal gewesen, dass Brunke ihn für eine lächerliche Kleinigkeit quer über die Insel gejagt hätte. Und dennoch: Um halb eins war Jan mit dem Mann am Alten Kirchenweg verabredet. Wenn er sofort losfuhr, schaffte er es vielleicht gerade noch, Jasper zu Hause abzugeben. Soweit er wusste, wohnte der Junge mit seinem Vater am Stürenburger Weg.

»Gut«, wandte er sich an Jasper. »Ich fürchte, diesmal wird es ein bisschen ernster für dich. Ich fahre dich jetzt erst mal nach Hause, und dann sehen wir beide und dein Vater uns in den kommenden Tagen zur Vernehmung auf der Polizeistation. Das kennst du ja schon. Vielleicht denkst du bis dahin ein bisschen darüber nach, ob zwei Schachteln Zigaretten es wirklich wert waren, demnächst mehrere Stunden lang im Altersheim zu arbeiten.«

Jasper stöhnte auf. »Echt jetzt?«

»Ja, echt jetzt. Das hier ist dein dritter Ladendiebstahl, und da offenbar die Gespräche, die ich mit dir nach den ersten beiden Malen geführt habe, nichts gebracht haben, wird es diesmal ein bisschen anders laufen.«

Über Jaspers Gesicht glitt ein triumphierendes und

gleichzeitig aufsässiges Grinsen. »Das können Sie gar nicht entscheiden!«

Womit er richtiglag. »Stimmt«, gab Jan zurück. »Aber die Staatsanwaltschaft schon. Bei den beiden ersten Malen war die nämlich damit einverstanden, dass ich dich nur verwarne. Aber diesmal werde ich mit dem Staatsanwalt sprechen und ihm raten, dich nicht so leicht davonkommen zu lassen. Ich denke, wir werden gemeinsam überlegen, wie das hier für dich ausgeht.«

Über Jaspers Gesicht glitt ganz kurz ein Ausdruck von Bestürzung, wurde aber sofort wieder von gespielter Gleichgültigkeit überlagert. »Wenn'se meinen.«

Jan zwang sich, nicht schon wieder tief durchzuatmen. *Ganz ruhig bleiben!* »Ja, meine ich.«

Er begleitete Jasper aus dem Büro und quer durch den Laden nach vorne zum Kassenraum. Dort ließ ihn eine dunkle, leicht rauchig klingende Stimme innehalten.

»Was hast du denn jetzt schon wieder angestellt?«

An einer der drei Kassen stand Gerrit Henning, ein Inselbewohner, der gerade fertig war mit dem Bezahlen. Gerrit war trotz seiner fast achtzig Jahre ein stattlicher, kräftiger Mann, der fast immer Anzug trug und darin aber auf elegante Weise so lässig aussah, wie Jan das nicht einmal im Smoking hinbekam. Seine dichten grauen Haare trug er fast schulterlang und auf eine Art hinter die Ohren gestrichen, die Jan an die drei Musketiere erinnerte. Gerrit hatte vor seiner Pensionierung selbst als Polizist gearbeitet, allerdings nicht hier auf der Insel, sondern in Kiel. Soweit Jan wusste, war er auf Pellworm geboren und vor Kurzem wieder hierhergezogen, um auf der Insel seinen

Ruhestand zu verbringen. Er und Jan hatten sich in den vergangenen Monaten manchmal zufällig in der *Schwarzen Acht*, Tammensiels Sportsbar, getroffen und ein wenig miteinander geschnackt. Woraus sich schließlich so etwas wie eine lockere Männerfreundschaft entwickelt hatte. Jan schätzte an Gerrit seine Geradlinigkeit und Ehrlichkeit, vor allem aber bewunderte er, wie der pensionierte Kollege sich um die Jugendlichen der Insel kümmerte, sobald diese Schwierigkeiten machten. Im Frühjahr zum Beispiel hatte er zwei Teenagermädchen, die in der Schule durch aggressives Verhalten ihren Mitschülerinnen und Mitschülern gegenüber aufgefallen waren, dazu gebracht, einem Bauern dabei zu helfen, ein paar Lämmer mit der Flasche aufzuziehen. Die Verantwortung für die Tiere hatte dafür gesorgt, dass die beiden weniger wütend und zumindest ein bisschen zuverlässiger wurden.

»Gerrit!« Jan wandte sich um und schüttelte dessen ausgestreckte Hand.

»Hallo, Jan, schon was für übermorgen geplant?«, fragte der Pensionär.

Jan schüttelte den Kopf. Übermorgen war sein Geburtstag, und er musste sich langsam wirklich mal darum kümmern, ob er ihn feiern wollte oder nicht. »Ist zu viel los gerade.«

Gerrit nickte verstehend, dann wies er auf Jasper. »Hat er wieder geklaut?«

Jans Blick wanderte von dem Jungen zu seinem Ex-Kollegen und wieder zurück zu dem Jungen. Täuschte er sich, oder hatte Jasper bei Gerrits Anblick automatisch mehr Haltung angenommen? »Kennst du Jasper?«, fragte

er. Und im Stillen dachte er: *Klar kennst du ihn.* Es hätte
Jan nicht gewundert, wenn auch Jasper einer von Gerrits
Schützlingen gewesen wäre.

Und genau so war es.

Gerrit nickte. »Ich kümmere mich ab und zu um ihn.«
Er hielt kurz inne, als überlege er, ob er weitersprechen
sollte. »Sein Vater ist mit seiner Erziehung ein bisschen
überfordert«, fügte er hinzu und schenkte Jasper ein kur-
zes Lächeln.

Jan hatte sich nicht getäuscht. Dem älteren Polizisten gegenüber benahm der Junge sich tatsächlich sehr viel weniger
aufsässig. Fast schien er erleichtert, Gerrit zu sehen.

»Jaspers Mutter ist vor zwei Jahren völlig unerwar-
tet gestorben«, erklärte Gerrit. »Da ist der Junge auf die
schiefe Bahn geraten, aber das ist nichts, was man nicht
mit ein bisschen Zuwendung und Strenge wieder ins Lot
kriegt, nicht wahr, Jasper?« Er sah Jasper geradeaus in die
Augen, und ihm wich der Junge nicht aus, wie er es die
ganze Zeit zuvor bei Jan gemacht hatte.

»Ja, Herr Henning«, sagte er.

Jan blickte auf seine Uhr. Zu seinem Treffen mit Brunke
würde er inzwischen mindestens zehn Minuten zu spät
kommen.

Gerrit bemerkte seinen Blick. »Hast du noch einen Termin? Ich bin hier gerade fertig. Wenn du willst, kann ich
Jasper nach Hause bringen.«

Der Junge schien gegen diesen Vorschlag nichts einzu-
wenden zu haben, und weil Jan eben selbst mitbekommen
hatte, wie gleichgültig Jaspers Vater seinem eigenen Sohn
gegenüber war, beschloss er, Gerrits Vorschlag anzuneh-

men. Das war zwar in gewisser Weise semiprofessionell, denn eigentlich war es seine Pflicht als Polizist, selbst dafür zu sorgen, dass ein minderjähriger Täter in die Obhut seiner Erziehungsberechtigten kam. Aber Gerrit war ja im Prinzip so was wie ein Kollege, und dann war das hier Pellworm und nicht das Festland. Jan hatte schon in ganz anderen, weitaus kniffligeren Lagen Aufgaben an Zivilisten delegiert, wenn er selbst zwei oder gar mehrere Dinge gleichzeitig zu erledigen hatte. Pellwormer Landrecht nannte er das manchmal im Stillen.

Er lächelte. »Das wäre großartig. Ich danke dir. Könntest du dem Vater bitte sagen, dass ich mich wegen eines Termins für Jaspers Vernehmung bei ihm melde?«

»Klar.«

Jan sah zu, wie Gerrit sich an Jasper wandte, ihm den Arm um die Schultern legte und die beiden zusammen den Supermarkt verließen.

Ein Anflug von Traurigkeit erfasste ihn, als er dachte, dass die beiden wie Großvater und Sohn aussahen. Jasper wirkte erleichtert. Vermutlich, weil sich endlich jemand für ihn interessierte.

Jan sandte Gerrit einen stummen Dank hinterher. Dann machte er sich auf den Weg zu seinem Streifenwagen, den er draußen auf dem Parkplatz unter einem der Bäume geparkt hatte.

Er hatte sich gerade hinter das Steuer gesetzt, als sein Handy klingelte.

Ungeduldig wartete Tamme, dass Jan endlich abnahm. Er hatte einen sauren Geschmack im Mund, obwohl er sich nicht übergeben hatte. Natürlich nicht. Das wäre ja wohl auch noch schöner gewesen! Er war ja schließlich mittlerweile Profi, was so was hier anging, und den Teufel würde er tun und den Tatort auf so unprofessionelle Weise verunreinigen. Allerdings hatte er bisher auch noch nie so viel frisches Blut bei einer Leiche gesehen. *Düwel ook.*

Er schluckte schwer.

»Hey, Tamme.« Endlich meldete Jan sich.

Tamme machte den Mund auf, wollte was sagen, aber alles, was er rausbekam, war ein tonloses Krächzen.

»Tamme?«, fragte Jan. »Alles in Ordnung bei dir?«

»Ja. Nein. Weiß nicht.«

»Okay. Und was davon gilt jetzt?«

Tamme glaubte, den Anflug von Anspannung zu hören, der in Jans Stimme mitschwang. Der Mann war wirklich gut darin, Leute zu durchschauen, selbst am Telefon.

»Ich hab hier …« Wieder verendete Tammes Stimme in einem Krächzen. Er hustete, sammelte sich. Dann stieß er in einem einzigen Schwall von Worten hervor: »Ich bin bei Meike Lorenzen. Sie ist tot. Sie liegt in ihrem Schuppen, und da ist überall Blut!«

Am anderen Ende der Leitung war es kurz ganz still. »Du veräppelst mich nicht, oder?«, fragte Jan dann leise.

Tamme schüttelte den Kopf. Erst danach fiel ihm ein, dass Jan das ja nicht sehen konnte, und er fügte an: »Nee.« Er wollte noch etwas sagen, aber in dieser Sekunde stockte sein Herzschlag.

Aus Frau Lorenzens Mund drang ein kaum hörbares Stöhnen. Und gleich darauf öffneten sich flatternd ihre Augenlider.

Jan hörte Tamme ächzen. Dann klang es, als würde er sein Handy wegwerfen. Es knackte und krachte so laut an Jans Ohr, dass er den Hörer vom Kopf wegnehmen musste, weil ihm sonst das Trommelfell geplatzt wäre. Bevor er fragen konnte, was zum Teufel da drüben los war, hörte er Tamme rufen: »Sie lebt noch!«

Danach kamen nur noch ferne Geräusche, die Jan nicht zuordnen konnte. »Ich benachrichtige den Rettungswagen und den Notarzt«, rief er in sein Handy in der Hoffnung, dass Tamme ihn überhaupt hören konnte. Er unterbrach die Verbindung, wählte den Notruf und informierte den Mann, der ranging, über das, was er wusste.

»Vermutlich schwer verletzte Frau um die achtzig. Viel Blut. Mehr weiß ich auch nicht. Ein Mann ist vor Ort und leistet Erste Hilfe.« Er nannte die Adresse der alten Frau, die er auswendig wusste, weil er sie seit seinem Dienstantritt auf der Insel mindestens einmal pro Woche aufgesucht hatte. Meistens hatte Frau Lorenzen sich bei ihm gemeldet, weil sie eine vermeintliche Ruhestörung durch die Nachbarskinder anzeigen wollte, manchmal auch, weil sie den Verdacht hatte, einen Einbrecher im Haus zu haben. Immer hatte sich anschließend rausgestellt, dass nichts Substanzielles dahintersteckte. Frau Lorenzen rief auf der Polizeistation an, weil die Arme einsam war und sich jemanden zum Reden wünschte und sie nicht das beste Verhältnis zu ihren Nachbarn hatte. Als Jan das klar geworden war, hatte er es sich zur Gewohnheit gemacht, mindestens einmal pro Woche bei ihr vorbeizufahren, sich eine Stunde lang ihre Fotoalben anzusehen und ihren alten Geschichten zuzuhören. All das ging ihm durch den Kopf, während die Rettungsleitstelle sich die Adresse von Frau Lorenzen notierte. Er teilte seinem Gesprächspartner mit, dass er selbst sofort zum Ort des Geschehens fahren würde. Als er aufgelegt hatte, informierte er kurz seine eigene Leitstelle, dann rief er als Nächstes bei Ulf Brunke an und erklärte ihm, dass ihm etwas dazwischengekommen war.

»Das ist aber nicht Ihr Ernst?«, beschwerte sich der Immobilienmogul von Pellworm empört. »Sie kommen nicht? Und das, obwohl es um Leben und Tod geht?«

Ja, dachte Jan. *Was du so Leben und Tod nennst.* Den Geräuschen im Hintergrund nach zu urteilen befand Brunke sich irgendwo im Inneren eines Gebäudes. Jan vermutete, dass er sich noch gar nicht auf den Weg zu ihrem Treffpunkt auf der Baustelle gemacht hatte. Brunke gehörte nämlich zu der Sorte Mensch, die andere gern warten ließ, um ihnen die eigene Wichtigkeit zu verdeutlichen. Leben und Tod eben.

»Tut mir leid, Herr Brunke«, sagte Jan. »Es handelt sich hier leider wirklich um einen Notfall.«

Brunke atmete einmal tief durch. »Herr Benden, ich weiß nicht, was auf dieser Insel wichtiger sein könnte als die Sicherheit eines der größten Unternehmer und Arbeitgeber dieser Insel. Wenn ich nicht hier ständig für neue Arbeitsplätze sorgen würde …«

»Ich melde mich wieder«, fiel Jan Brunke ins Wort. Damit legte er auf, schüttelte einmal kurz den Kopf über den Mann. Er verstand, dass so gut wie niemand Brunke leiden konnte. Der Mann war auf der ganzen Insel unbeliebt, und das Telefonat eben mit ihm zeigte Jan wieder einmal den Grund dafür. Brunke neigte dazu, mit seinem exaltierten Verhalten so ziemlich jedem das Leben schwer zu machen. Wenn es sich irgendwie einrichten ließ, dann würde Jan den Bauunternehmer so schnell wie möglich aufsuchen, nur damit der Mann endlich Ruhe gab.

Aber erst mal würde er sich um diesen Notfall kümmern.

Er schaltete Blaulicht und Martinshorn an und machte sich auf den kurzen Weg zum Ütermarkerweg. Er fuhr Richtung Hafen, in dem um diese Tageszeit die Krabbenfischer vor Anker lagen und in der Dünung vor sich hinschaukelten, bog aber vorher innerdeichs ab. Der Ütermarkerweg war eine dieser Straßen von Pellworm, auf die gerade einmal ein Auto passte und an der die Häuser und Höfe weit verstreut lagen. Zwischen ihnen befanden sich Felder und Wiesen, die in sattem Grün in der Sommersonne glänzten. Auf einer Weide standen ein paar Pferde und eine einzelne Kuh, die zwischen ihnen etwas verloren wirkte. Eine Familie mit einem kleinen Jungen in einem Buggy sah ihm neugierig nach. Der Junge winkte ihm begeistert zu, als er vorbeifuhr, und Jan tat ihm den Gefallen – er winkte zurück. Im Rückspiegel konnte er beobachten, wie die Eltern zufrieden vor sich hinlächelten, und musste erneut vom Gas gehen, weil vor ihm eine junge Frau auf einem Fahrrad auftauchte. Ein Spaziergänger, der mit seinem Hund unterwegs war, kletterte sicherheitshalber ins Bankett, um ihn vorbeizulassen, und das war auch eine gute Idee. Als Jans Wagen auf gleicher Höhe mit dem Mann war, sprang der Hund wütend bellend in die Leine und schnappte nach Jans Reifen.

All das registrierte Jan, bevor er in Gedanken zu Tamme und der alten Frau Lorenzen sprang. Tamme hatte von Blut gesprochen. Hatte die Dame einen Unfall gehabt? Sich vielleicht den Kopf angeschlagen? Aber Tamme hatte geschockt geklungen, was eine simple Kopfverletzung eher unwahrscheinlich machte. Der hünenhafte Nord-friese, der sich nach Jans Geschmack ein wenig zu sehr für einen genialen Kriminalermittler hielt, war ein stoischer Kerl, der sich von ein bisschen Blut gewöhnlich nicht aus dem Gleichgewicht bringen ließ.

Anders als die meisten Häuser am Ütermarkerweg lag Frau Lorenzens Heim nicht ganz und gar einsam. Rechts und links von ihr befanden sich zwei weitere Häuser, Nachbarn, zu denen die alte Dame eher wenig Kontakt hatte, wie Jan wusste.

Er parkte den Streifenwagen vor dem kleinen Häuschen in der Mitte, stieg aus und klinkte die niedrige Garten-pforte auf, die er für den nachfolgenden Rettungsdienst gleich offen stehen ließ. Als er den kurzen Weg zur Haus-tür entlangging, reckte eine Nachbarin zur Rechten, eine dickliche Frau in einem bunt gemusterten Kleid, den Kopf über die Büsche zwischen den Häusern. »Der Mann ist hinten im Schuppen«, informierte sie Jan.

Jan, der spürte, dass die Frau nur allzu gern gewusst hätte, was hier vor sich ging, nickte ihr dankend zu, dann umrundete er das Haus. Der Schuppen, von dem die Nachbarin gesprochen hatte, stand seitlich am Grund-stücksrand und wurde flankiert von einem eingezäunten Stück Land, das eine kleine Schar Hühner beherbergte. Die Tiere schienen von der Aufregung reichlich unbeeindruckt. Sie pickten seelenruhig in dem kahlen Boden herum und pockerten dabei leise vor sich hin. Nur eine einzelne braune Henne stand an dem Maschendrahtzaun des Geheges und betrachtete Jan beim Näherkommen. Frau Lorenzen hatte ihm mal erzählt, dass das Tier Henriette hieß. So neugierig, wie es Jan entgegenblickte, hätte vermutlich Miss Marple besser zu ihm gepasst.

»Tamme?«, rief Jan.

»Im Schuppen!«

Jan streckte die Hand nach der Schuppentür aus, zog sie auf – und blieb bei dem Anblick, der sich ihm bot, wie erstarrt stehen. Meike Lorenzen lag halb ausgestreckt und halb aufrecht sitzend da. Die ungefähr einen Meter langen Zinken einer Frontladergabel, mit der gewöhnlich schwere Heu- oder Strohballen aufgespießt wurden, hatten sich von hinten durch ihren Oberkörper gebohrt und hielten sie aufrecht. Die Ballengabel befand sich an der Aufhängung eines uralten Traktors und war angekippt, sodass ihre Zinken in einem gefährlichen Winkel nach oben standen.

Eine Blutlache von der Größe eines Tischtuches hatte sich unter der Leiche ausgebreitet, und auch in ihrem Schoß glänzte es leuchtend rot von dem Blut, das von den Zinken getropft war. Ihr Gesicht war blass und erstarrt. Die Augen blickten weit offen in eine unergründliche Ferne.

»Ich wollte ihr helfen, aber es war zu spät. Es war zu spät, sie ist einfach … *gestorben*.« Tammes Stimme war flach und zitterig. Der hünenhafte Nordfriese stand an eine der Schuppenwände zurückgewichen da und konnte den Blick nicht von der Frau abwenden. Seine Schultern waren herabgesunken, er war bleich, in seinen Zügen arbeitete es heftig. »Ich konnte ihr nicht helfen. Ich …«

Jan legte ihm eine Hand auf den Oberarm, um ihn aus seinem Schockzustand zu holen. »Hey!«

Tamme blinzelte, dann endlich wandte er mit einer schwerfälligen Bewegung seines Kopfes den Blick von der Leiche ab und sah Jan ins Gesicht.

Jan musterte ihn einen Augenblick lang. Was jetzt am besten helfen würde, dachte er, war Sachlichkeit. Sachlichkeit und ihn daran zu erinnern, dass er ein Profi-Ermittler war. Aus diesem Grund wechselte er in Polizeijargon. »Tamme – stellt das, was ich hier sehe, die Auffindesituation dar?«

»Hä?« Tamme blinzelte nur.

»Ich meine: Lag sie schon so da, als du gekommen bist?«, fragte Jan.

Tamme nickte. »Sie war aber noch nicht tot. Sie ist gestorben, als ich …« Er ächzte schwer.

Jan umfasste seinen Arm ein wenig fester.

Tamme zog Luft durch die Nase.

»Okay«, meinte Jan. »Der Rettungsdienst ist benachrichtigt.« Er ließ Tamme los und beugte sich über die Frau. Für ihn war es ziemlich eindeutig, dass sie tot war, trotzdem tastete er nach dem Puls an ihrem Hals. Nichts. Jan richtete sich wieder auf. In der Ferne erklang das Geräusch von zwei Martinshörnern. Rettungswagen und Notarzt waren auf dem Weg.

Sie würden hier nichts mehr zu tun haben, außer den Tod der armen Frau festzustellen und zu bescheinigen.

Er hörte das Martinshorn, als er am Hafen entlangfuhr, lenkte rechts ran und ließ den Rettungswagen passieren. Als er sah, wie er in den Ütermarkerweg einbog, standen ihm schlagartig die Haare im Nacken zu Berge.

Meike?

War ihr etwas passiert?

Er widerstand dem Impuls, hinter dem Rettungswagen herzufahren. Er würde sich nur verdächtig machen, und das wäre nun wirklich das Letzte, was er gebrauchen konnte. Er umklammerte das Lenkrad, atmete mehrmals tief durch. Im Ütermarkerweg wohnten noch mehr Leute, es stand überhaupt nicht fest, dass die Rettungskräfte zu Meike unterwegs waren.

Und doch konnte er das ungute Gefühl nicht verscheuchen, dass die Dinge, die vor ein paar Wochen ins Rutschen gekommen waren, plötzlich direkt auf einen gähnenden Abgrund zusteuerten.

Sei nicht paranoid!

Wenn das bloß so einfach gewesen wäre, nach allem, was in der letzten Zeit geschehen war.

Er gab sich einen Ruck, legte den ersten Gang ein und fuhr weiter.

Gleich würde er zu Hause sein. Dann war er in Sicherheit.

Vorerst.

»Ach, Leute!« Mit dem vollen Wäschekorb unter dem linken Arm blieb Laura Benden stehen und schaute in den Garten des Paulinenhofes, wo die beiden Söhne ihrer aktuellen Gastfamilie dabei waren, mit den ersten herabgefallenen Äpfeln Zielschießen zu veranstalten. Was nur auf den ersten Blick wie eine harmlose Spielerei wirkte. Laura wusste, auf was die beiden Jungs mit ihren Vollspannschüssen zielten: ihre Hühner, die tagsüber frei im Garten herumliefen. Erst gestern hatte Leon, einer der beiden Jungen, Lauras älteste Henne Cornelia getroffen. Seitdem hinkte die Arme sichtbar.

»So geht das nicht!«, rief Laura. Sie stellte den Wäschekorb an Ort und Stelle ab, lief zu den Jungs in den Garten und kam gerade noch rechtzeitig, um Leons jüngeren Bruder Louis davon abzuhalten, mit einem der Äpfel nach Hauke zu werfen. Lauras Kater hatte es sich in einem Sonnenfleck auf der Terrasse von Lauras und Jans Wohnung gemütlich gemacht, sprang jetzt aber alarmiert auf.

»Stopp!«, schrie Laura, was Louis erschrocken innehalten ließ. Synchron drehten sich die beiden Jungen zu ihr um und starrten sie an. Laura suchte vergeblich nach Anzeichen von Reue in ihren noch kindlich-runden Gesichtern. »Ich habe euch gestern schon gesagt, dass ihr die Tiere nicht quälen dürft!«, stieß sie hervor.

Leon grinste sie breit an. »Machen wir ja nicht.«

Laura bückte sich und hob einen der Äpfel auf. Er war klein, kaum größer als ein Golfball, und auch fast genauso hart. Die Bäume warfen um diese Zeit oft einen Teil ihrer Früchte ab, um den restlichen mehr Platz zum Wachsen zu geben. Laura hatte das völlig unreife Fallobst eigentlich heute Morgen schon aufsammeln wollen, aber sie war nicht dazu gekommen. »Wie würdest du das finden, wenn ich den jetzt nehme und dir an den Kopf werfe?«, fragte sie Leon.

Der Junge reagierte mit wütender Empörung. »Das dürfen Sie nicht!«

»Aber ihr dürft damit die Hühner und meine Katze abschießen, oder wie?«

Darauf wusste Leon nichts zu erwidern. Mit hochrotem Kopf stand er da, reichte Laura gerade mal bis zur Brust und stützte die Hände in die Hüften. »Ich sag meiner Mutter, dass Sie uns bedroht haben!«

Laura glaubte, ihren Ohren nicht zu trauen. Bevor sie auch nur reagieren konnte, wirbelte Leons kleinerer Bruder auf dem Absatz herum und rannte schreiend in Richtung der Ferienwohnung Leuchtturmblick, in der die Familie seit ein paar Tagen wohnte. »Mama! Mama!«

Eine überschlanke Frau erschien in der Terrassentür der Wohnung. Hanna Rütter, die Mutter der beiden Jungs. »Was ist denn jetzt schon wieder?«, rief sie mit einem hörbaren Seufzen in der Stimme, das so gar nicht dazu passen wollte, dass sie zu der Sorte Helikoptermutter gehörte, die ständig um ihre Kinder herumscharwenzelte. Laura hatte sie schon ein paarmal darüber klagen hören, wie beschwerlich ihr Dasein als Mutter doch war und wie anstrengend ihre beiden kleinen Jungs. Laura hätte ihr gern zugestimmt. Allerdings hätte sie Louis und Leon nicht als *kleine Jungs* bezeichnet, sondern eher als Miniterroristen.

»Mama, Frau Benden hat gesagt, sie wirft uns Äpfel an den Kopf!«, jaulte Louis.

Leon grinste Laura triumphierend an.

»Ich habe euch gefragt, wie ihr euch fühlen würdet, wenn ich das mache«, stellte sie richtig und kam sich gleich darauf dumm vor. Warum verteidigte sie sich hier eigentlich? Schließlich waren diese beiden kleinen Rotzlöffel das Problem, nicht sie.

Der Blick ihrer Mutter richtete sich auf Laura. »Ich weiß ja, dass Sie nichts für Kinder übrighaben, aber das geht nun wirklich zu weit«, sagte sie.

Laura blieb die Spucke weg. Sie sollte nichts für Kinder übrighaben? Automatisch dachte sie an die anderen Familien, die sie erst kürzlich auf dem Paulinenhof beherbergt hatte. Der Sohn der letzten war ihr nicht von der Seite gewichen, hatte ihr beim Ausmisten der Ponyboxen geholfen und beim Füttern der Hühner, und er war sogar mit ihr zusammen und mit ihrer Hündin Lilly Gassi gegangen.

»Zu weit geht es, dass Ihre Söhne schon wieder mit Äpfeln nach meinen Tieren geschossen haben«, gab sie mit kühler Stimme zurück. »Ich habe Sie schon gestern darum gebeten, und ich tue es jetzt noch einmal: Bitte, haben Sie ein Auge auf Ihre Kinder, damit sie mit diesem Unsinn aufhören. Andernfalls muss ich Sie bitten, sich ein anderes Ferienquartier zu suchen.«

Frau Rütter stieß ein höhnisches Lachen aus. »Wir haben immerhin für zehn Tage im Voraus bezahlt.«

Laura nickte. »Ja. Und Sie haben mit dem Mietvertrag die Hausregeln unterschrieben. Ich habe nichts dagegen, wenn Ihre Jungs im Garten spielen, aber sie müssen Rücksicht auf die Tiere nehmen. Ich dulde auf meinem Grundstück keine Tierquälereien.«

»Stellen Sie sich doch nicht so an!«, schnaubte Frau Rütter. »Was ist denn schon passiert?«

Laura ließ ihren Blick schweifen, um Cornelia zu finden, aber die Henne hatte es offenbar vorgezogen, sich vor den Jungs zu verstecken. »Eines meiner Hühner humpelt bereits, weil Ihre Kinder es getroffen haben. Wie gesagt: Kommt das noch mal vor, muss ich Sie bitten, Ihren Urlaub anderswo fortzusetzen.«

»Hanna?« Herr Rütter-Wienhausen trat hinter seiner Frau ins Freie. In der Hand hielt er sein Mobiltelefon, mit dem er offensichtlich gerade telefonierte. »Was ist denn jetzt schon wieder?« Laura wusste, dass er in Hamburg eine mittelständische Firma leitete und auch im Urlaub relativ häufig arbeiten musste. Sie wusste auch, dass er oft von seinen Söhnen genervt war, was seine Frau durch überbordende Fürsorglichkeit sowohl ihm als auch den Jungs gegenüber auszugleichen versuchte. Im Grunde, dachte Laura, tat die Frau ihr einfach nur leid.

»Nichts, Schatz«, antwortete Frau Rütter. »Frau Benden ist nur ein bisschen überempfindlich mit ihren Tieren.«

Lauras Mitleid mit ihr löste sich in Rauch auf.

Herr Rütter-Wienhausen runzelte die Stirn, und Laura fragte sich, ob die Worte seiner Frau überhaupt bei ihm angekommen waren. »Ach so. Na dann.« Er verschwand wieder im Inneren der Wohnung. »Da bin ich wieder, Thomas«, hörte Laura ihn sagen. »Meine Frau hat nur mal wieder Stress mit den Jungs.«

Frau Rütter atmete tief durch.

Laura verspürte den Impuls, es ihr gleichzutun.

Cornelia kam hinter einem Busch hervorgetrippelt. Sie humpelte jetzt wirklich stark, und Laura überlegte, ob sie wohl mit ihr zum Tierarzt fahren musste.

Der Notarzt war ein junger Mediziner, der für ein paar Wochen in der Gemeinschaftspraxis in Tammensiel arbeitete und den Jan bisher kaum kannte. Der Mann konnte tatsächlich nur noch den Tod von Meike Lorenzen konstatieren und stellte einen vorläufigen Totenschein aus, den er Jan gab. Jan warf einen Blick darauf. Als Todesursache hatte der Arzt eingetragen: *Massives Trauma des Brustkorbs.*

Jan bedankte sich bei dem Mann und auch bei dem Rettungssanitäter, der unverrichteter Dinge wieder abzog. Der Notarzt stand noch ein paar Minuten mit Jan und Tamme zusammen und tauschte ein paar Worte über den gewaltsamen Tod der armen Frau aus. Auch er, das war deutlich zu erkennen, war angefasst von der Art, wie Frau Lorenzen ums Leben gekommen war.

»Wie kann man nur so fahrlässig sein und einen Traktor mit angeflanschter Mistgabel so stehen lassen?«, murmelte er.

Jan musste ihm da recht geben. Er betrachtete die Ballengabel. Ihre Zinken ruhten nicht glatt auf dem Boden, wie es normal – und vor allem ungefährlich – gewesen wäre, sondern sie waren mittels der Hydraulik um 45 Grad angekippt. Schwer vorstellbar, dass jemand gefährliches und schweres Gerät dieser Art so abstellte. Aber offenbar war genau das hier der Fall.

»Okay«, murmelte Jan, nachdem auch der Notarzt sich verabschiedet hatte. »Dann wollen wir mal die Kavallerie in Marsch setzen.« Er rief seine Leitstelle an, informierte sie über den Fall und bat um Rückruf des KDD, des Kriminaldauerdienstes Es dauerte nicht lange, bis sein

Telefon klingelte. An der Nummer erkannte er, dass der Anruf vom Apparat von Oberkommissarin Daniela Welzow kam, einer Kollegin, die bei der Kriminalpolizei der Polizeidirektion Flensburg arbeitete.

Es war allerdings nicht Daniela, die sich meldete, sondern eine Männerstimme.

»Urban. Du hattest um Rückruf gebeten?«

»Hallo, Sven«, meldete Jan sich. Er kannte Danielas Kollegen Sven Urban von gelegentlichen Telefonaten, aber er wusste so gut wie nichts über ihn.

»Jan!« Urban wandte sich vom Telefon ab, rief etwas in den Raum hinter sich, dann kehrte er zu ihrem Gespräch zurück. »Daniela ist diese Woche nicht am Platz.«

»Urlaub oder krank?«, fragte Jan, froh über den kurzen Moment, in dem er Small Talk machen konnte. Er würde noch früh genug auf den Grund für seinen Anruf zu sprechen kommen müssen.

»Urlaub.« Ein Grinsen klang in Urbans Stimme mit. »Wenn ich es richtig verstanden habe, hat sie sich neu verliebt.«

»Schön für sie.« Jan lächelte gleichfalls. Daniela war vor einer Weile der Liebe wegen aus Berlin nach Flensburg gezogen, dann von ihrer Partnerin aber verlassen worden. Trotzdem war sie irgendwie hier im hohen Norden hängen geblieben, und Jan und sie hatten gemeinsam inzwischen bereits mehrere Fälle bearbeitet. Er mochte sie, und er gönnte ihr ein neues Glück von Herzen.

»Womit können wir dir helfen?«, unterbrach Urbans Stimme seine Gedanken.

»Ich habe hier einen Todesfall. Eine alte Frau ist von

der Frontladergabel eines Traktors durchbohrt und tödlich verletzt worden.«

»Oha«, murmelte Urban. »Klingt nach einer ziemlichen Sauerei.«

Die flapsige Art, mit der der Kollege das sagte, störte Jan, aber er wusste, dass viele Kriminalbeamte sich durch genau diese Flapsigkeit vor all den grausamen Dingen schützten, die ihnen tagtäglich begegneten. Ihm selbst war das nie so recht gelungen. Er besaß nicht das dicke Fell eines Zynikers, was vielleicht mit ein Grund gewesen war, warum er irgendwann seinen Job bei der Kripo in Essen aufgegeben und sich hierher auf die beschauliche Nordseeinsel Pellworm hatte versetzen lassen. Beschaulich! Von wegen. »Da ist ziemlich viel Blut, ja«, sagte er zu Urban.

»Gut, gut. Ich sehe mal, wen wir dir schicken können. Als Erstes setze ich gleich ein Team vom Erkennungsdienst in Marsch. Wann fährt die nächste Fähre zu euch auf die Insel?«

Jan sah auf die Uhr, es war mittlerweile nach eins. »Um zwanzig vor drei, aber das dürftet ihr von Flensburg aus nicht schaffen. Am besten, ihr nehmt die um zwanzig vor fünf.«

»Ich sehe zu, was ich machen kann. Ich melde mich gleich wieder.«

Jan bedankte sich, dann legte er auf. Sein Blick ruhte einige Sekunden lang auf der Leiche, und er musste an die vielen Stunden denken, die er im Wohnzimmer der alten Frau Lorenzen verbracht hatte. All die Stunden, in denen er zugehört hatte, wie sie ihm von ihren Kindern und

Enkelkindern erzählte, die ihren Worten nach *in Über-see* lebten. Meistens hatte die alte Dame ihm dabei Fotoalben von früher gezeigt, in denen es aber keine aktuellen Kinderfotos gegeben hatte. Jan presste die Lippen aufeinander, weil ihm schon vor Längerem der Verdacht gekommen war, dass es weder die Kinder noch die Enkelkinder gab, von denen Frau Lorenzen sprach. In den Alben fanden sich nur Bilder aus Frau Lorenzens Kindheit. Soweit Jan sich erinnern konnte, war sie auf dem neuesten Bild Mitte zwanzig gewesen.

Kopfschüttelnd wandte er sich von der Leiche ab.

Tamme stand noch immer wie angewurzelt da.

»Komm!« Jan griff nach seinem Ellenbogen und bugsierte ihn nach draußen vor den Schuppen. Auf dem Rasen, außer Sichtweite der Toten, blieben sie stehen. Tamme rieb sich mit seinen riesigen, schaufelartigen Händen über das Gesicht.

»*Hotz verdammich* …«, murmelte er.

»Erzähl mal«, forderte Jan ihn auf. »Wie hast du sie gefunden? Und warum bist du eigentlich hier?«

Tammes Kehlkopf ruckte auf und ab. »Du verdächtigst mich aber nicht, oder?«

Jan schüttelte den Kopf. Man sah Tamme sein Entsetzen über die Tote deutlich an. Außerdem fiel Jan kein plausibler Grund ein, warum sein gutmütiger Möchtegernassistent Meike Lorenzen auf eine so blutige Weise getötet haben sollte.

Tamme atmete zweimal tief durch. »Das war ganz komisch.«

Jan wartete, dass er weitersprach. Gewöhnlich wurde

Tamme immer wortkarger, je wichtiger die Dinge waren, die er aussprechen wollte. Jan hatte im Laufe der Zeit gelernt, das zu akzeptieren. Mittlerweile interpretierte er es nicht mehr als Behäbigkeit, so wie er es zu Anfang getan hatte, sondern ganz im Gegenteil als Ausdruck von Tammes Intelligenz: Je wichtiger das Gesprächsthema wurde, umso mehr Zeit nahm er sich, um gründlich nachzudenken. Eine Eigenschaft, die Jan eigentlich hätte schätzen sollen. Wenn sie nur nicht oft so schrecklich nervtötend gewesen wäre.

»Als ich in den Schuppen gekommen bin, da hat sie noch gelebt. Ich wollte ihr helfen, aber … das hab ich ja schon gesagt. Es war zu spät. Als ich mich über sie gebeugt habe, da wirkte sie, als wollte sie noch was sagen.« Wieder schwieg Tamme. Jan konnte ihm ansehen, wie er in Gedanken zu diesem schrecklichen Moment zurückkehrte. Sein Gesicht verzog sich zu einer Maske aus Schock und Traurigkeit.

»Und? Hat sie?«, fragte Jan behutsam nach.

»Nee. Oder zumindest nicht so, dass ich es verstanden hätte. Alles, was da noch aus ihrem Mund gekommen ist, war so ein schreckliches Gurgeln.« Tamme senkte den Blick auf seine eigene zur Faust geballte Hand. »Aber das hier hat sie mir noch geben können, bevor sie … du weißt schon.« Er streckte den Arm aus und präsentierte Jan einen Fetzen Papier, den Frau Lorenzen ihm kurz vor ihrem Tod in die Hand gedrückt hatte. Er war blutbesprenkelt und zusammengeknüllt von mehreren Händen, die ihn gehalten hatten.

»Warte!«, befahl Jan Tamme. Er ging rasch zu seinem

Streifenwagen, holte mehrere Einweghandschuhe aus seinem Einsatzkoffer, von denen er ein Paar anzog und die restlichen in seine Jackentasche steckte. Dann kehrte er zu Tamme zurück, der sich während seiner Abwesenheit nicht gerührt hatte.

»Zeig her.« Er nahm das Papier von Tammes ausgestreckter Handfläche und betrachtete es.

Es war eine Seite, die ganz offensichtlich hastig und mit Schwung aus einem Buch oder Notizblock herausgerissen worden war. Die eine Kante war ausgefranst und schief. Das Papier wirkte dick und edel, an der Außenkante war eine feine pastellfarbene Ranke aus Veilchenblüten aufgedruckt. Das Auffälligste jedoch war das mit hastiger Hand und krakeliger Handschrift hingeworfene Wort am oberen Rand der Seite.

Gerechtigkeit stand dort.

Mehr nicht.

Jan drehte die Seite um. Die Rückseite war vollständig leer.

Nur dieses eine Wort. *Gerechtigkeit.*

»Was hat das denn zu bedeuten?«, murmelte er.

Tamme schüttelte den Kopf. Diesmal waren keine Worte nötig. Er wusste es auch nicht. Aber er wäre nicht Tamme gewesen, wenn er nicht eine Theorie entwickelt hätte. »Vielleicht will sie, dass wir den finden, der ihr das angetan hat.«

Klar. Sein hünenhafter Möchtegernassistent war bekannt dafür, dass er hinter jedem Ereignis einen spektakulären Mordfall witterte. Für Jan allerdings war das schwer vorstellbar. »Sie trifft sich hier mit jemandem, der sie auf die Ballengabel stößt, und sie weiß schon vorher, dass das passieren wird, sodass sie dieses Wort auf das Blatt schreiben und es hierher mitbringen kann? Nicht sehr wahrscheinlich, oder?«

Tamme kratzte sich am Schädel. »Stimmt, das geht nicht auf. Aber du denkst auch, dass jemand die Frau ermordet hat, oder?«

Mit einem Aufatmen ließ er die Wohnungstür hinter sich zufallen. Die Papiertüte, die er den ganzen Tag lang auf seinem Beifahrersitz spazieren gefahren hatte, presste er sich vor die Brust. Ihm war übel, Erinnerungen taumelten durch seinen Kopf, die er lange überwunden geglaubt hatte. Er bekam kaum Luft. Er musste sich zusammenreißen.

Meike war völlig außer sich gewesen, als er ihr früher am Tag gegenübergestanden hatte …

Mit schweren Schritten ging er in seine Küche, ließ sich kraftlos am Tisch niedersinken. Die Tüte lag vor ihm. Seine Hände zitterten, und es dauerte lange, bis er sich überwinden konnte, die Hand hineinzustecken, um den Gegenstand herauszuziehen, den er nach Meikes Ausraster heute Morgen aus ihrem Wohnzimmer mitgenommen hatte.

Seine Fingerkuppen streiften eine samtig weiche Oberfläche. Mit einem unterdrückten Stöhnen griff er zu und zog es heraus. Ein fliederfarbenes Notizbuch kam zum Vorschein, eine goldene Schnalle baumelte daran. Sie war offen, weil er das Buch aufgeschlagen auf Meikes Sekretär gefunden hatte.

Sie hatte darin geschrieben, wie so oft in letzter Zeit. Das Tagebuch war ihr Ventil, aber das Schreiben half nicht immer, mit dem Druck umzugehen. Ganz und gar aufgelöst war sie heute Morgen gewesen, als er das Haus betreten hatte. Nur mit Mühe hatte er sie beruhigen können. Immer wieder hatte sie ihm mit den geballten Fäusten gedroht.

»Ich will endlich Gerechtigkeit!«, hatte sie gekreischt. »Ich kann nicht mehr!«

Jetzt seufzte er, dachte an ihren irren Blick. Er hatte sie einigermaßen beruhigt, danach hatte er sie allein in ihrem Haus zurückgelassen, weil er es einfach nicht mehr aushielt.

War das ein Fehler gewesen?

Der Rettungswagen. Hoffentlich war er nicht ihretwegen ausgerückt.

Er schwankte. Das Tagebuch hatte er aus Sicherheitsgründen an sich genommen. In diesem Buch hatte Meike aufgeschrieben, was damals geschehen war, und es war nötig, dass er es las, wenn er herausfinden wollte, was in der letzten Zeit in ihr vorgegangen war. Aber er schreckte schon zurück, wenn er nur daran dachte.

Zögernd schlug er das Buch auf, betrachtete die feinen hellblauen Blüten am Rand jeder Seite. Waren das Veilchen? Er hatte keine Ahnung von Blumen, sie hatten ihn nie interessiert.

Egal.

Sein Blick streifte den ersten Satz.

27. April. Brunke hat den Hof tatsächlich gekauft.

Damit also hatte alles angefangen. Er biss die Zähne

zusammen, bis ein feiner Schmerz durch seinen Kiefer fuhr. Dann begann er zu lesen.

»Denkst du doch, oder? Dass jemand die Frau ermordet hat«, wiederholte Tamme.

Jan war froh, dass er nicht Plattdeutsch sprach und sein Lieblingswort *afmurkst* verwendete. Es wäre ihm in dieser Situation unpassend vorgekommen.

Er schüttelte den Kopf. Nicht jeder spektakuläre Todesfall hier auf der Insel entpuppte sich am Ende als Mordfall. Wie überall in der Republik gab es auch auf Pellworm mehr Unfälle als Schwerverbrechen. »Sie kann einfach gestolpert und auf die Zinken gefallen sein«, sagte er.

Tamme wiegte den Kopf hin und her. »Aber dann wäre sie doch von vorne oder allenfalls von der Seite aufgespießt worden. Sie ist aber rücklings auf die Gabel gefallen. Man stolpert doch nicht und dreht sich im Fallen einmal um die eigene Achse!«

Womit er nicht ganz unrecht hatte.

Vor Jans innerem Auge erschienen Szenen aus den diversen Krimis, die er und Laura ab und an schauten. Kürzlich war in einem davon jemand auf ein Skateboard getreten und von dem Schwung fast zwei Meter weit getragen worden, bevor er die Treppen am Hamburger Fähranleger hinabgestürzt war und sich das Genick gebrochen hatte. Jan sah sich um. Hier gab es kein Skateboard. Und auch keine anderen Gegenstände, über die Frau Lorenzen im Zurückgehen gestolpert und dann rücklings auf die Frontladergabel gefallen sein konnte.

»Ich glaube, dass jemand hier war und sie geschubst hat!«, sagte Tamme.

Jan nickte vor sich hin. Möglich war das natürlich durchaus.

Er betrachtete die Leiche noch einmal genauer, um vielleicht Anzeichen eines Kampfes zu entdecken. Er fand keine, aber sein Blick fiel auf den alten Schlüssel, den die alte Frau an einer Kette um den Hals trug, ein messingfarbenes Ding mit einem simplen, dreizackigen Bart und einem verschnörkelten Ende. Jan hatte sich schon öfter gefragt, was es damit für eine Bewandtnis hatte. Er nahm sich vor, es rauszufinden. Sobald die Kollegen vom Festland da waren und alles sorgsam dokumentiert hatten, konnte er den Schlüssel an sich nehmen und nachsehen, zu welchem Möbelstück er passte.

Er hatte allerdings nicht besonders viel Hoffnung, dass er dadurch erfahren würde, was in diesem Schuppen geschehen war.

»Also gut. Am besten, du erzählst mir erst mal der Reihe nach alles«, sagte Jan zu Tamme. Die beiden waren zu einer kleinen Gruppe von Gartenmöbeln gegangen, die unter einem alten Walnussbaum standen, und hatten sich dort hingesetzt. Jan hatte den Zettel in eine Beweismitteltüte gesteckt, die er zusammen mit den Handschuhen aus dem Wagen geholt und vor sich und Tamme auf dem Gartentisch abgelegt hatte.

»Fangen wir doch damit an: Warum warst du hier? Und bevor du noch mal fragst: Nein, du stehst nicht unter Verdacht. Ich befrage dich als Zeugen.«

Seine letzten Worte schienen Tamme zu beruhigen. »Wir klären das zusammen auf, oder?«

Jan fuhr sich mit der Hand über den Mund. »Zeugenbefragung, Tamme! Du kennst das doch!«

»Kloar. Also. Ich sollte nach ihrem Kamin sehen. Der ist wohl verstopft und qualmt ihr alles voll. Als ich ankam, waren die Vorhänge noch zu, das fand ich ungewöhnlich, also habe ich erst geklingelt, und als keiner aufgemacht hat, bin ich nach hinten in den Garten, weil ich dachte, sie ist hier irgendwo und hört mich vielleicht nicht. Und da habe ich sie dann gefunden.«

»Gut. Du bist also in den Schuppen, und da lag sie. Sie hat noch gelebt, hast du gesagt.«

»Hat sie. Sie hat die Augen aufgemacht und so ganz komisch gestöhnt.«

Jan rieselte ein Schauder den Rücken hinunter. »Du hast dich über sie gebeugt? Hast du sie angefasst?«

»Ja. Weil ich gucken wollte, ob ich ihr helfen kann. Aber das konnte ich nicht. Die Zinken haben sich ganz … durch die Brust …« Tamme zwinkerte die Bilder fort. »Und dann hat sie mir diesen Zettel geben wollen. Das schien ihr total wichtig zu sein.«

»Sicher?«

»Ja. Ganz sicher. Sie hatte große Mühe, die Hand überhaupt zu heben, aber sie hat es geschafft. Hat mir den Zettel förmlich aufgedrängt.«

»Hm«, murmelte Jan.

»Jo.« Tamme schluckte. »Ich hatte ihn kaum genommen, da ist ihr Arm einfach runtergefallen, und sie war tot.«

»Als Frau Lorenzen dich angerufen und gebeten hat, mal bei ihr vorbeizuschauen, hat sie dabei irgendwas gesagt, eine Andeutung gemacht? Vielleicht, dass sie Besuch erwartet oder dass sie mit irgendwem Streit hatte?«

Diesmal überlegte Tamme noch länger, bevor er den Kopf schüttelte. »Nee.«

»Klang sie anders als sonst? Beunruhigt oder vielleicht ärgerlich?«

»Keine Ahnung! So viel hatte ich ja mit ihr nicht zu tun. Ich habe mich nur ab und zu um kleinere Reparaturen in ihrem Haus gekümmert.«

Wie Tamme das bei vielen Inselbewohnern tat, dachte Jan. Der Nordfriese war Faktotum, Hausmeister und Mädchen für alles für bestimmt ein Dutzend Zweitwohnungsbesitzer vom Festland, um deren Häuser er sich kümmerte.

»Vielleicht finden wir raus, was es mit diesem Zettel auf sich hat, wenn wir ihr Haus durchsuchen.« Jan sah zum Schuppen hinüber. Die Tür, die in das Schuppentor eingelassen war, wurde gewöhnlich mit einem Vorhängeschloss gesichert, das Frau Lorenzen aufgeschlossen haben musste, als sie kurz vor ihrem Tod hergekommen war. Das Schloss baumelte an seinem Bügel von der Öse, der Schlüssel steckte.

Jan sah auf die Uhr. »Gut. Ich habe noch einen anderen Termin. Bis die Kollegen vom Festland kommen, sichern wir am besten den Leichenfundort, würde ich sagen.« Er erhob sich. Da er die Einweghandschuhe nach dem Eintüten des Zettels aus Meike Lorenzens Hand wieder ausgezogen hatte, nahm er neue aus seiner Jackentasche und streifte sie über. Dann schloss er die Schuppentür, verriegelte sie mit dem Vorhängeschloss und zog den Schlüssel ab. Auch ihn verpackte er in eine Beweismitteltüte. Dann holte er Absperrband und Polizeisiegel aus dem Streifenwagen. Mit einem der Siegel sicherte er den Schuppen, den anderen klebte er an die Haustür. Da es keinen Kellereingang gab, reichte das. Als Letztes ging Jan nach vorne vor das Haus und verknotete ein Stück Absperrband rechts und links an den Pfosten der Gartenpforte. Frau Lorenzens Grundstück war ringsherum eingezäunt, darum würde das hoffentlich als Absperrung reichen.

Danach wandte Jan sich an Tamme. »Kannst du fahren?«

Tamme sah kurz beleidigt aus, dann jedoch lauschte er in sich hinein, und ihm wurde klar, dass die Frage durchaus berechtigt war. Er war immer noch weiß wie ein Laken. Schließlich nickte er. »Glaub schon.«

»Fahr langsam. Brauchst du jemanden, der sich um dich kümmert?« Weil Tamme die Stirn runzelte, fügte Jan hinzu: »Ich meine einen Arzt oder einen Seelsorger.«

Tamme schüttelte den Kopf. »Nee! Und eine Seelenklempnerin habe ich ja als Freundin.«

Womit er recht hatte. Inka Folkerts hatte in einem früheren Leben ein paar Semester Psychologie studiert, das Studium dann allerdings zugunsten ihrer Kunst abgebrochen. Dass sie trotzdem in diesem Job gut war, wusste Jan, denn er hatte sie schon ein paarmal um Rat gefragt, wenn er in einer Sache nicht weiterkam. »Stimmt auch wieder. Ruf Inka an, sie soll sich um dich kümmern. Ich komme wieder auf dich zu, wenn ich weitere Infos von dir brauche.« Jan wartete darauf, dass Tamme darauf bestand, ihm bei seinen Ermittlungen zu helfen. Aber das tat er nicht. Ganz im Gegenteil: Er schien erleichtert, dass er entlassen war. Er neigte den Kopf zu einer knappen Verabschiedung.

Gleich darauf sah Jan ihm hinterher, wie er über den gepflasterten Gartenweg von Meike Lorenzen davonstapfte.

Ihn fröstelte beim Lesen der ersten zwei Seiten von Meikes Tagebuch. Sie bestanden aus nichts weiter als immer wieder demselben Satz in verschiedenen Variationen.

Brunke hat den Hof tatsächlich gekauft.
Brunke hat den Hof gekauft.
O Gott, er hat den Hof gekauft.
Er hat den Hof …

An einer Stelle verwischte der Strich ihres Füllers in einer hässlichen Schmierspur, an einer anderen hatte sie so heftig aufgedrückt, dass der Stift mehrere dicke Tintenkleckse hinterlassen hatte.
Und dann, am Ende der Seite zwei, standen nur zwei Worte, diese dafür mehrfach dick umrahmt.

Was nun?

Wie erwartet, war Ulf Brunke nicht in bester Stimmung, als Jan bei ihm am Alten Kirchenweg ankam. Ganz im Gegenteil: Er wirkte noch missgelaunter als gewöhnlich. Dasselbe galt allerdings auch für Jan. Er hatte nicht wirk-

lich den Kopf dafür, sich jetzt um den Immobilienhändler zu kümmern. Aber was nützte es? Er war nun einmal
Pellworms einziger Polizist, und das bedeutete, dass er für
jede polizeiliche Angelegenheit auf dieser Insel zuständig
war – egal, ob es sich um eine möglicherweise gewaltsam
zu Tode gekommene Frau handelte oder um die ichbezo-
genen Befindlichkeiten eines Mannes mit übergroßem Ego.

»Hallo, Herr Benden«, empfing Brunke Jan, und Jan
wunderte sich ein wenig darüber. Er hatte erwartet, dass
er angemault werden würde. Dass Brunke murren würde,
warum es so lange gedauert hätte. Irgendwas in der Art.
Aber da kam nichts. Wie so oft trug Brunke Anzug und
einen teuren hellen Kamelhaarmantel. Seine Assistentin
Pia Gottschalk, eine Frau mittleren Alters im Businesskos-
tüm, und ein Mann in Arbeitsklamotten leisteten ihm Gesellschaft. Der Mann war offensichtlich der Fahrer eines
riesigen Baggers, der gerade dabei gewesen war, die Sei-
tenwand des Haupthauses einzureißen. Im Moment jedoch stand der Bagger einfach nur da, die Baggerschaufel
ruhte auf der halb eingerissenen Wand, als habe er sich zu
einem kleinen Nickerchen angelehnt.

»Waren Ihre Knöllchen wirklich so viel wichtiger als
meine Belange?«, maulte Brunke, und Jan hätte beinahe
genickt. Das war dann schon eher die Art Reaktion, die
er erwartet hatte.

Er biss die Zähne zusammen und schluckte die Worte,
die ihm auf der Zunge lagen – *Nein, aber eine Frau, die
sich auf eine Ballengabel aufgespießt hat, schon!* –, hinunter. »Jetzt bin ich ja da, um mich ausschließlich um
Sie zu kümmern«, sagte er bissig.

Der Baggerfahrer grinste.

Pia Gottschalk machte ein neutrales Gesicht. Jan vermutete schon länger, dass sie als Brunkes Angestellte in den letzten Jahren eine Meisterin darin geworden sein musste, ein Pokerface zu wahren.

Brunke hingegen schien den Sarkasmus in Jans Stimme nicht zu bemerken. Oder wenn er ihn doch bemerkte, so ignorierte er ihn.

Jan unterdrückte ein Seufzen. »Also reden Sie schon! Wie kann ich Ihnen helfen?«

Brunke schluckte und warf einen Seitenblick auf seine Assistentin. Auf einmal wirkte er weitaus weniger selbstsicher. »Ich … ich werde bedroht«, murmelte er.

Das nun war wirklich etwas Neues. »Bedroht?« Jan bemühte sich, eine neutrale Miene aufzusetzen. Brunke war ihm schon mit allem Möglichen auf die Nerven gegangen – seien es diverse Streitigkeiten mit seinen Nachbarn im Deichgrafenweg gewesen, wo er eines der teuersten Häuser von Pellworm bewohnte, oder auch mal eine hitzköpfige Prügelei mit Jans Möchtegernassistenten Tamme in der *Schwarzen Acht* in Tammensiel. Eine Bedrohung war allerdings bis jetzt nicht dabei gewesen, was eigentlich verwunderlich war, wenn man bedachte, dass Brunke mit seiner hochtrabenden Art vermutlich schon so ziemlich jeden Inselbewohner mindestens einmal gegen sich aufgebracht hatte.

»Ja, bedroht.« Der Immobilientycoon nickte. Plötzlich wirkte er ungewohnt fahrig. Sein Blick huschte über Jans Schulter davon, geradeso als vermute er die Bedrohung ganz in der Nähe.

Der Baggerführer hatte den Blick über die Landschaft gerichtet und tat so, als ginge ihn das alles nichts an.

Jan deutete auf ihn. »Wollen wir ein Stück gehen?«, fragte er Brunke. »Damit wir ungestört reden können?«

»Gute Idee.« Brunke wandte sich an den Baggerfahrer. »Sie können dann weitermachen.« Dann wandte er sich an Pia Gottschalk. »Und Sie warten bitte im Wagen auf mich.«

Seine Assistentin nickte, aber Jan sah ihr an, dass ihr der Befehl nicht passte.

Der Baggerführer tippte sich lässig gegen die Stirn und schien froh, der Situation entkommen zu sein. Mit Schwung kletterte er auf den Sitz seiner Baumaschine, und während Jan und Brunke ein paar Schritte Richtung Norden gingen, startete er den Motor.

Jan wartete, bis sie so weit außer Hörweite waren, dass er sich wieder normal verständlich machen konnte. »Also. Erzählen Sie mal genauer. Wieso haben Sie das Gefühl, Sie werden bedroht?«

Kurz starrte Brunke ihn an, und Jan hatte das Gefühl, er sei verwirrt. Dann blinzelte der Immobilienunternehmer, räusperte sich. Schluckte erneut so schwer, dass sein Adamsapfel auf und ab hüpfte. In Jan wuchs eine ungute Ahnung: Das hier war keiner von Brunkes üblichen Schrullen, mit denen er um Aufmerksamkeit rang. Ganz offensichtlich fühlte dieser Mann sich wirklich unwohl.

»Ach«, sagte Brunke jedoch zu Jans Verblüffung. »Vielleicht ist es ja auch gar nichts.«

Das nun war so ungewöhnlich für ihn, dass in Jan die Gewissheit wuchs: Diesmal wollte der Immobilienbesitzer sich nicht in den Vordergrund drängen. Diesmal hatte sein Anruf bei Jan einen echten Grund – einen Grund, der dem arroganten Selfmade-Kerl offenbar ziemlich unangenehm sein musste. »Reden Sie schon!«, ermunterte Jan ihn. »Es muss Ihnen nicht peinlich sein.«

Brunke schluckte erneut, und erneut glitt sein Blick über die Marsch in die Ferne. Dann seufzte er schwer. »Ich … ich bin nicht sicher, aber in letzter Zeit habe ich öfter seltsame Anrufe bekommen. Aber, wie gesagt: Vielleicht ist es ja auch gar nichts. Ich hätte Sie nicht anrufen sollen. Sie sollten …«

»Anrufe?«

Brunke ballte die Fäuste. »Ja. Es klingelt, ich gehe ran, und dann meldet sich niemand. Man atmet mir nur unangenehm laut ins Ohr.«

Das war nun wirklich ungewöhnlich, dachte Jan. »Atmen, hmm. Vielleicht ein Stöhnen? Haben Sie das Gefühl, dass dahinter eine sexuelle Komponente steckt?«

»Sie meinen, da holt sich einer einen runter?« So erschrocken sah Brunke Jan an, dass dem sofort klar war, hier ging es nicht um sexuelle Belästigung. »Nein, das ist einfach nur normales, schweres Atmen. So, als sei da jemand ziemlich schnell gelaufen – oder irgendwie aufgeregt.«

»Okay.« Jan hätte sich Brunke ohnehin nicht als Opfer einer sexuellen Belästigung vorstellen können. Eher hätte es umgekehrt sein können: Eine von seinen Mitarbeiterinnen zeigte ihren Chef wegen Belästigung an. Jan wusste aus Erzählungen, dass er des Öfteren seine Hände nicht bei sich halten konnte, sobald ein knapper Minirock vor seiner Nase auftauchte. »Der Anrufer sagt nie ein Wort?«

»Nie.«

»Wie oft wurden Sie angerufen?«

Brunke überlegte. »Keine Ahnung, sechs, sieben Mal werden es schon gewesen sein.«

»Es waren sieben.« Pia Gottschalks Stimme ertönte plötzlich hinter ihnen.

Gleichzeitig wandten Jan und Brunke sich um.

»Ich habe doch gesagt, Sie sollen im Auto warten!«, blaffte Brunke die Frau an.

Sie warf ihm einen kühlen Blick zu, für den Jan sie beinahe bewunderte. »Und ich habe nicht auf Sie gehört, weil mir klar war, dass Sie versuchen werden, die Sache runterzuspielen. Aber das dürfen Sie nicht! Was, wenn der Typ gefährlich ist?« Sie starrte Brunke herausfordernd an. »Erzählen Sie Herrn Benden von den Drohbriefen!«

»Drohbriefe«, sagte Jan.

»Ja. Drohbriefe.« Brunke nestelte einen Umschlag aus der Innentasche seines Sakkos und reichte ihn Jan, der das letzte Paar Einweghandschuhe aus der Jacke zog und überstreifte, bevor er den Umschlag an sich nahm und öffnete. Er enthielt zwei unordentlich zusammengefaltete DIN-A4-Blätter. Vorsichtig entfaltete Jan eines davon. Es stand nur ein einziger Satz darauf – geschrieben in schwarzen Blockbuchstaben und sonderbar oben an den Rand gequetscht, sodass der Rest der Seite leer blieb.

Lass die Finger von dem Hof.

»Interessant«, murmelte Jan und faltete auch das zweite Blatt auseinander. Auch hier: nur ein Satz oben am Rand.

Es wird was Schlimmes passieren, wenn du nicht aufhörst.

Brunke wippte auf den Fußballen herum.

Jan hob den Blick. »Das waren alle *Drohbriefe*, die Sie erhalten haben?« Ihm kam der Inhalt der beiden Zettel eher vor wie harmloser, gequirlter Kram von irgendeinem der zahlreichen Gegner Brunkes. Der Immobilienbesitzer war dafür bekannt, dass er Teile der Insel mit seinen Neubauten verschandelte und, schlimmer noch: durch immer mehr Ferienwohnungen für eine beginnende *Versyltung* der Insel sorgte. Das gefiel nicht jedem. Aber dennoch: Auch wenn Brunke versuchte, die Sache runterzuspielen: Er war durch die Briefe eindeutig beunruhigt, und das musste Jan – trotz aller Erfahrungen mit dem Immobilientycoon – ernst nehmen.

»Mehr kamen da bisher nicht, nein. Ich hätte Sie damit gar nicht behelligt, aber meine Assistentin fand, dass die Sache der Rede wert ist, darum habe ich Sie gestern angerufen.« Er warf ihr einen Blick zu, den sie ignorierte.

Jan registrierte das, ohne darauf einzugehen. »Wann genau kamen die Briefe bei Ihnen an?«

»Moment, das war … ja, der Erste muss Dienstag vor einer Woche gekommen sein. Ich weiß das noch so genau, weil meine Haushälterin an dem Tag freihatte und ich die Zeitung selbst reingeholt habe. Da ist mir der Zettel aufgefallen.«

»Moment. Der Zettel lag nicht im Briefkasten?«

»Nein. Er war in den Zeitungskasten gesteckt, und zwar genau so, wie Sie ihn jetzt da in Händen halten.«

»Also ohne Umschlag, meinen Sie.«

»Ja.«

In Gedanken ging Jan einmal den Weg vor Brunkes Haus entlang. Während der Briefkasten direkt neben der Haustür hing, war der Zeitungskasten am Gartenzaun festgemacht. Vielleicht war das der Grund, warum der Briefeschreiber den Zettel dort deponiert hatte: Weil er auf diese Weise weniger Gefahr lief, gesehen zu werden.

»Und der zweite Zettel war auch im Zeitungskasten?«, fragte Jan.

»Ja, den hat Frau Witte – das ist meine Haushälterin – mir ein paar Tage später zusammen mit der Zeitung gebracht.«

Eine Assistentin, die telefonisch Termine für ihn machte und ihn neuerdings auf diesen Terminen auch begleitete, und eine Haushälterin, die ihm die Zeitung brachte. Jan schoss die Frage durch den Kopf, ob besagte Frau Witte die Zeitung auch noch bügelte, bevor sie sie ihm neben die Kaffeetasse legte. Dann jedoch kam ihm der Gedanke albern vor. Sie befanden sich nicht mehr im 19. Jahrhundert. Und Brunke mochte sich noch so arrogant aufführen, er war alles andere als ein englischer Lord.

»Okay«, sagte er. Er war sich nicht sicher, wie es nun weitergehen sollte. Für polizeiliche Ermittlungen kam ihm das alles hier doch ziemlich dünn vor.

»Erzählen Sie ihm von dem Mercedes!«, ergriff Frau Gottschalk erneut das Wort.

Brunke schloss die Augen.

»Was für ein Mercedes?«, fragte Jan.

»Ach, das ist doch …« Brunke unterbrach sich. Dann

seufzte er. »Das alles ist mir jetzt aber wirklich peinlich … Ich habe in der letzten Zeit das ungute Gefühl, dass mich jemand beobachtet.« Die Unsicherheit in Brunkes Stimme passte so gar nicht zu seinem sonst selbstgefälligen und lauten Auftreten. Und die Zettel in Jans Hand bewiesen zumindest, dass er es diesmal nicht mit einem von Brunkes üblichen egozentrischen Anfällen zu tun hatte. Es war irgendwie typisch Ulf Brunke, dachte er. Der Mann machte bei jeder Lappalie einen Riesenaufstand, verlangte Ermittlungen bis hinauf zum Innenministerium, nur weil jemand in die Scheune eingebrochen war, in der er seine Oldtimersammlung aufbewahrte. Aber ausgerechnet jetzt, bei einer Sache, an der tatsächlich etwas dran sein konnte, wiegelte er ab, weil es ihm peinlich war. Jan beschloss, diese Sache ernst zu nehmen.

»Woran macht sich das fest?«, fragte er.

»Da ist immer öfter so ein schwarzer Mercedes. Manchmal steht er vor meinem Haus, manchmal vor dem Geschäftsgebäude.« Das sich direkt neben Brunkes Wohnhaus ebenfalls im Deichgrafenweg befand. »Aber immer wenn ich ihn entdecke, startet der Kerl den Wagen und haut ab.«

Jan ließ seinen Blick die schmale Straße entlang in Richtung alte Kirche wandern. Ein paar Möwen flogen über sie hinweg und krakeelten dabei ihr lautes Geschrei, das in Jans Ohren immer ein wenig wie gieriges, missgünstiges Gezänk klang. Eine Wolke trieb schnell vor der Sonne dahin, sodass sich das Licht für ein paar Sekunden verdunkelte und gleich darauf wieder mit voller Kraft strahlte. »Der *Kerl*. Kennen Sie den Mann?«

Brunke zuckte mit den Schultern. »Bisher konnte ich ihn nicht erkennen. Entweder der Wagen stand zu weit weg, oder die Sonne hat sich in der Windschutzscheibe gespiegelt.«

Jan sah Frau Gottschalk an. Sie zuckte ebenfalls mit den Schultern. »Ich habe den Wagen bisher noch gar nicht gesehen, tut mir leid.«

»Ich wäre Ihnen sehr verbunden, wenn ich den Rest dieses Gespräches mit Herrn Brunke allein führen könnte«, sagte Jan zu ihr.

Sie lächelte. Es sah sehr professionell und beherrscht aus. »Natürlich. Bitte entschuldigen Sie.« Mit diesen Worten entfernte sie sich und blieb ganz in der Nähe der Warft stehen.

Jan wandte sich wieder Brunke zu. »Warum sind Sie sicher, dass es ein Mann ist, der in diesem Wagen sitzt?«

Brunke hatte jetzt ein wenig seiner üblichen Selbstsicherheit zurückerlangt. In einem Tonfall, als sei das ja wohl die dümmste Frage der Welt, sagte er: »Na, eine Frau würde wohl kaum jemanden wie mich bedrohen.«

Jan war nicht ganz sicher, ob diese Antwort frauenfeindlich oder selbstgefällig gemeint war, beließ es aber dabei. »Aha«, machte er nur.

Brunke stopfte beide Hände in die Taschen seines teuren Mantels. Wenn Laura bei ihnen gewesen wäre, dachte Jan, dann hätte er sie fragen können, ob sie seinen Eindruck teilte, dass Brunke wirklich Angst hatte.

»Also gut«, sagte er und blickte die zwei Blätter an, die er noch immer in Händen hielt. »Gehen wir mal davon aus, dass Sie recht haben und sich in dem Wagen ein

Mann befindet. Sie denken offenbar, dass der Mercedesfahrer und die Person, die die Briefe geschrieben hat, ein und dieselbe ist?«

»Liegt doch nahe«, grummelte Brunke.

»Möglich«, sagte Jan. »Irgendeine Idee, warum dieser Mensch es auf Sie abgesehen haben könnte?«

Brunke schüttelte den Kopf. Im Gegensatz zu anderen Gelegenheiten, bei denen er Jan stets sofort einen Verdächtigen für seine kruden Alle-Welt-ist-gegen-mich-Theorien präsentiert hatte, schien er diesmal nicht den geringsten Verdacht zu haben. Ein weiteres Zeichen dafür, dass es vielleicht eine gute Idee war, seine Besorgnis ausnahmsweise einmal ernst zu nehmen.

»Haben Sie in der letzten Zeit jemanden verärgert. Ihm ein Geschäft weggeschnappt, zum Beispiel?« *Mit anderen Worten: ihn übers Ohr gehauen*, ergänzte Jan in Gedanken. Er betrachtete die beiden Blätter in seiner Hand. Schlichtes weißes Kopierpapier. Die Schrift darauf war mit dickem Filzstift in Blockbuchstaben geschrieben. Schwer vorstellbar, dass diese Drohungen von einem Geschäftspartner Brunkes stammten. Allein die Art, wie die Schrift an den oberen Rand der Blätter gequetscht war, ließ nicht auf jemanden schließen, der regelmäßig irgendwelche Briefe verfasste.

Brunke schüttelte den Kopf. »Nur das Übliche. Ein Immobiliengeschäft am Stadtrand von Husum konnte ich gegen einen meiner Konkurrenten für mich entscheiden.« Kurz hob ein selbstgefälliges Lächeln seine Mundwinkel. »Eine alte Stadtvilla, die mit ein bisschen Renovierungsarbeiten einen hübschen Gewinn abwerfen wird. Aktuell bin ich mit einer Familie am Ostertilli in Verhandlungen, die ihr Reetdachhaus verkaufen will. Aber da gibt es bisher keinen anderen Interessenten.« Er blieb stehen, wandte Jan den Kopf zu. »Glauben Sie denn, dass es ein Geschäftskonkurrent ist, der mich bedroht?« Der Gedanke schien ihm aus irgendeinem Grund zu gefallen.

Jan zuckte mit den Schultern. »Was, wenn das eine mit dem anderen gar nichts zu tun hat? Wenn der Typ im Mercedes ein Fan von Ihnen ist? Jemand, der Ihre Geschäftspraktiken bewundert und gern wie Sie wäre.« Es fiel Jan zwar schwer, das zu glauben, aber Brunke dachte ernsthaft über diesen Einwand nach.

Nachdem einige Sekunden verstrichen waren, lächelte er schmal. Er wirkte jetzt wirklich beruhigter. »Möglich wäre auch das.« Er zog die Hände aus den Manteltaschen. »Was gedenken Sie jetzt zu tun?«

»Ich fürchte, nicht viel. Was das Auto angeht, kann ich im Moment eigentlich gar nichts machen, denn soweit ich es sehe, ist es nicht illegal, mit einem schwarzen Mercedes am Straßenrand zu stehen.«

»Also dann …«

»Aber ich akzeptiere, dass Sie das als Bedrohung empfinden«, redete Jan weiter. »Besonders nach den Anrufen und den beiden Briefen. Haben Sie das Kennzeichen von diesem schwarzen Mercedes?«

Kopfschütteln.

»Eine Telefonnummer von dem Anrufer? Ich meine, der ruft Sie doch bestimmt auf Ihrem Handy an, oder?«

»Ich fürchte, die Rufnummer ist unterdrückt.«

»Darf ich mal sehen?« Jan wartete, und als Brunke

nicht reagierte, fügte er hinzu: »Ihre Anruferliste, meine ich.«

Brunke zögerte. »Das ist ein Geschäftshandy …«

Kurz fragte Jan sich, was für Namen sich auf besagter Liste wohl finden würden, was für Hinweise darauf, dass Brunkes Geschäftspraktiken nicht immer ganz astrein waren. Doch dann seufzte der Immobilienbesitzer. Er nahm sein Handy heraus, rief die Anruferliste auf und zeigte sie Jan. Tatsächlich befand sich darauf – zwischen Einträgen, die Namen wie *Frau Meyer, Firma Gallreuther* und *Martin* trugen – auch immer wieder die Bezeichnung *Unbekannter Anrufer.*

Jan gab Brunke das Telefon zurück. »Denken Sie, dass es jemand von der Insel ist?«

»Woher soll ich das wissen? Sie sind doch hier der P…« Diesmal unterbrach Brunke sich, weil Jan ihn streng anschaute. »Ich habe keine Ahnung«, fügte er versöhnlicher hinzu.

»Was für ein Modell ist der Wagen?« Brunke sammelte Oldtimer. Er würde Jan vermutlich nicht nur das Modell nennen können, sondern auch noch das genaue Baujahr.

Ganz so war es dann allerdings doch nicht. »Ein W 201, besser bekannt als 190er. Das Baujahr … hm, unmöglich zu sagen.«

Jan kannte sich zwar nicht so gut mit Autos aus wie Brunke, aber so viel wusste er immerhin: Der Mercedes 190 war in den Achtziger- und Neunzigerjahren eines der am häufigsten verkauften Modelle des Stuttgarter Autobauers gewesen. Vor allem: Er war auch eines der langlebigsten Autos überhaupt, zumindest in der Diesel-Version. Eine Menge Bauern und Ferienwohnungsbesitzer auf der Insel fuhren mit so einem Ding herum.

»Also gut«, seufzte Jan. »Wenn Sie den Wagen das nächste Mal sehen, schreiben Sie sich das Kennzeichen auf und geben mir Bescheid. Ebenso, wenn der Anrufer sich wieder meldet.«

Brunke schien nicht ganz glücklich damit, aber er nickte.

»Gut«, sagte Jan. Er lächelte den Immobilienunternehmer an. Gemeinsam mit Brunke kehrte er zu dem Abrisshof zurück.

Pia Gottschalk wartete dort auf sie. »Was werden Sie wegen der Drohbriefe machen?«, fragte sie. »Lassen Sie sie auf Fingerabdrücke untersuchen?« Sie wandte sich an ihren Chef. »Das wäre doch bestimmt eine gute Idee, was meinen Sie?«

Brunke nickte schwach.

Jan überlegte. Selbst wenn er diesen Weg beschritt und die Briefe dafür ans Labor schicken würde – dort würde man den Vorgang mit Sicherheit unter einem Berg wichtigerer Dinge begraben. »Ich sehe, was ich machen kann«, sagte er. Er nahm einen Beweismittelbeutel aus dem Wagen und steckte die Briefe hinein. Dann stieg er ein, legte den Beutel auf den Beifahrersitz und startete den Motor.

Brunke und seine Assistentin blickten ihm hinterher. Das Geräusch, mit dem sich die Zähne der Baggerschaufel in die nächste Wand des Haupthauses gruben, begleitete ihn fast einen Kilometer lang auf seinem Weg zurück nach Tammensiel. Nicht mehr lange, dann würde von dem alten Gebäude nichts mehr existieren außer einer Erinnerung.

Für den Rückweg nach Tammensiel entschied Jan sich für den Weg über den Nordermitteldeich, und unterwegs dachte er über Brunke nach. Bisher hatte es sich immer um heiße Luft gehandelt, wenn der Immobilienunternehmer sich an Jan gewendet hatte. Mal hatte der Mann gefürchtet, dass Tamme – ausgerechnet der friedfertige Tamme – ihn auf dem Kieker hatte, mal dachte er, dass ein Feuerteufel, der auf der Insel sein Unwesen trieb, es auf ihn abgesehen hatte. Nie hatten sich seine Befürchtungen bewahrheitet, im Gegenteil. Stets hatte Brunke Jan mit seinen selbstverliebten Eskapaden nur von seiner wichtigen Arbeit abgehalten. Heute jedoch war es anders. Jan spürte, dass dahinter diesmal nicht der Wunsch nach Aufmerksamkeit steckte, sondern echte Sorge.

Er ging vom Gas, weil vor ihm ein Hase über die Straße hoppelte und linker Hand im Straßengraben verschwand.

Wie er versprochen hatte, würde er die beiden Drohbriefe ins Labor schicken, auch wenn er nicht wirklich einen Sinn dahinter sah. Denn selbst wenn die Kollegen dort sich der Sache annahmen, brachten Fingerabdrücke nur etwas, wenn der Täter bereits in der Datei erfasst war. Und Jan hatte nicht das Gefühl, dass sie es hier mit einem alten Bekannten zu tun hatten.

Ganz im Gegenteil.

Weil er mehr im Moment sowieso nicht tun konnte, konzentrierte er sich auf Frau Lorenzen. Er musste rausfinden, ob die alte Dame mit jemandem derartig in Streit

geraten war, dass man sie mit Absicht auf die Frontladergabel gestoßen hatte. Gerade als er sich fragte, wer
für diesen Fall wohl aus Flensburg auf die Insel entsandt
werden würde, klingelte sein Handy. Ganz in der Nähe
des *Holzwürmchens* fuhr er rechts ran und nahm den
Anruf an.

»Hey«, meldete sich Sven Urban. »Es gibt Neuigkeiten. Ich habe mit dem Leiter der BKI über deinen Fall gesprochen. Er meint, du hast in den letzten drei Fällen so
gut ermittelt, dass er dir diesmal diesen Fall gern allein
übergeben würde.«

BKI war die Abkürzung für Bezirkskriminalinspektion.
Jan runzelte angesichts dieses Angebots die Stirn. »Ich bin
nicht mehr bei der Kriminalpolizei.«

»Ist bekannt, aber er sagt, er regelt das. Ich glaube, er
hat da irgendein Schlupfloch in den Dienstvorschriften gefunden, das es ihm ermöglicht, dich zumindest zeitweise
zu unserem Kommissariat abzuordnen. Du sollst schon
mal mit der Arbeit anfangen.«

»Dann gibt es diesmal keine Unterstützung von euch?«
Jan dachte an Daniela Welzow und deren Kollegen Thors-
ten Herder und wie gut sie in früheren Fällen als Team
funktioniert hatten. Zumindest Daniela hätte er gern wie-
dergesehen.

»Wir haben hier gerade ziemlich viel zu tun. Unter anderem eine echt üble Lage in Bezug auf Betrugsdelikte.
Die Enkeltrickmasche und so. Das volle Programm: Scho-
ckanrufe, falsche Polizisten. Du kannst es dir vorstellen.
Es fehlen uns etliche Leute, um das alles in den Griff zu
kriegen.«

Jan nickte. Dass das Personal knapp war, war ja nun nichts Neues. Dass die Situation allerdings so angespannt war, dass für eine Todesfallermittlung auf den Inseln keine Leute mehr da waren, war sehr wohl neu. Nicht dass es ihn störte, die Verantwortung für diesen Fall zu übernehmen. Ganz im Gegenteil. Von Zeit zu Zeit vermisste er seinen Job als Kripobeamter bei der Polizei in Essen, deswegen freute er sich über Urbans Neuigkeiten. Ein anderer Teil von ihm jedoch wusste, was der wahre Grund für die Entscheidung des Leiters der BKI war, ihn für den Fall abzustellen: Der Tod einer alten Frau, selbst wenn er noch so brutal erfolgt war, hatte nicht die nötige Priorität. Traurig, aber wahr. Jan nahm sich im Stillen vor, alles zu tun, um Meike Lorenzens Tod aufzuklären. »Ich kümmere mich drum«, versprach er. »Wir finden raus, was passiert ist.«

»Sehr gut! Ein Team vom Erkennungsdienst ist übrigens auf dem Weg. Sie haben gerade angerufen, die Fähre um zwanzig vor fünf schaffen sie wohl.«

»Ich hole sie am Fähranleger ab«, versprach Jan.

»Perfekt!« Urban verabschiedete sich und legte auf.

Jan sah auf die Uhr. Bis die Kollegen vom Erkennungsdienst ankommen würden, war noch Zeit. Da er nun offizieller Ermittler in diesem Fall war – und somit auch irgendwie der einzige Beamte, dem die Aufklärung von Meike Lorenzens Schicksal am Herzen lag –, beschloss er, diese Zeit zu nutzen, um ein paar erste Gespräche mit den Nachbarn von Meike Lorenzen zu führen.

Nachdem Jan ihn vom Tatort weggeschickt hatte, war Tamme in seinen Bulli gestiegen. Er war losgefahren und hatte erst nach ein paar Hundert Metern gemerkt, dass er in die falsche Richtung fuhr, nach Norden statt nach Süden. Aber er war zu durcheinander, um auf dem engen Weg zu wenden. War ja sowieso egal, die Insel war schließlich nicht groß. Selbst wenn er innerdeichs in die komplett falsche Richtung fuhr, kam er nach rund 25 Kilometern auch wieder dort an, wo er hinwollte. Also fuhr er bis zur T-Kreuzung an Norderhaffdeich und Bupheverweg und bog dort links ab ins Inselinnere.

Er fuhr den Deich entlang, hinter dem ein paar Windräder in den sommerlichen Himmel ragten, deren Rotoren sich sanft im Wind drehten. Kurz dachte er daran, dass der Blödmann Ulf Brunke finanziell an jeder einzelnen dieser Anlagen beteiligt war, und er wusste nicht, ob das den Immobilienbesitzer sympathisch machte. Aber vermutlich gab es wenig, das Brunke sympathisch machte, und das schloss selbst das Engagement bei der Energiewende ein.

Kurz bevor der Norderhaffdeich wieder auf den in einem weiten Rund verlaufenden Bupheverweg stieß, hielt Tamme abrupt an, riss die Wagentür auf und übergab sich ins Gras neben der Straße. Er würgte so lange, bis nichts mehr kam außer gelbem Schaum, danach richtete er sich stöhnend auf. »Dor *schall mi doch de Düvel holen*«, ächzte er. Das hatte ihm gerade noch gefehlt.

Eine Leiche. Diesmal so richtig schön brutal zu Tode gekommen, so, wie er es in seinen Krimis am liebsten hatte. Im wahren Leben, das merkte er auf einmal, war das allerdings etwas ganz anderes. Das Stöhnen der alten Frau ging ihm nicht mehr aus dem Kopf, und auch nicht das Geräusch ihres letzten Atemzuges. Er lehnte sich im Sitz zurück und schloss die Augen. Es waren nicht allein diese gruseligen Geräusche oder das viele Blut, was ihn nicht losließ.

Der Mord kam zum schlechtesten aller Zeitpunkte. Echt! Wo er mit dem Tierquäler und vor allem seiner geheimen Verschwörung doch gerade so viel zu tun hatte und sich auf keinen Fall auch noch um Jan und seine Fälle kümmern konnte.

Mit zitternden Händen zog er sein Mobiltelefon aus der Tasche und wählte eine eingespeicherte Nummer.

»Wir müssen unser Treffen verschieben«, sagte er, als am anderen Ende eine dunkle Männerstimme ertönte.

»Wieso das?«

»Weil was passiert ist.«

»Echt? Was könnte denn wichtiger sein als unser geheimer Plan?«

Eine tote Frau in einer Blutlache, dachte Tamme dumpf. Und bei dem Gedanken würgte es ihn schon wieder.

Laura hatte sich später am Nachmittag mit ihrer besten Freundin Inka verabredet, die irgendein neues Teil für ihr Kunstatelier besorgt hatte und jemanden brauchte, der ihr half, es von dem Anhänger abzuladen.

»Was ist mit Tamme?«, hatte Laura sie am Telefon gefragt.

Inka hatte nur geschnauft. »Der ist so beschäftigt mit einem seiner ominösen Fälle, dass ich im Moment auf den nicht zählen kann. Außerdem gibt es noch ein paar Dinge, die wir besprechen müssen. Wegen – na ja, du weißt schon.«

Laura wusste. »Ich komme nachher kurz rum.«

Es war eine gute Gelegenheit, das Ganze gleich mit ein wenig Auslauf für Lilly zu verbinden, darum fuhr sie mit dem Fahrrad zu ihrer Freundin. Wie oft, wenn sie Inka besuchte, konnte sie nicht darauf verzichten, für ein paar Minuten auf den Deich zu gehen und ihre Blicke über das Wasser und den Anleger Hooger Fähre schweifen zu lassen. Sie mochte den Blick in Richtung Hallig Hooge, wo sie und Jan früher öfter Urlaub gemacht hatten, als sie noch in Essen gewohnt hatten. Besonders mochte sie den Anblick der Strandkörbe, die, anders als auf den anderen Nordseeinseln, auf Pellworm eine sehr hübsche, aber ungewöhnliche blaue und grüne Farbe hatten. Gewöhnlich standen die Strandkörbe weit verteilt auf dem Gras unten am Ufer, aber heute schien jemand sie zum Reinigen zusammengestellt zu haben. Mit einem Lächeln ließ Laura ihren Blick an der langen Reihe entlangschweifen. Es war ein hübsches Motiv für ein Foto, dachte sie, verzichtete aber darauf, ihr Handy rauszuholen und es aufzunehmen.

Nachdem sie ein paarmal tief durchgeatmet hatte, wandte sie sich ab und machte sich auf den Weg zu Inkas Haus direkt hinter dem Deich.

Als sie dort eintraf, stellten sich bei Lilly die Nackenhaare auf. Bellend sprang sie ein paar Sätze nach vorn.

»Lilly! Schluss!«, befahl Laura. Dann erst sah sie, was ihre Hündin so erbost hatte, und staunte nicht schlecht. Es war das »Teil«, von dem Inka gesprochen hatte, die ungefähr kniehohe Bronzestatue eines Hundes, die auf ihrem Anhänger stand. Das Tier wirkte so lebensecht, dass Lilly sich vor der Plastik offenbar erschrocken hatte. Jetzt warf sie Laura einen fragenden Blick zu, und als die nickte, näherte sie sich dem unheimlichen Ding vorsichtig schnuppernd und mit gesenkter Rute. Laura, die wusste, dass Inka aus allem Möglichen ihre Kunstwerke baute, begutachtete die Statue ebenfalls. Sie war wirklich lebensecht. Das Metall war etwas angelaufen, sodass der Hund scheckig aussah. Sein Gesicht allerdings erinnerte Laura verblüffend an das von Boma, dem Rüden ihrer besten Freundin Tina aus der alten Heimat. Boma war ein Rhodesian Ridgeback und so ziemlich der sensibelste und geistreichste Hund, den Laura jemals kennengelernt hatte. Deshalb nannte Laura ihn gern auch liebevoll »der kleine Professor«.

Bei dem Gedanken musste sie schmunzeln. In diesem Moment erschien Inka am Küchenfenster, sah sie und kam nach draußen.

»Lilly mag deine Neuanschaffung offenbar nicht besonders«, sagte Laura statt einer Begrüßung.

Die beiden Frauen umarmten sich. »Ja, ich hab sie bellen hören.« Inka wuschelte Lilly durch das Fell am Rücken. »Bist eben eine Kunstbanausin, meine Liebe.« Seit Kurzem war Inka penibel darauf bedacht, jeden und jede mit dem richtigen Geschlecht anzureden. Das trieb manchmal ein wenig komische Blüten, wie zum Beispiel bei dem Wort *Kunstbanausin*. Aber Laura mochte es auch irgendwie. Zum Teil einfach, weil sie Inkas Schrullen grundsätzlich nett fand, zum Teil aber auch, weil Inka sie über solche Fragen der Grammatik durchaus zum Nachdenken anregte.

Lilly wedelte mit dem Schwanz, als hätte sie ein Kompliment erhalten.

»Was hast du denn mit dem Ding vor?«, fragte Laura und ließ ihren Blick durch den Garten schweifen, in dem einige von Inkas Skulpturen standen, die sie noch nicht verkauft hatte. Feenartige Gestalten aus Metall zum Beispiel, oder ein altes Ruderboot, das Inka in einem leuchtenden Blau angestrichen, mit Grassamen bepflanzt und »Gut geschlafen!« genannt hatte. Die gesellschaftskritische Aussage, die das Werk haben sollte – das Blau war angeblich jenes, mit dem auf der griechischen Insel Lesbos die Menschen ihre Türen und Fensterrahmen anstrichen –, war in Lauras Augen ein bisschen weit hergeholt. Was vielleicht auch der Grund war, warum sie das Kunstwerk bisher noch nicht verkauft hatte.

Ein anderes, das einem übermannsgroßen, zerstörerischen Tornado glich, der aus unzähligen riesigen Eisennägeln bestand, trug den ähnlich kritischen Namen »Turbokapitalismus«. Soweit Laura wusste, hatte Inka das allerdings tatsächlich verkauft. Es würde in den nächsten Tagen abgeholt werden.

»Weiß ich noch nicht«, antwortete Inka auf ihre Frage. »Aber als ich das Ding in einem verwilderten Garten in Husum gesehen habe, musste ich es einfach haben.«

Laura nickte. Sie war gespannt, was ihre Freundin aus der Hundestatue machen würde. »Wollen wir?«, fragte sie.

Inka holte zwei Paar Sicherheitshandschuhe aus dem Schuppen, und zu zweit wuchteten sie die Statue von dem kleinen Anhänger auf eine Sackkarre. Die Federung des Anhängers gab vor Erleichterung ein tiefes Seufzen von sich.

»Danke«, meinte Inka. Dann gingen sie zusammen ins Haus, um bei einer Tasse Tee ihr geheimes – *du weißt schon* – Thema zu besprechen.

Meike Lorenzens Nachbarin zur Rechten hieß Frauke Nissen und war eine alleinerziehende Mutter von zwei Teenagern, die auf dem Festland zur Schule gingen. Auf der Insel war das üblich. Bis einschließlich zur zehnten Klasse konnten die Pellwormer ihre Kinder in die mitten auf der Insel liegende Hermann-Neuton-Paulsen-Schule schicken. Wollten sie danach allerdings die Oberstufe besuchen, ging das auf der Insel nicht mehr, sondern nur in Husum. Es hatte sich im Laufe der Zeit eingebürgert, dass viele dieser Jugendlichen in einer WG in der Stadt wohnten, und zwar ohne die Aufsicht von Erwachsenen. Als Jan das zum ersten Mal gehört hatte, war es ihm ungewöhnlich vorgekommen. Kinder, die noch nicht einmal volljährig waren, quasi unbeaufsichtigt wohnen zu lassen? Aber dann hatte er festgestellt, dass diese Form der Eigenverantwortung den jungen Leuten guttat. Aus seinem früheren Leben in Essen kannte Jan nur wenige Jugendliche, die es an Eigenständigkeit und Verantwortungsgefühl mit den Pellwormer Gymnasiasten aufnehmen konnten.

All das ging ihm durch den Kopf, als er in der Küche von Frau Nissen seinen Uniformgürtel zurechtrückte, sich dann an den Tisch setzte und der Frau dabei zusah, wie sie ihm in einer altmodischen italienischen Moka auf dem Gasherd einen Kaffee zubereitete. Während sie mit Wasser und dem Kaffeepulver hantierte, dessen aromatischer Geruch den ganzen Raum füllte, sah Jan auf die Uhr. Eigentlich trank er neuerdings nach zwei Uhr nachmittags nichts Koffeinhaltiges mehr, weil er dann gewöhnlich schlecht schlief. Aber Frau Nissens Kaffee roch so lecker, und die Frau war so eifrig mit den Vorbereitungen beschäftigt, dass er spontan beschloss, eine Ausnahme zu machen.

»Ich habe den Rettungswagen gesehen«, sagte sie mit dem Rücken zu Jan gewandt. »Ist der armen Meike was passiert?«

Wie immer, wenn er eine Todesnachricht überbringen musste – egal, ob es ein enger Angehöriger war, der ihm gegenüberstand, oder »nur« eine Nachbarin –, musste er sich zusammenreißen. Selbst nach all den Jahren, in denen er mittlerweile Polizist war, gingen ihm die Reaktionen der Menschen immer noch an die Nieren. »Sie ist heute leider verstorben«, antwortete er.

Frau Nissen erstarrte mitten in der Bewegung. Ganz kurz stand sie stocksteif da, dann drehte sie sich zu Jan um. »Ach du liebe Güte! Wie konnte das denn passieren? Hatte sie einen Herzinfarkt, oder wie?«

Jan schüttelte den Kopf. »Es gab ein Unglück.« So knapp und schonend wie möglich erzählte er der Frau, wie ihre Nachbarin ums Leben gekommen war.

Frau Nissen musste sich hinter sich an der Arbeitsfläche festhalten. Hörbar schnappte sie nach Luft. »Aufgespießt?«

So drastisch hatte Jan es nicht ausgedrückt, dennoch nickte er. »Ich fürchte, ja.«

»War das ein Unfall, oder wie?« Frau Nissen hatte den Kaffee jetzt völlig vergessen. Mit schwerfälligen Schritten schlurfte sie zum Tisch, zog sich einen Stuhl heran und ließ sich darauf fallen. Von ihrem Gewicht wurden die Metallbeine des Stuhles ein wenig auseinandergedrückt und verursachten auf dem Linoleumboden ein quietschendes Geräusch.

»Das versuchen wir gerade rauszufinden«, antwortete Jan.

Frau Nissen stützte die Ellenbogen auf den Tisch und vergrub das Gesicht in den Händen. »Arme Meike!«, murmelte sie zwischen ihren Fingern hindurch Richtung Tischplatte. Dann sah sie wieder auf. »Darum sind Sie hier? Weil Sie hoffen, dass ich Ihnen was sagen kann.«

»Können Sie?« Jan schaute an der Frau vorbei zu der Kaffeekanne, die noch neben dem Herd stand.

Frau Nissen bemerkte seinen Blick und sprang auf. »Ihr Kaffee. Herrje!« Sie machte sich mit jetzt hektischen Bewegungen wieder an die Arbeit. »Ich wüsste nicht, was ich Ihnen sagen könnte, das Ihnen weiterhilft. Meike und ich, wir haben uns nicht besonders gut verstanden, weil sie immer sehr verschlossen und eigenbrötlerisch war. Aber wir konnten uns in Ruhe lassen. Haben uns *Moin* gesagt, und sonst sind wir uns eher aus dem Weg gegangen.«

Jan sah der Frau zu, wie sie mit der Kaffeekanne und dem Geschirr hantierte. Er wusste, dass es ihre Kinder waren, die Meike Lorenzen des Öfteren einmal wegen

Ruhestörung hatte anzeigen wollen, und er konnte sich vorstellen, dass Frau Nissen das nicht besonders toll gefunden hatte. Er musterte die Frau. War sie kräftig genug, um Frau Lorenzen auf diese Ackerschleppergabel zu stoßen?

Vermutlich ja.

Vermutlich war jeder erwachsene Mensch auf dieser Insel dazu in der Lage, denn Meike Lorenzen war nicht besonders groß gewesen. Ihr einen Stoß zu geben, der sie mit Wucht auf diese spitzen Zinken fallen ließ, würde für die meisten Pellwormer ein Leichtes gewesen sein.

»Wissen Sie, ob irgendjemand einen Groll gegen sie hegte, der groß genug gewesen sein könnte, um ihr so was anzutun?«

Frau Nissen überlegte einen Moment lang. »Ich kann mir überhaupt nicht vorstellen, dass jemand zu so was fähig ist.« Sie rieb sich die Augen. »Auf die Ackerschleppergabel ist sie gefallen, sagten Sie? Komisch …«

»Was?«, fragte Jan.

»Sie meinen doch die Gabel an dem Ackerschlepper in ihrem Schuppen, oder?«

Jan nickte nur.

»Mit dem Ding war sie immer sehr genau. Ich glaube, sie hatte Angst, dass sich meine Jungs heimlich auf ihr Grundstück schleichen und sich daran verletzen könnten. Sie hat mir mal gesagt, dass sie darum immer sorgfältig darauf achtet, dass die Gabel bis ganz auf den Boden abgesenkt ist, sodass die Zinken für niemanden eine Gefahr darstellen.«

»Aha«, rutschte es Jan heraus und hatte das Bild vor

Augen, wie die Zinken in einem 45-Grad-Winkel in die Luft ragten. »Wofür besaß sie so einen Schlepper überhaupt? Ich meine: Sie hatte kein Land, das bestellt werden musste.«

Frau Nissen war sich nicht sicher, aber sie antwortete: »Ich glaube, früher hatten sie und ihr Mann mal ein bisschen Land im Bupheverkoog. Jedenfalls habe ich immer gedacht, dass der Trecker ihrem Mann gehört haben muss. Sie hat ihn wohl behalten, weil einer der Bauern unten am Weg sich das Teil öfter mal geliehen hat. Es war klein genug für eines seiner Felder, für das sein eigenes Gerät wohl zu groß war.« Endlich hatte Frau Nissen den Kaffee in den Trichtereinsatz gefüllt. Sie schraubte das Kannenoberteil fest und stellte die Moka auf die Flamme.

»Und Sie wissen nichts von irgendwelchen Streitigkeiten?«, hakte Jan noch einmal nach.

Frau Nissen verneinte. »Sie war seltsam, sehr einsam, aber eben auch verschroben. Als wir hierhergezogen sind, habe ich ein paarmal versucht, sie auf einen Kaffee einzuladen, aber sie hat immer abgelehnt.«

Auch das überraschte Jan ein wenig. Immer wenn er bei Meike Lorenzen zu Gast gewesen war, hatte er die große Einsamkeit gespürt, die diese Frau empfunden hatte. Und trotzdem hatte sie die nett gemeinten Einladungen ihrer Nachbarin nicht angenommen?

Warum nicht?

Was war der Grund für die Verschrobenheit, von der Frau Nissen sprach? Für Meike Lorenzens Zurückgezogenheit?

Das Wasser in der Kaffeekanne begann zu kochen, mit

dem typischen Gurgeln schoss es durch das Sieb im Einsatz, und gleich darauf überlagerte der Geruch von frisch aufgebrühtem Kaffee den des Pulvers.

Jan nahm sich die Zeit, die Tasse zu genießen. Obwohl er Kaffee sonst eher schwarz trank, gab er diesmal Sahne und Zucker hinzu. Wenn er hier schon seine Nachtruhe aufs Spiel setzte, dann sollte es sich wenigstens lohnen.

Der Nachbar zu Meike Lorenzens Linken, Piet Johannsen, war ein alleinstehender Mann Mitte fünfzig, den Jan nach seinem Besuch bei Frau Nissen in seinem Schuppen antraf. Johannsen hielt in mehreren übereinandergestapelten Ställen an die zwei Dutzend Kaninchen, und als Jan den Stall betrat, betäubte ihn der strenge Geruch nach dem Urin der Tiere nahezu.

»Herr Benden!« Der Nachbar runzelte die Stirn. »Was führt Sie zu mir?«

»Sie haben noch nicht mitgekriegt, was heute Mittag passiert ist?«, stellte Jan eine Gegenfrage und reichte Johannsen die Hand zur Begrüßung, der einschlug. »Nein. Bin gerade erst von der Frühschicht nach Hause gekommen.«

Johannsen arbeitete als Schwimmmeister in Pellworms Hallenbad PelleWelle, das wusste Jan, weil er ihn dort ein paarmal gesehen hatte, wenn er zusammen mit Laura in dem angrenzenden Restaurant *De Spieskommer* essen gewesen war.

Mit ähnlichen Worten wie eben Frau Nissen informierte er nun auch Johannsen über die Geschehnisse dieses Tages.

»Nu«, war alles, was der dazu sagte.

Jan, der mittlerweile wusste, dass dieses eine Wort hier oben in Nordfriesland ebenso gut Desinteresse wie auch höchste Betroffenheit ausdrücken konnte, beschloss, die knappe Reaktion nicht auf die Goldwaage zu legen.

»Hatten Sie irgendwelche Streitigkeiten mit Frau Lorenzen?«, fragte er.

»Nö. Wieso sollte ich? Man hat die ja sowieso kaum draußen gesehen. War ein Vampir, das sage ich Ihnen. Ist oft erst rausgekommen, wenn es schon Abend wurde.«

»Haben Sie eine Idee, wer ihr hätte schaden wollen? Hatte sie irgendwelche Feinde?«

»Frau Nissen von der anderen Seite, die hat ab und zu mal Knies mit der gehabt, hauptsächlich ging es wohl um die Kinder. Wenn Sie mich fragen: Die Lorenzen hatte schon recht, das sind wirklich ein paar nervtötende Rotzlöffel.«

»Soweit ich informiert bin, gehen beide auf dem Festland zur Schule«, warf Jan ein. »Da dürften sie Ihnen doch nicht mehr besonders auf den Geist gegangen sein in der letzten Zeit.«

Johannsen rümpfte die Nase. Überhaupt hatte er eine sehr bewegliche, ausdrucksstarke Miene. Immerzu schürzte er die Lippen, krauste die Stirn und kniff die Augen zusammen. Jan konnte sich nicht helfen: Johannsen ähnelte damit ziemlich seinen eigenen Kaninchen. »Stimmt wohl.« Der Mann grinste. »Fast vermisst man die kleinen Bälger.«

»Falls Ihnen in der kommenden Zeit irgendwas einfällt, das uns weiterhelfen könnte«, sagte Jan zu dem Mann ebenso wie kurz zuvor zu Frau Nissen, »dann rufen Sie mich bitte an, ja?«

»Glauben Sie, jemand hat die Alte absichtlich über den Jordan geschickt?«

Die Frage erschien Jan so unangemessen, dass er sich in eine polizeiliche Floskel rettete. »Wir ermitteln in alle Richtungen«, sagte er.

Einigermaßen frustriert verabschiedete er sich von Johannsen. Der beißende Geruch der Kaninchen hing ihm immer noch in der Nase. Als er kurz darauf den Fähranleger entlangfuhr, um das Team vom Erkennungsdienst in Empfang zu nehmen, machte er sich im Geiste eine Notiz, einmal im Tierschutzgesetz nachzusehen, ob diese Art, Kaninchen zu halten, heute überhaupt noch erlaubt war.

Die Fähre hatte bereits angelegt, und die ersten Autos kamen Jan entgegen. In den meisten saßen neue Feriengäste, Menschen, die sich am Ende des Anlegers in alle Richtungen verteilen und danach eine oder zwei Wochen auf der Insel verbringen würden. Kurz bevor Jan das Ende des Anlegers erreicht hatte, rollte Frerk Diedrichsen mit seinem Ungetüm von Trecker über die Rampe der *Pellworm I*. Der Bauer aus dem Westerkoog war dafür bekannt, dass er kein anderes Gefährt als seinen riesigen Ackerschlepper benutzte, um kreuz und quer über die Insel zu fahren. Es war Jan allerdings neu, dass der Mann mit dem Ding sogar rüber aufs Festland fuhr. Was er da wohl gewollt hatte? Jan stellte sich vor, wie Diedrichsen mit dem Monster durch Husum karriolte und dabei den einen oder anderen Poller mitnahm. Er grinste in sich hinein. Diedrichsen juckelte wie ein König auf seinem fahrbaren Thron an ihm vorbei und tippte sich dabei knapp an die Mütze.

In dieser Sekunde fiel Jan etwas ein.

Er riss die Hand hoch, um Diedrichsen zu stoppen. Der Bauer sah es nur noch aus dem Augenwinkel, aber er stieg so heftig in die Bremsen, dass die Hinterräder kurz blockierten, bevor das Gefährt zum Stillstand kam.

Jan stieg aus und lief die paar Meter zu ihm hin. »Moin, Frerk«, grüßte er. »Du, ich hab da mal eine Bitte, dauert auch nicht lang. Darf ich mir mal die Aufhängung von deinem Schlepper angucken?« Ihm war selbst nicht ganz klar, wieso er das tun wollte, aber ihm ging immer noch nicht aus dem Kopf, warum die Ballengabel an Meike Lorenzens Traktor hochgekippt dagestanden hatte.

»Kloar«, erwiderte Diedrichsen. Jan konnte ihm ansehen, dass er sich über die Bitte wunderte, aber er reagierte darauf mit der hier oben üblichen Gleichmütigkeit. Wenn der Herr Polizist meinte, dann würde es vermutlich okay sein.

Jan trat an die Schaufel, die der Bauer hochgefahren hatte. Er betrachtete die Kolben der Hydraulik, mit der das Gerät nicht nur angehoben, sondern auch in verschiedene Stellungen gekippt werden konnte. Der Traktor hier war sehr viel neueren Datums, aber die Technik war so ziemlich dieselbe wie bei dem Gerät von Meike Lorenzen.

»Kannst du mir mal einen Gefallen tun und die Schaufel auf den Boden absenken?«, fragte Jan.

Diedrichsen hob den Daumen zum Zeichen, dass er verstanden hatte. Die Schaufel senkte sich, ihre Unterseite traf mit einem dumpfen Klonk auf dem Asphalt auf. Jan betrachtete die Kolben der Hydraulik. Sie waren ausgefahren und glänzten im Sonnenlicht.

»Jetzt die Schaufel mal ankippen«, bat Jan.

Die Kolben setzten sich in Bewegung und fuhren ein Stück weit ein, während sich die Schaufelkante aufwärts bewegte, sodass man sich nun wie in eine Wanne in die Schaufeln hineinsetzen konnte.

»Wenn du deinen Schlepper abstellst, senkst du dann die Schaufel immer bis ganz auf den Boden ab?«, fragte Jan.

»Immer. Sonst wird die Hydraulik belastet. Muss ja nicht sein.«

»Und das würde jeder so machen?«

Diedrichsen nickte. »Jeder, der ein bisschen Ahnung hat, würde ich meinen.«

So wie der Bauer, der sich ab und an Meike Lorenzens Schlepper auslieh, dachte Jan. Trotzdem waren bei ihrem Gerät die Zinken angekippt gewesen. Im Geiste machte er sich eine Notiz, mit dem Landwirt zu reden. »Ich danke dir«, sagte er zu Diedrichsen. »Du hast mir sehr geholfen.«

»Da man nich für«, gab Diedrichsen zurück. Er salutierte erneut, dann fuhr er völlig zufrieden mit sich und seiner Welt weiter.

Die Kollegen vom ED waren mit einem weißen Transporter da, der die Fähre bereits verlassen hatte und am Randstreifen wartete. Jan stieg zurück in seinen Wagen, drehte am Ende des Anlegers und hielt hinter ihnen. Zwei Männer ungefähr in seinem Alter stiegen aus. Beide trugen Jeans und Sweater. Der Vordere, der Jan um fast einen

Kopf überragte, kam mit ausgestreckter Hand auf ihn zu. »Ziegler, ED«, stellte er sich militärisch knapp vor.

»Jan Benden.« Jan verzichtete darauf, seinen Dienstgrad zu nennen. Er trug seine Uniform, der Kollege konnte an den Schulterklappen ablesen, dass er Polizeihauptkommissar war. Er schüttelte die Hand des Mannes, der für seine Größe verblüffend zart zufasste, dann wandte er sich an dessen Kollegen.

Auch der schien eine eher knappe Konversation zu bevorzugen. »Thomsen«, war das Einzige, was er rausrückte.

»Ebenfalls ED«, murmelte Jan mit einem Anflug von Belustigung. Er konnte einfach nicht anders. Er kannte die beiden noch von seinem ersten Fall hier auf der Insel. Als damals der tote Maler auf der Bank an der Nordermühle gefunden worden war, hatten sie am dortigen Tatort schon einmal Spuren gesichert, aber der Art nach zu schließen, wie sie sich vorstellten, schienen sie das entweder vergessen oder aber erfolgreich verdrängt zu haben. Er hatte die beiden damals als typische, etwas wortkarge Nordlichter kennengelernt, und daran hatte sich in der Zwischenzeit offenbar nichts geändert. Wieso auch? Einmal Nordfriese, immer Nordfriese.

Thomsen schaute Jan irritiert an, der abwinkte. »Schon gut. Willkommen auf Pellworm.«

Ziegler bedankte sich und bat dann, zum Fundort der Leiche geführt zu werden. Es war offensichtlich, dass er nicht besonders erfreut darüber war, die Nacht auf der Insel zu verbringen, denn dass das Team mit seiner Arbeit nicht fertig werden würde, bevor die letzte Fähre zurück auf das Festland ging, war offensichtlich.

Jan fuhr vor, die beiden Ermittler folgten. Er führte sie die lange, ins Wattenmeer gebaute deichähnliche Straße des Tiefwasseranlegers entlang. Nach der auf Pellworm zulaufenden Geraden knickte diese Straße am Pellwormer Außendeich in einer Rechtskurve in Richtung Tammensiel ab. Genau im Bereich der Kurve stand Diedrichsens Trecker bei einer Bank. Der Bauer aus dem Westerkoog saß darauf und rauchte gemütlich eine Zigarette. Als habe er Jan nicht eben bereits begrüßt und ihm die Mechanik seines Schleppers erklärt, tippte er sich schon wieder an die Mütze. Diesmal verzichtete Jan darauf, die Geste zu wiederholen. Er fragte sich, ob Diedrichsen gerade wieder eine seiner kleinen Dummheiten ausheckte. Erst vor Kurzem hatte der Mann es fertiggebracht, auf seinem Anhänger eine ausrangierte Fischbude aus Hamburg fast völlig ungesichert quer über die Insel zu kutschieren. Das Ding stand immer noch vor der einzigen Buchhandlung von Tammensiel und harrte seiner Bestimmung als – was auch immer.

Jan schüttelte den Kopf, als er daran dachte.

Er fuhr am Hafen und am alten Nationalpark-Haus vorbei, bog gleich dahinter in den Ütermarkerweg ein und hielt nur wenige Minuten später vor Meike Lorenzens Haus. Nachdem Ziegler und Thomsen sich in ihre weißen Einwegoveralls geworfen hatten, löste er das Polizeiabsperrband für sie und ließ sie das Grundstück betreten. Den leicht missmutigen Ausdruck, den Zieglers Gesicht wegen dieser doch eher ärmlichen Tatortabsperrung zeigte, ignorierte er und führte die beiden Männer zum Leichenfundort. Er öffnete den Schuppen und hielt einen Moment lang inne, während sich beide einen Überblick verschafften.

Irgendwann drehte Ziegler sich zu ihm um. »Ist das die Auffindesituation?«

Jan nickte.

»Wir geben Bescheid, wenn wir weitere Fragen haben.« Ziegler sprach in diesem besonderen Tonfall von Herablassung, der Jan geärgert hätte, wenn er ihn nicht schon so oft erlebt hätte. Es war wohl an der Zeit, den beiden klarzumachen, wer hier diesmal die Ermittlungen leitete. »Eines noch«, sagte Jan darum. Er sprach ruhig und sachlich. »Ich weiß nicht, ob euch jemand mitgeteilt hat, dass Flensburg mir die Ermittlungen in diesem Fall übertragen hat«.

Ziegler, der dabei war, die Kamera für die ersten Übersichtsaufnahmen klarzumachen, ließ das Gerät sinken. Allein diese Geste wirkte so übertrieben, dass Jan sich jetzt wirklich darüber ärgerte.

»Ach?«, machte Thomsen.

»Ja. Ach.« Jan deutete auf die goldene Kette, die im Ausschnitt von Meike Lorenzen zu erkennen war. »Wenn ihr mit den Fotos fertig seid, würde ich mir die gern ansehen.«

»Geht klar.« Ziegler bemühte sich um einen neutralen Tonfall, das war deutlich. Jan beschloss, es dabei zu belassen.

»Ich bin für eine Zeugenbefragung auf einem der Höfe in der Nachbarschaft«, informierte er die beiden und gab ihnen seine Handynummer. »Bitte ruft an, wenn ihr hier fertig seid.«

Ziegler nickte, dann wandte er sich von Jan ab und seiner Arbeit zu. Das Blitzlicht seiner Kamera flammte auf.

Jan überließ die beiden ihrer Aufgabe und ging noch einmal zur Nachbarin Frau Nissen, um sie nach dem Namen jenes Bauern zu fragen, der sich ihrer Aussage nach ab und zu den Ackerschlepper von Meike Lorenzen geliehen hatte.

Er traf den Landwirt auf seinem Hof an, wo er gerade dabei war, das Schneidwerk eines riesenhaften Maishäckslers mit dem Hochdruckreiniger zu reinigen. Knut Friedrichsen stand in Gummistiefeln und mit hochgekrempelten Hemdsärmeln in einer riesigen Wasserlache, und rings um ihn verbreitete sich eine Wolke, ein Gemisch aus Sprühnebel und Dreck.

Jan blieb in einiger Entfernung stehen und machte sich bemerkbar.

Friedrichsen ließ den Schlauch sinken, dann stellte er das Gerät ab. »Moin, Herr Benden. Kann ich Ihnen irgendwie helfen?«

Jan informierte auch ihn über den Tod von Frau Lorenzen und stellte ihm ein paar Fragen zu dem Ackerschlepper. Friedrichsen bestätigte ihm, dass er das Gerät ab und zu ausgeliehen hatte, dass das letzte Mal allerdings jetzt schon über ein Jahr her war. »Ich hab das Grundstück verpachtet, für das ich das Teil früher immer gebraucht habe«, erklärte er. »Darum brauche ich es jetzt nicht mehr.«

»Haben Sie die Gabel auf den Boden gesenkt, als Sie den Traktor das letzte Mal wieder im Schuppen abgestellt haben?«, fragte Jan.

Friedrichsen runzelte die Stirn. »Woher soll ich das heute noch wissen? Aber ja, ich denke schon. Das mache ich immer ganz automatisch. Um die Hydraulik zu schonen. Und aus Sicherheitsgründen natürlich. Also: Ja. Ich denke, das habe ich getan.«

Jan bedankte sich bei dem Bauern. Als er den Hof wieder verließ, um zu Frau Lorenzens Haus zurückzukehren, liefen ihm zwei kleine Mädchen über den Weg. Sie waren vielleicht im Grundschulalter, und sie hatten beide aus Holz geschnitzte Gewehre bei sich, mit denen sie lauthals »Piu, piu, piu!« rufend aufeinander schossen.

»Ich hab dich getroffen!«, rief das ältere der beiden Mädchen. »Du bist tot!«

»Bin ich nicht!«, schrie das jüngere zurück. »Du hast danebengeschossen!«

Ohne Jan auch nur zu bemerken, rannten sie an ihm vorbei in Richtung Obstgarten. Er sah ihnen nach, bis sie um eine Hausecke verschwunden waren.

Kurz darauf war er zurück bei Meike Lorenzens Schuppen. Ziegler und Thomsen hatten sich inzwischen einen Überblick über die Situation verschafft, hatten im Freien ihre Fotos geschossen und waren dabei, sich im Inneren vom Allgemeinen zu den Details vorzuarbeiten. Als Jan zu ihnen trat, fotografierte Ziegler gerade den Leichnam im Ganzen, während Thomsen einige Punkte in ein Diktiergerät sprach.

Jan wartete, bis die beiden fertig waren und ihm signalisierten, er könne die Leiche jetzt anfassen. Er streifte Einweghandschuhe über, bückte sich, zog mit einer behutsamen Geste die Bluse der Toten ein Stück nach unten und griff nach der Kette. Wie er in Erinnerung hatte, baumelte am Ende ein messingfarbener, verschnörkelter Schlüssel. Ziegler schoss auch davon ein Foto, dann streifte Jan der Toten die Kette über den Kopf.

»Ich würde gern kontrollieren, wozu der gehört«, sagte er zu den beiden Beamten.

Ziegler nickte nur, Thomsen jedoch nahm die Kamera an sich. »Gehen wir«, schlug er vor. Er würde Jan bei der Durchsuchung begleiten und auch dabei alles sauber und ordnungsgemäß dokumentieren. Gefolgt von dem Kollegen, betrat Jan das Haus.

Drinnen herrschte eine eigenartig drückende Atmosphäre. Jan wunderte das nicht, er kannte dieses Gefühl von früher, als er noch als Ermittler in Essen gearbeitet hatte. Das Wissen darum, dass der Eigentümer oder die Eigentümerin einer Wohnung nicht mehr lebte, legte sich bisweilen auf die Stimmung, wenn man begann, im Leben der verstorbenen Person herumzuschnüffeln. Die Möglichkeit, dass man es mit einer Gewalttat – oder gar mit einem Mord – zu tun hatte, saugte die Farbe aus den Gegenständen, machte die Luft stickig, das Licht düster.

In Meike Lorenzens Haus wurde dieses Gefühl noch verstärkt durch die Tatsache, dass die alte Dame am Morgen ihre Vorhänge nicht aufgezogen hatte. Dadurch schien jeder einzelne Raum angefüllt mit einer trüben, fast farblos wirkenden Dämmerung.

Während Thomsen auch hier drinnen begann, seine Fotos zu schießen, fing Jan mit der Durchsuchung im Wohnzimmer an.

Um überhaupt etwas erkennen zu können, zog er als Erstes die Vorhänge auf. Sie waren aus schwerem Brokatstoff, dessen Farbe irgendwo zwischen Beige und Gold changierte. Als Jan sie anfasste und zur Seite zog, verursachten die Rollen in ihrer Schiene ein leises, aber trotzdem kreischendes Geräusch, das ihm in sämtliche Glieder fuhr. Er verzog das Gesicht.

Auch Thomsen hielt kurz inne und fotografierte dann weiter.

Die Sonne flutete das Wohnzimmer mit ihren Strahlen, warf ein mattes Schimmern auf die penibel blank polierten Holzoberflächen von Tischen und Kommoden. Jan betrachtete das altmodische Sofa, auf dem er selbst schon Stunde um Stunde verbracht hatte. Sitzfläche und Lehne waren mit einem Blattmuster versehen, das farblich mit dem Ton der Gardinen zusammenpasste. Auf dem Couchtisch stand eine kleine Messingvase, in der drei Zweige steckten. Der Form der Blätter nach zu urteilen waren es Kirschzweige. Jan warf einen Blick durch das Fenster in den Garten. Von seinem Standpunkt aus konnte er zwei alte Kirschbäume erkennen. Der rechte warf den Schatten seiner Zweige über das Dach des Schuppens.

Jan wandte sich einer Kommode zu, die im rechten Winkel zur Couch stand. Ein Bild, das Ölgemälde eines Segelschiffes, hing darüber. Auf der ebenfalls peinlich sauberen Platte der Kommode standen eine leere Obstschale und drei dicke Bücher, die in Leder gebunden waren. Sie wurden durch zwei Buchstützen in Form von lesenden Mädchen aufrecht gehalten. Jan betrachtete die konzentrierten Gesichter der beiden Figuren, dann las er die Titel auf den Rücken der Bücher. Es handelte sich bei allen dreien um Werke über die Seefahrt.

Soweit Jan wusste, war Frau Lorenzen seit langer Zeit verwitwet. Möglich, dass ihr Mann zur See gefahren war, das war hier auf der Insel durchaus nichts Ungewöhnliches. Jan versuchte, sich daran zu erinnern, ob die alte Dame ihm bei einem seiner vielen Besuche etwas über ihren Mann erzählt hatte. Vergebens. Er senkte den Blick auf den Boden zu seinen Füßen und kehrte in Gedanken zu einem dieser Nachmittage zurück. Es kam ihm vor, als höre er sein Gespräch mit der alten Dame noch einmal, dumpf nur, wie von einer alten Tonbandaufnahme abgespielt …

»Habe ich Ihnen schon mal von Andy und Meike erzählt?« So hatte Frau Lorenzen jedes Mal begonnen.

Und Jan hatte jedes Mal mitgespielt und genickt. »Ihr Enkelsohn und Ihre Enkeltochter. Meike trägt Ihren Vornamen.«

Frau Lorenzen lächelte an dieser Stelle immer, und immer sah es sehr wehmütig aus. »Ja. Schön oder? Ich habe mich sehr gefreut, als mein Schwiegersohn mich damals gefragt hat, ob es mir recht ist. Sie leben auf der anderen Seite vom großen Teich, und der Papa von Andy und Meike ist ein einflussreicher Mann, müssen Sie wissen. Arbeitet für die Regierung.«

»Darum ist Ihre Tochter zusammen mit ihm rübergegangen«, vermutete Jan. Auch diese Frage hatte er bestimmt schon mehr als ein halbes Dutzend Mal gestellt.

Meike Lorenzen seufzte. »Ja, kurz nachdem mein Mann gestorben ist. Gott hab ihn selig. Ich war danach natürlich ziemlich allein, aber was will man machen? Die Kinder werden groß, dann werden sie flügge, und es bleibt einem nur noch übrig, ihnen nicht im Weg zu stehen, wenn sie sich in ihr eigenes Leben aufmachen.«

»Das muss schwer gewesen sein«, murmelte Jan. Er wusste, jetzt kam der Moment, in dem Frau Lorenzen eines ihrer Fotoalben herausholte, vor ihn hinlegte und es aufschlug. Dann würde sie auf das erste Foto darin zeigen, sie würde sagen: »Das bin ich als kleines Mädchen mit unserem Familienhund.« Und dann würde sie ihr ganzes Leben mit ihm zusammen durchgehen …

Er kehrte aus der Erinnerung zurück in die Gegenwart, und ganz kurz war ihm schwindelig, weil sich beides in seinem Kopf überlagert hatte.

Thomsen stand neben ihm und wartete darauf, was er nun tun würde.

Jan trat näher an die Kommode heran, die zwei Türen mit verzierten Messingschlüsseln besaß. Aber beide Schlüssel steckten in ihren Schlössern, und außerdem sahen die Schnörkel an seinem Schlüssel völlig anders aus.

Gefolgt von Thomsen, verließ er das Wohnzimmer und setzte seine Suche in der Küche fort. Es war jedoch nach einem einzigen Blick klar, dass er auch hier nicht fündig werden würde. Die Einbauküche besaß keine verzierten Schlösser und wirkte alles in allem so nüchtern, als hätte ein völlig fantasieloser Innenarchitekt sie ausgesucht. Glatte weiße Schranktüren, eine Arbeitsfläche in Terrazzo-Optik. Ein Herd mit altmodischen Platten, die so schwarz schimmerten, dass Jan unwillkürlich an das schuhcremeartige Putzmittel denken musste, das seine

Mutter früher auch immer benutzt hatte. Der Geruch von dem Zeug lag in der Luft und brachte sehr alte Kindheitserinnerungen zurück. Ein Einbaukühlschrank, den Jan kurz öffnete, enthielt nichts außer einem Karton H-Milch mit 1,5 Prozent Fett, einer angefangenen Leberwurst im Darm und zwei Blumenkohlköpfen.

Auch in diesem Raum waren sämtliche waagerechten Flächen auf Hochglanz geputzt. Nichts stand herum.

»Ich gehe schon mal in den anderen Räumen nachsehen«, sagte Jan zu dem Mann vom ED, während dieser auch hier anfing, Fotos zu machen.

Thomsen nickte. »Fassen Sie nichts an.«

»Keine Sorge, ich bin schon ein großer Polizist.« Mit zusammengebissenen Zähnen verließ Jan die Küche. In den beiden noch übrigen Räumen des Hauses bot sich ihm ein ganz ähnliches Bild wie in Küche und Wohnzimmer. Im Schlafzimmer standen ein Einzelbett, ein Nachtschränkchen und ein Kleiderschrank, alles aus dunklem Holz. Weder Kleider- noch Nachtschrank hatten Schlösser, zu denen Frau Lorenzens Schlüssel hätte passen können.

Das letzte Zimmer, eine Kammer von kaum acht oder neun Quadratmetern, diente als Abstellraum und schien als Einziges im ganzen Haus wenigstens ein bisschen unordentlich zu sein. Jans Blick glitt über ein zusammengeklapptes Gästebett, mehrere, in einer Ecke gestapelte Kartons sowie einen weiteren Kleiderschrank, zu dem sein Schlüssel ebenfalls nicht passte.

Ratlos, was er nun tun sollte, blieb er in der Tür stehen. Das Haus von Frau Lorenzen besaß kein Obergeschoss, nur einen niedrigen Spitzboden. Kaum denkbar, dass sich dort ein Möbelstück befand, zu dem der Schlüssel passte. Während Jan das dachte, wanderte sein Blick den Flur entlang und fiel auf die Tür zu einer Kellertreppe.

Vielleicht hatte er unten ja mehr Glück. Er öffnete die Tür, tastete nach einem Lichtschalter. Als er ihn betätigte, flammte eine Deckenlampe auf und beleuchtete eine steile Holztreppe, die in einen dieser muffig riechenden und für die Insel typischen niedrigen Kriechkeller hinunterführte. Jan musste sich ducken, um das winzige Gelass zu betreten. Ihm kamen Zweifel. Frau Lorenzen hatte diesen Schlüssel immer um den Hals getragen, wie etwas, das sehr kostbar für sie war. Offenbar bot er Zugang zu etwas von Bedeutung. Würde sie einen solchen Gegenstand in einem feuchten Kellerloch aufbewahren?

Trotz dieser Bedenken ging Jan die Treppe hinunter. Er war kaum unten angekommen, da stand er vor einer alten Bauerntruhe, die ihre besten Zeiten schon sehr lange hinter sich hatte. Ein Blumenmuster war daraufgemalt, aber es wirkte verblasst und abgeblättert. Das Messingschloss besaß das gleiche Schnörkelmuster wie sein Schlüssel. Vorsichtig steckte Jan ihn hinein, drehte ihn, und das Schloss sprang mit einem leisen Klicken auf.

»Thomsen!«, rief er über die Schulter nach oben.

Der Erkennungsdienstler kam die Stiege hinunter. Jan bat ihn, ein Foto von der geschlossenen Truhe zu machen, und als das geschehen war, klappte er den Deckel hoch.

»Was ist das denn?«, murmelte Thomsen.

Jan starrte ins Innere der Truhe. Wie es aussah, hatte er gefunden, was Meike Lorenzen so wichtig gewesen war.

Er hatte allerdings nicht die geringste Ahnung, was er vor sich hatte.

Laura war dabei, neue Kerzenbündel für die Ferienwohnungen zu binden. Es waren die vielen liebevollen Kleinigkeiten wie diese, die die Gäste vom Paulinenhof so schätzten: das zurückhaltend nach Zitrone und Lavendel duftende Putzmittel, mit dem Jan und sie die Wohnungen reinigten. Die natürliche Bettwäsche aus Leinenstoff, die Auswahl an verschiedenen Kissen. Und eben die edlen Bienenwachskerzen, die Laura in dem kleinen Kaufmannsladen am Nordermitteldeich kaufte. Sie band immer drei dieser Kerzen mit einem lachsfarbenen Taftband zusammen. Die so entstandenen Bündel würde sie später in ihren vier Ferienwohnungen auf den Esstischen drapieren. Zusammen mit einer vierten Kerze, die in einem schlichten Halter steckte, und zusammen mit einer Flasche Mineralwasser, einer Schale frischer Eier und einer kleinen handgeschriebenen Karte mit einem Willkommensgruß für die neuen Gäste. Einfach, aber wirkungsvoll.

Hauke, Lauras Kater, saß auf der Fensterbank und schaute ihr bei der Arbeit zu. Sein Gesichtsausdruck schien sagen zu wollen: *Wann bist du endlich mit dem Unsinn fertig? Ich habe Hunger!*

Laura lächelte. »Dauert noch ein bisschen, dann gibt es Abendbrot.«

Zur Antwort gähnte Hauke ausgiebig und zeigte Laura seine spitzen Zähne und eine rosa glänzende Zunge.

»Ja, ja«, meinte Laura. »Der kleine Prinz leidet. Schon klar.«

Hauke wandte den Kopf in Richtung Fensterscheibe und spitzte die Ohren. Sein Zeichen dafür, dass unten an der Warft jemand auf den Hof fuhr.

»Kommt Jan?« Laura reckte den Hals, konnte von ihrem Platz am Küchentisch den Parkplatz aber nicht einsehen.

Hauke schloss genüsslich die Augen, was als Antwort nicht besonders aussagekräftig war. Dafür aber gab Lilly, Lauras Australian Shepherd, eine umso deutlichere Antwort. Die Hündin hatte bis eben lang ausgestreckt im Flur gelegen und geschlafen. Jetzt jedoch sprang sie auf und stieß dieses besondere, leicht fiepende Bellen aus, das Laura immer als: *Der Chef kommt zurück!* interpretierte. Lilly bellte auf diese Art nur bei Jan.

Laura legte Kerzen und Taftbänder zur Seite und stand auf.

Die Haustür öffnete sich, Lilly vollführte ihren üblichen Schön-dass-du-wieder-da-bist-Tanz, dann jedoch kam sie einigermaßen verblüfft zu Laura in die Küche. Jan hatte sie überhaupt nicht gekrault. Unverschämtheit!

Als Laura in die Küchentür trat, entdeckte sie den Grund für dieses unentschuldbare Versäumnis ihres Ehemannes. Er trug einen Gegenstand, der so groß und sperrig war, dass er dafür beide Hände brauchte: eine Art Platte aus dünnem Metall. Das Ding war verrostet, zerbeult und durchlöchert – und irgendwie sah es aus wie eines der Kunstwerke von Inka.

»Was um Himmels willen ist das denn?«, entfuhr es Laura.

Über die obere Kante des Ungetüms blickte Jan sie an.

»Tja, wenn ich das wüsste.« Er trug das Teil an Laura vorbei zum Küchentisch und legte es dort ab.

Laura trat neben ihn und betrachtete es genauer. Die Rostflecken darauf wirkten pockennarbig, wie alter Schorf, der bei der leisesten Berührung abblätterte. Ganz schwach nur war an einer Stelle ein Stück Farbe zu erkennen, das sich bei näherem Hinsehen als Teil eines aufgemalten Union Jack, der Flagge des Vereinigten Königreiches, herausstellte. Die Löcher, die Laura schon bei Jans Eintreten bemerkt hatte, waren ungefähr daumengroß und zogen sich in einer geschwungenen Linie einmal quer über das gesamte Stück.

Einschusslöcher.

»Ist das ein Flugzeugwrackteil?«, fragte Laura.

Jan, der sein Mitbringsel nachdenklich betrachtete, nickte gedankenverloren. »Hab ich auch schon überlegt.«

Jetzt erst fiel Laura auf, dass er blass war. Er wirkte angespannt. »Was ist passiert?«, fragte sie ihn.

Er wandte sich von seinem Fund ab und ihr zu. Bevor er antwortete, zog er sie in die Arme und gab ihr einen langen Kuss. Dann löste er sich wieder von ihr. »Die alte Frau Lorenzen wurde tot aufgefunden.«

»Oh.« Laura kannte Frau Lorenzen eigentlich nur aus Jans Erzählungen von seinen deprimierenden Besuchen dort. Ihr Blick glitt zu dem Wrackteil. Was hatte das mit dem Tod dieser Frau zu tun? Sie wusste, Jan würde ihr gleich alles erzählen, also wartete sie. So wie er aussah und sich verhielt, war der Tod von Frau Lorenzen nicht natürlich gewesen. Kein Herzinfarkt oder Schlaganfall.

Es musste etwas anderes geschehen sein.

Jan wandte sich dem Kühlschrank zu, nahm eine Flasche Apfelsaft heraus und schenkte sich ein Glas ein. Damit in der Hand trat er ans Fenster, wo Hauke noch immer saß und die gesamte Szenerie aufmerksam verfolgte. Als Jan, völlig in Gedanken, die Hand nach dem Kater ausstreckte, um ihn hinter den Ohren zu kraulen, ließ er es geschehen. Es schien, als spüre er, dass Jan die Berührung brauchte. Das allein war so sonderbar, dass Laura schluckte.

»Was ist passiert, Jan?«, fragte sie leise.

Also erzählte er es ihr. Er erzählte, dass Tamme die Tote in ihrem Schuppen gefunden hatte und wie sie umgekommen war.

»Du liebe Güte«, murmelte Laura.

»Ja.« Jan schwieg einen Moment und erwähnte dann, dass Flensburg diesmal entschieden hatte, ihm die Ermittlungen in diesem Fall zu übertragen.

»Ernsthaft?«

»Ja.« Er erzählte Laura von den Enkeltrickbetrügern, mit denen die Kollegen sich rumschlugen. Und dann erzählte er von seinen Zweifeln, ob Meike Lorenzens Tod wirklich ein Unfall gewesen war.

»Wie kommst du darauf?«, fragte Laura.

Da erzählte er ihr auch noch von seinen Gesprächen mit Frerk Diedrichsen und dem Bauern Friedrichsen. »Irgendwie habe ich den Verdacht, dass jemand die Zinken der Gabel kurz vorher absichtlich hochgefahren hat«, murmelte er. Er sagte es, als habe dieser Gedanke die ganze Zeit in seinem Hinterkopf gelauert und träte erst in diesem Moment sichtbar zutage. Er nahm einen langen Schluck aus seinem Glas.

Laura sah ihn an. »Das würde bedeuten, dass zumindest das Mordmerkmal Vorsatz vorliegt.« Sie schauderte. »Wie sicher bist du dir?«

»Überhaupt nicht. Das ist nur so eine Art Gefühl.« Er ließ von Hauke ab. Der Kater starrte ihn an, schloss dann die Augen. Für den Augenblick wirkte er mit seinem Dasein vollkommen zufrieden, aber natürlich war es nur eine Frage der Zeit, bis ihm wieder einfallen würde, dass er eigentlich Hunger hatte und das lautstark kundtun würde.

Um dem Gemaunze zuvorzukommen, nahm Laura die angefangene Dose Katzenfutter aus dem Kühlschrank und bückte sich nach Haukes Napf. Zack, saß der Kater kerzengerade und aufmerksam da, die Pupillen schmale Schlitze, als befinde er sich auf der Jagd. Laura hatte kaum den ersten Löffel des Futters in den Napf befördert, da sprang Hauke schon von der Fensterbank und drückte sich miauend an ihre Waden.

»Was hat es jetzt aber mit diesem Wrackteil auf sich?«, fragte Laura und stellte den Napf auf den Boden.

»Das war in einer Truhe im Keller, zu dem Frau Lorenzen den Schlüssel an einer goldenen Kette um den Hals hängen hatte.« Jan wischte sich mit der flachen Hand über Mund und Kinn.

Laura betrachtete das Wrackteil. »Sie muss es im Watt gefunden und mitgenommen haben. Soweit ich weiß, gab es hier in der Gegend im Zweiten Weltkrieg Luftkämpfe zwischen Engländern und Deutschen. Sieht aus, als wurde das Flugzeug, von dem das Teil stammt, abgeschossen.«

Jan nickte. »Möglich, ja.«

»Aber?«

»Aber ich frage mich, was für eine Bedeutung es für Frau Lorenzen hatte. Einerseits hat sie es in dieser Truhe im Keller aufbewahrt, irgendwie so, als sei es nur irgendein altes Ding, das man eigentlich mal wegschmeißen müsste. Aber dazu passt nicht, dass sie den Schlüssel zu der Truhe an einer Kette um den Hals hatte.«

Er hatte recht, dachte Laura.

Hauke war fertig mit fressen. Er leckte sich genüsslich das Mäulchen und stolzierte mit hoch erhobenem Schwanz aus der Küche, vorbei an Lilly, die es sich wieder auf den Fliesen bequem gemacht hatte und die er keines einzigen Blickes würdigte. Jan starrte ihm hinterher, dann seufzte er. »Da war noch etwas«, murmelte er. »Sie hatte ein Stück Papier in der Hand, das sie Tamme gegeben hat, kurz bevor sie gestorben ist.« Er nahm sein Handy heraus, rief ein Foto auf und zeigte es Laura.

Sie betrachtete es lange, die unsaubere Abrisskante, die pastelligen Veilchen am Rand. Das eine Wort.

»Gerechtigkeit?«, fragte sie. »Was hat das denn zu bedeuten?«

»Tamme denkt, dass sie wollte, dass wir ihren Mörder finden.«

Trotz des Ernstes der Lage musste Laura schmunzeln. »Logisch, dass Tamme das denkt.« Sie wandte sich erneut dem Kühlschrank zu. »Musst du noch mal weg, oder kann ich mich ans Abendbrot machen?«

Jan schüttelte den Kopf. »Die Kollegen vom ED haben den Leichenfundort dokumentiert und sind für die Nacht in der NordseeLodge untergekommen. Die Leiche wurde vom Bestatter in die Leichenhalle gebracht, wo sie mor-

gen von den Kollegen aus Flensburg zur Obduktion abgeholt wird. Für heute Abend gibt es für mich nichts mehr
zu tun.«

Außer über den neuen Fall zu grübeln und sich die
halbe Nacht schlaflos im Bett hin und her zu wälzen. War
das nicht genau das gewesen, weswegen sie damals Essen
verlassen hatten?, dachte Laura, behielt diesen Gedanken
aber lieber für sich.

Eine gute Stunde darauf saßen sie gemeinsam beim
Abendessen. Sie hatten eine Bärlauch-Schafskäse-Frittata
gebacken, zu der Laura ihr selbst gemachtes Bärlauch-
pesto servierte. Die erste Gabel war wie immer eine Ge-
schmacksexplosion im Mund, und während sie aßen, un-
terhielten sie sich über Louis und Leon, die Kinder ihrer
derzeitigen Gäste, und darüber, wie die beiden mit den unreifen Äpfeln die Hühner abgeschossen hatten. Es ärgerte
Laura schon, Jan nur von dieser Familie zu erzählen, von
der Dreistigkeit der beiden Jungs und der Überbehütung
durch ihre überforderte Mutter, die selbst im Urlaub jeden
Moment wirkte, als klappe sie zusammen. Und von dem
ständig arbeitenden Vater, der einfach völlig selbstverständlich alle Mühen der Erziehung seiner Frau überließ.

»Gott, ich könnte jeden Einzelnen von denen packen
und schütteln«, grummelte sie.

»Verständlich«, sagte Jan. »Wie geht es Cornelia?«

»Wieder besser, zum Glück. Sie humpelt noch ein bisschen, aber vorhin hat sie sich schon wieder mit Erna gestritten. Sie scheint also nicht allzu ernsthaft verletzt zu
sein.«

»Das ist doch gut. Irgendwie ist es komisch zu hören, wie die beiden Jungs ticken«, sagte Jan nachdenklich. »Vor allem, wenn man gleichzeitig mit einem zu tun hat, der straffällig wird und dessen Vater sich trotzdem keinen Dreck für ihn interessiert.«

Laura ahnte, von wem er sprach. »Schon wieder dieser Jasper?«

Da Jan den Mund voll mit heißer Frittata hatte, nickte er. »Hat im Supermarkt zwei Packungen Zigaretten mitgehen lassen.«

»Oha«, sagte Laura. »Diesmal kommt er um ernstere Konsequenzen aber nicht mehr herum, oder?«

»Ich fürchte nicht. Ich hatte wegen des Todesfalls allerdings bisher noch keine Zeit, mich darum zu kümmern. Ich war gerade im Supermarkt, da hat Tamme angerufen und den Fund von Frau Lorenzens Leiche gemeldet.«

»Armer Tamme.« Laura dachte an den robust wirkenden, aber doch eher sensiblen Nordfriesen, der in der Zeit, die sie nun auf der Insel lebten, von einem neugierigen Einheimischen erst zu einem inoffiziellen Assistenten und danach zu einem echten Freund geworden war. »Wie geht es ihm?«

Bevor Jan darauf antworten konnte, hob Lilly den Kopf und zeigte damit an, dass draußen jemand auf den Parkplatz fuhr. Gleich darauf klopfte es an der Wohnungstür, und wie aufs Stichwort streckte Tamme den Kopf herein. »*Dörf ik rinkoben?*«

»Klar.« Automatisch stand Jan auf, um ihm Besteck, einen Teller und ein Glas zu holen.

Tamme begrüßte Laura mit einer herzlichen Umarmung. Er machte das seit einigen Monaten, und es irritierte Laura immer noch. Früher war Tammes Verständnis einer herzlichen Begrüßung ein knappes Nicken, höchstens einmal ein gebrummeltes »Moin« gewesen. Aber offenbar machte seine Lebensgefährtin Inka aus dem wortkargen Nordfriesen langsam einen richtigen Charmeur.

»Wie geht es dir?«, fragte sie ihn und tat ihm ein großes Stück Frittata auf den Teller, den Jan ihm hingestellt hatte. »Was zu trinken nimmst du dir selbst, ja?«

Sie setzte sich und wartete auf Tammes Antwort. Er wirkte, als müsse er erst in sich hineinhorchen, dann fiel ihm ein, dass er seine Mütze noch aufhatte. Eilig zog er sie vom Kopf. »Schon okay, denke ich. War ein ziemlicher Schock.«

»Kann ich mir vorstellen.«

Tamme schnupperte an der Frittata. »Da komm ich ja gerade recht.«

Ganz so geschockt konnte er nicht mehr sein, dachte Jan, gemessen daran, wie er sich nun die Gabel schnappte und kräftig zulangte.

Jan schaute ihm dabei zu. »Na? Was für eine Theorie hast du entwickelt?« Es war nur allzu offensichtlich, dass Tamme hier war, um über die Tote zu sprechen – und über die vermutlich wieder einmal kruden Ansichten, die er zu diesem neuen Fall entwickelt hatte.

Tamme schaute zurück. Sagte nichts. Blinzelte. »Weiß gar nicht, wovon du redest.«

»Verkauf mich nicht für dumm! Du weißt, dass ich

Pellworms bester Ermittler bin. Du kannst mir nichts vormachen, mein Lieber! Du bist eindeutig hier, weil du mit mir über den Fall schnacken willst.«

Da grinste Tamme breit. »Brunke war es nicht.«

Sie lachten alle drei, und das fühlte sich befreiend an. Auch Jan hatte der brutale Tod der alten Frau betroffen gemacht, das konnte er nicht einmal vor sich selbst leugnen. Da war es gut, ein wenig über Brunke lästern zu können. Dass Tamme und der Immobilienunternehmer eine Art Hassliebe verband, war auf der Insel ein offenes Geheimnis, wenn auch niemand so recht wusste, woher die Feindschaft zwischen den beiden Männern kam. Jan vermutete, dass sie noch aus der Kindheit der beiden stammte. Tamme und Brunke waren zusammen zur Schule gegangen. Es fiel Jan nicht schwer, sich vorzustellen, wie der bis an die Grenzen des Erträglichen selbstbewusste, wohlsituierte Brunke den eher behäbigen und aus ärmlichen Verhältnissen stammenden Tamme gemobbt hatte. Eine Weile lang hatte Laura versucht, aus Tamme rauszukriegen, was genau damals geschehen war. Vergeblich. Wenn Tamme ein Geheimnis für sich behalten wollte, dann war er in etwa so gesprächig wie Granit. Dass er Brunke allerdings für die Ausgeburt des Bösen hielt – und damit auch für fähig, für jede Gewalttat, die auf der Insel begangen wurde, persönlich verantwortlich zu sein –, hatten sie in den vergangenen Monaten mehr als einmal erlebt. Tamme hatte Brunke sowohl im Fall des toten Malers verdächtigt als auch im Fall des Feuerteufels im Februar. Nur im Fall des Wallenstein-Schwertes, bei dem erst vor ein paar Wochen eine High-Society-Lady tot im Watt gefunden worden war, hatte er sich dann doch ein wenig schwergetan, Brunke mit dem Fall in Verbindung zu bringen. Umso logischer war es, dass er auch jetzt wieder überlegte, was Brunke mit dem Tod von Meike Lorenzen zu tun haben könnte. Allerdings hatte er ihn – ganz professioneller Kriminaler – diesmal offenbar schon als möglichen Verdächtigen ausgeschlossen.

»Da bin ich ja froh.« Jan spießte ein Stück Frittata auf die Gabel und steckte es in den Mund. Er kaute, schluckte, dann erklärte er: »Ich war übrigens heute bei Brunke. Er wird bedroht.«

»Heißt?« Tamme verzichtete darauf, erst aufzukauen, und sprach einfach an dem dicken Stück aus Käse und Bärlauch in seinem Mund vorbei.

»Heißt, dass er anonyme Anrufe und Drohbriefe kriegt. Außerdem ist ihm in der letzten Zeit häufiger ein schwarzer Mercedes 190 in seiner Nähe aufgefallen. Er glaubt, jemand will ihm was.«

Tamme schluckte seinen Bissen hinunter. »190er fahren auf der Insel etliche rum. Der will sich doch nur wieder wichtigmachen!«

»Dachte ich auch erst. Ich überlege, die Drohbriefe zur Untersuchung ins Labor zu schicken.«

»Und? Machst du das?«

»Ermittlungstaktisch wäre es wohl angebracht, aber irgendwie … Ich fürchte, dass das nicht viel bringen wird.«

»Was ist mit dem Auto?«, fragte Tamme.

»Ich habe ihm gesagt, er soll mir ein Kennzeichen nennen, dann sehen wir weiter.« Jan grinste Tamme an.

»Aber jetzt zu dir. Du wärst nicht hier, wenn du nicht eine Theorie zu unserem neuen Fall hättest, oder?«

Tamme schüttelte den Kopf. »Hab ich nicht. Noch nicht. Hab noch nicht genug Informationen dafür.«

Da endlich dämmerte es Jan, warum Tamme wirklich gekommen war. »Du willst wissen, ob *ich* schon neue Erkenntnisse habe!«

Tamme starrte begehrlich auf die Auflaufform mit der Frittata. Das Stück, das Laura ihm gegeben hatte, war bereits verschwunden. »Logisch! Kann dir doch nicht helfen, den Fall zu lösen, wenn ich nicht alle Details kenne.«

Er redete langsam wirklich wie die Ermittler im Fernsehen, dachte Jan amüsiert. Dass er im Fall des Wallenstein-Schwertes den Täter vor ihm gefunden hatte, hatte sein Selbstbewusstsein als »Polizeiassistent« offenbar bis ins Unendliche gesteigert. Jan sah zu, wie Laura Tamme den Rest der Frittata gab.

»Stimmt auch wieder.« Wie immer spielte er Tammes Spiel bis zu einem gewissen Grad mit. Er deutete auf das Wrackteil, das er im Flur gegen die Wand gelehnt hatte. »Der Schlüssel, den sie an der Kette um den Hals hatte, gehörte zu einer Truhe im Keller. Das war drin.«

Tamme betrachtete das Wrackteil von seinem Sitzplatz aus. Dann stand er auf, ging aus der Küche und hob das Wrackteil hoch, als wäre es aus Alufolie. Er musterte es von allen Seiten. »Das stammt von einem englischen Jagdflieger, der über dem Watt abgeschossen worden ist«, äußerte er dieselbe Vermutung, die auch Laura und Jan schon gehabt hatten. So sorgsam, als bestünde das Teil wirklich aus dünner Folie, stellte er es wieder an seinen

Platz und kehrte an den Tisch zurück. »Warum hat sie das aufgehoben?« Bevor Laura oder Jan darauf antworten konnten, sprach er schon weiter. »Komisch. Ich muss gerade an die Halliggräfin und ihren Engländer denken.«

»Welcher Engländer? Und welche Halliggräfin?«, fragte Jan.

Tamme lehnte sich auf seinem Stuhl zurück. »Das ist eine Geschichte, die Emmy Jensen gern erzählt.«

Emmy Jensen war eine Frau von der Insel, die den Feriengästen manchmal Legenden und Geschichten aus früheren Zeiten darbot, das wusste Jan. Er und Laura kannten die alte Dame auch von dem ein oder anderen Mal, als sie sie beim Einkaufen oder auf der Straße getroffen hatten. Aber einen von Emmys beliebten Erzählabenden hatten sie bisher noch nie besucht, was Laura bedauerte. Es gab eben auf dem Hof einfach immer so unendlich viel zu tun.

»Erzähl!«, forderte Jan Tamme auf.

Der schürzte die Lippen. Dann dachte er nach. »*Wenn ik mi recht entsinnen kann ...* dann war die Halliggräfin eine Adlige vom Festland. Die muss eine ziemlich emanzipierte Frau gewesen sein, anstrengend, jedenfalls wollte ihre Familie sie loswerden und hat ihr darum die Hallig Südfall gekauft. Da hat sie viele Jahre lang gelebt.«

Laura, die sich für die Geschichte der Insel und der umliegenden Halligen genauso interessierte wie für die Literatur dieser Gegend, schien die Geschichte zu kennen. »Du redest von Diana von Reventlow!«, entfuhr es ihr.

Tamme sah nicht so aus, als würde der Name ihm was sagen. »Kann sein. Ich erinnere mich nicht an Namen.

Aber an die Geschichte mit dem Engländer, da erinnere ich mich genau. Emmy hat erzählt, dass er über dem Watt abgestürzt ist, als Ebbe war. Er hat es überlebt, aber er hockte da in stockfinsterster Nacht mitten im Watt und hatte keine Ahnung, wohin er sich wenden musste. Also hat er sich auf einen Pfahl gesetzt und angefangen, irgendein Instrument zu spielen. Ich bin nicht sicher, aber ich glaub, es war eine Flöte. Die Gräfin, die gerade ins Bett gehen wollte und noch mal einen Rundgang über ihre Warft machte, hat das gehört und ist der Musik nachgegangen. Sie hat den Mann tatsächlich gefunden, mit auf ihre Hallig genommen und da bis zum Kriegsende vor ihren Landsleuten versteckt.« Er runzelte die Stirn und pulte sich ein Stück Bärlauch aus den Zähnen. »War wirklich eine rebellische Frau, würde ich sagen.«

Laura kam diese Geschichte bekannt vor. Kurz überlegte sie, was sie selbst von Diana von Reventlow wusste. Viel war es nicht, aber dass die Frau einen abgeschossenen Engländer vor der Kriegsgefangenschaft bewahrt hatte, davon hatte sie gelesen. Die Geschichte mit der Flötenmusik – nun, das war vermutlich eine hübsche Ausschmückung der Geschichte. Eine dieser vielen kleinen Erzählungen, Sagen und Legenden, die es von der Insel gab. Vielleicht sollte sie wirklich einmal einen von Emmys Erzählabenden besuchen, dachte Laura. Dort gab es bestimmt noch viel mehr Spannendes über Pellworm zu erfahren. »Gibt es denn irgendwelche Verbindungen von Frau Lorenzen zu dieser Gräfin?«, fragte sie. Die Idee, dass beides zusammenhängen sollte, nur weil sich in Meike Lorenzens Schrank das Wrackteil eines englischen Flugzeuges gefunden hatte, kam ihr doch ein bisschen weit hergeholt vor.

Jan zuckte mit den Schultern. »Ich habe da noch nicht viel nachforschen können. Morgen beschäftige ich mich aber intensiver mit Frau Lorenzen.«

»Du könntest auch zu Sinje gehen«, riet Laura ihm. »Die weiß mit Sicherheit mehr über den Luftkrieg über dem Watt.« Sinje Martens war Pellworms neue Inselarchivarin. Sie hatte erst vor Kurzem die Nachfolge von Walter Fohrbeck angetreten, als der in Rente gegangen war.

»Ich schaue mal«, sagte Jan. »Wenn sich rausstellt, dass das Wrackteil für den Fall wichtig ist, werde ich sowohl mit Sinje als auch mit Emmy reden.«

Meike war tot.

Er stand am Fenster seines Wohnzimmers und starrte mit wirbelnden Gedanken hinaus auf die Marsch. Ganz in der Ferne konnte man die Spitze des Leuchtturms über ein paar Bäume hinweg erkennen, aber er hatte keinen Blick dafür.

Meike war tot.

Die ganze Insel redete davon. Sie war aufgespießt auf eine Ballengabel gefunden worden, die Leute erzählten von Blut. Viel Blut.

Es kreiste in seinem Kopf, und wenn er nur blinzelte, dann sah er es rot glänzend und schimmernd vor sich.

»Oh Gott!«, wisperte er. »Meike. Nein!«

Er bedeckte das Gesicht mit den Händen, aber das Rot des Blutes fiel über ihn her, schrie ihn an, erinnerte ihn daran, was er getan hatte. Er hatte gedacht, die Erinne-

rungen unter Kontrolle zu haben, und all die vergangenen Jahre und Jahrzehnte war das auch der Fall gewesen.
Ganz selten nur hatte er noch Albträume gehabt, und er
hatte die Vergangenheit erfolgreich hinter sich gelassen.

Hatte er zumindest gedacht.

Doch dann hatte Meike herausgefunden, dass Brunke
DEN HOF gekauft hatte, und die Vergangenheit, die er
tief vergraben geglaubt hatte, stieg zurück an die Oberfläche. Und alles, was er sich mühsam aufgebaut hatte,
drohte ins Rutschen zu geraten.

Seitdem träumte er wieder und wieder von Blut und
Tod.

Und jetzt das.

Meike.

Tot.

Er musste sich am Fensterrahmen abstützen, um nicht
in die Knie zu gehen.

Mittwoch

Am nächsten Morgen verbrachte Jan seine übliche Viertelstunde auf dem Deich am Hafen und blickte in Gedanken versunken über das Meer in Richtung Nordstrand und Reußenköge, die heute als schmaler Streifen am Horizont zu sehen waren. Irgendwo zwischen dem Festland und Pellworm durchschnitt die *Adler Express* auf ihrem Weg von Nordstrand über Hallig Hooge und Amrum nach Sylt die Wasseroberfläche. Sie hatte ordentlich Geschwindigkeit drauf und erinnerte Jan immer an eine Art Regionalexpress im Wattenmeer. Kurz überlegte er, ob er jetzt gern an Bord wäre, statt gleich die Leute vom ED zu verabschieden und dann die Kollegen an der Fähre willkommen zu heißen, die die Leiche abtransportieren und in die Gerichtsmedizin nach Kiel bringen würden. Und im Anschluss mit seinen Recherchen über Meike Lorenzen und ihre Familie anzufangen. Über Nacht war sein Bedürfnis rauszufinden, was der Frau passiert war, noch größer geworden, aber gleichzeitig verspürte er auch eine gewisse Niedergeschlagenheit angesichts der Tatsache, dass er auf dieser eigentlich idyllischen Insel schon wieder mit einem gewaltsamen Tod zu tun hatte. Diesmal sogar als zuständiger Ermittler. Wenn das so weiterging, dann würde er hier bald nur noch in Kapitalverbrechen ermitteln. Jan Benden, der Bulle von Pellworm. Er schnaubte höhnisch. Eigentlich war das so ziemlich genau das Gegenteil von dem, was er sich damals erhofft hatte, als er und Laura hierher auf die Insel gezogen waren …

Er blickte in das silbrige Flirren der Sonne auf dem Meer weit draußen. Selbst das aufdringlich-lustige Verhalten von ein paar Möwen, die sich einen Leckerbissen von ihm erhofften und mit kleinen Hüpfern auf dem Deich Stück für Stück näher kamen, konnte seine Laune heute nicht heben. Mit dem Blick folgte er einer Joggerin, die einen riesigen Rottweiler an einer dieser um den Bauch gebundenen Joggerleinen neben sich herführte. Wenn der Hund beschloss, eine der Möwen oder gar einen Hasen zu jagen, dachte er, dann würde die Frau beschleunigt werden wie eine Gewehrkugel.

Aber der Hund lief brav neben seinem Frauchen her, und sowieso war das nicht Jans Problem.

Er wandte sich ab, machte sich auf den Weg zum Amtsgebäude, vor dem sein Streifenwagen parkte, und fuhr über den Tiefwasseranleger zur Fähre, wo er sich mit Ziegler und Thomsen vom ED traf und sie verabschiedete.

»Bis zum nächsten Mal.« Er verzog das Gesicht. »Hoffentlich nicht so bald«, schob er nach, während hinter ihm die Fähre mit den üblichen scheppernden Geräuschen anlegte.

Ziegler starrte ihn ausdruckslos an.

»Weil das bedeuten würde, dass wir erneut eine Todesfallermittlung haben«, schob Jan etwas lahm hinterher und gab Ziegler und Thomsen die Hand.

Ziegler nickte. »Ah. Nu.«

Der Leichenwagen für die tote Frau Lorenzen rollte als Erster von der Rampe.

Jan winkte den Fahrer an den Straßenrand. »Fahren Sie einfach hinter mir her«, bat er ihn. »Wenn wir uns beeilen, kriegen Sie noch die Fähre, wenn sie gleich zurückfährt. Zur Sicherheit habe ich den Kapitän gebeten, eine Viertelstunde auf Sie zu warten.«

Der Fahrer des Leichenwagens, ein breitschultriger rothaariger Kerl, der in seinem schwarzen Anzug aussah wie von der Addams-Family, kaute schweigend auf einem Kaugummi. Sein Beifahrer, kleiner und schmächtiger als er, übernahm das Reden. »Machen wir. Danke.«

Jan setzte sich mit seinem Streifenwagen vor die beiden und geleitete sie quer über die halbe Insel bis zur Neuen Kirche, neben der die Leichenhalle von Pellworm stand. Es war ein kleines Gebäude, das sich unter die alten Bäume des Friedhofs duckte, als wolle es sich verstecken.

Die zweiflüglige Tür quietschte in den Angeln, als Jan sie öffnete und vor die aufgebahrte Leiche trat. Der Inselbestatter hatte sie pietätvoll mit einem Laken bedeckt, aber das viele Blut, das an ihr klebte, hatte die weißen Fasern durchdrungen und zeichnete die gerade Reihe der Wunden nach, die die Zinken im Brustkorb der Frau hinterlassen hatten.

Jan musste schlucken. Er dachte daran, wie man gestern unter seiner und der Aufsicht von Ziegler und Thomsen den Körper von den Zinken gelöst hatte. Allein das Geräusch, das dabei entstanden war, ließ ihm noch jetzt eine Gänsehaut den Rücken hinunterrieseln.

Die beiden Addams-Family-Typen vom Fahrdienst

holten einen Zinksarg aus ihrem Wagen. Mit gekonnten Handgriffen hoben sie die Leiche hinein, klappten ihn zu und verstauten ihn wieder im Wagen.

Sie erreichten die Fähre tatsächlich noch. Allerdings bekam Jan mit, wie sich einer der wartenden Passagiere, ein Mann in Wanderkleidung, die aussah, als hätte es ihren Träger aus Versehen von Bayern hierher an die Nordsee gebeamt, über die Verspätung beschwerte.

»Mal wieder typisch«, hörte er den Mann meckern. »Wenn die Polizei sagt: Spring!, dann parieren alle. Wir leben echt langsam in einem Polizeistaat, oder, Inge?«

Jan überhörte die gewollte Provokation geflissentlich, und genauso hielt es die angesprochene Inge, die von dem Gemecker sichtlich peinlich berührt wirkte.

Kurz darauf betrat Jan das Amtsgebäude.

In seinem Büro angekommen, empfing ihn die Amtssekretärin Julia Mahnkopf mit einem kleinen Stapel ihrer üblichen Telefonzettel in der Hand. »Moin, Jan«, grüßte sie ihn zu gut gelaunt für die Pflichten dieses Morgens. Aber sie konnte nichts dafür, dass er dünnhäutig unterwegs war, also nahm er die erste der Notizen, die sie ihm reichte und die gewohnt unleserlich waren. »Gerrit Henning hat angerufen. Es geht um den Jungen, der gestern beim Klauen erwischt worden ist. Gerrit meint, er kommt deswegen nachher mal bei dir vorbei.«

Jan nahm den Zettel und warf einen Blick darauf. Immerhin, Hennings Name war zu entziffern. »Okay«, sagte er. Er dachte daran, dass er heute unbedingt die Anzeige wegen des Ladendiebstahls von Jasper schreiben musste. Ein weiterer Punkt auf seiner schier endlosen Todo-Liste, die Julia nun noch um mehrere Punkte erweiterte.

Sie reichte ihm den zweiten Zettel. »Dann hat ein Mann aus dem Deichgrafenweg angerufen. Ich glaube, das ist einer der Zweitwohnungsbesitzer da. Offenbar hat die Nachricht von der armen Frau Lorenzen schon die Runde gemacht.«

»Was wollte der Anrufer?«

Julia grinste. »Wissen, ob es auf der Insel noch sicher ist, jetzt, wo schon wieder eine Leiche gefunden wurde. Ich habe ihn gefragt, ob er eine Aussage zum Tathergang machen will. Er hat Nein gesagt, und dann habe ich ihm gesagt, dass die Polizei allen Hinweisen nachgeht.«

Auch sie klang inzwischen wie eine Figur aus einem Tatort, dachte Jan. »Schön. Sehr gut.« In Gedanken machte er sich eine Notiz, dass der Anrufer in derselben Straße wohnte wie Ulf Brunke. Vielleicht konnte er hier ja gleich zwei Fliegen mit einer Klappe schlagen. Wenn der Mann den schwarzen Mercedes auch gesehen hatte, brachte es Jan zumindest im Fall Brunke vielleicht ein Stück weiter. Jan beschloss, ihn auf jeden Fall gleich zurückzurufen.

Bei den nächsten zwei Zetteln handelte es sich um Routinesachen. Die Schulleitung der Inselschule fragte an, wann man die nächste Aktion »Schulwegsicherung« abhalten könne. Und ein Lohnunternehmer bat darum, den Transport eines größeren Häckslers abzusichern, den er in den nächsten Tagen geliefert bekommen sollte. Jan nahm auch diese Notizen aus Julias Hand entgegen und bedankte sich bei ihr.

Mehr aus Gewohnheit fragte er sie anschließend, ob er

einen Kaffee haben könnte. Sie sah ihn scharf an. »Bin ich deine Ehefrau, oder was?«

»Nein, aber genauso wichtig wie sie«, gab er zurück.

Woraufhin sie höhnisch schnaufte, auf dem Absatz kehrtmachte und in ihrem eigenen Büro verschwand.

Jan schmunzelte. Dieses Geplänkel lief zwischen ihnen immer wieder einmal ab. Es war eine Art Ritual, aber ein lieb gewonnenes. Jan legte die Zettel neben seine Tastatur, dann machte er sich mit seiner eigenen Padmaschine einen Kaffee und kümmerte sich als Erstes um die Routineterminanfragen. Nachdem er beide abtelefoniert hatte, rief er den Wohnungsbesitzer vom Deichgrafenweg an.

»Menke!«, meldete der sich schon nach dem ersten Klingeln.

Jan stellte sich vor, dass er am Apparat auf den Rückruf gelauert hatte. »Polizeistation Pellworm, Benden«, meldete er sich.

»Herr Benden! Ich hätte nicht damit gerechnet, dass Sie anrufen. Ihre Sekretärin meinte, ich müsste was zur Sache zu sagen haben.«

»Haben Sie?«, fragte Jan und ignorierte den leicht beleidigten Tonfall des Mannes.

»Zu dem Tod der alten Dame vom Ütermarkerweg? Nein.«

»Welchem Zweck diente denn dann Ihr Anruf hier auf dem Amt?«

Darauf ging der Mann nicht ein. »Gibt es denn schon erste Spuren?«, fragte er und bewies damit, dass er einfach nur neugierig war.

Jan kniff sich in den Nasenrücken. »Über polizeiliche Angelegenheiten kann ich Ihnen keine Auskunft
geben.« Er kritzelte den Namen des Mannes auf seine
Schreibtischunterlage, als Gedankenstütze dafür, dass er
ihn später überprüfen würde. Das Interesse an dem Fall
konnte schließlich einfach nur aus Insellangeweile geboren sein. Genauso gut möglich war aber auch, dass
der Mann etwas mit Meike Lorenzens Tod zu tun hatte
und hier gerade versuchte rauszufinden, ob er verdächtigt wurde.

»Ich habe allerdings eine Frage an Sie«, wechselte Jan
das Thema.

»Okay?«

»Sie kennen mit Sicherheit Ihren Nachbarn, Ulf Brunke?«

Ein leises Ächzen kam aus Menkes Mund. Jan hätte
beinahe gegrinst. Irgendwann einmal würde er jemanden
treffen, der Brunke leiden konnte. Irgendwann ...

»Der ist nicht direkt ein Nachbar, aber ja, natürlich
kenne ich den. Wieso?«

»Ist Ihnen in der letzten Zeit öfter mal ein schwarzer
Mercedes 190 in Ihrer Straße aufgefallen?«

»Ein Mercedes 190? Klar! Der gehört meinem Sohn.
Hat er sich vor Kurzem erst gekauft, von seinem ersten
eigenen Gehalt. Er ist mächtig stolz drauf, das können
Sie mir glauben!« Menke überlegte. »Warum fragen Sie
das alles?«

»Wie gesagt, Herr Menke, ich kann Ihnen zu laufenden Ermittlungen keine Auskunft geben. Haben Sie einen
schönen Tag!« Jan legte auf, bevor Menke weitere Fragen
auf ihn abfeuern konnte. Wie es aussah, hatte er eben zu-

mindest das Rätsel um den schwarzen Benz gelöst. Nicht dass es Brunke gefallen würde.

Jan seufzte. Jetzt war der Moment gekommen, an dem er sich endlich um den Todesfall der alten Frau Lorenzen kümmern musste.

Wie es üblich war, recherchierte er die Frau als Erstes in der Einwohnermeldedatei.

Sie war am 14. Februar 1946 als Meike Timmermann geboren und hatte 1978 geheiratet. Ihr Ehemann, Peter Lorenzen, war 2005 gestorben, und seitdem lebte sie als Witwe in ihrem kleinen Häuschen im Ütermarkerweg. Wie Jan schon die ganze Zeit vermutet hatte, gab es keine Kinder.

Die alte Dame hatte also nicht nur ihre Tochter und ihren für die Regierung in Übersee arbeitenden Schwiegersohn erfunden, sondern auch die beiden Enkelkinder Andy und Meike.

Warum nur?

Hing es irgendwie mit ihrem Tod zusammen? Und, schlimmer noch: Hatte sie ihm all die vergangenen Monate versucht, irgendetwas mitzuteilen, das er nicht verstanden hatte? Hatte, falls dem so war, seine Unfähigkeit am Ende gar dazu geführt, dass Meike Lorenzen in diesem Schuppen gestorben war?

Der Gedanke war beunruhigend, aber sosehr Jan sich auch den Kopf zermarterte: Ihm wollte einfach nicht einfallen, was er übersehen haben konnte.

Er wandte sich wieder den Einträgen des Einwohnermeldeamtes zu und suchte nach anderen Verwandten. Und hier stieß er dann doch noch auf ein Detail, das ihn aufmerken ließ. Frau Lorenzens Eltern waren beide bereits seit den Achtzigerjahren tot, aber es gab einen Bruder. Sein Name war Magnus Timmermann, und er lebte in Husum.

Warum hatte sie ihm nie von einem Bruder erzählt, sondern immer nur von den erfundenen Kindern und Enkeln? Jan betrachtete Magnus Timmermanns Eintrag, und dabei fiel ihm auf, dass sein Geburtsdatum mit dem von Meike übereinstimmte. Magnus war nicht nur Meikes Bruder, sondern sogar ihr Zwillingsbruder.

Jan glaubte wieder, die alte Dame schwer seufzen zu hören. »Bis auf die Kinder habe ich ja niemanden«, hatte sie oft behauptet. Dass ihr Zwillingsbruder nur eine kurze Fährfahrt und wenige Autominuten von ihr entfernt lebte und sie ihn trotzdem niemals auch nur erwähnt hatte – sagte das etwas aus? Wieder rieb Jan sich den Nasenrücken. Konnte es sein, dass die beiden Geschwister eine Meinungsverschiedenheit gehabt hatten, die dazu geführt hatte, dass sie den Kontakt zueinander völlig abgebrochen hatten? Und war diese Meinungsverschiedenheit am Ende groß genug gewesen, dass Magnus auf die Insel gekommen war und seine Schwester auf diese Frontladerzinken gestoßen hatte?

Jan sah auf die Uhr. Die nächste Fähre ging um Viertel vor zehn. Wenn er sie nahm, konnte er spätestens um halb zwölf bei diesem Zwillingsbruder sein. Er entschied sich trotzdem dagegen. Er würde sich zuerst ausführlich mit Meike Lorenzens Leben befassen. Die Kollegen vom ED hatten ihre Fotos im polizeilichen Vorgangsbearbeitungsprogramm bereitgestellt. Er klickte sich durch einige davon, aber dann entschied er, dass es sinnvoller wäre, sich noch einmal in Meike Lorenzens Haus umzusehen. Vielleicht lieferte ihm das ein paar Hinweise auf das Verhältnis der Geschwister, die ihm später beim Gespräch mit Magnus helfen würden.

Er war schon aufgestanden und hatte nach seiner Jacke gegriffen, als es an seiner Tür klopfte und Gerrit Henning den Kopf ins Büro streckte. »Moin, Jan. Hast du mal 'ne Minute für mich?«

Jan war drauf und dran zu verneinen. Es drängte ihn jetzt danach, die Ermittlungen in Angriff zu nehmen, aber dann dachte er an Jasper und die Art, wie der Junge gestern im Supermarkt gestanden und verzweifelt versucht hatte, cool zu wirken. »Geht es um Jasper?«

Gerrit betrat das Büro ganz und schob die Tür hinter sich ins Schloss. Er trug denselben Anzug wie gestern und seine Haare auf exakt die gleiche Art hinter die Ohren gekämmt. »Ja. Ich war am Nachmittag noch mal im Supermarkt und habe mit dem Inhaber geredet. Ich konnte ihn davon überzeugen, seinen Strafantrag gegen den Jungen zurückzuziehen.«

Gut!, dachte Jan. Aber trotzdem würde er der Staatsanwaltschaft raten, dem Jungen ein paar Sozialstunden in der Pflegeeinrichtung vom Roten Kreuz an der Königswiese zu erteilen und hoffen, dass ihn das in Zukunft endlich von seinen kleinkriminellen Eskapaden abhalten würde.

Langsam nickte Jan. »Das ist toll.«

Gerrit, dessen Blick auf das Wrackteil gefallen war, das Jan heute Morgen mit hierhergebracht hatte, schaute ihm wieder ins Gesicht.

»Du kümmerst dich ganz schön intensiv um den Jungen«, sagte Jan.

Gerrit lächelte traurig. »Ich will einfach vermeiden, dass Jasper irgendwann eine richtig große Dummheit macht. Eine, die sein ganzes weiteres Leben zerstört.«

Das konnte Jan nachvollziehen. »Das ehrt dich.«

Bescheiden zuckte Gerrit mit den Schultern. Wieder betrachtete er das Wrackteil, und Jan entschied spontan, seine gesammelte Inselerfahrung anzuzapfen.

»Das gehört zu dem Todesfall, den es gestern im Ütermarkerweg gegeben hat«, erklärte er.

»Die alte Frau Lorenzen?« Ein Schatten glitt über Gerrits Miene. »Schlimme Sache.«

»Wohl wahr. Kanntest du sie?«

Gerrits Augen richteten sich auf Jan, und der hatte kurz das Gefühl, durchleuchtet zu werden. Was wurde das hier, eine Prüfung? Versuchte der ehemalige Polizist, sich zu vergewissern, ob er dieser Sache gewachsen war? Jan schluckte den Anflug von Unbehagen hinunter.

»Flüchtig. Wie man sich ab und zu auf der Insel eben trifft. Beim Einkaufen oder beim Biikebrennen.«

»Aber darüber hinaus nicht?« Jan überschlug die Daten: Gerrit und Meike Lorenzen mussten ungefähr gleich alt sein.

Gerrit schüttelte den Kopf.

»Trotzdem irgendeine Idee, wer der Frau etwas antun wollte?«

Darüber dachte Gerrit intensiv nach. »Schwer vorstellbar, dass sie irgendwelche Feinde hatte. Ich meine, sie ist doch nur selten aus dem Haus gegangen.«

Jan bedankte sich bei dem pensionierten Polizisten, und der verabschiedete sich. »Ich rufe dich dann morgen mal an«, sagte er, kurz bevor er das Büro verließ.

Im ersten Moment wunderte sich Jan darüber, doch dann fiel ihm sein Geburtstag ein. »Mach das«, rief er Gerrit hinterher.

Kurz darauf machte er sich auf den Weg zu dem Haus von Frau Lorenzen, und wie es seine Gewohnheit war, schloss er seine Bürotür hinter sich ab und warf einen Blick in Julias Richtung. Die Amtssekretärin saß hinter ihrer Glasscheibe dem Haupteingang gegenüber und unterhielt sich mit jemandem, den Jan nicht sehen konnte, weil ein Mauervorsprung ihn verdeckte.

Als der Besucher jedoch »Nu!« sagte, erkannte Jan ihn. Es war Tamme.

»Moin!«, grüßte er und trat ein paar Schritte näher, sodass er um die Mauer herumsehen konnte. »Gestern Abend gut nach Hause gekommen?« In Gedanken überlegte er schon, wie er Tamme davon abhalten konnte, ihm gleich zum Haus der toten Frau zu folgen. Bisher war Tamme immer allzu übereifrig gewesen, wenn es galt, ihm bei den Ermittlungen in einem Todesfall zu helfen.

»Jo«, antwortete Tamme.

Jan wartete, was nun kam.

Es kam nichts.

»Ich muss los«, informierte er Julia, ganz sicher, dass Tamme sich an seine Fersen heften würde. »Ich fahre zum Haus von Frau Lorenzen.«

Zu seiner grenzenlosen Überraschung jedoch reagierte Tamme überhaupt nicht darauf. Jan wandte sich noch einmal um. »Bist du krank?«, rutschte es ihm raus. »Gar kein *Lot mi di hölpen* heute?«

Tamme schaute ihn sekundenlang schweigend an. »Nö«, meinte er schlicht. »*Heff ok no annere Saken to don*«, behauptete er.

»Na dann.« Jan war verblüfft. Kopfschüttelnd verabschiedete Jan sich von den beiden und machte sich auf den Weg zu seinem Streifenwagen.

Tamme blickte Jan hinterher, als er das Amtsgebäude verließ.

»Der hat sich ganz schön gewundert«, sagte Julia.

Das hatte Tamme auch bemerkt. Es kribbelte ihm unter den Fingernägeln, hinter Jan herzufahren, mitzuhelfen, rauszufinden, was der armen Frau Lorenzen passiert war. Aber er hatte da eben auch die Wahrheit gesagt.

Er hatte noch andere Sachen zu tun.

»Im Netz ist schon wieder eines dieser unsäglichen Videos aufgetaucht«, informierte er Julia.

»Wieder Schafe, die gejagt werden?«

»Jo. Immerhin verletzt sich diesmal keins. Die Follower sind nicht besonders amüsiert, weil das diesmal gar nicht *lustig* ist.« Er malte mit den Fingern Gänsefüßchen in die Luft, um das »lustig« zu betonen. »Die Leute werden echt immer bekloppter. Ich meine: Tierquälerei zum Vergnügen? Ich bin echt besorgt, dass der Kerl bald zu drastischeren Mitteln greift, um seine Follower zu befriedigen. Ich glaube, dass bald das nächste Schaf leiden muss.«

»Wie willst du das verhindern?«

»Keine Ahnung. Ich muss den Kerl irgendwie auf frischer Tat ertappen.«

»Du könntest damit auch zu Jan gehen. Schließlich ist Tierquälerei eine Straftat. Er ist dafür zuständig.«

Tamme sah Julia an. Sie hatte offenbar wirklich nicht die geringste Ahnung, wie viel Jan zu tun hatte. »Nee, nee, darum kümmere ich mich schon. Lass den Jan mal in diesem Mordfall ermitteln. Damit hat er genug zu tun.«

Julia runzelte die Stirn. »Vermutlich.« Sie blickte auf ihren Computermonitor, auf dem sie gerade irgendeinen Brief schrieb. »Aber du denkst bei allen Ermittlungen schon noch an *unsere Sache*, oder?« Sie betonte die Worte überaus bedeutungsvoll.

»Klar«, erwiderte Tamme.

Immerhin planten sie ihre Verschwörung schon seit einer halben Ewigkeit. Die würde er auf keinen Fall vergessen.

Jan hielt seinen Streifenwagen auf der gegenüberliegenden Straßenseite von Meike Lorenzens Haus.

Die Durchsuchung selbst brachte nicht allzu viele neue Erkenntnisse, aber sie bestätigte Jan, was er über die alte Frau schon wusste: dass sie sehr einsam gewesen war und selten Kontakte zu anderen Menschen gehabt hatte. Bis auf ihre Unterwäsche, ein Sparbuch der Husumer Sparkasse mit 768 Euro darauf und ein paar alte Bücher aus den Siebzigerjahren fand Jan nichts wirklich Persönliches.

Frau Lorenzen hatte offenbar gern Kreuzworträtsel gemacht und sich dafür immer die Rätselhefte aus dem

Supermarkt in Tammensiel gekauft. Sie war gut gewesen. In den meisten Rätseln fehlte allenfalls einmal ein Wort. An den Preisausschreiben, die es in diesen Rätselheften immer gab, schien sie allerdings nicht teilgenommen zu haben. Außer den Rätselheften fand Jan eine aufgeschlagene Fernsehzeitung auf dem Couchtisch. Keine Sendung war markiert oder angestrichen. Er hatte keine Ahnung, was die alte Dame gern gesehen hatte, stellte sich aber vor, dass es romantische Vorabendserien oder Realityshows à la »Die Beetbrüder« gewesen waren.

Der winzige Sekretär, der in Frau Lorenzens Wohnzimmer stand, enthielt nichts außer einem altmodischen, aber nicht besonders teuer aussehenden Füllfederhalter und ein paar Rechnungen, auf die Frau Lorenzen mit ihrer krakeligen Handschrift »überwiesen« und jeweils ein Datum geschrieben hatte. Jan ging die einzelnen Seiten durch: Es waren eine Stromrechnung, eine Rechnung über die Zuzahlung beim Physiotherapeuten und zwei kleinere Beträge eines großen Versandhauses. Einmal hatte Frau Lorenzen einen neuen Rock bestellt – Farbe Latte Macchiato –, einmal zwei Packungen mit Unterhemden – Spitze, weiß.

Jan öffnete die beiden Schubladen des Sekretärs. Eine enthielt ein paar Werbekugelschreiber, die andere war leer. Es gab weder einen Kalender noch etwas, das wie ein Tagebuch mit Veilchendruck an den Seitenrändern aussah und das zu dem Fetzen Papier passen mochte, den die alte Dame im Sterben Tamme in die Hand gedrückt hatte. Keine Notizen, die darauf hinwiesen, dass Frau Lorenzen Streit mit jemandem gehabt hätte. Das Festnetztelefon war ein altmodisches, schnurloses Teil von Siemens. Jan rief das Adressbuch auf, es war leer. Frau Lorenzen hatte keine einzige Nummer darin eingespeichert. Wie man bei diesem Gerät die Liste der ein- und ausgehenden Anrufe aufrief, wusste Jan nicht, darum stellte er es vorerst wieder in seine Ladeschale.

Die gesamte Atmosphäre des Hauses erinnerte ihn an ein Altersheim. Auch das war nichts Neues für ihn, er hatte es früher schon öfter gedacht, wenn er Frau Lorenzen besucht hatte. Im unteren Teil des Sekretärs fand er noch zwei Ordner, die Renten- und Versicherungsunterlagen enthielten. Auch hier: nichts Auffälliges, wenn man von der Tatsache absah, dass Frau Lorenzen keine Gebäudeversicherung gehabt hatte. Das mochte ungewöhnlich sein angesichts der Tatsache, dass der Wert selbst von so kleinen Häuschen wie ihrem auf der Insel in den vergangenen Jahren massiv gestiegen war. Ein Motiv ließ sich daraus aber mit Sicherheit nicht ableiten.

Das Vorletzte, was Jan sich ansah, war das Stammbuch, das neben den beiden Ordnern stand. Es enthielt drei Urkunden: die ihrer eigenen Geburt, ihre Heiratsurkunde und die Sterbeurkunde ihres Mannes. Alle drei bestätigten das, was Jan schon aus dem Register des Einwohnermeldeamtes entnommen hatte.

Nachdem er das Stammbuch wieder zurückgestellt hatte, blieb ihm nur noch eines, das er sich ansehen konnte: die Fotoalben, die er von seinen vielen Besuchen hier natürlich längst kannte. Er ging zu dem massiven Wohnzimmerschrank, in dem die alte Dame sie aufbewahrt hatte. Die Tür quietschte leise, als er sie öffnete. Die

Rücken von insgesamt vier Alben blickten ihm entgegen, alle mit dunkelblauem Samt bezogen und beschriftet mit »Mein Leben« in verschnörkelten, goldenen Buchstaben.

Ebenfalls von seinen Besuchen wusste Jan, dass Frau Lorenzen die Rücken der Alben immer sehr sorgsam ausrichtete, sodass keiner von ihnen auch nur einen einzigen Millimeter vorstand. Diesmal jedoch schien sie das nicht getan zu haben. Eines der Alben, das erste von rechts, ragte mindestens um Daumenbreite nach vorn. Jan biss sich auf die Lippe. Hatte das etwas zu bedeuten?

Er wusste, dass die Alben allesamt Bilder von Meike Lorenzens Kindheit enthielten – schwarz-weiß die meisten und versehen mit diesem gewellten weißen Rand, den man damals hübsch gefunden hatte.

Er zog das vorstehende Album heraus und schlug es auf. Die altbekannten Fotos der kleinen Meike in weißem Kleidchen zwischen blühenden Rosen, auf einem Hochstühlchen mit breiverschmiertem Mund und breitem Lachen, am Hals eines riesigen schwarzen Hundes, der ihr freudig über das Gesicht schleckte ... Langsam blätterte er weiter. Nicht das geringste Zeichen, dass es da noch ein zweites Kind, einen Zwillingsbruder gab. Es verwunderte Jan nicht, schließlich kannte er all diese Bilder zur Genüge.

Er betrachtete die Bildunterschrift unter dem Foto mit dem Hund. *Paulchen und ich* hatte Frau Lorenzen darunter geschrieben. Jan runzelte die Stirn. Irgendetwas klingelte in seinem Hinterkopf beim Anblick der krakeligen Handschrift, aber er bekam es nicht zu fassen. Er blätterte weiter. Unter einem Foto, auf dem die kleine

Meike auf dem Arm eines streng in die Kamera blickenden Mannes zu sehen war, stand: *Der Papa!*

Jan starrte das Bild an. Das Gefühl, dass er hier gerade irgendwas Wichtiges übersah, wuchs weiter an. Und dann stutzte er. Auf der letzten Seite, auch das wusste er von seinen Besuchen, befand sich ein einzelnes Foto von Meike Lorenzens Vater. Er trug denselben Anzug, den er auf den meisten anderen Bildern auch getragen hatte, und Jan hatte das Bild schon oft gesehen. Jetzt jedoch war das Gesicht des Mannes wie ausradiert. Jemand hatte es erst kürzlich mit einem scharfen Gegenstand förmlich weggekratzt.

Aber warum?

Seufzend sah er auf die Uhr. Er würde sich später darum kümmern müssen. Die nächste Fähre fuhr um Viertel vor zwei, und es war schon fast zehn nach halb. Rasch nahm er das Telefon aus der Tasche, rief auf der *Pellworm I* an und bat darum, dass man fünf Minuten auf ihn warten möge. »Kein Problem«, sagte der Kapitän der Fähre. »Wir müssen sowieso noch ein Anhängergespann verladen, dessen Fahrer ein paar Rangierprobleme hat.«

Nachdem Jan aufgelegt hatte, packte er alle Fotoalben in eine große Papiertüte, trug sie zu seinem Streifenwagen und verstaute sie im Kofferraum. Dann sah er zu, dass er zur Fähre kam. Er wollte nicht, dass die Passagiere seinetwegen schon wieder warten mussten.

Magnus Timmermann wohnte im Husumer Ortsteil Hockensbüll in einem zurückgesetzten Einfamilienhaus an der alten Landstraße, dessen Garten in Jans Augen der

Inbegriff des typisch Deutschen war. Sorgfältig gestutzter Rasen, rechts und links vom Weg Rosenbeete, die kein Hälmchen Unkraut zeigten. Das ganze Grundstück war umgeben von einer einen Meter sechzig hohen Ligusterhecke. Alles in allem war der Garten so voller Leben wie ein Betonparkplatz mitten in der Großstadt.

Ein Mann in den späten Siebzigern war dabei, in der Mitte des Rasens ein Loch auszuheben. Ein Rhododendron-Busch mit einem in Jute verpackten Wurzelballen lag neben ihm und wartete darauf, ein neues Zuhause zu bekommen.

Jan blieb in einiger Entfernung stehen und räusperte sich.

Keine Reaktion.

Er räusperte sich lauter, dabei fielen ihm die beiden Hörgeräte auf, die hinter den Ohren des Mannes saßen. Möglicherweise waren sie stumm geschaltet, oder aber die Batterien waren leer. Jan stieg vorsichtig über die Rosenbüsche und betrat den dichten Rasen, sodass er ins Sichtfeld des Alten gelangte.

Da erst bemerkte der Mann ihn. Mit einem erschrockenen Ruck richtete er sich auf.

»Oh. Entschuldigung!«, rief er aus. »Ich habe Sie nicht kommen hören.« Mit einer Hand fummelte er an seinem rechten Hörgerät herum, verstellte etwas daran. »Dummes Ding!«, hörte Jan ihn murmeln. Dann richtete der Mann den Blick mit einem offenen Lächeln direkt in sein Gesicht. »Womit kann ich Ihnen helfen?«

Jan, der sich am Morgen gegen die Uniform und für normale Zivilkleidung – Jeans, T-Shirt und Sneaker – entschieden hatte, zog seinen Dienstausweis und stellte sich vor. »Sind Sie Magnus Timmermann?«, fragte er.

Der Mann nickte. Er war ähnlich klein und schmal gebaut wie Meike Lorenzen, und mit seinen grauen Haaren, der scharfen Nase und den hellblauen, mit grauen Wimpern umkränzten Augen sah er seiner Zwillingsschwester auch ziemlich ähnlich.

»Ich fürchte, ich muss Ihnen eine schlimme Nachricht überbringen«, erklärte Jan ihm. »Ihre Schwester wurde gestern auf ihrem Grundstück tot aufgefunden.«

Timmermanns Augen weiteten sich. »Meike?«

»Ich fürchte, ja.«

»Ach, du lieber…« Timmermann brach mitten im Wort ab. Stand einige Sekunden völlig starr da. »Das ist wirklich eine schreckliche Nachricht.« Er schien allerdings nicht allzu betroffen davon zu sein. Er wirkte gefasst und ruhig. Wie jemand, der einfach nur alt genug war, um jeden Tag mit Nachrichten dieser Art zu rechnen? Oder aber wie jemand, der bereits gewusst hatte, dass seine Schwester nicht mehr am Leben war – weil er sie selbst umgebracht hatte?

Unmöglich, es zu sagen.

Timmermann deutete in Richtung Haus. »Wollen wir uns drinnen hinsetzen?«, schlug er vor. »Sie haben bestimmt einige Fragen an mich.«

Jan nickte, dann folgte er dem Mann den Gartenweg entlang in Richtung Haus.

Um die Atmosphäre ein wenig aufzulockern, sagte er: »Schöne Rosen.« Es war eine kleine Lüge, denn die einzelnen Pflanzen sahen mickerig aus und trugen nur wenige Blüten auf viel zu langen Stängeln. Kein Vergleich mit den üppigen Büschen gefüllter, aber auch ungefüllter Rosensorten, die Laura im Garten des Paulinenhofes so liebevoll pflegte.

Timmermann wiegelte ab. »Na ja. In diesem Jahr sind sie oft befallen. Aber die Farbe ist schön, oder? Seit ich klein war, mag ich diesen gelben Ton. Er erinnert mich an Zitroneneis, das habe ich als Kind immer gern gegessen.«

Jan runzelte die Stirn. »Okay«, murmelte er leicht verwundert. Die Blüten der Rosen zeigten ein leuchtendes Rot. Verwirrt folgte Jan dem Mann in das Haus, das im krassen Gegensatz zu dem seiner Schwester stand. Hier sah Jan überall elegante Möbel aus hellem Holz, die allerdings genauso so blank poliert waren wie die bei Meike Lorenzen. Aber das war dann auch schon die einzige Übereinstimmung. Wo Meikes Haus düster und deprimierend gewirkt hatte, war dieses hier hell und einladend. An den Wänden hingen Bilder der Nordseeküste, hauptsächlich Ansichten von Dünen und verschiedenen Leuchttürmen. Allesamt waren sie in Aquarell gemalt, allerdings in Fehlfarben. Das Meer hatte einen grünlichen Ton, die Bäume wirkten lila, das Rot des Leuchtturms sah gelblich aus, vielleicht so gelblich, wie Timmermann seine eigenen Rosen sah. Jan fragte sich, ob das Kunst war. Vermutlich.

Das Esszimmer, zu dem Timmermann ihn führte, war durch einen Bogengang mit dem Wohnzimmer verbunden. Tisch und Stühle waren aus demselben Holz wie die Möbel in der Diele. Jan versank ein Stück in der üppigen Polsterung des Stuhles, den Timmermann ihm anbot.

»Darf ich Ihnen etwas zu trinken bringen?«

Jan lehnte ab. »Bitte setzen Sie sich zu mir. Wie Sie schon richtig vermutet haben, muss ich Ihnen einige Fragen stellen.«

»Dann ist Meike also nicht an Herzversagen gestorben.« So sachlich sagte Timmermann das, dass Jan unwillkürlich den Kopf schüttelte.

Er sammelte sich. »Nein.« Die grausamen Einzelheiten eines gewaltsamen Todes zu überbringen, war der schlimmste Teil dieses Jobs. »Ich fürchte, wir haben sie in ihrem Schuppen gefunden. Aufgespießt auf den Zinken einer alten Frontladergabel.«

Das nun schien Timmermann doch zu schockieren. Wieder weiteten sich seine Augen, diesmal jedoch wurde er dazu auch blass. »Wie …? War das ein Unfall?«

Jan dachte an die Art und Weise, wie die Zinken Meike Lorenzen durchbohrt hatten. »Wir wissen es noch nicht«, sagte er. »Ich bin hier, um das rauszufinden.«

»Ich wüsste nicht, wie ich Ihnen dabei helfen kann. Ich war seit Jahren nicht mehr auf der Insel.« Timmermann legte beide Hände auf die blank polierte Tischplatte, bemerkte dabei erst, dass er von der Gartenarbeit Erde an den Fingern hatte, und zog die Hände eilig wieder zurück. Sie verschwanden aus Jans Blickfeld, als er sie in den Schoß legte.

»Sie und Ihre Schwester hatten keinen Kontakt mehr?«

Timmermann schüttelte den Kopf. »Schon seit Jahren nicht mehr.«

»Darf ich fragen, warum?«

»Dürfen Sie, auch wenn ich nicht weiß, was das mit Meikes Tod zu tun hat. Wir haben uns auseinandergelebt, als wir beide noch jung waren.« Timmermann legte den Kopf ein wenig schief. Er hob die Hand, als wolle er sich ins Gesicht fassen, bemerkte aber erneut den Dreck an seinen Fingern. Er begann, an seinem verschmutzten Daumen herumzurubbeln.

»Gab es einen konkreten Grund dafür?«, fragte Jan.

Ohne mit dem Rubbeln aufzuhören, schüttelte Timmermann den Kopf. »Wir waren beide jung, dann wurden wir erwachsen und stellten fest, dass wir uns nichts mehr zu sagen hatten.«

»Können Sie mir sagen, wo Sie gestern im Laufe des Vormittags waren?«

Nun ließ Timmermann seinen Daumen doch in Ruhe. Einige Sekunden lang sah er Jan schweigend an. »Ist es da passiert?«

Jan ging auf diese Frage nicht ein.

»Gestern Vormittag? Natürlich. Das können Sie auch ganz einfach nachprüfen. Gestern habe ich den ganzen Tag lang zusammen mit ein paar Jungs von der Freiwilligen Feuerwehr das Vereinsheim von unserem Sportverein renoviert.«

Jan, der zwischenzeitlich sein Notizbuch herausgeholt hatte, schlug es nun auf. »Können Sie mir ein paar Namen von Leuten geben, die das bestätigen können?«

Auch dieser Bitte kam Timmermann nach, ohne zu zögern. Er diktierte Jan drei Namen samt Handynummern, die er aus seinem eigenen Mobiltelefon raussuchen musste.

»Danke«, meinte Jan. »Haben Sie irgendeine Idee, wer Ihrer Schwester etwas Böses gewollt haben könnte?«

»Sie gehen also doch von Mord aus!«, entfuhr es Timmermann.

Jan reagierte mit der üblichen Floskel. »Wie gesagt, wir ermitteln noch. Und wir müssen alle Möglichkeiten in Betracht ziehen. Also: Kennen Sie jemanden, der Ihre Schwester nicht leiden konnte, mit dem sie Streit hatte oder der ihr aus irgendeinem anderen Grund nicht wohlgesonnen war?«

Wieder legte Timmermann den Kopf schief. Es schien eine Angewohnheit von ihm zu sein, wenn er intensiv nachdachte. Diesmal kniff er dazu auch noch die Augen zusammen. »Wie gesagt, wir hatten keinerlei Kontakt mehr. Ich weiß nicht, wen Meike kannte und zu wem sie ein gutes oder schlechtes Verhältnis hatte. Vielleicht zu ihren Nachbarn? Mit Nachbarn gibt es ja gerne mal Stress.« Er sagte das, als spreche er aus eigener Erfahrung, und spontan stellte Jan sich vor, wie der Mann sich mit seinen eigenen Nachbarn anlegte, weil sie den Löwenzahn nicht aus ihrem Rasen entfernten oder weil ein Baum einen Ast auf sein wohlgeordnetes, steriles Grundstück reckte. Er verscheuchte den Gedanken und bedankte sich bei Timmermann für den Hinweis, bevor ihm ein Gedanke kam. »Darf ich Ihnen etwas zeigen?«

»Klar.«

Jan ging nach draußen und holte das erste der Fotoalben von Meike Lorenzen aus dem Kofferraum seines Streifenwagens. Er reichte es Timmermann und bat ihn, es anzusehen. Während der Bruder der Verstorbenen es durchblätterte, beobachtete Jan ihn genau. Timmermanns Augen wanderten von rechts nach links und wieder zurück, wenn er die einzelnen Fotos betrachtete. Einmal rieb er sich den Nasenflügel, und einmal schluckte er etwas schwerer, und zwar, als er das zerkratzte Foto von seinem eigenen Vater sah.

»Mir fällt nichts auf«, sagte er, nachdem er mit dem Album durch war und es zugeklappt hatte. »Müsste ich irgendwas …« Er zuckte mit den Schultern. »Tut mir leid!«

»Kein Problem«, sagte Jan. »Mir ist nur aufgefallen, dass auf keinem einzigen der Kinderfotos Sie zu sehen sind. Wundert Sie das nicht?«

»Hm.« Timmermann griff sich an die Lippen, ließ aber sofort wieder davon ab. Erneut rubbelte er an dem Dreck an seinen Fingern herum. »Sie haben recht. Aber ich habe dieses Album noch nie vorher gesehen, darum vermute ich, dass nicht unsere Mutter es erstellt hat, als wir beide noch klein waren, sondern Meike selbst. Wenn sie das getan hat, nachdem wir uns auseinandergelebt hatten, dann würde das die fehlenden Bilder von mir erklären, oder?«

Dem konnte Jan nur zustimmen. »Bitte blättern Sie noch einmal auf die vorletzte Seite«, sagte er.

Timmermann tat wie geheißen. Lange betrachtete er das zerstörte Foto. »Da hat sie eine hübsche Wut gehabt, würde ich sagen.«

Jan wartete.

»Sie wollen wissen, ob ich weiß, warum sie das Gesicht unseres Vaters zerkratzt hat?«

Jan nickte.

»Nun, sagen wir, unser Vater war kein besonders netter Mensch«, erklärte Timmermann. »Ganz im Gegenteil.«

»Im Gegenteil.«

»Ja. Er hat uns beide oft verdroschen, wenn ihm danach war, und unsere Mutter auch. Aber ich wüsste nicht, wie Ihnen das weiterhelfen könnte. Unsere Eltern sind beide schon seit Jahren tot. Die können eigentlich nichts mit Meikes Tod zu tun haben.«

»Ich gehe davon aus, dass Ihre Schwester das Bild erst kürzlich zerstört hat«, sagte Jan.

»Tatsächlich. Na, wenn Sie es sagen.«

»Sie haben keine Idee, warum sie das getan haben könnte – nach all den Jahren?«

»Wie ich schon sagte: Wir hatten seit einer Ewigkeit keinen Kontakt mehr.«

Nichts an Timmermanns Verhalten wies darauf hin, dass er die Unwahrheit sagte. Jan seufzte. Ihm fiel nichts weiter ein, was er noch fragen konnte, also machte er Anstalten, sich zu verabschieden.

»Wie geht es jetzt weiter?«, fragte Timmermann. »Mit ihrer Leiche, meine ich?«

»Vorerst kümmert sich die Gerichtsmedizin um sie. Wenn sie freigegeben wird, können Sie einen Bestatter Ihrer Wahl damit beauftragen, sich um die Beisetzung zu kümmern.«

Der Gedanke schien Timmermann nicht besonders zu behagen, aber er nickte. »Da ich ihr letzter Verwandter bin, muss das wohl sein«, seufzte er.

Jan erhob sich. »Ich melde mich wieder bei Ihnen.« Vorbei an den leuchtend roten Rosen ging er zurück zu seinem Streifenwagen.

Wie lange starrte er jetzt schon blicklos auf Meikes Tage-
buch und wagte nicht, es aufzuschlagen?

Er wusste es nicht. Gleich nach dem Frühstück hatte
er das Buch aus seinem Schrank geholt, wo er es gestern
Abend unter seinen gebügelten Hemden versteckt hatte.
Er hatte es mit zum Esstisch genommen, und seitdem saß
er hier. Wieder und wieder fuhr er mit den Fingerspitzen
über den samtigen Einband, und seine Gedanken trieben
wieder und wieder in die Vergangenheit davon.

Wie aus weiter Ferne wehten ihn Erinnerungen an, Ge-
sprächsfetzen, Gelächter und das Geräusch, das der Wind
im Reet der alten Scheune gemacht hatte, wenn er und
Meike im Heu versteckt gelegen und die ganze Familie
nach ihnen gesucht hatte ...

»Wetten, die finden uns hier oben nie?« Meike musste
ein Kichern unterdrücken.

»Pst!«, machte er. »Wenn du zu laut bist, wissen sie,
wo wir sind.«

Die Sonnenstrahlen waren schräg durch ein paar
Löcher im Dach gefallen und hatten Meikes Haut zum
Schimmern gebracht. Er konnte den Blick nicht davon ab-
wenden. Manchmal berührte er ihre nackten Arme, auch
dann kicherte sie. Seit der Einschulung, als sie sich zum
ersten Mal begegnet waren, hatte sie ihn fasziniert. Inzwi-
schen waren sie beide schon fast keine Kinder mehr. Mit
ihr im Heu zu liegen, ließ sein Herz heftig pochen, und
immer wieder mal, wenn ihre Haut sich wie zufällig be-
rührte, pochte es auch weiter unten in seiner Hose.

»Ich könnte ewig hier so liegen bleiben«, flüsterte
Meike dicht an seinem Ohr.

Er genoss die Gänsehaut, die das bei ihm verursachte …

Mit einem Ruck kehrte er aus der Erinnerung zurück. Das Tagebuch lag noch immer geschlossen vor ihm. Auch jetzt rüttelte der Wind an seinem Dach, und es war, als käme das Geräusch aus einer fernen Vergangenheit. Sein Herz fühlte sich wund an. Dieser sonnendurchglühte Nachmittag auf dem Heuboden war einer der letzten gewesen, die Meike und er gemeinsam genossen hatten. Kurz darauf dann war das Unheil wie aus heiterem Himmel über sie hereingebrochen.

Laura verbrachte den Vormittag mit den üblichen Pflichten, die der Betrieb eines Ferienhofes mit sich brachte. Sie fütterte die Hühner und die Pferde, mistete die Boxen aus und sammelte – sicherheitshalber – die schon wieder heruntergefallenen unreifen Äpfel im Garten auf. Zu ihrer Erleichterung war die Familie von Leon und Louis an diesem Tag ganz früh aufgebrochen. Laura hatte den Vater schon kurz nach Sonnenaufgang bei den Mülltonnen getroffen, und er hatte ihr gesagt, dass heute ein Ausflug anstand. Die Familie wollte mit den Gebrüdern Hellmann eine Fahrt nach Norderoogsand machen. Auf diese Weise musste Laura sich also zumindest heute nicht darum sorgen, dass wieder eines ihrer Tiere unter den beiden Jungs zu leiden hatte.

Cornelia ging es wieder besser. Sie humpelte nicht mehr, aber sie war immer noch vorsichtig und versteckte sich lieber, sobald jemand in den Garten kam. Laura entdeckte sie unter einem der Holundersträucher, die den Garten von der umgebenden Landschaft abgrenzten. Sie hockte dort ganz zufrieden in einer Kuhle, die sie in den sandigen Boden gescharrt hatte, und gackerte leise, als Laura sie mit einem »Na, Süße?« ansprach.

Da heute kein Wohnungswechsel anstand, war Laura kurz vor Mittag mit den wichtigsten Arbeiten auf dem Hof fertig. Kurz überlegte sie, was sie als Nächstes tun sollte. In ihrem Gemüsegarten hätte es genug zu tun gegeben – Tomaten ausgeizen, Buchsbaumeinfassungen schneiden, Salate pikieren und vieles andere mehr. Aber Laura entschied sich gegen all die anfallenden Aufgaben.

Den ganzen Vormittag schon war sie mit ihren Gedanken bei dem Fall Meike Lorenzen gewesen. Die Art, wie die arme Frau umgekommen war, stellte alles bisher Dagewesene auf der Insel in den Schatten. Bei der Vorstellung, dass jemand einen Menschen mit Absicht auf diese Stahlzinken geschubst haben könnte, drehte sich Laura der Magen um. Zwar hatte sie früher in Essen – genau wie Jan auch – bei der Kriminalpolizei gearbeitet und war dementsprechend gewaltsame Todesfälle gewohnt. Und als vor einiger Zeit der Maler tot auf der Bank bei der Nordermühle gesessen hatte, war sie sogar froh darüber gewesen, wieder ein wenig ermitteln zu können. Trotzdem stellte sie immer häufiger fest, dass all die Todesfälle sie zermürbten. Sie wollte ihre kleine, friedliche Inselidylle zurück, und sie spürte, dass es Jan genauso ging.

Seufzend schaute sie zu ihrem Wagen, der unten an der Warft auf dem Parkplatz stand. Tamme hatte gestern von der Halliggräfin gesprochen. Vielleicht sollte sie einmal zu Emmy Jensen fahren und sehen, ob sie ein bisschen mehr über diese Frau und vor allem den abgeschossenen

Jagdflieger in Erfahrung bringen konnte. Vielleicht fand sie ja heraus, warum Meike Lorenzen dieses Wrackteil aufbewahrt hatte – oder sie erhielt irgendeinen anderen brauchbaren Hinweis, der Jan in seinen Ermittlungen weiterhalf. Sie brachte den Korb mit den aufgelesenen Äpfeln zum Schuppen und stellte ihn neben den Komposthaufen.

Dann holte sie sich ihre leichte Sommerjacke und die Autoschlüssel aus dem Haus. Lilly, die auf den Stufen vor der Haustür lag, hob erwartungsvoll den Kopf, aber Laura bedeutete ihr, dass sie heute nicht mitkommen könne. Das arme Tier ließ die Ohren hängen, als habe es gerade erfahren, dass es nie wieder etwas zu fressen bekommen würde.

Mit einem Lachen kraulte Laura ihr die Ohren. »Nachher machen wir einen schönen Spaziergang zum Deich, okay?«

Darauf reagierte Lilly mit einem begeisterten Schwanzwedeln. Als Laura sie gleich darauf in die Wohnung schickte, gehorchte sie umgehend. Sie kletterte in ihr Körbchen, drehte sich einmal um die eigene Achse und legte sich dann so hin, dass ihre Vorderpfoten über den Rand baumelten. Ihr aufmerksamer Gesichtsausdruck sagte: *Ich rühre mich hier nicht weg, bis du wiederkommst, versprochen!*

Zufrieden klopfte Laura ihr noch einmal die Seite, dann ging sie zu ihrem Wagen.

Zehn Minuten später hielt sie vor dem kleinen Häuschen, das Emmy Jensen bewohnte, musste aber feststellen, dass die bekannte Geschichtenerzählerin und Malerin nicht zu Hause war. Eine Frau, die auf dem Nachbargrundstück

Unkraut jätete, wusste auch nicht, wann sie zurückkommen würde.

»Sie sind doch die Frau vom Inselpolizisten, oder?«, erkundigte sich die Nachbarin. Sie trug Jeans und Plastikclogs und dazu einen selbst gestrickten Pullover in Regenbogenfarben. Sie war sehr dünn, sehr braun gebrannt und sehr runzelig, was allerdings eher von der Sonne zu kommen schien als vom Alter.

»Ja, bin ich«, bestätigte Laura.

Die Frau stützte sich auf ihre Hacke. »Was wollen Sie denn von Emmy?« An ihrem Blick war abzulesen, dass sich die Frau spannende Neuigkeiten erhoffte. Logisch: Mittlerweile hatte die Nachricht von Meike Lorenzens gewaltsamem Tod auf der ganzen Insel die Runde gemacht.

»Ich hatte eigentlich nur gehofft, dass sie mir ein paar Informationen über den Luftkrieg über dem Watt geben kann. Oder über die Halliggräfin.«

Die Nachbarin nickte vielsagend. »Ja, davon erzählt Emmy oft. Ich fürchte allerdings, ich kann da leider überhaupt nicht weiterhelfen.« Sie kniff die Augen zusammen und musterte Laura. »Dann glauben Sie also, Meikes Tod hängt mit der Halliggräfin zusammen?«

Laura unterdrückte einen Fluch. Klar, die Inselbewohner wussten, dass sie in den vergangenen Fällen ihrem Mann das ein oder andere Mal bei seinen Ermittlungen geholfen und ab und zu auch einen entscheidenden Hinweis zur Auflösung beigesteuert hatte. Aber dass man sie so selbstverständlich als Teil des Ermittlerteams betrachtete, damit hatte sie dann doch nicht gerechnet.

Kurz überlegte sie, ob sie abstreiten sollte, wegen

Meike Lorenzen hier zu sein. Immerhin war sie keine Polizistin, dementsprechend hatte sie keinerlei Befugnisse, Fragen zu stellen. Und dennoch … Die Bewohnerinnen und Bewohner von Pellworm gehörten zu einem Schlag Menschen, der die Dinge lieber unter sich regelte. Irgendwelche Regeln und Gesetze einer Regierung vom Festland waren ihnen ziemlich egal, und weil das so war, beschloss Laura, die Gelegenheit beim Schopf zu packen. »Kannten Sie Meike Lorenzen?«, fragte sie. Gerade die älteren Bewohner Pellworms, jene, die seit Jahrzehnten auf der Insel lebten, kannten sich untereinander eigentlich alle.

Wie es hier oben üblich war, antwortete die Frau nicht sofort, sondern schien im Kopf erst eine ganze Reihe von Optionen durchgehen zu müssen. Laura kannte diese Gewohnheit der Nordfriesen und übte sich in Geduld.

»Meike und ich, wir sind zusammen zur Schule gegangen«, sagte die Frau dann.

Verwundert hob Laura die Augenbrauen. »Meike Lorenzen war fast achtzig!«, entfuhr es ihr.

Die Nachbarin musste grinsen. »Na und? Für wie alt halten Sie mich denn?«

Höchstens für Anfang sechzig, dachte Laura, zuckte aber mit den Schultern.

»Ich bin letzten Monat achtundsiebzig geworden«, meinte die Nachbarin triumphierend. »Sieht man mir nicht an, oder?«

Was vor allem an der Art lag, wie sie gekleidet war. Laura überlegte, ob sie noch eine andere fast Achtzigjährige kannte, die derart lässig in Jeans und Pulli rumlief.

Ihr fiel auf Anhieb niemand ein. »Nein«, sagte sie. »Das sieht man Ihnen wirklich nicht an.«

Die Nachbarin stellte die Hacke zur Seite und reichte Laura eine Hand über den Gartenzaun. »Thea.«

Sie ergriff die ihr dargebotene Hand. »Laura.« Es verblüffte sie immer noch, wenn Menschen ihr nur ihren Vornamen nannten. Aber so war es hier auf der Insel oft üblich.

»Komm rein, dann erzähle ich dir ein bisschen was von dem, was ich über Meike weiß«, schlug Thea vor.

Dieses Angebot nahm Laura gern an.

Theas Wohnzimmer war winzig und so vollgestellt, dass Laura darin im ersten Moment keine Luft bekam. Die Einrichtung war im typischen Stil der Kapitänshäuser in dieser Gegend gehalten: viel dunkles Holz, weiß-blaue Kacheln rund um den kleinen Kaminofen und Bilder von der See an allen Wänden. Als Thea ihr einen Platz auf ihrem mit dunkelbraunem Samt bezogenen Sofa anbot, fiel Lauras Blick auf ein Bücherregal. Es enthielt hauptsächlich Biografien und Bildbände, und aus irgendeinem Grund hatte Laura das Gefühl, dass keines der Bücher in den letzten Jahren auch nur angefasst worden war. Auf dem Couchtisch lag eine Fernbedienung für einen neu aussehenden Flachbildfernseher, der für die winzige Wohnstube viel zu groß erschien.

»Erzählen Sie mir von Meike«, bat Laura die alte Frau. Ihr war nicht entgangen, dass Thea sie eben geduzt hatte, aber sie wollte wenigstens ein gewisses Maß an Distanz aufrechterhalten.

Thea, die mitten im Raum stehen geblieben war, schürzte die Lippen. »Tja. Was gibt es da zu sagen? Meike und ich sind in dieselbe Klasse der Inselschule gegangen. Sie war viel besser im Rechnen als ich. Dafür habe ich ihr manchmal die Aufsätze geschrieben.« Jetzt erst setzte Thea sich in den Sessel Laura gegenüber. Sie stöhnte leise, und zum ersten Mal registrierte Laura ihr Alter.

»Die Familie hat damals in Westertilli gewohnt«, fuhr Thea fort. »Der Vater war Zimmermann, hat mitgeholfen, bei einem Gutteil der Häuser da die Dächer zu decken.« Thea hielt einen Moment inne, überlegte, schüttelte sich dann. »Das war vielleicht ein unangenehmer Kerl! Meine Freundinnen und ich haben regelrecht Angst vor dem gehabt.«

»Wieso das?«, fragte Laura.

»Na ja. Der galt damals schon als gewalttätig. Wusste jeder auf der Insel, dass der seine Frau und auch seine beiden Kinder gern mal verprügelt hat. Ich erinnere mich daran, wie gern Meike bei uns war. Mein Vater war kriegsversehrt, müssen Sie wissen. Er bekam eine Kriegsrente, darum war er den ganzen Tag zu Hause. Und er mochte uns Kinder. Er hat mit uns Vogelhäuschen gebaut und uns gezeigt, wie man Kaninchen schlachtet.«

Wie idyllisch, schoss es Laura durch den Kopf, aber sie behielt diesen Gedanken für sich. Ohnehin redete Thea jetzt auch schon weiter.

»Einmal hat Meike zu mir gesagt, dass sie noch nie von ihrem Vater in den Arm genommen worden ist. Mir kam das komisch vor. Kaum vorstellbar. Mein Vater war ein warmherziger, liebevoller Mensch, musst du wissen. Der hat schon damals mit uns geschmust, wo das für einen Mann noch völlig ungewöhnlich war.«

»Meikes Vater war also distanziert?«

»Zu ihr ja.« Thea nickte. »Und zu ihrem Bruder auch.«

Laura hatte keine Ahnung davon gehabt, dass Meike Lorenzen einen Bruder gehabt hatte, aber was wusste sie ohnehin von der alten Dame? »Erzählen Sie mir von dem Bruder«, bat sie. Sie hatte keinen Schimmer, wohin dieses Gespräch führen würde, aber was konnte es schaden? Gerade zu Anfang einer Ermittlung war es sinnvoll, alles an Infos zu nehmen, was man kriegen konnte.

»Magnus. Er war ihr Zwillingsbruder. Ich glaube, er war zwei Minuten jünger als sie.« Thea lächelte. »Ich erinnere mich daran, dass das ein ständiger Streit zwischen den beiden war. Meike bestand darauf, die Ältere zu sein und nicht ständig von Magnus *betüddelt* zu werden, wie sie das nannte. Er sah das natürlich überhaupt nicht ein. *Ich bin dein großer Bruder*, hat er ständig behauptet. Einmal hat er einen Jungen auf dem Schulhof ordentlich verdroschen, weil der Meike dumm gekommen war.«

»Hatte er die gewaltsamen Tendenzen seines Vaters?«

»Keine Ahnung. Er war schon handfest, das ja. Aber gewalttätig? Oder gar so verbittert wie der Vater? Eher nicht, würde ich sagen. Sicher bin ich allerdings nicht.«

»Wissen Sie, ob er noch lebt?«

»Ich glaube schon. Aber er ist ja schon früh von der Insel abgehauen.«

»Abgehauen?«

»Ja. Er ist gerade achtzehn gewesen, da hat er Pellworm verlassen. Ich weiß noch, dass uns allen das komisch vorkam, aber Magnus' Familie schien nichts dagegen zu haben, dass er schon mit achtzehn seine eigenen Wege ging.«

»Wissen Sie, was der Grund dafür war?«

Thea schüttelte den Kopf. »Ich habe immer gedacht, dass er froh war, seinem gewalttätigen Alten zu entkommen. Dem passte nicht, dass Magnus diese, hm, Störung hatte.«

»Was für eine Störung?«

»Na, der war farbenblind. Ziemlich heftig. So heftig, dass die ihn bei der Bundeswehr später dann sogar ausgemustert haben. Das hat dem Vater gestunken, das kannst du mir glauben. Hat Magnus immer einen Krüppel genannt, nur wegen dieser Farbenblindheit.«

»Krass«, murmelte Laura und musste automatisch an die beiden überbehüteten Jungs ihrer Feriengäste denken. »Und Meike? Hat der Vater sie auch so schlecht behandelt?«

»Die fast noch mehr. Der hielt nichts von Mädchen.« Sie seufzte erneut. »Andere Zeiten, ich sag' dir's.«

»Wissen Sie, warum der Vater so verbittert war?«

Diesmal dachte Thea noch ein wenig länger nach, bevor sie antwortete. »Alle haben geglaubt, dass es irgendwie mit dem Krieg zusammenhängen muss. Aber verstanden haben wir es nie. Schließlich war der Mann nie an der Front. Hat es irgendwie geschafft, sich vor der Einberufung zu drücken. Kam nicht gut an, das hat mein Vater öfter gesagt.«

Laura dachte an das Flugzeugwrackteil, das Jan heute Morgen wieder mit in sein Büro genommen hatte. »Gab es irgendeine Verbindung der Familie nach England?«, fragte sie auf gut Glück.

Thea runzelte die Stirn. »England? Wie kommst du darauf?«

Laura zuckte mit den Schultern. »Ging mir nur gerade so durch den Kopf. Haben Sie noch Kontakt zu Meike gehabt? Bis vor ihrem Tod, meine ich.«

Jetzt erst ging es der alten Frau auf, dass dies hier so was wie eine polizeiliche Befragung war. Schlagartig verdüsterte sich ihre Miene. »Ich habe sie nicht umgebracht, wenn es das ist, was du denkst.«

»Niemand denkt das«, versicherte Laura ihr. »Ich sammele nur ein paar Informationen, die uns hoffentlich weiterhelfen.«

Aber Theas Mitteilsamkeit hatte auf einmal stark nachgelassen. »Nun. Ich glaube, ich muss dann mal wieder zurück an die Arbeit«, sagte sie weitaus weniger zuvorkommend, als sie die ganze Zeit gewesen war.

Laura verstand den Wink mit dem Zaunpfahl und erhob sich. »Ich danke Ihnen für Ihre Zeit«, sagte sie.

Donnerstag

Der nächste Tag begann für Jan wie jeder andere normale Arbeitstag auch. Sein Wecker klingelte um sechs, die ersten fünf Minuten verbrachte er damit, mit Laura den neuen Tag zu planen, bevor er aufstehen und ins Bad gehen würde. Gestern Abend hatten sie die Informationen ausgetauscht, die sie beide im Laufe des Tages gesammelt hatten. Weitergebracht hatte sie das nicht, abgesehen von der Tatsache, dass Jan nun darüber im Bilde war, warum Magnus Timmermann dachte, dass seine Rosen gelb waren statt rot. Der Mann hatte eine starke Rot-Grün-Sehschwäche. Und offenbar einen Vater gehabt, der ihn verachtete.

Wie ihm das bei seinen Ermittlungen weiterhelfen sollte, wusste er noch nicht. Er ahnte allerdings, dass ihm heute eine Menge Lauferei bevorstand. Er musste irgendwie versuchen rauszukriegen, ob Meike Lorenzen mit jemandem Streit gehabt hatte. Jemand, der zornig genug war, sie auf die Zinken einer Frontladergabel zu stoßen. Und er musste sich um die Anzeige wegen Jaspers Zigarettendiebstahl kümmern. All das erzählte er Laura, die neben ihm lag. Erst als er geendet hatte, fiel ihm auf, dass sie ihn mit sehr sonderbarem Blick ansah.

»Ist was?«, fragte er und wischte sich über die Nase. »Habe ich was im Gesicht? Du guckst so komisch!«

Sie jedoch lächelte nur geheimnisvoll, und er fragte sich, ob sie etwas im Schilde führte. Er kannte sie gut, aber manchmal war ihm ihr Verhalten eben doch ein Rätsel.

»Nein, nein«, meinte sie. »Alles gut.« Sie gab ihm einen Kuss, dann schwang sie die Beine aus dem Bett, stand auf und tapste barfuß ins Badezimmer. Gleich darauf hörte er das Wasser in der Dusche laufen.

Er verschränkte die Arme hinter dem Kopf, grübelte noch einen Moment lang über Lauras sonderbares Verhalten nach und sah dabei der Sonne zu, die ihre früh-morgendlichen Strahlen an der Decke des Schlafzimmers entlangwandern ließ. In der Ferienwohnung Leuchtturm-blick mussten bald wieder die Wände gestrichen werden, dachte er, während eine leichte Brise die Vorhänge vor dem offen stehenden Fenster wehen ließ. Auf der Koppel am Haus schnaubte leise eines der Ponys, und das Geräusch eines Autos, das unten an der Warft vorbeifuhr, drang bis zu ihm herein.

Als Laura im Bad fertig war und angenehm duftend wieder ins Schlafzimmer kam, beugte sie sich über ihn und gab ihm einen weiteren, diesmal ziemlich langen Kuss.

»Irgendwas hast du doch!«, murmelte Jan. »Das spüre ich als genialer Ermittler genau!«

Wieder dieses geheimnisvolle Lächeln. Laura wirkte zufrieden wie eine Katze, die gerade an der Sahne ge-nascht hatte. Achselzuckend beschloss Jan, dieses Rätsel später zu lösen. Er stand auf, ging ebenfalls ins Bad und war eine gute Dreiviertelstunde später auf dem Weg zur Polizeistation.

Nachdem er sein Büro betreten hatte, rief er als Erstes bei den drei Nummern an, die Magnus Timmermann ihm gestern gegeben hatte. Er ließ sich von den Angehörigen der Freiwilligen Feuerwehr Husum Timmermanns Alibi für die Tatzeit bestätigen. Alle drei Männer versicherten Jan, dass Magnus den ganzen Dienstag lang mit ihnen zusammen bei der Renovierung des Vereinsheims geholfen hatte.

Wer auch immer also verantwortlich war für Meike Lorenzens gewaltsamen Tod, Magnus konnte es nicht gewesen sein. Sein Alibi schien wasserdicht.

Jan lehnte sich auf dem Bürostuhl zurück und betrachtete das Poster an der gegenüberliegenden Wand. Es zeigte seine frühere Heimat NRW als knallbuntes Wimmelbild, über das Heißluftballons und Zeppeline hinwegsegelten. Jans Blick wanderte über die einzelnen Städtenamen – Wesel, Recklinghausen, Gelsenkirchen, Duisburg –, und er musste einen Anflug von Heimweh unterdrücken, der ihn urplötzlich überkam. Er würde sich auf seinen Fall konzentrieren. Noch hatte er nicht die geringste Idee, wie er dabei vorankommen sollte. Er konnte ja wohl schlecht die ganze Insel abklappern und bei jedem Einwohner fragen, ob Frau Lorenzen Streit mit jemandem gehabt hatte. Aber was dann?

Er wandte den Blick von dem Poster ab und betrachtete das Wrackteil, das immer noch auf einem der Besucherstühle stand. Zwei, vier, sechs Einschusslöcher zählte er, und vor seinem geistigen Auge erschienen Bilder eines Jagdfliegers, der eine Rauchfahne hinter sich herzog.

Warum war Meike Lorenzen dieses alte Metallteil so

wichtig gewesen, dass sie den Schlüssel an einer Goldkette um den Hals hatte? *Gerechtigkeit.* Auch dieses Wort, das sie auf die Tagebuchseite gekritzelt hatte, war mehr als sonderbar. Jan seufzte. Vielleicht sollte er tatsächlich mal einen Abstecher in den Keller des Amtsgebäudes machen und sich an die neue Inselarchivarin Sinje Martens wenden, in der Hoffnung, dass die ihm ein bisschen darüber erzählen konnte, was es mit über dem Watt abgeschossenen Jagdfliegern auf sich hatte.

Er war schon auf dem Weg zum Archiv, als sein Telefon klingelte.

»Benden?«, meldete er sich auf dem Flur vor seiner Bürotür. Julia war nicht an ihrem Platz, das sah er durch die Glasscheibe hindurch, hinter der ihr Schreibtisch lag.

»Jan?« Der Anrufer brauchte seinen Namen nicht zu nennen, Jan erkannte seine Stimme auch so. Es war die von André Andersen, dem Wirt der Sportsbar *Die Schwarze Acht*, die direkt neben dem Supermarkt in Tammensiel lag. Jan und Laura gingen ab und zu einmal bei André etwas trinken.

»Moin, André«, grüßte Jan. »Was ist los?«

»Ich fürchte, du musst sofort kommen. Tamme und Brunke gehen sich hier schon wieder gegenseitig an die Kehle.«

»Wie bitte?« Unwillkürlich verdrehte Jan die Augen. Im Grunde gab es auf dieser Welt nur zwei Dinge, die seinem sonst eher behäbigen Möchtegernassistenten zuverlässig Beine machten. Das eine war die Aussicht darauf, in einem Mordfall zu ermitteln. Und das andere war ein Aufeinandertreffen mit Ulf Brunke. Es war nicht das erste

Mal, dass die beiden in der Schwarzen Acht aneinander-
gerieten. Schon einmal hatte Jan sie nur mit seiner ganzen
polizeilichen Autorität auseinanderbringen können. Was
allerdings auch bei ihm nicht ganz ohne Blessuren ab-
gegangen war. Er griff sich ans Gesicht und rümpfte die
Nase, als er daran dachte, wie lange er an dem Veilchen
laboriert hatte, das Tamme ihm damals im Eifer des Ge-
fechts verpasst hatte.

»Sie stehen sich gegenüber wie Kampfhähne«, erklärte
André. Er klang aufgebracht. »Ich hab schon versucht,
sie auseinander…«

»Schon gut. Ich bin in einer Minute da.« Jan legte auf,
dann blieb er kurz auf dem Flur des Amtsgebäudes stehen
und schüttelte den Kopf. Sein Gespräch mit Sinje würde
warten müssen. Er griff sich den Autoschlüssel des Streifenwagens und machte sich auf den Weg.

Die *Schwarze Acht* lag direkt neben dem Parkplatz des
Tammensieler Supermarktes, in dem Jasper beim Klauen
erwischt worden war. In Jans Augen sah das Lokal von
außen sehr viel kleiner aus, als es von innen tatsächlich
war. Nachdem er den Streifenwagen abgestellt hatte, ging
er auf den Eingang der Sportsbar zu. Durch die großen
Scheiben war nicht zu erkennen, was drinnen auf ihn wartete …

Routinemäßig legte er die Hand auf den Griff seiner
Waffe, kam sich dann aber albern vor und nahm sie wieder weg. Das hier war Pellworm, nicht Berlin oder Essen.
Er zog die Eingangstür auf und betrat den kleinen Flur,
von dem es rechter Hand in den Schankraum der Bar
ging. Die unzähligen Fotos an der Wand links, die den

Barinhaber mit allerlei Prominenz aus Film und Fernsehen zeigten, ignorierte er, denn plötzlich richteten sich in seinem Nacken die Haare auf.

Warum war es hier so still?

Wenn Tamme und Brunke wirklich im Schankraum aneinandergeraten waren, dann mussten doch Geräusche zu hören sein, Gebrüll oder wenigstens laute Stimmen. Aber nichts davon. Ganz im Gegenteil: In der Schwarzen Acht war es totenstill.

Jans Hand wanderte doch wieder zur Waffe. Er musste einmal tief Luft holen, bevor er die Tür zum Schankraum aufmachte.

Und in der nächsten Sekunde prallte er erschrocken zurück.

Anders als Jan vermutete, befand sich Ulf Brunke zum gleichen Zeitpunkt überhaupt nicht in der Schwarzen Acht, sondern in seinem Büro im Deichgrafenweg. Er stand am Fenster und starrte auf die Straße hinaus.

Keine neuen Anrufe. Keine Drohbriefe.

Und keine Spur von dem schwarzen Mercedes.

Brunke biss die Zähne so fest aufeinander, dass ein feiner Schmerz durch seinen Unterkiefer fuhr.

Er griff zum Telefon, seine Hände zitterten, aber das war ja kein Wunder. Ob Benden wegen der Fingerabdrücke auf den Briefen schon was rausgekriegt hatte? Er wählte die dreistellige Nummer der Polizeistation, die er auswendig kannte. Niemand ging ran.

Eilig legte er auf. Atmete durch. Überlegte, ob er es auf dem Handy von diesem Dorfsheriff versuchen sollte, entschied sich aber dagegen. Eine Nachbarin fuhr auf ihrem selbst angemalten, gelb und braun gestreiften Fahrrad vorbei, sah ihn am Fenster und winkte freundlich.

Brunke winkte halbherzig zurück. Er mochte die Frau nicht, sie war ihm zu laut, zu fröhlich und vor allem viel zu kritisch seinen diversen Bauvorhaben gegenüber. Gerade neulich erst hatte sie ihn vor dem Haus abgepasst und ihn gefragt, ob es wirklich nötig war, dass er aus Pellworm das neue Sylt machen wollte. Nur weil er in der Nähe vom Leuchtturm ein Stück Land bebauen und in ein zweites Ferienhausresort verwandeln wollte wie das, das es dort schon gab. Moderne, ökologische Holzhäuser mit Komfort für den gehobenen Anspruch. Das hatte doch nichts mit »versylten« zu tun. Und genau das hatte er der Frau auch gesagt. Sie hatten dann ziemlich heftig gestritten. Dass die Frau ihn trotzdem jetzt freundlich grüßte, irritierte ihn. Er war es nicht gewohnt, dass jemand ständig und völlig grundlos so gute Laune hatte wie diese Nervensäge.

Er sah der Frau nach, wie sie auf ihrem kindischen Tigerentenrad um die nächste Kurve fuhr, dann seufzte er. Er musste sich dringend um ein paar Steuersachen kümmern, aber er konnte sich einfach nicht darauf konzentrieren. Er wollte sich gerade vom Fenster ab- und seinem Schreibtisch zuwenden, als sein Handy klingelte. Sein Herz machte einen Hüpfer, weil er für einen kurzen Moment glaubte, es sei Benden, der ihm einen Ermittlungserfolg mitteilen wollte. Aber dann sah er, dass es Hinnerk Jorsten war, der Fahrer eines Baggers auf dem Abrisshof am Alten Kirchenweg. Tief durchatmend ging er ran. Bevor er sich auch nur melden konnte, brüllte der Mann ihm ins Ohr: »Sie müssen unbedingt kommen!«

Tamme war der Erste, der Jan entgegensprang. Und er schrie etwas. Im ersten Moment war Jan so überrumpelt, dass er nicht sofort kapierte, was genau es war.

»*Allns Gude tom Geburtsdach!*«

Bevor Jan auch nur die Hand vom Griff seiner Waffe nehmen konnte, fand er sich in Tammes überschwänglicher Umarmung wieder und wurde von seinem Möchtegernassistenten so heftig auf den Rücken geklopft, dass er husten musste.

»Alles Gute, Mann!«, wiederholte Tamme. Sein Gesicht leuchtete vor Begeisterung.

Jan befreite sich aus seinen Armen, taumelte einen Schritt zurück. Der Schankraum der Schwarzen Acht war mit Girlanden, Luftschlangen und Luftballons geschmückt, als gälte es, mindestens ein siebzigjähriges Thronjubiläum zu feiern. Es war dieser Anblick, der es Jan wie Schuppen von den Augen fallen ließ. Bei all dem Stress der vergangenen Tage hatte er doch tatsächlich vergessen, dass er heute 36 Jahre alt wurde! Vor lauter Arbeit hatte er den ganzen Tag lang noch nicht einmal daran gedacht.

Überwältigt drehte er sich um die eigene Achse. Auf dem Tresen stand ein Tablett voller Gläser mit Jägermeister und wartete darauf, dass es ans Anstoßen ging.

Jans Blicke wanderten über die Reihe seiner Überraschungsgäste. Alle waren sie da. Tamme und André. Inka, Tammes Freundin, Sinje Martens und auch Julia, die Amtssekretärin. Darum also war ihr Büro eben verwaist gewesen. Außerdem seine beiden Kollegen Ralf und Harry von der Polizeistation Hattstedt. Und Stefan, sein bester Freund, mit dem er im Ruhrgebiet zusammen Abi gemacht hatte, der irgendwann aber selbst hier hoch nach Schleswig-Holstein gezogen war und zurzeit in Ostholstein lebte. Über ihn freute Jan sich besonders.

Er trat vor die drei Männer, schüttelte Ralf und Harry die Hand und nahm ihre Glückwünsche entgegen. Stefan allerdings, der über eins neunzig groß und kräftig war, ging in die Knie, umarmte Jan nicht nur, sondern er hob ihn in die Höhe, sodass seine Füße einen Moment in der Luft baumelten und es ihm schwerfiel zu atmen. »Herzlichen Glückwunsch, altes Haus!«, sagte Stefan ihm ins Ohr und setzte ihn wieder auf dem Boden ab.

Jan grinste breit. »Mensch!«, war alles, was er herausbrachte. »Mensch, Leute!« Bestimmt bildete er es sich ein, aber seine Augen fühlten sich irgendwie verdächtig feucht an. So unauffällig wie möglich rieb er sich darüber.

Tamme strahlte.

Jan wandte sich an Laura. Sie lehnte an einer Säule, an der eine Art Mini-Surfbrett mit dem Schriftzug *Moin* darauf hing, und hatte die Arme vor der Brust verschränkt. In ihrer Miene lag dasselbe zufriedene und stille Lächeln, das er schon heute Morgen bei ihr gesehen hatte. Jetzt verstand er es. »Du hast das alles hier organisiert!«, entfuhr es ihm.

Sie stieß sich von der Säule ab, kam auf ihn zu und küsste ihn. »Herzlichen Glückwunsch, mein Schatz.« Dann beantwortete sie seine Frage: »Eigentlich waren es

Tamme und André.« Sie deutete umher. »Das Ganze hier war auch ihre Idee.«

»Dein unverhoffter Mordfall hätte uns fast unsere ganze Party verhagelt.« Jetzt war André an der Reihe, Jan die Hand zu schütteln und ihm seine Glückwünsche auszusprechen. »Tamme war zeitweise nicht wirklich eine Hilfe.«

Jan konnte es sich vorstellen. Er warf Tamme einen dankbaren Blick zu, dem dieser allerdings peinlich berührt auswich.

Jan wandte sich an Laura. »Darum hast du heute Morgen so komisch geguckt.«

Sie grinste. »War nicht so einfach, den Mund zu halten. Aber als ich gemerkt habe, dass du einfach überhaupt nicht an deinen Geburtstag denkst, dachte ich mir, dann wird die Überraschung hier umso größer.«

Jan schüttelte den Kopf. Tatsächlich war ihm heute den ganzen Tag über keine Sekunde lang der Gedanke gekommen, dass er Geburtstag hatte, und das, obwohl er erst letzte Woche noch mit Laura darüber diskutiert hatte, ob sie Tamme und Inka zu einem kleinen Abendessen einladen sollten, und obwohl Gerrit ihn ja sogar zweimal in den vergangenen Tagen daran erinnert hatte. Aber wie es aussah, hatte die Art, wie die arme Frau Lorenzen gestorben war, in seinem Kopf nach und nach alles andere überlagert.

Er lachte auf. Dann ging er zu Ralf, Harry und Stefan, stellte sich zwischen sie und ließ sich von Stefan den Arm um die Schulter legen. »Was für eine Überraschung!«, murmelte er.

Zur Sicherheit parkte Ulf Brunke seinen weißen Mercedes EQS direkt in der Einfahrt vom Abrisshof am Alten Kirchenweg. Man konnte schließlich nicht vorsichtig genug sein. Vor ein paar Tagen nämlich hätte er den nagelneuen Wagen beinahe eingebüßt, weil er zu dicht an die Baustelle gefahren war und einer der Arbeiter – dieser unfähige Trottel – ihm fast eine ganze Ladung Schutt auf die Motorhaube gekippt hätte. Hatte er in letzter Zeit nicht wahrlich genug Schwierigkeiten? Er lachte auf, es fühlte sich hysterisch an. Die Anrufe und die Drohbriefe schwirrten in seinem Kopf herum … Er spürte, wie er in Schweiß ausbrach. *Reiß dich zusammen!*, ermahnte er sich. Das alles war nur ein weiteres Problem, das er irgendwie aus dem Weg schaffen würde. Er war ein Geschäftsmann, Herrgott! Er schob alles andere von sich und konzentrierte sich auf das Hier und Jetzt. Sein Baggerführer hatte ja am Telefon regelrecht aufgelöst geklungen. Richtig gekeucht hatte er, nachdem er ihm ins Ohr gebrüllt hatte, dass er sofort herkommen sollte. Brunke hatte versucht, Einzelheiten aus ihm rauszukriegen, aber vergebens. Alles, was Jorsten noch rausgebracht hatte, war eine Art Würgen gewesen. Was, dachte Brunke auch jetzt wieder, überhaupt nicht gut geklungen hatte.

Bevor er ausstieg, sah er auf die Uhr. Es war gerade mal kurz nach vier am Nachmittag, und es ärgerte ihn, dass der Großteil der Männer schon wieder Feierabend hatte. Wenn er so arbeiten würde, dann würde er heute noch in seinem kleinen Zweizimmerapartment in Husum hocken und auf seine mageren Kontoauszüge starren, statt einer der reichsten Männer der Insel zu sein. Aber so war das eben. Keinen Biss mehr, die Leute. Alles Luschen. Genau wie die junge Frau neulich, mit der er ein Vorstellungsgespräch geführt hatte. Er brauchte dringend eine neue Assistentin, weil seine bisherige – die Gottschalk, diese dumme Kuh – mehr Ärger machte als sinnvolle Arbeit. Nach insgesamt drei Anzeigen in verschiedenen Zeitungen hatte sich endlich jemand gemeldet: eben diese junge Frau, bei deren Anblick er spontan ganz andere Dinge als Tippen und Kaffeekochen im Kopf gehabt hatte. Eine entsprechende Bemerkung hatte er sich natürlich verkniffen. Wusste man ja, wie empfindlich die Weiber heutzutage waren. Da konnte einem schon ein harmloses Kompliment als sexuelle Belästigung ausgelegt werden. Das Vorstellungsgespräch war dann auch erst ziemlich gut gelaufen, und er malte sich schon aus, wie es sein mochte, mit der Kleinen in Zukunft eng – sehr eng – zusammenzuarbeiten. Aber dann kamen sie zu den Gehaltsverhandlungen, und dabei fiel Brunke beinahe vom Glauben ab. Die Kleine verlangte doch tatsächlich den vollen Lohn bei einer Viertagewoche! Und als sei das noch nicht genug, sagte sie ihm sehr deutlich, dass sie auf der Suche nach einem Arbeitgeber war, der ihre Life-Work-Balance akzeptierte. Life-Work-Balance! Nicht Work-Life, wie das sonst schon immer hieß. Nein, andersrum. Erst das Leben, dann die Arbeit. Da konnte er sich natürlich denken, wo die Prioritäten der Kleinen lagen.

Brunke hatte sie verdattert gefragt, ob sie ihn verklapsen wollte.

Sie hatte allerdings nicht ausgesehen, als würde sie einen Scherz machen. Sanft hatte sie den Kopf geschüttelt, und in ihrem Gesicht war dieser Ausdruck erschienen, den Brunke in der letzten Zeit immer öfter zu sehen bekam. Es war diese unangenehme Mischung aus Angewidertsein und Mitleid, hinter der die drei verhasstesten Wörter aufleuchteten, die er nur zu gut kannte.

Alter weißer Mann.

Weil er aber dringend Ersatz für die Gottschalk brauchte, hatte er versucht zu retten, was zu retten war. Er hatte sich aufs Scherzen verlegt und der Kleinen großzügig zu verstehen gegeben, dass sie die Verhandlungen gern noch einmal von vorn beginnen konnten.

Woraufhin sie aufgestanden war. »Ich glaube, wir passen nicht zusammen«, hatte sie gesagt, sich höflich, aber ziemlich kühl von ihm verabschiedet und war dann einfach aus seinem Büro marschiert!

Ihm war nichts anderes übrig geblieben, als ihrem hübschen Hintern hinterherzustarren, bis die zufallende Tür sie seinen Blicken entzogen hatte.

Noch jetzt verspürte er den Impuls, mit den Zähnen zu knirschen, wenn er nur daran dachte.

Nix mehr los mit den jungen Leuten heutzutage!

Ihm ging auf, dass er noch immer hinter dem Steuer seines Wagens saß. Dass er zögerte, zu Jorsten zu gehen und rauszufinden, was den gestandenen Kerl so geschockt hatte. Ja, er hatte sogar ein richtig mulmiges Gefühl …

Um noch ein wenig Zeit zu schinden, sah er sich um. Die Fundamente der Scheune waren noch sichtbar, während sämtliche Mauern des großen, alten Nebengebäudes längst als riesiger Schuttberg unten an der Straße auf den Abtransport harrten. Brunke hatte die Entsorgungsfirma bereits bestellt, was im Grunde ein weiteres Ärgernis war, das ihm den Tag versaute. Regelrechte Mondpreise verlangten die, um ein bisschen Schutt von der Insel zu schaffen und auf irgendeiner Deponie im Husumer Umland zu verscharren! Brunke seufzte. In dieser Welt wollte jeder nur das Beste für sich rausholen. Es war wirklich zum Mäusemelken.

Früher, dachte er. Früher, da war es noch anders gewesen. Da konnte man als Bauunternehmer alles, was an Schutt und Müll anfiel, einfach in der Baugrube verscharren. Das Loch war ja sowieso da, den Müll rein. Zuschütten. Zack! Fertig. Aus den Augen, aus dem Sinn mit dem ganzen Kram. War doch eigentlich eine sinnvolle Lösung. Stattdessen heute? Umweltauflagen, Vorschriften, Hunderte von dämlichen Fußfesseln, die man ihm anlegte, nur, um ihm das Zusammenhalten seiner mühsam verdienten Kröten zu erschweren …

Brunke schauderte, als ihm aufging, dass Jorsten mit seinem Bagger dabei gewesen war, das Fundament des Wohnhauses aufzugraben. Der Mann war Brunkes Ausputzer, und das konnte man durchaus wörtlich verstehen. Er blieb nach Feierabend länger, wenn es nötig war. Die anderen Arbeiter hielten ihn für einen Workaholic ohne Familie, den zu Hause nichts als Langeweile und Trübsal erwartete. Aber nichts konnte falscher sein. In Wahrheit bezahlte Brunke Jorsten genau für diese Extraschichten. Wenn die Baustelle verlassen dalag, dann konnte der Baggerfahrer die Arbeiten erledigen, für die es offiziell einfach zu viele Vorschriften gab, um wirtschaftlich zu sein. Dann verbuddelte Jorsten schon mal eine Fuhre asbesthaltige

Deckenverkleidung in einer Grube am Fuße einer Warft. Heute hatte Brunke ihm befohlen, das Fundament des Wohnhauses aufzubaggern – für den Fall, dass sich darin irgendwelche Dinge befanden, die andernfalls teuer entsorgt werden mussten.

Was er dabei wohl gefunden hatte? Wenn es etwas wirklich Fieses gewesen war, würden sie die Grube wieder zuschütten und den Mantel des Schweigens darüberdecken. Jorsten würde er wie immer mit ein paar Scheinen in der entsprechenden Farbe dazu bringen, den Mund zu halten.

Brunke schüttelte sich. Er atmete tief durch. Noch einmal flackerten die Worte aus den Drohbriefen in seinem Kopf auf. *Lass die Finger von dem Hof. Es wird etwas Schlimmes passieren …* »Scheiße«, murmelte er. Dann gab er sich einen Ruck und stieg mit weichen Knien aus. Der Bagger stand am höchsten Punkt der Warft, dort, wo vor Kurzem noch die östliche Außenmauer des Wohnhauses aufgeragt hatte. Von Jorsten jedoch war keine Spur zu sehen.

Mit einem Glas Apfelschorle in der Hand hörte Laura Jan zu, der sich mit seinem Freund Stefan und seinen beiden Kollegen aus Hattstedt unterhielt. Gerade amüsierten er und Stefan sich darüber, wie Jan damals nach Pellworm gekommen war. Stefan, der schon länger hier oben lebte, hatte ihm eine Mail geschrieben, in der er ihn darüber informierte, dass für die Insel Pellworm ein neuer Inselpolizist gesucht wurde. Laura erinnerte sich noch genau an den Betreff dieser Mail: *Futter für deine Träume*, hatte er gelautet. Und so war es am Ende ja auch gekommen: Sie hatten ihr früheres Leben im Westen aufgegeben und waren hierher auf die Insel gezogen.

Sie nahm einen Schluck aus ihrem Glas und lächelte, als sie Jan auflachen hörte. »Eigentlich hätte es mich damals ja hellhörig machen müssen, als du erzählt hast, dass sie niemanden für die Stelle hier finden.«

Stefan lachte ebenfalls. »Warst eben schon immer ein Abenteurer, was so was angeht.«

»Stimmt«, bestätigte Jans Kollege Ralf. »Daran erinnere ich mich auch.«

Dann erzählte Jan irgendeine Geschichte aus seiner Zeit in Essen. Laura beobachtete, wie sich seine Miene verzog. Ganz kurz fiel ein Schatten über sein Gesicht, geradeso, als verspüre er einen Anflug von Sehnsucht nach der alten Heimat. Sie langte nach seiner Hand, streichelte sie kurz.

Er wandte ihr den Kopf zu, dann verschwand der melancholische Ausdruck auch schon wieder, und er fiel erneut in das Lachen der anderen ein. Laura beschloss, ihn und die Männer allein weiter in ihren alten Geschichten schwelgen zu lassen, und wandte sich Tamme zu, der an der Theke lehnte und Jan ebenfalls beobachtete.

»Die Überraschung ist euch wirklich gut gelungen«, sagte sie zu ihm. »Jan ist selig.«

»Jo.«

Laura musterte Tammes für den Anlass verblüffend düstere Miene. »Du siehst nicht besonders glücklich aus.«

Er zuckte mit den Schultern und trank einen Schluck aus seinem noch fast vollen Bierglas. »Ich denk eben viel nach.«

Laura ahnte, worauf das hier hinauslief. »Über den Fall.«

Tamme nickte. Dann schüttelte er den Kopf. »Ja. Auch. Aber diesmal ist das echt heftig, Laura. Ich bin mir nicht so sicher, ob ich das so einfach wegstecke.«

Einen Moment lang schwiegen sie beide.

»Ich verstehe«, sagte Laura irgendwann.

Tamme seufzte so tief, dass Laura sich vornahm, mit Inka über ihn zu sprechen. Als ehemalige Psychologiestudentin würde ihre Freundin wissen, was gegen den Schock zu tun war, der nach dem Tod der armen Frau Lorenzen quasi in Tammes Armen noch immer tief in ihm zu sitzen schien.

»Die Überraschungsfeier zu organisieren, war eine ganz gute Ablenkung«, sagte Tamme. »Außerdem dachte ich mir, ich kümmer mich mal um eine Sache, für die Jan sowieso keine Zeit hat.« Er nahm einen tiefen Schluck von seinem Bier. »Den Schafequäler«, ergänzte er.

»Schafequäler?«

»Ja.« Tamme stellte sein Bierglas auf die Theke, nahm sein Handy raus und rief YouTube auf. Dann präsentierte er Laura ein Video, das eine flüchtende Schafherde aus der Vogelperspektive zeigte. Eines der Schafe geriet vor lauter Panik ins Stolpern und kullerte den ganzen Deich abwärts. In einer Einstellung konnte man erkennen, dass das Video in der Nähe der Alten Kirche aufgenommen worden war. Im Hintergrund blitzte ganz kurz der halb verfallene Kirchturm auf.

Laura konnte es nicht fassen. Da hatte jemand doch tatsächlich mit einer Drohne eine ganze Schafherde vor sich hergejagt und das dann auch noch gefilmt und ins Internet gestellt! »Das ist doch …«

»Tierquälerei«, bestätigte Tamme. »Und ich will rausfinden, wer das war.«

»Kann man nicht sehen, wer das Video hochgeladen hat?« Laura kannte sich mit solchen Dingen nicht besonders gut aus, aber Tamme hatte sich offenbar in letzter Zeit intensiv damit beschäftigt.

»Nur wenn der User seinen echten Namen angegeben hat. Um sich bei YouTube anzumelden, kann man aber auch einfach eine E-Mail-Adresse angeben, die man sich kurz vorher neu erstellt hat. Arschloch1999@gmail.com oder so. Das lässt sich dann nicht so einfach zurückverfolgen, jedenfalls nicht, wenn man nicht die Polizei ist.« Tamme steckte das Handy weg und nahm wieder sein Bierglas. »Nee. Ich dachte eher, ich ertappe den Kerl in flagranti.«

»Na, dann viel Spaß. Das klingt nach einer Menge langweiliger Ermittlungsarbeit.«

Tamme seufzte. »Kann man nix machen.«

In dem Punkt hatte er recht. Oder? Laura kam ein Gedanke. »Vielleicht solltest du mal mit Nils sprechen.«

»Dem Inselbriefträger? Was soll das denn nützen?«

»Keine Ahnung. Aber wir alle wissen, dass Nils immer ziemlich gut informiert ist, was die Leute so für Pakete kriegen. Frag ihn doch mal, ob auf der Insel in der letzten Zeit jemand eine Drohne gekauft hat.«

Es dauerte einen Augenblick, bis Tammes Hirn den Vorschlag durchdacht hatte, aber dann leuchtete es hinter seinen Augen auf. »Gute Idee!«

Laura hob ihr Glas und stieß mit ihm an. »Sag ich doch.«

»Also echt, Jan! Den eigenen Geburtstag vergessen? Das kann auch wirklich nur dir passieren.« André schlug Jan zum bestimmt vierten oder fünften Mal auf den Rücken und wollte ihm einen weiteren Jägermeister einschenken. Jan jedoch wehrte ab. Er hatte schon am ersten Glas nur genippt, schließlich war er genau genommen noch im Dienst.

»Du hast gut reden«, murmelte er und dachte an Meike Lorenzen und das viele Blut in ihrem Schuppen. Dieser Fall ging einem wirklich an die Nieren, da war es doch kein Wunder, dass er nicht an seinen Geburtstag gedacht hatte. Er wollte allerdings den anderen die gute Laune und ihre Freude an der Party nicht verderben, also behielt er diesen Gedanken für sich und schluckte Andrés gutmütigen Spott mit einem schiefen Lächeln.

Zu seiner Erleichterung kam in diesem Moment Sinje Martens auf ihn zu. Die neue Inselarchivarin war Mitte vierzig und sah in Jans Augen ganz anders aus, als er sich eine Frau auf so einem Posten immer vorgestellt hatte. Sie trug weit fallende knallbunte Kleider oder Blusen, ihre Arme waren mit klimpernden Armreifen behängt und ihre Augen so stark mit schwarzem Kajal umrandet, dass sie Jan an eine Gothic-Braut erinnerte, die er vor etlichen Jahren in Essen einmal wegen Volltrunkenheit mit zur Wache genommen und in die Ausnüchterungszelle gesteckt hatte. Bisher hatte er nur ein paarmal kurz mit Sinje gesprochen, hauptsächlich bei der kleinen Einstandsfeier, für die sie gleich mehrere Kuchen gebacken hatte – allesamt vegan und alle unverschämt lecker.

»Wie geht es dir?«, war die erste Frage, die sie Jan nun stellte, und er musste ein Lächeln unterdrücken. Wenn Sinje einen mit ihren stark geschminkten Augen ansah, fühlte es sich an, als würde man unter einem Röntgenapparat liegen, der die tiefste Tiefe der Seele ausleuchten konnte.

»Na ja«, erwiderte er. »War schon ein Schock. Selbst wenn man so ein harter Hund ist wie ich, steckt man das nicht so ganz einfach weg.«

»Harter Hund.« Sinje lachte, dann prostete sie Jan mit einem Getränk zu, das er nicht einordnen konnte. Es war hellbraun, unten ein wenig dunkler als oben, und es perlte in dem schmalen, hohen Glas leise vor sich hin.

»Was trinkst du?«, fragte er. Ihm wehte ein bonbonsüßer Duft entgegen, der ihm irgendwie bekannt vorkam.

»Jägermeister-Red Bull«, klärte sie ihn auf.

»Widerlich!«, rutschte es Jan heraus. Er hasste Red Bull. Und das klebrig-süße Zeug dann auch noch mit dem süßen Jägermeister zu mischen, kam ihm geradezu absurd vor.

»Ist lecker!«, rief Inka vom anderen Ende des Schankraumes zu ihnen herüber und hob ihr eigenes Glas.

Jan hielt sich lieber an Wasser, auch wenn er ahnte, dass die anderen ihn deswegen als Spielverderber betrachteten. Er fing einen Blick von seinem Freund Stefan ein, und beide mussten sie schmunzeln. Stefan trank auch so gut wie keinen Alkohol, und Jan dachte plötzlich an die Pausen und manche Freistunde in der Oberstufe. Stefan hatte zu dieser Zeit schon eine eigene kleine Dachgeschosswohnung in der Nähe des Gymnasiums gehabt. Dort hatten sie sich dann immer getroffen und überbackene Käse-Schinkenstangen vom Bäcker gegessen, zu denen Stefan eine große Kanne Kaffee gekocht hatte … Die Erinnerung fühlte sich merkwürdig an, fast erfüllte sie ihn mit Melancholie, genau wie kurz zuvor die alten Geschichten von seinem und Lauras Umzug hierher nach Pellworm. »Kann ich dich was Geschäftliches fragen?«

Sinje nickte. »Klar.«

Jan erzählte ihr von dem Wrackteil aus Meike Lorenzens Schrank. »Tamme hat erzählt, dass es da eine Geschichte über die Halliggräfin gibt und dass sie angeblich einen abgeschossenen Engländer …« Er unterbrach sich, weil Sinje den Kopf schüttelte.

»Die Geschichte von der Halliggräfin gibt es, ja. Ich kann dir allerdings nicht auf Anhieb sagen, was davon historisch belegbar ist. Das müsste ich nachforschen. Aber ich würde sowieso vermuten, dass dein Fall eher mit was anderem zusammenhängt. Wirklich historisch nachweisbar ist nämlich, dass im Jahr 1945, kurz vor Kriegsende, ein englischer Jagdflieger vor der Küste der Insel abgeschossen worden ist. Der Pilot konnte sich mit dem Fallschirm retten und ist von Pellwormern mehrere Monate lang vor den Nazis versteckt worden. Soweit ich das im Kopf habe, hat er bis in den Winter 45/46 hinein auf der Insel gelebt.«

»Weißt du, ob man sein Flugzeug gefunden hat?«

Sinje überlegte einen Moment. »Keine Ahnung. Kann ich aber rausfinden, wenn du willst.«

»Das wäre super. Woher weiß man von dem Mann?«

»Wenn ich mich richtig erinnere, wurden Anfang der Sechziger ein paar Zeitungsartikel über ihn geschrieben. Wenn du willst, kann ich die auch für dich raussuchen.«

»Das wäre noch besser!«

»Kein Problem.«

Seite an Seite kamen Inka und Laura zu ihnen geschlendert.

»Wovon redet ihr da?«, rief Inka. Sie hatte gerötete Wangen, und Jan war sich sicher, dass der Jägermeister-Red Bull, den sie in der Hand hielt, nicht ihr erster war. »Doch wohl nicht etwa von dem Fall? Also ehrlich, Jan! Kannst du nicht mal an deinem Geburtstag dein Hirn dazu bringen, sich ein bisschen zu entspannen?« Sie schwankte leicht und hielt sich an Laura fest, die Jan spöttisch zuzwinkerte.

»Bin schon fertig«, behauptete Jan. Zu Sinje sagte er: »Danke.«

»Ich finde raus, ob sie das Flugzeug gefunden haben«, sagte sie. »Und die Artikel liefere ich dir auch«, konnte sie noch hinzufügen, dann packte Inka sie am Arm.

»Schluss jetzt mit Arbeiten!«, murmelte sie mit schwerer Zunge und zog Sinje mit sich zu einem der Billardtische, wo Jans Kollege Ralf gerade die Kugeln einsammelte und in die Triangel sortierte.

Jans Blick fiel auf Tamme, der an der Theke saß und in sein leeres Bierglas starrte. Inka versuchte, ihren Freund zum Mitspielen zu bewegen, aber er schüttelte den Kopf. Also ließ sie ihn in Ruhe.

Stattdessen gesellte sich Jan zu ihm. »Hey.«

Tamme blickte auf. »Hey.« Ihn beschäftigte etwas, das war ihm deutlich anzusehen. Jan wusste jedoch nicht so recht, ob er das Gespräch darauf bringen sollte.

»Tolle Idee, das mit der Party«, sagte er.

Tamme grinste schief. »War im Grunde Inkas.«

»Bei der habe ich mich schon bedankt. Jetzt bist du dran. Willst du noch ein Bier?«

Tamme schüttelte den Kopf.

»Was ist los?«, fragte Jan ihn.

Tamme schwieg.

Jan zählte bis zehn, bevor er seine Antwort erhielt.

»Eigentlich nix. Mir geht nur dieser Fall nicht aus dem Kopf.« Tamme legte die Fingerspitzen auf den Rand seines Glases und drehte es auf der Theke im Kreis. Das Kondenswasser, das außen hinabgelaufen war, bildete einen feuchten Film auf der Oberfläche.

»Ja, der ist diesmal wirklich übel, oder?« Jan schluckte.

»Jo.«

Mehr gab es dazu eigentlich nicht zu sagen. Außer vielleicht: *Wat för een Schiet.*

»Jorsten?«

Brunkes Stimme hallte weithin über die Warft und die angrenzende Marsch. Wo zum Teufel steckte dieser Idiot von Baggerfahrer denn?

»Haaallo, zum Donnerwetter! Wo sind Sie denn?«

Statt eine Antwort zu erhalten, hörte Brunke von jenseits des Baggers ein schwaches ächzendes Geräusch. Schlagartig richteten sich ihm die Nackenhaare auf.

»Jorsten? Sind Sie das?« Voller Anspannung umrundete er den Bagger und erstarrte, als ihm der Baggerführer weiß wie eine frisch gekalkte Wand entgegentrat.

»Himmel, was …« Brunke blieben die Worte im Halse stecken, als er begriff, dass sein Mitarbeiter nicht nur totenblass war, sondern dass er auch einen panischen Blick hatte. Irgendwas stimmte hier ganz und gar nicht! Und das hatte definitiv nichts mit irgendwelchen asbesthaltigen Baumaterialien oder Ähnlichem zu tun.

Etwas Schlimmes wird passieren …

War das hier etwa der Moment? »Was haben Sie denn?« Brunke zog ein Taschentuch hervor und wischte sich damit über Stirn und Wangen. Sein Herz pumpte auf einmal angestrengt, vor seinen Augen flackerte es rot.

Jorsten wies mit einer fahrigen Handbewegung irgendwo hinter Brunke.

Der drehte sich um. Vor ihm lag jetzt die ehemalige Baugrube. Wie verlangt hatte Jorsten sie mit dem Bagger freigelegt, sodass ihr Inhalt sichtbar war. Brunke wollte den ganzen Schutt, der unter dem alten Wohnhaus vergraben lag, entsorgt haben, denn er plante, an dieser Stelle nicht nur normale Ferienwohnungen bauen zu lassen. Nein, richtige Luxusappartements sollten das werden, inklusive Pool im Keller. Dafür war es nötig, die alte Baugrube auszuheben, und offenbar hatte Jorsten sich auch brav an diesen Befehl gehalten.

»Was haben Sie gefunden?« Brunke hörte, dass seine eigene Stimme plötzlich hohl klang.

»Gu…gucken Sie selbst«, krächzte der Mann. Wenn Brunke sich nicht täuschte, dann ging von ihm ein leicht säuerlicher Geruch aus. Hatte er etwa gekotzt?

Brunkes Herzschlag beschleunigte sich noch ein bisschen mehr. Er kniff die Augen zusammen, um besser sehen zu können, was sich dort unten in der Baugrube alles befand.

Das Erste, was er erkannte, war ein altes Sofa. Das war nicht ungewöhnlich. Bis in die Sechzigerjahre hinein hatte man nicht nur einfachen Hausmüll oder Schutt in solchen Gruben versenkt, sondern ganze Möbelstücke und allerlei anderen Sperrmüll. Vor ein paar Jahren hatte Brunke in einer ganz ähnlichen Grube sogar einmal ein komplett erhaltenes Mofa gefunden.

Hinter der Rückenlehne der Couch stand etwas, das Brunkes angespannte Sinne im ersten Moment für einen Sarg hielten.

Er zwinkerte.

Der Baggerführer deutete auf den Sarg, und in derselben Sekunde erkannte Brunke, dass ihm seine Fantasie einen Streich gespielt hatte. Das hier war natürlich kein Sarg, sondern eine alte Aussteuertruhe. So ein wuchtiges, altmodisches Ding, in dem die Menschen hier oben in Nordfriesland früher ihre Tisch- und Bettwäsche aufbewahrt hatten. Der Deckel der Truhe hatte ein gezacktes Loch, offenbar hatte Jorsten sie mit der Baggerschaufel getroffen und aufgebrochen. Von seinem Standpunkt aus konnte Brunke nicht erkennen, was sich in der Truhe befand, aber auf das auffordernde Kopfnicken seines Arbeiters sprang er in die Grube und beugte sich über das Loch.

In derselben Sekunde fuhr er herum und erbrach sich.

Jan hörte zuerst nicht, dass sein Handy klingelte. Er war dabei, einer von Andrés Storys zu lauschen, in denen der Inhaber der Schwarzen Acht einer Familie von Tagesgästen, die mit dem Fahrrad auf die Insel gekommen waren, ausführlich von den spektakulären Mordfällen der vergangenen Monate erzählte. André schmückte die Geschichten so sehr aus, dass Jan meinte, er würde eigentlich Tamme reden hören. Aber sein Möchtegernassistent saß immer noch still und nachdenklich vor seinem Bier.

Inka stieß Jan den Ellenbogen in die Seite. »Telefon!«, informierte sie ihn, und als er sich kurz irritiert umsah, weil er nicht wusste, wo er sein Handy gelassen hatte, murmelte Tamme: »Stuhl am Fenster. Jackentasche. Links.«

Jan erhob sich. »Danke. Was würde ich nur ohne euch machen.«

Tammes Laune hob sich schlagartig, gleich darauf allerdings tauschte er einen Blick mit Inka, der ganz eindeutig sagen wollte: *Veralbert er mich hier gerade?*

Ja, dachte Jan. *Tue ich*. Er war ganz erfüllt von der Tatsache, dass seine Freunde und Bekannten diese Überraschungsparty für ihn organisiert hatten. Sogar an ein Hotelzimmer für Stefan hatten sie gedacht, denn anders als Ralf und Harry wollte sein bester Freund heute nicht mehr nach Hause fahren. All das hatte Jans düstere Grübeleien über die tote Frau Lorenzen wenigstens für eine Weile verdrängt.

Was sich allerdings übergangslos änderte, als er endlich sein Telefon aus der Jackentasche gefischt und den Anruf angenommen hatte.

»Brunke«, keuchte eine wohlbekannte, sehr gepresst klingende Stimme an seinem Ohr. »Sie müssen unbedingt kommen.«

Und bevor Jan klar wurde, ob der Immobilienbesitzer vielleicht etwas Neues hinsichtlich der Drohbriefe zu vermelden hatte oder hier wieder nur eine seiner »Beachtet mich!«-Aktionen hinlegte, fügte Brunke mit einem hörbaren Würgen hinzu: »In meiner Baugrube liegt eine Leiche.«

Der Anruf sprengte die Feier, als hätte man in der Bar eine Bombe gezündet.

»Es gibt eine weitere Leiche«, murmelte Jan, nachdem er aufgelegt hatte. Er hatte es eigentlich nur sehr leise und zu Laura sagen wollen, aber nicht bemerkt, dass die Frau, die zur Familie der Tagesgäste gehörte, dicht hinter ihm stand, weil sie bei André ein neues Glas Bier für ihren Mann ordern wollte.

»Eine Leiche?«, entfuhr es ihr mit einem kleinen, spitzen Schrei.

Schlagartig war es in der Schwarzen Acht totenstill.

»Das ist doch ein schlechter Scherz!«, hörte Jan Inka sagen. Tamme saß immer noch an der Theke, hatte die Augen weit aufgerissen und starrte Jan an. Dann sprang er von seinem Barhocker, durchquerte den Schankraum mit langen Schritten. Wie ein Tanker wirkte er, der mit seiner Bugwelle eine Gruppe von kleinen Segelbooten davonschob: Die Leute wichen reflexartig vor seiner riesigen Gestalt zurück.

»Eine zweite Leiche?« Tamme gab sich Mühe zu flüs-

tern, aber in der verblüfften Stille klang seine Frage über-
laut. »Wir hatten noch nie einen Fall mit zwei Toten!«

Jan wusste nicht genau, ob sein Möchtegernassistent
begeistert oder geschockt war. Vermutlich ein wenig von
beidem. Er wandte sich an Laura. »Tut mir leid, ich muss
mich darum kümmern.«

Sie lächelte ihn an, und er sah die leise Traurigkeit, die
hinter ihrer tapferen Miene lauerte. Ein Blick in die Runde
der Geburtstagsgäste zeigte ihm, dass sie nicht die Einzige
war, die den abrupten Abbruch der Feier bedauerte.

Er entschuldigte sich bei Tamme, Inka und den anderen,
gab Laura einen Kuss auf die Wange. Kurz darauf saß er
im Streifenwagen und war auf dem Weg zum Alten Kirchenweg, zu dem Abrisshof von Ulf Brunke.

Brunke stand unten an der Warft, auf der der Hof thronte.
Ganz gegen seine Gewohnheit, überaus vorsichtig mit seinen Autos umzugehen, hatte er sich mit seinem Gesäß
gegen die Kühlerhaube gelehnt. Er hielt die Arme vor der
Brust verschränkt, was aussah, als sei ihm kalt. Und er war
käseweiß. Beim Näherkommen entdeckte Jan mehrere
kleine Flecken auf seiner dezent gemusterten Krawatte,
über deren Ursprung er lieber nicht weiter nachdachte.

»Sie liegt dahinten.« Brunke stieß sich von seinem Auto
ab und führte Jan auf wackeligen Beinen zu den Überres-
ten des Wohnhauses, neben denen der Bagger stand. Der
Mann, der das Ding bediente, stand daneben. Auch er
war blass. Stumm sah er zu, wie Jan sich näherte.

»Mein Vorarbeiter, Herr Jorsten, hat die Leiche gefunden«, erklärte Brunke.

Jan warf im Gehen einen Blick über die weite Marsch bis hin zur Alten Kirche, deren zerklüftet aussehender Turm in einen halb bewölkten Himmel ragte.

Die Baugrube schien frisch ausgehoben. Die weggeschaufelte Erde lag als knapp hüfthoher Haufen neben dem Loch, in dem Jan mehrere alte Möbel erkennen konnte. Wie es früher auf der Insel üblich gewesen war, hatte das Fundament des Hofes offensichtlich den Erbauern dazu gedient, größeren Unrat und Schutt zu entsorgen.

In der Luft lag der Geruch der feuchten Krume – und ein Anflug von Erbrochenem.

Auf Brunkes zitterigen Fingerzeig hin richtete Jan den Blick auf eine hölzerne Truhe, die neben einem alten Sofa lag. »Dadrin?«, fragte er. Der Deckel war durchlöchert, Jan vermutete durch die Baggerschaufel, aber von seinem Standort konnte er keinen Blick hineinwerfen.

Brunke nickte, und Jan sprang in die Grube. Ein paar Erdbrocken rutschten von deren Rand, und einer davon landete in seinen Schuhen, was er ignorierte. Er warf einen Blick durch das Loch im Truhendeckel.

Und kam sich augenblicklich vor wie in einem schlechten Horrorfilm.

Die Leiche lag auf dem Rücken wie in einem Sarg. Sie war fast komplett verwest, Jan starrte ein Totenschädel mit leeren Augenhöhlen entgegen. Sehr viel mehr konnte er durch das Loch nicht erkennen, also fasste er sich ein Herz. Er griff nach dem Truhendeckel und hob ihn hoch.

Brunke ächzte.

Der Baggerführer murmelte irgendwas Unverständliches.

Jan richtete den Blick nach unten. Blasse Haare umrahmten den Totenschädel, hatten früher nicht nur den Kopf, sondern auch Wangen und Kinn bedeckt. Ein Mann, registrierte Jan mit der Routine des erfahrenen Kriminalermittlers. Der Tote trug eine Uniform, die in sehr schlechtem Zustand war. Trotzdem war zu erkennen, dass es sich nicht um eine deutsche Uniform handelte. An den Schulterklappen prangten britische Hoheitszeichen: ein Union Jack und die Abbildung einer Krone. Jan hatte keine Ahnung von militärischen Abzeichen, vor allem nicht von denen anderer Staaten. Er glaubte jedoch, anhand der Litzen zu erkennen, dass er es hier mit einem Offizier zu tun hatte. Ein toter Offizier aus dem Vereinigten Königreich. Und das auf seiner Insel.

Und mehr noch: Der Mann war eindeutig keines natürlichen Todes gestorben. In der Stirn des Toten, sozusagen genau zwischen den Augen, prangte ein kreisrundes Loch.

»Der … den hat jemand erschossen, oder?«, krächzte Brunke vom Rand der Grube aus.

Jan biss die Zähne zusammen. »Sieht so aus«, murmelte er.

Fast den ganzen Tag über war es ihm gelungen, sich abzulenken. Nicht an Meikes Tagebuch zu denken, das wieder wohl verborgen unter seinen Hemden im Schrank lag. Zum Glück hatte er zu tun, es gab Dinge, um die er sich kümmern musste und die seine Gedanken genug beschäftigten, dass sie nicht ständig um Meike kreisten.

Es kam ihm immer noch völlig undenkbar vor, dass sie tot war.

Auf so grausame Weise umgekommen, dass es ihm schon den Magen umdrehte, wenn er nur daran dachte.

Er stand vor seinem Kleiderschrank und zögerte. Das Tagebuch rief nach ihm, er konnte seine Rufe tief in seinem Innersten hören. Er wusste, wenn er es schaffte, es zu lesen, dann würde er erfahren, warum Meike gestorben war. Aber er zitterte schon, wenn er nur die Hand nach dem Hemdenstapel ausstreckte.

Irgendwann gab er sich einen Ruck. Er zerrte das Buch unter den Hemden hervor, und es kümmerte ihn nicht, dass sie dabei teilweise durcheinandergerieten.

Mehrere Minuten lang stand er da, hielt das Tagebuch mit beiden Händen fest wie ein Gewicht, das sich nicht anders ertragen ließ. Und im Grunde war es genau das.

Mit schweren Schritten trug er es zum Esstisch, legte es ab. Richtete es akkurat an der Tischkante aus.

Schlug es auf.

Seine Augen brannten, als er anfing zu lesen, aber diesmal war er fest entschlossen, es durchzuziehen.

27. April. Brunke hat den Hof tatsächlich gekauft, las er. Die nächsten zwei Seiten überblätterte er, dann setzte er sich aufrecht hin, richtete den Blick auf Meikes krakelige Handschrift und las weiter.

Er hat den Hof gekauft, und ich bin so entsetzt, dass ich zwei Tage lang wie benebelt durch die Gegend gelaufen bin. Genau wie damals, als ich dieses Wrackteil im Watt gefunden habe, wie eine Anklage für das, was vor so vielen, vielen Jahren geschehen ist. Ich habe dieses Buch gekauft, weil ich die Gedanken in meinem Kopf irgendwie sortieren muss. Natürlich denke ich ständig an IHN, an seine schicke Uniform …

Die Zeilen verschwammen vor seinen Augen, angestrengt blinzelte er. Er glaubte, Meikes Stimme zu hören, die Faszination, mit der sie ihm zum ersten Mal von IHM erzählt hatte.

»Er ist ein echter Jagdpilot!«, hatte sie mit leuchtenden Augen gesagt. »Ein Tommy.«

»Die Tommys sind unsere Feinde«, grummelte er. Ihre Begeisterung für diesen Fremden ärgerte ihn, schlagartig war er eifersüchtig auf den Mann, der da so plötzlich auf ihrer Insel aufgetaucht war und Meike offenbar in Nullkommanichts um den Finger gewickelt hatte.

»Das war im Krieg. Jetzt ist schon seit Jahren Frieden!«

Er biss sich auf die Zunge. »Und außerdem: Der ist doch bestimmt viel zu alt für dich.« Meike war über ein Jahr jünger als er selbst, in ein paar Tagen erst würde sie achtzehn werden. Der Engländer aber war schon ein richtiger, erwachsener Mann. Mindestens dreißig war der Typ, vielleicht sogar noch älter.

»Du kennst ihn doch gar nicht!«, hielt Meike ihm entgegen.

Womit sie recht hatte. Er jedoch hatte einen kalten Stein in seinem Magen gespürt. Aus irgendeinem Grund, das hatte er in jenem Moment damals geahnt, brachte dieser Engländer Unheil mit sich …

Jetzt stützte er die Ellenbogen rechts und links von Meikes Tagebuch auf die Tischplatte und vergrub das Gesicht in den Händen. Eine ganze Weile saß er da, bis ihm bewusst wurde, dass er weinte. Tränen tropften von seinen Wangen auf die blaue Tinte und verwandelten die Worte in verwaschene Flecken.

Mit einem Aufschrei schlug er das Buch zu. Er konnte sich gerade noch davon abhalten, es gegen die Wand zu schleudern.

Direkt nach dem Leichenfund informierte Jan über die Leitstelle die Kollegen in Flensburg, weil er den KDD und den ED anfordern wollte. Wieder mal.

»Eine englische Uniform?«, sagte Nils Urban, nachdem Jan ihm die Umstände geschildert hatte. »Bist du ganz sicher?«

»Britische Flagge und Krone sollten reichen«, sagte Jan.

Woraufhin Urban ihn in die Warteschleife hängte, um sich mit dem Leiter der BKI zu besprechen. »Okay«, meinte er, als er wieder dran war. »Das ist offenbar eine größere Sache. Wenn es stimmt, was du sagst, deuten die Spuren auf ein Kapitalverbrechen hin – und auf internationale Verwicklungen. Wenn die Presse davon Wind kriegt, stehen die uns mit Sicherheit auf den Füßen rum. Deutsch-britische Freundschaft und so. Und jetzt mit diesem ganzen Brexit-Scheiß …« Urban räusperte sich. »Tut mir leid, aber der Chef hat angeordnet, dass das sofort von einem Team übernommen wird, das mit so was Erfahrung hat. Er will, dass du nur die erste Befragung der beiden Zeugen durchführst und den Fall dann an die Kollegen abgibst, die wir dir noch heute schicken.«

»Gut«, sagte Jan, auch wenn er das nicht fühlte. Zwei Leichen innerhalb weniger Tage. Was geschah hier gerade mit Lauras und seiner Idylle? Die Frage verursachte ihm einen Knoten im Magen. Er sah die politischen Verwicklungen ebenfalls, um die der Leiter der BKI sich sorgte, und er hatte wenig Lust darauf. Darüber hinaus war er ganz froh, dass er sich weiter auf den Fall Meike Lorenzen konzentrieren konnte. Aber genau das war auch der Knackpunkt. Irgendwie gab die Entscheidung der Führungsebene ihm das ungute Gefühl, dass Flensburg die Leiche des Soldaten wichtiger war als die der alten Frau, und das fühlte sich falsch an.

»Gut«, wiederholte er trotzdem. »Gib mir Bescheid, wann die Kollegen von der Fachdienststelle eintreffen, dann kümmere ich mich.«

»Mach ich«, versprach Urban.

Nachdem auf diese Weise alle Hebel in Bewegung gesetzt waren, wandte Jan sich an Brunke und Jorsten, die beide noch immer blass wie die Bettlaken am Rand der Grube standen.

»Geht's wieder?«, fragte er sie.

Brunke nickte, aber er starrte dabei unverwandt auf die Truhe, deren Deckel Jan aus Pietätsgründen wieder geschlossen hatte. Der Baggerführer hatte die Arme vor der Brust verschränkt, als könne er sich so vor dem Anblick schützen.

»Herr Jorsten?«, wandte Jan sich an ihn.

Da nickte auch er. »Ja, ja. Geht schon.«

Jan packte die beiden Männer am Ellenbogen und führte sie sanft fort von der Grube und hin zu Brunkes Wagen am Straßenrand, wo er den Geschäftsmann auf den Beifahrersitz bugsierte. Jorsten entschied sich dafür, lieber stehen zu bleiben. Er musste seinen Schock durch Bewegung loswerden und fing an, in kurzen Schritten hin und her zu laufen. Brunke hingegen öffnete mit fahrigen Bewegungen das Handschuhfach, holte einen Flachmann heraus und nahm einen kräftigen Schluck. »Reinste Medizin«, ächzte er. Dem Geruch nach zu urteilen, war die Medizin Whiskey.

»Fühlen Sie sich in der Lage, hier auf mich zu warten, bis ich mit Ihrem Baggerführer gesprochen habe?«, erkundigte Jan sich.

Der Whiskey schien Wunder zu wirken. Brunkes Gesicht bekam ein wenig Farbe, und gleichzeitig kehrte auch seine gewohnte Überheblichkeit zurück. »Warum wollen Sie zuerst mit dem reden, immerhin bin ich …«

»… der wichtigste Mann von der Insel, schon klar.« Jan hatte keine Lust, sich schon wieder auf diese Spielchen einzulassen. »Aber Herr Jorsten hat Ihrer Aussage nach den Toten gefunden, also muss ich zuerst mit ihm sprechen.«

Das schien Brunke einzuleuchten. Zwar gefiel es ihm nicht, das war deutlich zu sehen, aber er nickte ergeben. »Tun Sie, was Sie nicht lassen können!«

»Danke«, sagte Jan trocken. Dann ging er zu dem Mann, der mittlerweile neben einer Reihe Holunderbüsche am Straßenrand stehen geblieben war. »Herr Jorsten?«

»Ja. Hinnerk Jorsten.« Als falle ihm das jetzt erst ein, reckte der Mann Jan die Hand entgegen.

Jan schüttelte sie. »Ihr Chef sagte mir, dass Sie die Leiche gefunden haben?«

»Jo. Habe auf seinen Befehl hin die Müllgrube unter dem Haus aufgebaggert und bin dabei mit der Schaufel wohl auf die Truhe gestoßen. Erst hätte ich das gar nicht gemerkt, dass da jemand drinliegt, aber dann …«

Jan wartete, dass er weitersprach.

»Dann hatte ich irgendwie so eine Ahnung. Bin vom Bock runter und hab nachgesehen. Na ja, und da war der Kerl. Hat mir einen ganz schönen Schrecken eingejagt, können Sie mir glauben.«

Jan glaubte das ohne Weiteres. Kurz überlegte er, ob er nach dem Grund für diese ominöse Ahnung fragen sollte, aber dann ging ihm auf, was der wahre Grund für Jorsten gewesen war, von seinem Bagger zu klettern und einen Blick in die Truhe zu werfen. Er hatte nachsehen wollen, ob sich darin vielleicht etwas Wertvolles befand, etwas, das sich zu Geld machen ließ.

»Irgendeine Idee, wer der Tote sein könnte?«, fragte Jan.

Sein Gegenüber schüttelte den Kopf. »Woher?«

Darüber ging Jan hinweg. »Wohnen Sie hier auf der Insel?«, fragte er.

»Nee. Bin nur für den Auftrag von Herrn Brunke hier. Solange der Abriss von dem Hof dauert, wohne ich in einer der Ferienwohnungen, die er für seine Arbeiter zur Verfügung stellt.«

»Ich brauche Ihre Adresse und Ihre Telefonnummer«, bat Jan, zückte sein Notizbuch und notierte sich die Daten. Als das erledigt war, ließ er Jorsten gehen, nicht ohne ihm zu sagen, dass jemand von den Kollegen sich bei ihm melden würde, falls man weitere Fragen hatte. Nachdem der Mann davongestapft war, kehrte Jan zu Brunke zurück. Der saß immer noch auf seinem Beifahrersitz. Den Flachmann hielt er in der Hand, hatte ihn aber wieder zugeschraubt. Jan vermutete, dass das Ding mittlerweile leer war. Darauf ließ auch Brunkes Fahne schließen, die Jan entgegenschlug, als der Immobilienbesitzer sich zu ihm umwandte.

»Erzählen Sie mal«, forderte Jan auch ihn auf.

»Da gibt es nicht viel zu erzählen. Jorsten rief mich an, er war sehr aufgeregt und meinte, ich müsste sofort kommen. Ich bin hergefahren, und da lag diese Leiche in meiner Baugrube.« Als würde ihm die Bedeutung dieser Angelegenheit erst jetzt so richtig klar, sackte Brunke vornüber. Er legte den Flachmann auf die Ablage über dem Handschuhfach, dann rubbelte er sich mit beiden Händen das Gesicht. »Sie machen mir aber jetzt die Baustelle nicht wochenlang dicht, oder?«

»Wir werden sehen, was die Kollegen vom Festland dazu sagen«, wich Jan aus. »Haben Sie irgendeine Idee, wer der Tote in der Truhe sein könnte oder wie lange er schon da liegt?« Aus dem Augenwinkel bemerkte er ein Auto, das sich über den Klostermitteldeich näherte.

»Wer das ist? Woher soll ich das wissen?« Brunke war schon wieder dicht davor, aufzubrausen, aber diesmal beherrschte er sich. »Aber wie lange die Leiche da liegt, kann ich vielleicht sagen. Das Wohnhaus wurde 1964 gebaut. Ich würde sagen, derjenige, der den Toten in der Truhe versteckt hat, muss das getan haben, kurz bevor die Grube verfüllt und das Haus errichtet wurde.«

»Hmhm«, machte Jan, und das schien Brunke nicht zu passen.

»Wieso hmhm? Das ist doch sonnenklar, wie sonst …«

»Danke, Herr Brunke, dass Sie versuchen zu helfen.« Jan dachte an die britische Flagge auf der Uniform des Toten. Dann dachte er an das Wrackteil, das er aus Meike Lorenzens Keller geholt hatte und auf dem auch ein Union Jack zu sehen war. Und er dachte daran, was Sinje Martens, die Archivarin, ihm auf seiner Geburtstagsfeier erzählt hatte. Ein Engländer, den die Pellwormer vor den Nazis versteckt hatten …

Gedankenverloren ging er noch einmal die Warft hinauf bis zum Rand der Baugrube. Dort hockte er sich auf die Fersen und blickte auf die Truhe mit dem eingedrückten Deckel hinunter. Sinje hatte gesagt, dass der Engländer bis in den Winter 45/46 auf der Insel gelebt hatte. Die Baugrube hier war laut Brunke aber erst 1964 ausgehoben worden. Zeitlich ging das nicht auf.

»Wer bist du?«, murmelte Jan.

Er stand mit einer federnden Bewegung wieder auf. Die Kollegen aus Flensburg würden sich um die Identifizierung des Toten kümmern. Er hatte anderes zu tun. Er würde den Kollegen von der Fachdienststelle sagen, was er wusste, und dann ging ihn das alles hier nichts mehr an.

Trotzdem wollte ihm ein Gedanke nicht aus dem Kopf. War es Zufall, dass dieser Tote in der Grube gefunden worden war, so kurz nachdem Meike Lorenzen gestorben war? Möglich. Wenn auch schwer vorstellbar.

Oder?

Was, wenn die beiden Fälle miteinander zu tun hatten?

Er grübelte noch über diese Frage nach, als der Wagen, den er vorhin bemerkt hatte, in den Alten Kirchenweg eingebogen kam und kurz darauf hinter Brunkes Mercedes hielt. Es war Tamme mit seinem alten Bulli.

Verblüfft stellte Jan fest, dass er froh war, seinen Möchtegernassistenten zu sehen. Das war neu. Früher, wenn Tamme am Ort eines Verbrechens aufgetaucht war, hatte Jan sich genervt gefühlt. Hauptsächlich, weil Tamme gern einmal die Initiative an sich riss und »Ermittlungen« anstellte, die ihn bei seiner eigenen Arbeit eher behinderten als ihm halfen. Seit ihrem letzten Fall jedoch, der toten Frau im Watt und dem spektakulären Fund des Wallenstein-Schwertes, das erkannte er in dieser Sekunde, hatte sich das gewandelt.

»Hey, Tamme«, begrüßte er den Nordfriesen. »Gut, dass du kommst.«

Tamme, der sich aus seinem Wagen faltete wie ein Springteufel aus einer viel zu kleinen Schachtel, stutzte. »Du nimmst mich jetzt aber nicht auf den Arm, oder?«

Jan schüttelte den Kopf. »Würde ich nie. Ich brauche deine Hilfe.«

Das ließ Tamme gleich ein paar Zentimeter wachsen. Jan sah, wie er den Kopf reckte, als suche er die Stelle, an der die Leiche lag.

Vergiss es!, schoss es Jan durch den Kopf. *Die kriegst du in diesem Leben nicht zu sehen.* Reichte ja, dass Brunke ihm den Fundort vollgekotzt hatte, da konnte er weitere Malheure dieser Art nicht gebrauchen.

Er bedeutete Tamme mit erhobenem Zeigefinger, dass er kurz warten sollte, dann wandte er sich wieder an Brunke. »Irgendwas, das Sie mir zu dieser Sache noch sagen wollen?«

Brunke schüttelte den Kopf. »Ich habe das Haus erst vor ein paar Wochen gekauft. Ich hatte keine Ahnung, dass darunter ein Toter liegt.«

Jan glaubte ihm. Die Wirkung des Whiskeys schien nachzulassen, Brunke wurde schon wieder blass. Ganz kurz glitten Jans Gedanken zu den Drohbriefen, die der Mann seiner Aussage nach vor knapp zwei Wochen erhalten hatte. »Gut«, meinte er. »Ich brauche von Ihnen alle Angaben zu diesem Haus. Außer dem Jahr, in dem es erbaut wurde, auch Bewohner, Namen und Adresse des vorherigen Besitzers, einfach alles, was Sie haben.«

»Habe ich nicht im Kopf.«

»Das dachte ich mir schon. Macht nichts. Fahren Sie erst mal nach Hause und erholen Sie sich ein bisschen von dem Schrecken. Die Kollegen von der Kripo kommen morgen zu Ihnen, dann klären sie den Rest.« In Gedanken machte Jan sich eine Notiz, dass er die Kollegen auch über Brunkes Stalker informieren musste. Er wandte sich an Tamme. »Herr Brunke scheint mir nicht mehr besonders fahrtüchtig zu sein. Fahr du ihn bitte nach Hause.« Er blickte auf den Flachmann, den Brunke jetzt wieder zur Hand nahm und enttäuscht schüttelte.

Auch über Tammes Gesicht huschte ein Anflug von Enttäuschung, weil er hier als Fahrer missbraucht werden sollte, statt, wie erhofft, seine genialen Ermittlerfähigkeiten zur Klärung des Falles einsetzen zu können.

Jan tat er ein wenig leid. »Wenn Herr Brunke sicher angekommen ist, komm wieder, ja? Ich könnte nämlich ein bisschen Gesellschaft gebrauchen, bis die Jungs vom KDD da sind.«

Das besserte Tammes Laune schlagartig. »Jo«, sagte er. »Bin so schnell es geht wieder da.«

»Lass dir Zeit. Hier läuft keiner weg.«

Tamme konnte sich ein Grinsen nicht verkneifen, als er Brunke bei sich zu Hause abgeliefert hatte und in Fiete wieder auf dem Rückweg zu Jan war. Das hier war dann ja wohl mal wieder ein Fall ganz nach seinem Geschmack, nicht so ein schockierendes Zeug wie im Schuppen der alten Frau Lorenzen. Das hier war spektakulär und vor allem: Es bereitete einem keine Albträume. Jan hatte gesagt, dass der Tote schon seit vielen Jahrzehnten in dieser Grube lag. Was bedeutete: Er war gestorben, als Tamme noch gar nicht geboren worden war.

Und dann: ein Toter in einer Uniform des englischen Militärs! Das war doch mal was! Ob da ein richtig cooles Geheimnis dahintersteckte? Vielleicht ein politisches Drama, irgendwas, das mit dem NATO-Doppelbeschluss zu tun hatte, oder mit irgendeinem der vielen Skandale aus dieser Zeit. Ihm fielen da sofort ein paar Dinge ein, die groß genug waren, die SPIEGEL-Affäre zum Beispiel. Oder dieser Guillaume-Kram, den er nie so richtig verstanden hatte. Das richtig große politische Rad.

Eine echte Geheimdienststory …

Tamme spürte, wie es ihm kribbelig den Rücken hinunterlief.

Während Jan auf Tammes Rückkehr wartete, rief er Laura an.

»Hey«, meldete er sich.

»Hey.« Sie lächelte, das konnte er durch die Leitung merken.

»Wo bist du?«

»Zu Hause. Nachdem du weg bist, hat sich die Party-gesellschaft ziemlich schnell aufgelöst.«

Jan kniff sich in den Nasenrücken. »Tut mir leid. Ihr habt euch alle so viel Mühe gegeben mit den Vorberei-tungen.«

»Du kannst ja nichts dafür. Ralf und Harry sind in der Schwarzen Acht geblieben. Sie wollen dann mit der Spätfähre nach Hause fahren. Stefan ist hier bei mir. Was genau ist denn bei dir los?«

Er ließ die Hand sinken und schloss die Augen. Stellte sich vor, wie Laura und sein bester Freund am Küchen-tisch gesessen hatten und darauf warteten, dass er sich meldete. In kurzen Worten erzählte er Laura von der ver-westen Leiche in der Baugrube.

»Bei Brunke!«, entfuhr es ihr.

»Ja. Aber der hat mit dem Fall mit Sicherheit nichts zu tun. Er hat den Hof erst kürzlich gekauft, und so, wie er ausgesehen hat, hatte er nicht die geringste Ahnung, was sich da unter dem Wohnhaus verbarg.«

»Hast du den Toten identifizieren können?«

Jan schüttelte den Kopf. »Der Mann trug eine Uniform der britischen Armee. Darum geht jetzt alles seinen hoch-offiziellen Gang. Ein Sonderteam übernimmt.«

»Dann kommst du ja vielleicht bald nach Hause.«

»Gut möglich, ja.« Jan spürte, wie sehr er die ganze Sache mit seiner Frau und seinem Freund besprechen wollte.

»Schön. Du hast übrigens Post gekriegt. Von deinen alten Kollegen aus Essen.«

Ein schwaches Lächeln hob Jans Mundwinkel. Hatten die Jungs, mit denen er früher gearbeitet hatte, also an seinen Geburtstag gedacht. Das freute ihn. »Mach ich später auf«, sagte er.

In der Ferne leuchteten Scheinwerfer auf.

»Tamme ist auf dem Weg hierher. Er leistet mir Gesellschaft, bis die Kollegen da sind.« Er unterdrückte ein Seufzen. »Grüß Stefan von mir. Tut mir leid, dass der Abend so enden musste.«

»Tja«, murmelte Jan ein paar Stunden später. »Das war dann wohl mein Geburtstag.« Er saß zusammen mit Tamme im Streifenwagen, bewachte den alten Abrisshof und wartete immer noch darauf, dass die Kollegen von der Wasserschutzpolizei das Sonderermittlungsteam am Tiefwasseranleger absetzten. Die Leute vom Erkennungsdienst würden dann morgen früh gleich mit der ersten Fähre wiederkommen. Jans Eindruck, dass der Tote in der britischen Uniform in der Grube weitaus größere Wellen schlug als die tote Frau Lorenzen, bestätigte sich offenbar.

Tamme, der mit seinem Schädel beinahe den Fahrzeughimmel berührte, setzte sich bequemer hin. »Nu«, brummte er, und damit war eigentlich alles gesagt.

Jan unterdrückte ein trockenes Lachen. »Wir sind schon so ein paar Helden.«

»Jo.«

Stille.

Jan, der das Fenster auf der Fahrerseite ein Stück runtergefahren hatte, lauschte auf die Geräusche, die die Insel bei Nacht machte. Eine gute Viertelstunde verging, und Jan kam sich in dieser Zeit unglaublich norddeutsch und schweigsam vor. »Was denkst du?«, fragte er, als er die Stille nicht mehr aushielt. »Über den Toten, meine ich.«

Als habe Tamme nicht schon die ganze letzte Zeit genau über dieses Thema nachgedacht, legte er grübelnd den Kopf schief. Es vergingen weitere dreißig Sekunden, bevor er antwortete. »Keine Ahnung. Ein Engländer …«

»Sinje hat mir erzählt, dass es außer dem Piloten von der Halliggräfin noch einen anderen abgeschossenen Engländer gab, den die Pellwormer vor den Nazis versteckt haben.«

»Glaubst du, dass das unser Toter ist?«

Jan zuckte mit den Schultern. »Keine Ahnung. Du bist doch sonst so schnell mit irgendwelchen Theorien. Diesmal gar nichts?«

Tamme lehnte den Kopf an die Nackenstütze und starrte durch die Windschutzscheibe nach draußen. »Wenn ich jetzt sag, dass ich an eine Spionagegeschichte glaube, lachst du sowieso wieder.«

»Spionage. Was genau? MAD? *MI6*?«

Tamme verzog das Gesicht. »Ha! Ha!«, machte er.

Jan winkte ab. »Schon gut.« Dann blies er die Wangen auf. »Hoffen wir, dass der Mann in irgendeinem Vermisstenregister steht.«

Diesmal verzichtete Tamme sogar auf eine einsilbige Antwort. Er nickte nur knapp. Danach war es wieder minutenlang still im Wagen.

Schließlich war es Tamme, der als Nächster den Mund aufmachte. »Glaubst du, dass die beiden Fälle zusammenhängen?«

Jan entschied sich, die Position des Advocatus Diaboli einzunehmen. Ihn interessierte, ob Tamme zu den gleichen Schlüssen gekommen war wie er. »Sie liegen Jahrzehnte auseinander«, sagte er.

»Stimmt schon. Aber was ist mit dem Wrackteil in Frau Lorenzens Keller? Das stammt von einem englischen Flieger.«

Jan wollte gerade etwas dazu sagen, als sein Handy klingelte. Er ging ran, und bevor er sich melden konnte, bellte eine tiefe Männerstimme:

»Enderle, KOK! Wir legen gleich an.«

Jan nahm das Telefon ein Stück vom Ohr weg.

Tamme, der mitgehört hatte, grinste.

Der Mann am anderen Ende der Leitung wandte sich offenbar an jemanden von der Besatzung der *Sylt*, des Schiffs der Wasserpolizei. »Wie lange dauert das noch, guter Mann? Zehn Minuten? Und wo genau legen wir an?« Im Hintergrund erklang eine unverständliche Antwort, dann wurde Enderles Stimme wieder lauter. »Wir sind in zehn Minuten auf der Insel. Man sagt mir, am Tiefwasseranleger. Ich brauche eine Fahrgelegenheit zum Leichenfundort!«

Jan konnte den süddeutschen Akzent des Mannes hören. Fränkisch, dachte er.

»Ich komme«, sagte er. »Und …«

»Alles klar!«, unterbrach Kriminaloberkommissar Enderle ihn. In der nächsten Sekunde legte er einfach auf.

Verblüfft starrte Jan sein Telefon an.

»Na, das ist ja mal ein ganz Zackiger«, sagte Tamme.

Wie richtig er damit lag, erfuhr Jan, als er mit seinem Streifenwagen wieder einmal zum Tiefwasseranleger fuhr, wo die blau-weiß angestrichene *Sylt* gerade angelegt hatte. Kaum angehalten, kam ihm schon ein gedrungener, energiegeladener Mann entgegengerannt, der bis eben am Ende der Verladerampe gestanden hatte. Dass die Kollegin, die er dabeihatte, dadurch gezwungen war, die beiden Koffer zu ihren Füßen hinter ihm herzuschleppen, schien ihm egal zu sein.

Er erreichte Jan genau in dem Moment, in dem dieser aus dem Streifenwagen stieg. »Sie sind Herr Benden, vermute ich?«

Jan nickte. Er wollte dem Mann die Hand geben, aber der schien dafür keinen Bedarf zu haben. Mit dem Schwung einer gespannten Stahlfeder fuhr er zu seiner jüngeren Kollegin herum. »Jetzt machen Sie schon!«, schnauzte er sie an.

Jan verbiss sich einen Kommentar, schob sich an der Gestalt von KOK Enderle vorbei und trat der Polizistin entgegen. »Lass mich dir helfen.« Aus irgendeinem kollegialen Instinkt heraus wusste er, dass die Kollegin im Gegensatz zu ihrem unfreundlichen Chef der allgemein üblichen Tradition folgen würde, sich unter Polizistenkollegen zu duzen.

Und er täuschte sich nicht.

Sie lächelte ihn schwach an, reichte ihm dann einen der beiden Koffer. »Ich danke dir«, sagte sie, während sie ihm zum Streifenwagen folgte. Dort angekommen, stellte sie ihren Koffer ab und gab Jan die Hand. »Ramona Dreyer.«

»Jan Benden.« Sie schüttelten sich die Hände.

KOK Enderle runzelte missbilligend die Stirn. »Wenn Sie dann fertig sind mit den Nettigkeiten, Frau Dreyer, dann können wir ja vielleicht endlich losfahren!«

An dieser Stelle reichte es Jan. »Die Leiche liegt vermutlich seit fünfzig Jahren an Ort und Stelle. Ich bin sicher, Herr Enderle, dass sie nichts dagegen hat, noch eine Minute zu warten, bis der Höflichkeit Genüge getan ist.«

Enderle riss die Augen auf und schob den Unterkiefer zur Seite, was seinem Gesicht das eigenartig grimmige Aussehen eines übel gelaunten Hechtes gab. Überhaupt wirkte er wie ein Raubfisch – ganz in Grau gekleidet und ständig in Bewegung. Und offenbar auch ähnlich bissig, wie seine nächsten Worte Jan zeigten. »Ich bin nicht mitten in der Nacht quer über die Nordsee gefahren, *Herr* Benden, um hier Höflichkeiten auszutauschen. Sie mögen dafür Zeit haben, ich habe sie nicht.«

Wenn du einfach nur Hallo gesagt hättest, dachte Jan bei sich, *dann wären wir längst fertig und könnten losfahren*. Er behielt das jedoch für sich. Enderle sollte nicht noch schlechtere Laune bekommen. Mit einer Handbewegung deutete Jan auf den Streifenwagen. »Wenn Sie wollen, können wir jederzeit los«, sagte er.

»Geht doch!«, hörte er Enderle murmeln.

Ramona Dreyer verdrehte hinter seinem Rücken die Augen.

Na, dachte Jan, das konnte ja lustig werden. Fast

freute er sich darauf mitzuerleben, wie Enderle gleich mit Tamme zusammenprallen würde.

Er hielt den Streifenwagen am Fuße der Warft, auf der Brunkes Abrisshof stand, und noch bevor er ausgestiegen war, sprang Enderle schon aus dem Fahrzeug und verlangte zu wissen, wo die Leiche war.

Tamme, der sich hinter das Lenkrad von Fiete geklemmt hatte, als Jan zum Fähranleger gefahren war, faltete seine hünenhafte Gestalt ebenfalls aus dem Wagen. »Moin!«, begrüßte er die beiden Neuankömmlinge.

»Und Sie sind?«, blaffte Enderle ihn an. »Ein Zeuge, vermute ich? Haben Sie die Leiche gefunden? Wie heißen Sie?«

Mit einer Mischung aus Verwunderung und Überforderung schaute Tamme in Jans Richtung. Hinter Enderles Rücken fuhr der sich mit Daumen und Zeigefinger über Lippen, als wolle er einen Reißverschluss schließen. Er konnte nur hoffen, dass Tamme das Signal verstand und Enderle nicht auf der Stelle unter die Nase rieb, dass er hier auf der Insel der Herr Kriminalassistent war. Mist! Nach dem Anruf von Enderle hätte Jan Tamme besser mal gebrieft, wie er sich zu verhalten hatte.

Sein Möchtegernassistent jedoch überraschte ihn positiv. Alles, was er Enderle auf seine Fragentirade antwortete, war ein knappes »Nu«.

Enderle, der schon dabei war, an ihm vorbeizustiefeln, blieb wie angewurzelt stehen. »Was ist das denn für eine Antwort?« Noch immer war seine Stimme nicht freundlicher.

Tamme zuckte mit den Schultern. »Nu«, wiederholte er.

Jan verkniff sich ein Lachen.

Enderle öffnete den Mund, schnappte nach Luft, schloss den Mund wieder. Kein bissiger Hecht jetzt mehr, dachte Jan. Eher ein dümmlicher Karpfen. »Zu Ihnen komme ich später!«, blaffte der Polizist Tamme an. Dann wirbelte er zu Jan herum. »Zeigen Sie mir jetzt endlich die Leiche?«

»Sehr wohl!«, konnte Jan sich nicht verkneifen. Er marschierte an Enderle vorbei und führte ihn zu dem Fundament des Wohnhauses. Der Bagger, der noch immer an Ort und Stelle stand, roch in der Kühle der Nacht nach Motoröl.

Enderle blieb am Rand der Grube stehen und blickte hinein. Als Jan etwas sagen wollte, fuhr er ihm erneut über den Mund. »Ich kriege das hier schon alleine hin. Warten Sie bei dem Zeugen!«

Jan zuckte mit den Schultern. »Wenn Sie meinen.« Er ging die Warft wieder hinunter zu Ramona Dreyer, die sich gerade mit den mitgebrachten Materialkoffern abmühte. Diesmal jedoch wehrte sie seine Hilfe ab.

»Schaffe ich schon allein«, ächzte sie.

Jan sah ihr nach, wie sie mit ihrer beidseitigen Last den Hügel hinaufschwankte.

»*Wat is dat denn förn Idiot?*«, entfuhr es Tamme.

Freitag

Als Enderle mit Ramona Dreyer im Schlepptau die Warft wieder hinuntergestapft kam, warf Jan einen Blick auf seine Armbanduhr. Es war mittlerweile nach Mitternacht. Freitag.

Er unterdrückte ein Seufzen.

»Die Uniform ist von der Royal Air Force«, hörte er Enderle Ramona erklären. »Der Tote scheint Flight Lieutenant gewesen zu sein, das ist ein Offiziersrang.« Direkt vor Jan blieben die beiden stehen.

Bevor Enderle noch mal auf die Idee kommen konnte, dass Tamme ein Zeuge war, stellte Jan die Sache lieber gleich selbst richtig. »Das hier ist übrigens Herr Hansen, ein Freund. Wir waren zufällig zusammen, als die Nachricht vom Leichenfund kam, und da hat er mir netterweise Gesellschaft geleistet, während ich auf Sie gewartet habe.«

Enderle heftete seinen Blick auf Tamme.

Der stand automatisch stramm.

»Sie sind also kein Zeuge?«

Tamme schüttelte den Kopf.

»Können Sie auch reden?«, fragte Enderle.

»Jo«, sagte Tamme.

Erneut musste Jan sich ein Lachen verkneifen.

Enderles Gesicht war die ganze Zeit schon hellrot gewesen, jetzt wurde es zusehends dunkler. »Sie waren nicht oben bei der Grube?«

»Nö«, sagte Tamme.

Enderle schoss einen finsteren Blick auf Jan ab. »Man sagte mir, dass Sie hier auf der Insel ermittlungstechnische Befugnisse haben, obwohl Sie nur Streifenpolizist sind?«

Jan unterdrückte den Impuls, schlicht »Jo« zu sagen. »Das ist korrekt«, erwiderte er und fragte sich, warum auch er das Gefühl hatte, strammstehen zu müssen.

»Und man sagte mir auch, dass es hier zurzeit noch einen weiteren Fall gibt, in dem ermittelt wird?«

Diesmal konnte Jan sich nicht beherrschen. »Ja«, antwortete er ähnlich knapp wie Tamme, wenn auch auf Hochdeutsch. Aber als Enderle ihn fragend anschaute, fügte er dann doch hinzu: »Eine alte Frau. Wurde auf den Zinken der Ballengabel eines Ackerschleppers aufgespießt aufgefunden.«

»Aha.« Enderle nickte, als habe er das längst gewusst. »Na dann. Ich würde vorschlagen, Sie pfuschen mir nicht in meinen Fall rein und lassen mich und die Kollegin Dreyer in Ruhe arbeiten. Einverstanden?«

Was bist du nur für ein Arsch?, schoss es Jan durch den Kopf. Laut sagte er: »Nix dagegen.«

Hinter ihm prustete Tamme unterdrückt in die Faust.

Enderle runzelte finster die Stirn. »Dorftrottel«, glaubte Jan ihn murmeln zu hören. Dann wandte sich der Herr Oberkommissar ab und richtete das Wort an die Kollegin Dreyer. »Wir sind hier fertig«, sagte er zu ihr. Ihm schien etwas einzufallen, denn er drehte sich noch einmal zu Jan um. »Ich denke, man hat Sie informiert, dass Frau Dreyer und ich damit beauftragt wurden, mitten in der Nacht auf ein Schiff der Wasserschutzpolizei zu steigen und herzukommen, weil wir Erfahrung in Ermittlungen mit ausländischer Beteiligung haben.«

»Hat man«, sagte Jan.

»Gut. Dann eines nur noch: Wer sorgt dafür, dass die Leichenfundstelle abgesichert wird?«

Jan deutete auf die eigene Brust. »Ich kümmere mich darum.«

»Gut. Dreyer, kommen Sie! Bis morgen früh hat Herr Benden bestimmt seine Berichte über die ersten Zeugenbefragungen fertig, die er durchgeführt hat. Bis dahin fahren wir in das Hotel, das Flensburg uns gebucht hat.« Erst als die Worte raus waren, fiel ihm ein, dass sie ja mit dem Schiff der Wasserschutzpolizei gekommen waren und dementsprechend gar keinen Wagen hatten. Er stand ein wenig verdutzt da.

»Ich bringe Sie in Ihr Hotel«, bot Jan ihm an.

Wenn er gedacht hatte, dass das Angebot Enderle etwas freundlicher stimmen würde, sah er sich getäuscht.

»Dann los!«, befahl der Oberkommissar.

Jan bat Tamme, den Leichenfundort zu sichern, bis er wieder da war, dann fuhr er die beiden Kollegen zur NordseeLodge, wo er sie wie jeden, der wegen kriminalpolizeilicher Angelegenheiten auf die Insel kam, einquartierte. Es stellte sich heraus, dass Flensburg es versäumt hatte, zwei Zimmer zu reservieren, aber Jan kannte die Eigentümer des Hotels gut. Er klingelte sie wach und bat darum, dass man seinen beiden Kollegen je ein Zimmer gab.

Als er zurück zu dem alten Abrisshof kam, saß Tamme zufrieden hinter dem Steuer von Fiete.

Jan kletterte zu ihm auf den Beifahrersitz. »Also mal wieder Nachtwache«, sagte er.

Tamme nickte. Dann grinste er. »Ich würde zu gern dabei zusehen, wie die sich an den Pellwormern die Zähne ausbeißen.«

Jan grinste ebenfalls. Ihm erging es nicht anders.

»Wann willst du ihm von dem Wrackteil in Frau Lorenzens Schrank erzählen?«, fragte Tamme.

Jan bleckte die Zähne. »Du meinst, es könnte denen bei ihren Ermittlungen helfen zu erfahren, dass unsere beiden Fälle möglicherweise zusammenhängen?«

»Ich mein ja nur.«

Jan lehnte sich bequemer zurück. »Tja«, sagte er.

Ulf Brunke war schon früh am nächsten Morgen wach. Seit Tagen schlief er nur unruhig, wachte oft schon vor dem Morgengrauen auf und verlor sich dann in düsteren Grübeleien. Um das zu verhindern, stand er auf, kochte sich einen starken Kaffee, den er gähnend und im Stehen trank, dann ging er rüber in seine Geschäftsräume, um ein paar Dinge wegzuarbeiten, die in den letzten Tagen liegen geblieben waren.

Doch er konnte sich immer noch nicht konzentrieren. Wie schon die ganze Nacht über erschien ihm dieser gruselige Schädel des Toten. Kurz flackerte es blutrot vor seinem geistigen Auge, und gleich darauf rumorte es in seinen Eingeweiden, sodass es sich anfühlte, als wolle der Kaffee ihm noch einmal Guten Morgen sagen.

Nach knapp zwanzig Minuten, in denen er vergeblich versucht hatte, etwas Sinnvolles zustande zu kriegen, gab er es auf. Sollte er mal zu dem alten Hof fahren und nachsehen, wie der Stand der Dinge war? Er wusste nicht, ob das eine gute Idee war, aber es drängte ihn förmlich dazu.

Mit einem Seufzen klappte er sein Notebook zu und stemmte sich an der Schreibtischkante in die Höhe.

Als er in die Garage kam, ging ihm auf, dass Tamme ihn ja gestern hierher gefahren hatte und sein EQS dementsprechend noch bei dem Hof stand. Nicht schlimm! Dann würde er eben auf den roten Porsche 356 zurückgreifen, den er in der Zweitgarage am Ende seines Grundstücks stehen hatte. Den Oldtimer fuhr er nur selten, der konnte also schon ein bisschen Auslauf gebrauchen. Brunke kehrte zurück ins Haus, um den Schlüssel des Mercedes gegen den des Oldtimers zu tauschen, dann marschierte er quer durch den Garten bis zu dem umgebauten Schuppen, von dem aus man auf der Rückseite des Grundstücks auf den Ilgrofweg fahren konnte.

Gleich darauf saß er auf dem mit schwarzem Leder bezogenen Fahrersitz und ließ den Motor an. Wie er das dumpfe Grollen liebte! Mit einem befreiten Lächeln fuhr er den Wagen ins Freie. Das Tor konnte aufbleiben, außer dem Porsche befand sich sonst nichts weiter in der Garage, das irgendwelche Langfinger angezogen hätte.

Brunke steuerte den Ilgrofweg entlang bis zur Einmündung am Ütermarkermitteldeich. Dort überlegte er. Sollte er Richtung Nordermitteldeich oder Junkersmitteldeich fahren? Er entschied sich für die Richtung Junkersmitteldeich, denn von dort aus ging es in den Stürenburger

Weg ab, und dort am Deich entlang durfte man hundert fahren. Es war eine der wenigen Straßen auf der Insel, auf der er einfach mal ein bisschen aufs Gaspedal drücken konnte.

Er bog nach links ab, und als er an den vereinzelten Häusern vorbei war, beschleunigte er. Der Motor des Porsche röhrte auf.

Brunke lachte, weil die pure Geschwindigkeit ihm alle Last von den Schultern zu nehmen schien. Er sollte den Oldie viel öfter mal aus der Garage holen!

Der Landesschutzdeich flog heran, in der Rechtskurve davor ging er vom Gas, gab aber direkt dahinter wieder Stoff. Die Tachonadel zitterte sich bis auf rund 120 Stundenkilometer hoch, der Schafzaun zu seiner Linken und die Schafe dahinter schossen förmlich an ihm vorbei. Vor ihm stiegen erschrocken ein paar Graugänse in die Luft. Auf Höhe des Leuchtturmes, dort, wo die Einmündung des Süderkoogwegs kam, wollte er bremsen und tippte das Pedal an. Nichts geschah.

Eisiger Schrecken durchfuhr ihn. Nein! Er trat voll durch. Der Wagen wurde langsamer, aber nur ein wenig. Irgendwas stimmte nicht! Mit pumpenden Bewegungen betätigte Brunke die Bremse. Der Leuchtturmparkplatz und der Aufgang zur Badestelle rauschten am ihm vorbei, und er war immer noch viel zu schnell!

Die Einmündung vom Kaydeich war heran, bevor er auch nur einen klaren Gedanken fassen konnte. Und unmittelbar davor machte die Straße einen Schlenker wie in einer Art Schikane. In direkter Verlängerung der Straße stand ein Haus.

Brunke rammte den Fuß auf das Bremspedal. Vor Panik riss er das Steuer von links nach rechts, der Wagen schoss auf den Grünstreifen neben der Fahrbahn. Kurz verspürte er Erleichterung, denn seine Geschwindigkeit verringerte sich ein wenig, jedoch nicht genug, um die Schikane sicher durchfahren zu können.

Der Porsche touchierte auf der linken Seite den Gartenzaun des Hauses, dann schleuderte der Wagen nach rechts ins Grün.

Brunke hörte ein kreischendes metallenes Geräusch, dann gab es einen titanischen Schlag. Kurz zuckte ein Gedanke durch seinen Kopf: *Selbst schuld!* Gleich darauf wurde alles um ihn herum schwarz.

Jans Tag begann damit, dass er ganz früh mit Stefan frühstückte und sich dann von seinem Freund verabschiedete. Stefan, der die erste Fähre zurück aufs Festland nehmen würde, ahnte, unter welchem Druck Jan stand. Er wehrte alle Entschuldigungen für den verkorksten Besuch ab, und sie versprachen sich gegenseitig, sich demnächst einmal auf dem Festland zu treffen. Danach holte Jan Enderle und Ramona Dreyer von der NordseeLodge ab und fuhr sie zum Amtsgebäude in Tammensiel, wo er ihnen half, den Besprechungsraum in der ersten Etage, in dem auch die Gemeinderatssitzungen abgehalten wurden, in eine Art Einsatzzentrale zu verwandeln. Während Ramona ihren mitgebrachten Laptop auspackte und anschloss, ging Jan nach unten in sein eigenes Büro, um das Wrackteil zu holen. Tamme hatte ihm gegen drei Uhr morgens angeboten, den Rest der Nachtwache am Leichenfundort allein zu übernehmen, und er hatte das Angebot dankend angenommen, weil er geahnt hatte, dass ihm angesichts Enderles und Ramonas Anwesenheit ein anstrengender Tag bevorstand. Er hatte sich nicht getäuscht.

»Was ist das denn?« Enderles Laune war heute Morgen ein wenig besser als vergangene Nacht, aber ein richtiger Sonnenschein war er immer noch nicht. Das war er vermutlich nie, dachte Jan, als er das Wrackteil auf einen der Stühle stellte, sodass die beiden Kollegen es sich anschauen konnten.

»Das befand sich in einer Truhe in dem Wohnhaus der anderen verstorbenen Person, die am Dienstag gefunden wurde«, erklärte er. »Wir haben es als Wrackteil eines abgeschossenen englischen Jagdflugzeugs aus dem Zweiten Weltkrieg identifiziert. Die Tote, Meike Lorenzen, hatte den Schlüssel zu der Truhe an einer goldenen Kette um den Hals hängen. Darum gehen wir davon aus, dass das Teil ihr auf irgendeine Weise wichtig gewesen sein muss.«

Enderles Interesse war in der Sekunde geweckt, als Jan das Jagdflugzeug erwähnte. Er umrundete den Tisch und betrachtete das Wrackteil genauer. »Stammt tatsächlich von einem englischen Jagdflieger«, murmelte er. Dann sah er auf die Uhr. »Die Fähre mit dem Team vom ED kommt gleich an, oder?«

Jan nickte.

»Gut. Sie holen die ab, dann kommen Sie wieder her und bringen uns alle zusammen zu der Leiche.« Enderle fiel etwas auf. »By the way: Wer bewacht die eigentlich gerade?«

»Eine vertrauenswürdige Person, die ich schon oft mit ähnlichen Arbeiten betraut habe.«

Enderle schien das nicht zu schmecken, aber er blieb gelassen. »Gut. Fahren Sie! Was es mit diesem Wrackteil und Ihrem eigenen Fall auf sich hat, können wir später immer noch besprechen. Und dann hätte ich auch gern Ihren Bericht über die beiden Zeugenbefragungen.«

»Kriegen Sie.«

Zunächst aber fuhr Jan zum Fähranleger. Er vollzog das gleiche Willkommensprozedere wie schon am Dienstag, nur dass diesmal nicht Ziegler und Thomsen ankamen, sondern ein anderes Team. Ebenfalls wie gewünscht holte er danach Enderle und Ramona vom Amt ab. Mit ihnen im Streifenwagen und dem Wagen des ED im Schlepptau fuhr er zum Alten Kirchenweg.

Dort saß Tamme noch immer treuherzig hinter dem Steuer seines Bullis. Als er Jan und den Transporter näher kommen sah, stieg er eilig aus. Jan sah, wie er versuchte, ein Gähnen zu unterdrücken, und empfand einen heftigen Anflug von Dankbarkeit dafür, dass Tamme so völlig selbstverständlich Aufgaben übernahm, die eigentlich seine waren. Wenn es im deutschen Recht bei der Polizei so etwas wie eine bezahlte beratende Tätigkeit gegeben hätte – er hätte langsam mal darüber nachdenken müssen, Tamme einen solchen Job anzubieten.

»Wenn du magst, kannst du jetzt nach Hause fahren«, sagte Jan zu ihm.

Tamme nickte. Er hatte tiefe Schatten unter den Augen, was nach einer schlaflosen Nacht im Auto nicht besonders verwunderlich war.

In diesem Moment klingelte Jans Handy. Die Leitstelle in Harrislee war dran. »Jan, es gibt einen Verkehrsunfall am Deich im Bereich Kaydeich. Vermutlich Person in Fahrzeug eingeklemmt. Rettungsdienst und Feuerwehr auf der Anfahrt.«

Jan schloss die Augen. Auch das noch! »Ich bin auf dem Weg«, meinte er. Dann bedankte er sich und legte ohne weitere Worte auf. »Tamme!«, rief er.

Die Hand schon am Türgriff von Fiete, drehte der Nordfriese sich noch einmal um.

»Es tut mir leid, aber es gibt einen schweren Verkehrsunfall. Könntest du noch eine Stunde oder so hierbleiben und den Kollegen von der Kripo zur Hand gehen, falls sie Informationen brauchen?«

Tammes Mund öffnete sich. Mit gerunzelter Stirn schaute er in Enderles Richtung, und diesmal war Jan sich nicht sicher, ob er sehr begeistert über seine Bitte war.

»*Avver kloar*!«, sagte Tamme.

Als Jan die Unfallstelle erreichte, stand der Zug der Feuerwehr bereits am Straßenrand, ebenso wie beide Rettungsfahrzeuge der Insel und der Notarztwagen. Die Sanitäter waren dabei, sich mit dem im Unfallfahrzeug sitzenden Fahrer zu unterhalten. Das Fahrzeug selbst war völlig zerstört. Beim Aussteigen konnte Jan erkennen, dass es ein Sportwagen war, vermutlich ein alter Porsche.

»Ganz ruhig sitzen bleiben«, hörte Jan den Sanitäter sagen. »Wir legen Ihnen jetzt zur Sicherheit einen Halskragen an, und dann versuchen die Jungs von der Feuerwehr, Sie aus dem Auto zu befreien.«

Jan trat an das Gefährt heran. Und erschrak. Bei dem Fahrer, dessen Gesicht von feinen Schnitten übersät und blutüberströmt war, handelte es sich Ulf Brunke. Der Immobilienunternehmer war nur halb bei Bewusstsein, und der Notarzt, der vermutlich schon einen kurzen Blick auf den Fahrer geworfen hatte, bevor die Sanitäter sich um ihn kümmerten, wandte sich an Jan. »Er ist bei Bewusstsein, aber er scheint sich mit ziemlich hoher Geschwindigkeit überschlagen zu haben. Das Blut sieht schlimmer aus, als es ist. Das sind nur oberflächliche Wunden von der zersplitterten Windschutzscheibe. Aber ich kann Verletzungen an Kopf und Wirbelsäule nicht ausschließen. Der Rettungshubschrauber ist bereits alarmiert. Er wird voraussichtlich in wenigen Minuten hier eintreffen.«

Die Kollegen von der Feuerwehr machten sich daran, die Fahrertür des Wracks mithilfe eines hydraulischen Spreizers zu öffnen. Das ging relativ schnell, und kurz darauf, als bereits das Rotorengeräusch des Hubschraubers in der Ferne zu hören war, schoben die Sanitäter Brunke ein Spineboard unter den Rücken und hoben ihn damit so behutsam wie möglich auf eine Rolltrage.

Unterdessen verschaffte sich Jan einen schnellen Überblick, um zu entscheiden, wo der Hubschrauber am besten landen konnte. Er wählte eine Wiese direkt an der Einmündung vom Kaydeich, die nur wenige Meter von der Unfallstelle entfernt lag, und machte sich bereit, den Piloten einzuweisen.

Der Helikopter – Christoph Europa 5 – überflog die Unfallstelle und drehte eine atemberaubend aussehende Kurve. Jan, der den ein oder anderen Piloten kannte, war sich sicher, dass es Jürgen sein musste, der sich dort im Anflug befand. Und er sollte recht behalten. Als der Hubschrauber aufgesetzt hatte und die heulenden Turbinen langsam leiser wurden, erkannte er Jürgen hinter der Scheibe, außerdem zwei weitere ihm bekannte Gesichter. Das war eine gute Crew. Er war erleichtert, denn er wusste, dass dieses Team gute Arbeit leisten würden, sodass er sich selbst wieder der Unfallstelle zuwenden konnte.

Als er zu dem Unfallwagen zurückkehrte, wurde Brunke gerade abtransportiert. Sein Blick fiel auf Jan, und aus dem Augenwinkel sah er ihn schwach gestikulieren. Dann diskutierte der Notarzt kurz mit ihm, gleich darauf bat er Jan, näher zu kommen.

Jan trat zu Brunke an die Trage.

»Herr Brunke«, sagte er. »Was machen Sie denn für Sachen?«

Brunke hob die Lider. »Die Bremsen«, flüsterte er und streckte die Hand nach Jan aus.

Jan ergriff seine kalten Finger.

»Die Bremsen«, wiederholte Brunke, etwas kräftiger. »Sie haben versagt. Ich muss …«

Die Sanitäter drängten Jan zur Seite, weil sie Brunke auf die Trage des Hubschraubers umlagern mussten.

Jan machte ihnen Platz. Brunkes Blick folgte ihm. »Nein, ich …« Er verstummte mit einem schmerzerfüllten Ächzen, als die Sanitäter ihn hochhoben.

Jan trat wieder näher. »Machen Sie sich keine Sorgen, ich werde mich darum kümmern«, versprach er. Danach überließ er Brunke der Obhut der Crew.

Es dauerte nur kurz, dann hatte die dreiköpfige Hubschrauberbesatzung Brunke mitsamt Trage im Helikopter verstaut. Die Turbinen des Hubschraubers zündeten mit einem fauchenden Geräusch wie bei einem überdimensionalen Gasgrill. Einen Moment lang roch es nach Treibstoff, dann nahmen die Turbinen Drehzahl auf. Jürgen hob grüßend die Hand zum Abschied, während die Turbinen aufheulten und die Rotorblätter einen wahren Sturm entfachten, der Jan die Haare aus der Stirn blies. Unmittelbar danach stieg der Helikopter auf und drehte, nachdem er ein wenig an Höhe gewonnen hatte, in Richtung Festland ab.

Jan, die Sanitäter des Rettungswagens und auch der Notarzt schauten ihm schweigend hinterher, während die Feuerwehr sich um den Wagen von Brunke kümmerte.

Jan presste die Lippen zusammen. Er mochte Brunke nicht, aber ihn in diesem schlimmen Zustand zu sehen, ließ Mitleid in ihm aufsteigen.

»Die Bremsen«, sagte der Notarzt. »Er hat immer wieder eines wiederholt: Die Bremsen des Wagens haben versagt.«

Jan nickte. Das hatte er jetzt verstanden. In seinem Kopf kreiste es.

Das Wrack des roten Sportwagens lag zwischen kleinen Bäumen und Büschen und sah aus wie ein waidwundes Tier.

Es dauerte einige Zeit, bis Jan sich um den Unfall gekümmert hatte. Zunächst musste er das Wrack sicherstellen und dafür sorgen, dass es abtransportiert wurde. Er musste es aufs Festland schaffen lassen, wo es von einem Sachverständigen untersucht werden konnte. Wenn es stimmte, was Brunke gesagt hatte, wenn wirklich die Bremsen versagt hatten, dann galt es herauszufinden, was der Grund dafür war.

Jan konnte sich nicht helfen. Ein überaus mulmiges Gefühl hatte von ihm Besitz ergriffen. Was, wenn es gar kein Unfall gewesen war? Wenn die Person, die Brunke die Drohbriefe geschrieben und die die anonymen Anrufe getätigt hatte, dahintersteckte?

Nachdem er am Unfallort alles geregelt hatte, kehrte er in sein Büro zurück und machte sich an die Verkehrsun-fallanzeige zu diesem Fall. Dann musste er noch klären, wie es mit er Untersuchung von Brunkes Wagen weiter-gehen würde. Einen Fall von potenzieller Sabotage hatte er bislang hier auf der Insel noch nicht gehabt.

Nachdem er das geklärt hatte, rief er bei der Kriminal-polizei in Flensburg an, um sich zu erkundigen, ob es bei dem Antrag auf Untersuchung der Drohbriefe nach Fin-gerabdrücken schon weitere Erkenntnisse gab. Die Sach-bearbeiterin, die er an die Strippe bekam, verneinte. »Wir sind noch nicht dazu gekommen«, erklärte sie mit einem Tonfall echten Bedauerns in der Stimme. »Sie kennen das: Personalmangel überall und zu viele Untersuchungsan-träge, da geht es beim LKA nach Eingangsdatum und na-türlich nach Priorität.«

Jan erzählte ihr von dem Verdacht, dass der Verfasser der Briefe ein Auto manipuliert und damit einen schweren Unfall verursacht hatte. Die Sachbearbeiterin versprach seufzend, sie wolle mal schauen, ob sie die Bearbeitung seines Vorgangs ein wenig beschleunigen konnte.

Nachdem das erledigt war, wollte Jan zum Fundort der Leiche des Engländers zurück, um zu sehen, ob er dort helfen – und vor allem Tamme ablösen – konnte. Aber das war nicht nötig. Er hatte gerade sein Büro verlassen, als Fiete draußen vor dem Amt vorfuhr. Enderle und Ramona stiegen aus und kamen ins Gebäude.

»Wir sollten wirklich sehen, dass wir einen Leihwagen kriegen«, hörte Jan den Oberkommissar sagen. »In so einer antiken Kiste durch die Gegend geschaukelt zu werden, ist nicht besonders gut für meine Bandscheiben.« Sein Blick fiel auf Jan, und er bemühte sich um einen freundlichen Ausdruck. »Ah. Herr Benden. Zurück von Ihrem Unfallgeschehen?«

Jan bejahte und versuchte, die Frage nicht als herablassend zu empfinden.

»Sehr gut. Wenn Sie dann Zeit haben, würde ich mir gern anhören, was Sie uns zu unserer englischen Leiche zu erzählen haben.«

Ergeben folgte Jan den beiden in den ersten Stock, wo Enderle sich mit einem Ächzen in einen der mit Lehnen versehenen Stühle fallen ließ. »Dieser Wind ist nichts für meine alten Knochen!«, ächzte er.

Weil er natürlich noch nicht dazu gekommen war, einen Bericht über seine Befragung von Brunke und Hinnerk Jorsten gestern am Leichenfundort zu schreiben, berichtete Jan den Kollegen jetzt, was die beiden ausgesagt hatten. Er diktierte Ramona sowohl die derzeitige Adresse von dem Baggerführer als auch die von Brunkes Haus und Geschäftsräumen. »Der Mann, der heute verunfallt ist, war übrigens Herr Brunke«, fügte er hinzu.

Enderles Augenbrauen hoben sich. »Ach?«

»Ja. Herr Brunke hat mir, kurz bevor er ins Krankenhaus gebracht wurde, mitgeteilt, dass seine Bremsen versagt haben. Ich ermittele schon seit einigen Tagen, weil er offenbar von jemandem bedroht wird.« Da Jan die Originalbriefe ins Labor geschickt hatte, rief er die Fotos auf, die er davon auf seinem Diensthandy gespeichert hatte. Er zeigte sie erst Enderle, dann Ramona.

»Hm«, murmelte Ramona.

Jan schloss die Foto-App wieder. »*Lass die Finger von dem Hof.* Und: *Es wird was Schlimmes passieren, wenn du nicht aufhörst.*« Er ließ beide Sätze in der Luft hängen.

»Hm«, machte Ramona erneut.

Und Enderle verblüffte Jan, indem er fragte: »Was denken Sie, Herr Benden?«

»*Es wird was Schlimmes passieren, wenn du nicht aufhörst*«, wiederholte Jan. »Herr Brunke sagte mir – Moment …« Er blätterte ein paar Seiten in seinem Notizbuch um. »Er sagte, er habe den ersten Brief Dienstag vor einer Woche erhalten. Ich konnte ihn das noch nicht im Detail fragen, aber ich glaube, ungefähr zu der Zeit hat er angefangen, den Hof abreißen zu lassen. Den Hof, von dem auch der Briefeschreiber spricht?«

Einen Moment war es still im Raum.

»Sie denken, dass mit dem Drohschreiben verhindert werden sollte, dass die Leiche gefunden wird«, vermutete Enderle.

Jan nickte. Er war etwas überrascht davon, dass der noch in der Nacht so unfreundliche Herr Oberkommissar nun plötzlich Wert auf seine Meinung legte, aber dann rief er sich die Umstände ihres ersten Zusammentreffens ins Gedächtnis. Enderle und Ramona waren mitten in der Nacht aus den Betten geklingelt und auf das Schiff der Wasserschutzpolizei verfrachtet worden. Vielleicht hätte er selbst da auch schlechte Laune gehabt. »Und dann ist da noch das Wrackteil, das ich Ihnen schon gezeigt habe. Es befand sich in einer Truhe im Keller von Frau Lorenzen, der alten Dame, die man auf der Ackerschleppergabel aufgespießt aufgefunden hat. Wir haben den Eindruck, dass das Teil ihr wichtig war.« Jan zögerte. »Es verbindet Ihren und meinen Fall, wegen des Bezugs zur Royal Air Force«, fügte er an.

Enderle dachte einen Augenblick lang nach.

»Okay«, sagte er. »Danke für den Input. Ich wäre Ihnen sehr verbunden, wenn Sie dann jetzt endlich all diese Dinge in einem Bericht für unsere Fallakte niederschreiben und Frau Dreyer mailen würden. Wir gehen den Hinweisen dann nach.«

»Eigentlich bin ich noch nicht fertig«, schob Jan hinterher. »Es gibt da noch …«

Enderles Handy klingelte und unterbrach ihn. Enderle hob einen Zeigefinger in Jans Richtung, dann ging er ran. »Herr Dr. Meier!« Dr. Jens Meier, das wusste Jan, war der Behördenleiter der Polizeidirektion Flensburg. Ein ganz hohes Tier. Entsprechend höflich, fast servil war jetzt auch Enderles Tonfall. »Ja, wir arbeiten intensiv an der Sache. Moment, Herr Dr. Meier …« Er legte die Hand über das Mikrofon und wandte sich an Jan. »Das ist alles sehr interessant, was Sie da rausgefunden haben. Wie gesagt: Schreiben Sie alles in Ihren Bericht, auch die Dinge, die

Sie mir eben noch sagen wollten.« Er wandte sich ab und kehrte zu seinem Gespräch zurück. »Da bin ich wieder, bitte entschuldigen Sie, Herr Dr. Meier.«

Jan unterdrückte seine Enttäuschung. Einen Moment lang hatte er gedacht, Enderle würde ihn an dem Fall des Engländers mitarbeiten lassen, aber vermutlich hatte er es sich selbst zuzuschreiben, dass dem nicht so war. Warum hatte er nicht mit den Informationen angefangen, die er von Sinje hatte – dass es nach dem Zweiten Weltkrieg einen englischen Soldaten auf der Insel gegeben hatte? Mit zusammengepressten Lippen notierte er sich die E-Mail-Adresse, die Ramona ihm gab. »Willst nicht wenigstens du dir anhören, was ich noch zu sagen habe?«, fragte er sie, aber sie meinte nur: »Du hast gehört, was der Chef will.« Sie hob die Hand, wie um ihn aus dem Raum zu winken. Dann jedoch besann sie sich anders. »Gibt es hier in diesem Gebäude eigentlich irgendwo einen vernünftigen Kaffee?«, wollte sie wissen.

Jan nahm das Wrackteil wieder an sich. Keiner der beiden Kollegen reagierte darauf, und das gab den Ausschlag für einen klitzekleinen Racheplan. Jan dachte an den Kaffee von Julia und daran, wie zickig sie reagieren konnte, wenn man sie als Küchenfee missbrauchen wollte. Der Ärger, den er empfand, verwandelte sich in Schadenfreude. »Fragt mal die Amtssekretärin«, riet er ihr.

Kurz darauf saß er einigermaßen erschöpft an seinem Schreibtisch und tippte den gewünschten Bericht für Enderle, in dem er akribisch alles notierte, was er den beiden Kollegen eben erzählt hatte – und auch die Dinge, bei denen sie ihn nicht hatten ausreden lassen. Er war gerade fertig damit, als Gerrit Henning an seine Tür klopfte.

»Hallo, Jan«, meinte der pensionierte Polizist, nachdem er den Raum betreten und die Tür hinter sich ins Schloss gedrückt hatte. »Ich habe von dem Leichenfund gehört. Und von Brunkes Unfall.«

»Ist mittlerweile vermutlich beides inzwischen dreimal auf der ganzen Insel rum«, sagte Jan und wies auf einen der beiden Besucherstühle.

»Danke«. Gerrit setzte sich. »Vermutlich hast du recht. Wie geht es Brunke?«

Jan zuckte mit den Schultern. Er hatte noch keine Zeit gehabt, sich darüber Gedanken zu machen, aber jetzt griff er zum Telefon und rief die Klinik in Husum an, in die man den Immobilienhändler geflogen hatte. Er musste sich durchfragen, doch am Ende hatte er eine Ärztin der Inneren an der Leitung. Nachdem er sich als Polizist zu erkennen gegeben hatte, gab sie ihm Auskunft. »Herr Brunke hat ein paar Knochenbrüche und eine schwere Gehirnerschütterung. Alles zum Glück aber nichts Bedrohliches. Er wird in ein paar Wochen wieder ganz auf dem Damm sein.«

Jan bedankte sich bei der Frau und gab die Informationen an Gerrit weiter.

»Sehr gut«, meinte der mit einer Erleichterung, die Jan fast ein wenig übertrieben vorkam. »Das ist sehr gut.«

»Eigentlich bist du aber wegen der Leiche des Engländers hier, oder?«, sagte Jan ihm auf den Kopf zu.

Gerrit grinste. »Ertappt. Es heißt, dass der Tote eine britische Uniform anhatte.«

Jan legte seinen Kugelschreiber auf den Schreibtisch und lehnte sich zurück. Es war offensichtlich, dass Gerrit hier war, um ihm etwas Wichtiges mitzuteilen.

»Weiß man schon, wie lange der Tote in dieser Grube lag?«, fragte Gerrit.

Jan dachte an das, was Brunke ihm gesagt hatte. »Offiziell ist das nicht, aber ich würde mal davon ausgehen, dass der Mord 1964 geschah. Da …«

»Ihr geht zu diesem Zeitpunkt schon sicher von Mord aus?«, fiel Gerrit ihm ins Wort.

Jan nickte. Er überlegte kurz, was er dem Ex-Polizisten erzählen konnte, und beschloss dann, dass er ihn ein klein wenig zuvorkommender behandeln konnte als einen normalen Zeugen. Immerhin war Gerrit genau wie er in diesen Dingen ausgebildet. Und da Enderle nicht vorzuhaben schien, ihn an den Ermittlungen zu beteiligen, war Jan froh über einen Mitstreiter, mit dem er die Dinge durchsprechen konnte. »Die Auffindesituation und die Leiche selbst weisen darauf hin«, sagte er.

Gerrit nickte. »1964«, murmelte er. »Da war ich schon Polizist. Ich habe zu der Zeit in Flensburg gearbeitet.«

»Wie alt warst du da?« Die Frage schoss Jan einfach so durch den Kopf.

Gerrit musste nachrechnen. »Neunzehn. Was aber viel wichtiger ist: Ich erinnere mich, dass zu der Zeit hier auf der Insel ein Engländer aufgetaucht ist. Es hieß, dass er der Pilot der Royal Air Force war, der im Krieg über dem Watt abgeschossen und danach von den Pellwormern vor den Nazis versteckt wurde. Soweit ich die Geschichte kenne, ist er irgendwann zurück nach England gegangen, aber er muss 1964 noch mal wiedergekommen sein. Wie gesagt: Er war wohl irgendwo in Norddeutschland stationiert und hat ein paar Wochen auf der Insel verbracht. Bis er plötzlich von einem Tag auf den anderen auf Nimmerwiedersehen verschwunden ist.«

Jan hörte dem Bericht konzentriert, aber mit einiger Verwunderung zu. »Du glaubst, dass unser Toter dieser Flieger aus dem Zweiten Weltkrieg ist?«

Gerrit zuckte mit den Schultern. »Der Tote trug eine britische Uniform. Und zeitlich würde es auch hinkommen, oder?«

»Wir haben bisher den Todeszeitpunkt noch nicht sicher bestimmt, aber ja. Es könnte hinkommen.«

»Wenn ich mich noch richtig erinnere, wurde nach dem Mann damals nicht gesucht. Dein Vorvorgänger meinte, dass der Kerl sich *zurück auf seine Insel verpisst hat* und dass es nicht lohnen würde, *nach einem Tommy zu suchen.*« Gerrit verzog entschuldigend das Gesicht. »Seine Worte, nicht meine.«

»Kannst du dich an den Namen des Mannes erinnern?«, fragte Jan.

Gerrit richtete den Blick in die Ferne. »Irgendwas mit T. Keine Ahnung. Ist ja ziemlich lange her.«

Jan griff wieder nach seinem Kugelschreiber, ließ ihn um die Finger tanzen. »Royal Air Force«, murmelte er. Das metallene Wrackteil aus Meike Lorenzens Haus stand wieder auf seinem Besucherstuhl. Er fragte sich, wann Enderle es für sich reklamieren würde.

Später am Abend saßen Jan und Laura gemeinsam im letzten Sonnenlicht auf der Terrasse. Um den gestern so verkorksten Geburtstag wenigstens noch ein bisschen zu feiern, hatte Laura eine Flasche Wein geöffnet, aber richtige Feierstimmung wollte bei ihnen beiden nicht aufkommen. Jan hatte seiner Frau von Brunke erzählt und auch davon, dass er wieder ganz gesund werden würde. Laura hatte erleichtert gewirkt. Obwohl Brunke eine Nervensäge und manchmal auch ein veritables Arschloch war, wünschte sie ihm nichts Schlechtes.

»Fährst du zu ihm ins Krankenhaus und befragst ihn wegen der Bremsen?«, wollte sie wissen.

Jan wiegelte ab. Es gab hier auf der Insel so viel zu tun, dass er langsam wirklich Prioritäten setzen musste. »Ich dachte mir, das kann warten, bis das Gutachten vom Wagen vorliegt und man sagen kann, ob da wirklich etwas manipuliert wurde.«

Laura nickte.

Jan hielt das Glas in die Sonne und betrachtete das rötliche Funkeln der Flüssigkeit darin. »Sie halten mich vom Fall des Engländers fern«, sagte er und hörte selbst den Anflug von Ärger in seiner Stimme.

Lauras Blick lag schwer auf ihm. »Ach, Jan.«

»Vermutlich bin ich selbst schuld. Ich habe versucht, Enderle von unseren Schlussfolgerungen zu erzählen, statt ihm einfach nur die reinen Fakten zu präsentieren. So musste ich ihm das alles in einen blöden Bericht schreiben, statt es im Team mit den anderen zu besprechen.« Es fühlte sich immer noch mies an, stellte er fest.

Laura strich ihm über den Handrücken. »Du hast getan, was du konntest. Vielleicht solltest du dich einfach auf Meike Lorenzens Fall konzentrieren.«

»Ja. Vielleicht. Wenn ich nur nicht so sicher wäre, dass die beiden zusammenhängen.« Er starrte in den abendlichen Garten hinaus. Die Söhne der Feriengäste aus dem *Leuchtturmblick* spielten auf dem Rasen mit einem Ball, den ihnen die Eltern offenbar heute gekauft hatten. Jan hatte das Ding bei ihnen vorher noch nicht gesehen. Er beobachtete Laura dabei, wie sie die beiden Jungs mit den Blicken verfolgte. Die Hühner schliefen allerdings schon in ihrem Häuschen, und auch Hauke und Emilie, Lauras zweite Katze, waren nirgends zu sehen. Heute Abend zumindest würde der Ball niemandem Schaden zufügen.

»Gerrit war heute bei mir. Er glaubt, dass der Tote in Brunkes Baugrube der Engländer ist, der damals von den Pellwormern versteckt worden ist. Er denkt, der Mann kam Mitte der Sechziger noch mal auf die Insel.«

»Hm«, machte sie nur.

Jan rieb sich die Stirn und schob die Gedanken rund um den Engländer fort. »Ich glaube, ich konzentriere mich wirklich einfach auf meinen Fall. Ich könnte versuchen, dieses Buch zu finden, aus dem Frau Lorenzen die Seite rausgerissen hat. Wenn es das ist, was ich denke, dann gibt mir das vielleicht einen Hinweis darauf, warum sie sterben musste.«

»Du glaubst, die Seite stammt aus einem Tagebuch, oder?«

Er dachte an den Sekretär in Meike Lorenzens Stube – an den Füller, der dort gelegen hatte und an das leere

Schubfach. Der Ausriss sah aus wie aus einem sehr hochwertigen Notizbuch, einem, das tatsächlich als Tagebuch Verwendung finden konnte. Wenn die alte Dame also wirklich Tagebuch geschrieben hatte, wo befand es sich dann? Er beschloss, noch einmal in das Haus zurückzukehren und gründlich danach zu suchen.

»Wirst du deinen Kollegen sagen, was Gerrit dir erzählt hat?«, fragte Laura.

Was für eine Frage! Der Mann in Brunkes Baugrube war mit an Sicherheit grenzender Wahrscheinlichkeit erschossen worden. Selbstverständlich würde er der Gerechtigkeit nicht aus gekränkter Eitelkeit im Weg stehen, indem er den Kollegen wichtige Informationen vorenthielt. »Logisch«, antwortete er.

Lauras Blick wurde weich. Es kam ihm so vor, als hätte sie kurz etwas anderes befürchtet und sei aber zufrieden mit seiner Entscheidung. »Der Brief aus Essen liegt immer noch in der Küche«, sagte sie.

»Ich weiß.« Er hatte ihn bis jetzt nicht aufgemacht. Aus irgendeinem Grund scheute er davor zurück, an seine Kollegen in der alten Heimat zu denken.

In dieser Nacht lag er lange wach, weil seine Gedanken um die beiden Fälle kreisten. Er lauschte Lauras gleichmäßigem Atem und dem Geräusch des Windes draußen vor den Fenstern. Dabei dachte er wieder und wieder an seine Besuche bei Meike Lorenzen. Daran, wie die alte Dame ihm jedes Mal von ihren Enkelkindern in Übersee erzählt hatte. Er rief sich jede einzelne dieser Szenen so genau wie möglich ins Gedächtnis. Wie Frau Lorenzen immer gestrahlt hatte, wenn sie ihm die Tür geöffnet hatte. Wie sie ihn in ihre gute Stube geführt hatte, wo oft schon Kaffee und Kuchen bereitgestanden hatten. Wie sie ein Fotoalbum nach dem anderen aus dem Schrank geholt und vor ihn hingelegt hatte.

Die Fotoalben, in denen es kein einziges Bild von ihren Kindern und Enkelkindern gab.

Ihm fiel ein, wie es vorgestern beim Betrachten von Frau Lorenzens Fotoalben in seinem Hinterkopf geklingelt hatte. Irgendetwas, das kam ihm jetzt wieder in den Sinn, war ihm dabei komisch vorgekommen, aber er bekam es immer noch nicht zu fassen.

Irgendwann wurde es ihm zu dumm. So leise wie möglich stand er auf und schlich aus dem Schlafzimmer. Lautlos zog er die Tür hinter sich ins Schloss, dann schlüpfte er im Flur in seine Boots und ging in Boxershorts und T-Shirt zu seinem Streifenwagen, in dem er immer noch die Fotoalben von Meike Lorenzen verwahrte. Er nahm die dicken und schweren Bände an sich, trug sie zurück ins Haus. In der Küche schaltete er die Lampe ein, die über dem Tisch hing, und nahm sich das erste der Alben vor.

Langsam und gründlich blätterte er es durch, betrachtete die Bilder von Meike Lorenzens Kindheit und ließ sie auf sich wirken. Da war das Foto mit dem Hund und der Bildunterschrift *Paulchen und ich*. Bei seinem Anblick hatte er neulich zum ersten Mal das Gefühl gehabt, dass etwas nicht stimmte. So genau wie möglich sah er sich das Bild nun an. Die vielleicht vier- oder fünfjährige Meike in einem hellen Kleidchen und mit glänzenden Schnallenschuhen. Die große Schleife, die das Kind im Haar trug. Daneben der Hund, irgendein Mischling, vermutete Jan, jedenfalls kannte er die Rasse nicht. Das Tier war im Sitzen fast genauso groß wie Meike, und es sah aus, als lächele es in die Kamera. Seine lange hellrote Zunge hing ihm seitlich aus dem Maul.

»Paulchen«, murmelte Jan. Und dann, so grell wie ein Blitz, schoss ihm eine Erinnerung durch den Kopf. Vor seinem geistigen Auge sah er sich selbst und Frau Lorenzen in ihrem Wohnzimmer sitzen und das Bild zusammen betrachten.

»Ein schöner Hund«, hörte er sich selbst sagen. »Wie war sein Name?«

Wie war sein Name …

Jan hob den Blick von der Seite des Albums und starrte durch das Küchenfenster in die Nacht hinaus. Der Wind rüttelte an den Fensterläden, aber er schien jetzt etwas nachzulassen. Ein Stück entfernt, vor der Tür der Ferienwohnung Deichblick, ging der Bewegungsmelder an. Das warme Licht der Lampe über der Eingangstür flutete den Weg und die Buchsbaumhecken rechts und links davon. Jan sah einen grauen Schatten über den Weg huschen. Hauke, vermutete er, oder eine der Katzen vom Nachbarhof.

Das Licht ging wieder aus.

Jan richtete den Blick zurück auf das Foto. »Paulchen«, murmelte er. Und plötzlich wusste er, was er vorgestern übersehen hatte. »Was zum …«, murmelte er.

Mit einem Keuchen fuhr er aus dem Schlaf in die Höhe. Es war keine gute Idee gewesen, sich gestern Abend zu betrinken, um das Gedankenkarussell in seinem Schädel wenigstens für eine Weile zum Stehen zu bringen. Er hatte wirr und ziemlich unheimlich geträumt. Erst war er lange durch völlige Finsternis getappt, immer auf der Suche nach Meike.

Er hatte sie rufen hören – aus weiter Ferne und so verzweifelt, dass er immer schneller und schneller durch die Dunkelheit gerannt war.

Selbst jetzt noch, nachdem er die Nachttischlampe eingeschaltet hatte, hallten Meikes Rufe in ihm wider.

»Du musst mir helfen!«

»Ich schaffe das nicht ohne dich.«

»Bist du ein Mann oder eine Memme?«

Ein Mann. Oder eine Memme?

Mit einem tiefen Ächzen ließ er sich zurück in die Kissen sinken. Das Licht auszumachen, wagte er für den Rest der Nacht nicht mehr.

Memme!

Jan wusste nicht, wie lange er dagesessen und über die Bedeutung seiner Erkenntnis gegrübelt hatte, als er eine Bewegung hinter sich spürte. Laura legte ihm die Hände auf die Schultern, ließ sie nach vorn auf seine Brust gleiten und spähte über seine Schulter. »Was machst du?«

Vor ihm lag noch immer das aufgeschlagene Album, allerdings zeigte es im Moment nicht die Seite mit dem Foto von Meike und dem Hund, sondern die, auf der der streng dreinblickende Mann abgebildet war, der Jan ebenfalls vorgestern im Haus der alten Dame schon aufgefallen war.

»Das ist komisch«, sagte er, statt Laura eine Antwort zu geben.

Sie gab ihm einen flüchtigen Kuss, der irgendwo zwischen Schläfe und Ohr landete, dann ließ sie ihn los, zog sich einen Stuhl heran und setzte sich neben ihn. Sie nahm das Album und drehte es so, dass sie darauf schauen konnte. »Wovon redest du?«

Er deutete auf das Foto und die in krakeliger Handschrift daruntergeschriebene Bildunterschrift. »Der Papa«, las er vor.

Laura nickte vor sich hin. »Was ist damit?«

»Der Papa«, murmelte Jan erneut. In seinem Kopf kreiste die Erinnerung an dieses eine Treffen mit Meike Lorenzen. Daran, wie er sie nach dem Namen des Hundes gefragt hatte. Er blätterte zu der Seite mit dem Foto. »Diese Bildunterschriften«, murmelte er, »ich bin mir ganz sicher, dass sie bis kurz vor Frau Lorenzens Tod noch nicht da gewesen sind.«

Verblüfft sah Laura ihren Mann an. »Sag das noch mal«, forderte sie ihn auf.

In etwas anderen Worten wiederholte er, was er eben schon einmal von sich gegeben hatte. »Ich bin mir sicher, dass diese Bildunterschriften nicht in diesem Album gestanden haben – und zwar bis kurz vor Frau Lorenzens Tod.«

»Wie kommst du darauf?«

»Ich habe Frau Lorenzen oft besucht, und wir haben uns diese ganzen Fotos wieder und wieder angeschaut. Und eben habe ich mich daran erinnert, dass ich sie mal nach dem Namen des Hundes gefragt habe …« Er rieb sich die Augen. Er sah müde aus, was um diese Uhrzeit nicht allzu verwunderlich war.

Laura tippte auf die Worte neben dem Foto. *Paulchen und ich.* »Was du nicht getan hättest, wenn das zu dem Zeitpunkt schon dagestanden hätte.«

»Eben.« Er blätterte zu einer anderen Seite. Diagonal versetzt waren hier zwei Fotos eingeklebt, eines zeigte Meike Lorenzen mit einer riesigen Zuckertüte bei ihrer Einschulung, das andere sie in ihrer Klasse an einem altmodischen Pult. Neben ihr war, halb angeschnitten, ein anderes Mädchen zu erkennen, das ebenfalls geflochtene Zöpfe und ein helles Kleid trug.

Unter keinem der Fotos stand eine Bildunterschrift.

Jan blätterte weiter zu anderen Fotos, die am selben Tag gemacht worden waren. Einmal war Meike mit einer hochgewachsenen, streng aussehenden Frau abgelichtet, einmal mit dem Mann, den Jan von den anderen Fotos schon kannte. Unter das Foto mit dem Mann hatte Meike Lorenzen »Der Papa« geschrieben.

»Und hier«, sagte Jan und blätterte noch weiter. Wieder kam er zu einem Bild des gestrengen Mannes, wieder stand das Wort »Papa« darunter. »Und hier.« Jan blätterte bis ganz ans Ende des Albums, zu dem Porträtfoto, das voller Wut ausradiert worden war. »Das Bild hier hat sie mir oft gezeigt, und es war da immer in Ordnung.« Jan berührte das zerstörte Gesicht des Mannes. »Da bin ich hundertprozentig sicher. Wer immer das getan hat, er oder sie muss das erst kurz vor ihrem Tod gemacht haben.«

Inka betrat die Wohnung ohne anzuklopfen und mit langen, energischen Schritten, mit denen nicht einmal Tamme in ihrem Schlepptau mithalten konnte. Der Geruch von frischen Brötchen umwehte sie, und während sie Jan die Tüte vor die Brust knallte, wandte sie sich schon an Laura. »Pellworms geniales Ermittlerteam meldet sich zum Dienst. Was haben wir?«

Laura hatte sie um kurz nach sechs angerufen und ihr gesagt, dass sie im Fall von Meike Lorenzen ihre Hilfe brauchten und dass sie so schnell wie möglich kommen sollte. Woraufhin Inka schlicht gemeint hatte: »Frühstück?« Sie hatte Lauras Antwort nicht abgewartet, sondern einfach aufgelegt, sich danach offenbar sofort auf den Weg gemacht und Tamme aus dem Bett geklingelt. Jans Möchtegernassistent sah jedenfalls noch reichlich zerknautscht und müde aus. Inka hingegen sprühte vor Tatendrang. Ihre kurzen Haare standen ihr wirr in alle Richtungen vom Kopf ab, und auch ihre Klamotten schienen farblich nicht so richtig zusammenzupassen. Wenn Jan hätte wetten müssen, hätte er darauf gesetzt, dass die zerknitterte knallbunte Bluse aus schimmerndem Stoff, die sie trug, eigentlich zu einem Schlafanzug gehörte.

»Jan und ich brauchen mal deinen professionellen Blick auf eine Sache«, erklärte Laura ihr nun. »Genau gesagt, brauchen wir deine psychologischen Kenntnisse. Aber setz dich erst mal.«

Gemeinsam mit Jan hatte sie bereits Kaffee gekocht und den Frühstückstisch gedeckt. Jetzt schüttete Jan die mitgebrachten Brötchen in einen Korb und stellte ihn dazu.

Tamme, der noch immer in der Wohnungstür stand

und nicht so recht zu wissen schien, warum das alles hier zu so unchristlicher Zeit sein musste, trat zögernd einen Schritt näher. »Hast du was von Brunke gehört?«, fragte er Jan.

Genau wie Laura am Abend zuvor berichtete Jan auch ihm, dass Brunke wieder ganz gesund werden würde.

»*Man good!*«, stieß Tamme hervor.

Es berührte Jan tief, wie erleichtert hier jeder darüber war, dass dem alten Zausel nichts Schlimmeres passiert war. Nicht zum ersten Mal wurde ihm bewusst, wie sehr er die Pellwormer ins Herz geschlossen hatte. All ihre Schrullen und Eigenarten, aber auch ihre Warmherzigkeit, die sich oft erst auf den zweiten Blick, doch dann umso klarer zeigte.

Er wandte sich an Inka, die neugierig zusah, wie Laura das Fotoalbum holte, über dem Jan die halbe Nacht gesessen und gegrübelt hatte. »Wirf da bitte mal einen Blick rein!«, bat sie.

Inka zog die Augenbrauen bis fast zum Haaransatz hoch. »Okay.« Langsam, Seite für Seite blätterte sie durch das Album. Tamme betrachtete die Fotos mit ihr gemeinsam.

»Hm«, machte Inka, nachdem sie fast durch war. »Und jetzt?« Sie blätterte auf die letzte Seite um. »Oha!«, entfuhr es ihr, als sie das zerstörte Gesicht auf dem Foto von Meike Lorenzens Vater sah. »Da hat aber jemand eine hübsche Wut gehabt, würde ich sagen.«

Laura nickte. Genau das hatte sie auch gedacht, darum hatte sie Inka angerufen. Sie wollte wissen, ob ihre Freundin über die plötzlich aufgetauchten Bildunterschriften das Gleiche dachte wie sie. Sie beugte sich über den Tisch und schlug eine der Seiten auf, auf die Meike Lorenzen »Der Papa« geschrieben hatte.

»Sie hat überall *Papa* drangeschrieben«, sagte Inka. »Aber die Fotos von ihrer Mutter hat sie nicht beschriftet?«

Laura nickte. »Jan denkt, dass sie das erst ganz kurz vor ihrem Tod gemacht hat.«

Erneut wanderten Inkas Augenbrauen in die Höhe. »Warte mal.« Eigenhändig blätterte sie noch einmal von einem Foto zum nächsten. Als sie genug gesehen hatte, warf sie sich mit einem Schnaufen gegen die Rückenlehne ihres Stuhles. »Also, wenn ihr mich fragt«, sagte sie, »dann wirkt das auf mich extrem zwanghaft.«

»Zwanghaft«, wiederholte Tamme. Er hatte sich eines der Brötchen genommen und bestrich es mit Butter.

»Ja. Für mich sieht das aus, als hätte die Person, die das geschrieben hat, sich in großer seelischer Not befunden«, erklärte Inka. »Als hätte sie sich da irgendwas einreden müssen.«

Als Jan später am Morgen mit dem Fotoalbum unter dem Arm das Amtsgebäude von Pellworm betrat, kam ihm Julia entgegen und verdrehte die Augen.

»Moin, Jan. Deine Kollegen sind schon da und führen sich auf, als gehörte ihnen das ganze Amt.«

Jan konnte es sich vorstellen. Es ärgerte ihn immer noch, wie Enderle ihn gestern abgewimmelt und zum Berichtschreiben verdonnert hatte.

»Frau Mahnkopf, wie lange dauert das denn noch mit

unserem Kaffee?«, rief Enderle genau in diesem Moment aus dem ersten Stock.

Julia stieß einen leisen Fluch aus. »Was sag ich?« Sie schlüpfte an Jan vorbei in ihre eigenen Räumlichkeiten, wo sie sich allen Ernstes dranmachte, für die Kollegen aus Flensburg Kaffee zu kochen.

Jan schüttelte den Kopf. Enderle musste die Amtssekretärin ziemlich zusammengestaucht haben, sonst hätte Julia sich schlicht geweigert, die Küchenfee für sie zu spielen. Er hatte schon eine Hand auf dem Geländer der Treppe, um nach oben zu gehen, als Julia noch einmal den Kopf aus ihrem Büro streckte und fies grinste. »Der hat heute Morgen schon mit mehreren hohen Tieren telefoniert und so richtig den Kopf gewaschen gekriegt, glaube ich. Ist eben doch was Besonderes, eine ausländische Leiche auf einer Insel wie Pellworm zu haben. Diplomatische Verwicklungen und so. Mach dich drauf gefasst: Der hat eine Laune wie ein Bär mit Magengeschwüren.«

»Danke für die Warnung«, sagte Jan. Mit einem gewissen Unwillen wappnete er sich und ging zu den beiden Kollegen in den ersten Stock.

»Guten Morgen«, grüßte er im Eintreten. Er befand das Team eines freundlichen »Moin« nicht für wert.

Kommissar Enderle stand an einem großen Fenster, durch das man über das Sielbecken und die Felder dahinter hinweg auf den nördlichen Teil der Insel blicken konnte. Die Landschaft verschwamm im morgendlichen Dunst. Eine einzelne Möwe stand in der Brise und sah aus, als hätte ein Maler sie mit einem schwarzen Pinsel in das verwaschene Blau getupft.

Für all diese Details hatte Enderle jedoch kein Auge. »Ah!«, machte er und wandte sich zu Jan um. »Da sind Sie ja endlich!«

Jan sah demonstrativ auf seine Armbanduhr. Es war sieben Minuten vor acht. Hätte er feste Dienstzeiten gehabt – was nicht der Fall war –, dann hätten diese frühestens in ein paar Minuten begonnen. Er verzichtete jedoch auf eine entsprechende Bemerkung, sondern trat an den großen Besprechungstisch in der Mitte des Raumes, auf dem Ramona wieder ihren schwarzen Laptop aufgebaut hatte. Jan lächelte ihr zu, aber sie schien heute ähnlich schlechte Laune zu haben wie ihr Kollege. Sie nickte nur knapp zurück und wandte sich wieder dem Computer zu.

Jan legte das Fotoalbum auf den Tisch und schlug es an der Stelle mit dem Hundefoto auf. »Mein Team und ich, wir haben etwas gefunden«, begann er.

Enderle trat näher, warf einen Blick auf das Foto, dann in Jans Gesicht. Jan hätte nicht sagen können, was er dachte, aber etwas Freundliches war es mit Sicherheit nicht.

»Im Fall Lorenzen«, sagte Enderle, so, als sei das völlig klar. Er hatte deutlich die Grenzen seines Reviers markiert, und er ging selbstverständlich davon aus, dass Jan sie auch akzeptierte.

Jan biss die Zähne zusammen. »Natürlich im Fall Lorenzen.« Er verkniff sich die Erwiderung: *Niemals würde ich es wagen, in Ihrem Fall rumzupfuschen.* »Es könnte aber sein, dass unsere Erkenntnis im Fall des toten Engländers auch weiterhilft.«

»Na, dann bin ich aber gespannt!« Enderle verschränkte die Arme vor der Brust.

Jan musste sich jetzt wirklich beherrschen, um ruhig zu bleiben. »Die Bildunterschriften«, sagte er. »Die Tote hat sie erst kurz vor ihrem Tod in das Album geschrieben.«

Enderles Augenbrauen zogen sich zusammen. »Und das wissen Sie, weil?«

»Das weiß ich, weil ich Frau Lorenzen in der Vergangenheit oft besucht habe und sie mir bei der Gelegenheit ihre Alben gezeigt hat. Zu diesem Zeitpunkt waren die Bildunterschriften noch nicht vorhanden.«

Ramona sah von ihrer eigenen Arbeit auf. Wenigstens in ihrer Miene spiegelte sich jetzt ein Anflug von Interesse, dachte Jan.

»Gut. Gehen wir mal davon aus, dass Sie so gut beobachten, wie man mir gesagt hat«, meinte Enderle. »Aber wie hilft uns das Ihrer Meinung nach im Fall des Engländers weiter?«

Jan blätterte durch die einzelnen Seiten und zeigte den beiden Kollegen aus Flensburg die Bildunterschriften, von denen Inka glaubte, dass Frau Lorenzen sich damit etwas hatte einreden wollen.

Enderle schnaufte. »Und die Frau ist ausgebildete Polizeipsychologin, oder was?«

»Nein.« Jan hatte den Mund bereits auf, um zu erklären, dass Inka sehr wohl studiert hatte und man auf ihre Aussagen zählen konnte. Aber dann fragte er sich, wozu er sich hier eigentlich zum Narren machen sollte. Sollte Enderle doch selbst sehen, wie er klarkam. Sollte er sich bei seinen unfreundlichen und sinnlosen Befragungen der Pellwormer die Zähne ausbeißen. »Ich dachte mir nur, dass Sie vielleicht an dieser Information interessiert sind. Unserer Meinung nach legen diese Bildunterschriften den Schluss nahe, dass Frau Lorenzen kurz vor ihrem Tod irgendetwas über ihren Vater herausgefunden haben muss, was sie extrem mitgenommen hat. Was, wenn das etwas mit der Leiche in dem Abbruchhof zu tun hat?«

Ein leises Schnaufen aus Ramonas Richtung ließ Jan in Richtung der Kommissarin blicken. Sie jedoch hatte sich wieder ihrer eigenen Arbeit zugewandt. Deutlicher hätte sie ihm nicht signalisieren können, dass sie seine Ansichten nicht interessierten, dachte Jan.

»Wie ziehen Sie die Verbindung?«, fragte Enderle.

»Durch das Wrackteil. Frau Lorenzen bewahrte ein Stück von einem englischen Jagdflieger auf, und …«

»Also, das ist ja dann wohl doch ein bisschen weit hergeholt«, unterbrach ihn Enderle. »Alles, was Sie haben, ist ein bisschen Gekritzel einer alten Frau und dieses alte Blechteil, und Sie konstruieren daraus eine Verbindung zwischen den beiden Fällen?«

»Ich denke …«

Harsch fiel Enderle Jan ins Wort. »Ach, hören Sie doch auf! Wenn Sie mich fragen: Wir sollten uns lieber an die harten Fakten halten. Das, was Sie da machen, ist doch nichts anderes als Kaffeesatzleserei.«

Jan spürte, wie er ärgerlich wurde, weil der Kollege ihm so gar nicht zuhören wollte. Bisher hatten Laura, Inka und er noch immer gut zusammengearbeitet. Und wenn Inka und seine Frau der Meinung waren, dass die Bildunterschriften eine Bedeutung hatten, dann würde er das,

Teufel noch eins, nicht einfach abtun. »Sinje Martens, das ist die Inselarchivarin, und ein Mann namens Gerrit Henning haben auch ein paar interessante Informationen, die unsere These untermauern. Henning ist früher auch Polizist gewesen. Wenn Sie wollen, kann ich …«

»Was ich will, ist, dass Sie sich um *Ihre* Arbeit kümmern und mich und die Kollegin Dreyer in Ruhe arbeiten lassen«, warf Enderle ein.

Nun reichte es Jan endgültig. »Wie Sie meinen«, grummelte er und verließ den Besprechungsraum. Er konnte es nicht verhindern, dass die Tür hinter ihm ein bisschen lauter als gerade noch höflich gewesen wäre, ins Schloss fiel. »Was für ein Idiot!«, murmelte er.

Julia kam ihm entgegen, in Händen ein Tablett mit zwei Bechern, Milchkännchen, Zuckerdose und einer Kanne ihres Kaffees, den sie nicht einmal mit Jan gern teilte.

Im Vorbeigehen blickte Jan in ihr finsteres Gesicht. Es hätte ihn nicht gewundert, wenn Julia in die Kanne gespuckt hätte, bevor sie den Kaffee eingefüllt hatte.

»Na, na«, sprach er sie an.

Sie grinste fies. Dann ging sie weiter. Über die Schulter hinweg sagte sie zu ihm: »Übrigens hat sich Gerrit Henning gemeldet. Er lässt dir ausrichten, dass ihm zu dem Fall von Frau Lorenzen noch etwas eingefallen ist. Du sollst ihn zurückrufen.«

Mit der einen Hand am Geländer blieb Jan stehen. »Danke«, meinte er.

Tamme hatte nach all der Aufregung der vergangenen Tage und dem unverhofften Frühstück bei Jan und Laura keine rechte Lust, sich um seinen eigenen Fall zu kümmern. Da hatten sie gleich zwei Leichen auf der Insel, dazu der furchtbare Unfall von Brunke, von dem das Gerücht ging, dass jemand ihn umbringen wollte. Und er selbst beschäftigte sich mit einem vermutlich jugendlichen Täter, der mit einer Drohne Schafe jagte! Wie öde. Aber was musste, dass musste nun mal – er war schließlich ein zuverlässiger Ermittler. Und die armen Tiere konnten sich ja nicht selbst helfen.

Und genau genommen war die Idee, mit dem Briefträger zu reden, wie Laura es ihm auf der Party vorgeschlagen hatte, gar nicht so schlecht. Vielleicht würde ihn das heute ja endlich den wesentlichen Schritt voranbringen, und er konnte sich danach endlich wieder darum kümmern, Jan bei seinen Ermittlungen zu helfen.

Gegen Viertel nach neun hielt er Fiete am Ende des Fähranlegers an. Die *Pellworm I*, die um zwanzig vor neun von Nordstrand aus losgefahren war, würde in wenigen Minuten anlegen. Durch die Windschutzscheibe konnte er schon sehen, wie sie durch die blaugraue Nordsee auf die Insel zupflügte. Nils, der Postbote, der für die Insel zuständig war, kam gewöhnlich mit dieser Fähre vom Festland rüber, um seine Briefe und Päckchen zu verteilen. Heute würde Tamme ihn abpassen und ihm die Frage stellen, die Laura ihm auf Jans Feier vorgeschlagen hatte. Nils war im Allgemeinen gut informiert darüber, welche Leute was für Päckchen bekamen. Neulich erst hatte er Tamme bei einem Bier in der Schwarzen Acht erzählt, dass der alte Brodersen aus Ostertilli immer Pakete von einem Druckfarbenversand Schröder bekam.

»Aber der Alte hat doch nicht mal einen Computer«, hatte Tamme verwundert gesagt. »Wozu braucht er dann Druckerpatronen?«

Und da hatte Nils dreckig gegrinst. »Du bist echt der letzte Hinterwäldler, Tamme Hansen!«, hatte er gesagt. »*Druckerversand Schröder* schreiben die doch nur auf ihre Pakete, damit niemand merkt, dass die Ware darin eigentlich vom Amor-Versand kommt.«

»Amor-Vers…« Tamme hatte sich beinahe an seinem Bier verschluckt. »Du meinst …«, hatte er ausgerufen, so laut, dass sich ein paar andere Gäste neugierig nach ihnen umgesehen hatten. Flüsternd hatte er hinzugefügt: »Der olle Brodersen bestellt Sachen bei einem Online-Sexshop?«

Mit dem üblichen metallischen Rumpeln legte die *Pellworm I* an. Da gerade Flut herrschte, dauerte es nur ein paar Minuten, bis die Verladerampe runtergelassen war und die ersten Autos vom Schiff rollten.

Wie meistens kam Nils mit seinem gelben Postauto als Erster an Land gerollt. Tamme, der die Seitenscheibe runtergekurbelt hatte, winkte ihm zu.

Nils sah es, lenkte sein Postauto neben Fiete und ließ das Fenster auf der Beifahrerseite runterfahren. Er musste sich weit zur Seite lehnen, um Tamme auf seinem Fahrersitz sehen und mit ihm reden zu können. »Moin, Tamme. Wo brennt's denn?«

»Ich brauch mal kurz 'ne Info von dir«, sagte Tamme. Er stieg aus, umrundete das Postauto und kam sich dabei fast vor wie dieser texanische Sheriff aus dem Buch, das er gerade las. Der musste allerdings immer vorsichtig sein, dass ihm die Leute nicht eine geladene Knarre unter die Nase hielten. Nee, nee, man gut, dass Pellworm nicht Amerika war.

In Nils' Augen leuchtete es fröhlich. »Bist du mal wieder als Ordnungshüter unterwegs, oder wie?«

Tamme grinste nur.

»Sag jetzt nicht, sie setzen dich wirklich bei diesen zwei Mordermittlungen ein!«

Tamme überlegte, ob er Nils erklären sollte, dass noch gar nicht feststand, ob sie es wirklich mit Morden zu tun hatten. Dieser ganze Kram mit Vorsatz und Heimtücke und so war schließlich 'n büschen kompliziert. Aber er wusste nicht, was er Nils verraten durfte und was nicht. Dass der tote Engländer ein Loch im Schädel hatte, konnte von Jans Kollegen durchaus als Täterwissen eingestuft werden. Besser also, er verriet Nils das nicht. Auch wenn vermutlich niemand auf die Idee kommen würde, dass der gutmütige und immer zu Scherzen aufgelegte Postbote von Pellworm etwas mit den beiden Todesfällen zu tun hatte. »Ich mach meine eigenen Ermittlungen«, erklärte er Nils und wunderte sich, warum der Mann schon wieder grinste. »Musst gar nicht so gucken. Was ich von dir wissen muss, ist: Hat in der letzten Zeit jemand auf der Insel was bei so einem Drohnenversand bestellt?«

»Einem Drohnenversand?« Nils lachte laut auf. »Was soll das denn sein?«

Bevor Tamme sich in die Brust werfen konnte, fuhr der Postbote schon fort: »Ach, du meinst eine dieser bekannten Herstellerfirmen von Drohnen! So ein Kram bestellen die Leute heute doch meistens bei Amazon! Woher soll ich denn dann wissen, was in den Paketen ist? Und überhaupt: Hat dir denn irgendjemand die Befugnis gegeben, gegen das Postgeheimnis zu verstoßen?«

Tamme hatte den Mund schon auf, um sich zu verteidigen, als ihm klar wurde, dass Nils ihn nur foppen wollte. Der Postbote war schließlich einer der Ersten, die rumerzählten, wer Post vom Amor-Versand bekam.

»Schon gut!«, winkte Nils ab. »Ich wollte dich nur ärgern. Aber im Ernst: Ich habe keine Ahnung, ob sich jemand in der letzten Zeit eine Drohne hat schicken lassen. Was ich allerdings weiß: Der Junge von Paulsen aus dem Stürenburger Weg wünscht sich so ein Ding schon lange zum Geburtstag. Und Paulsen hat vor anderthalb Wochen tatsächlich ein Paket von Amazon bekommen, das groß genug gewesen sein könnte, dass eine Drohne drin war.«

Tamme überschlug die Zeitangaben. Anderthalb Wochen. »Paulsens Junge. Das ist doch Jasper, oder? Weißt du, wann der Geburtstag hat?«

»Keine Ahnung. Ich bin doch nicht das Standesamt, Tamme!« Nils wies durch seine Windschutzscheibe in Richtung Insel. »Wenn ich meine Tour heute noch schaffen will, dann muss ich jetzt langsam mal los.«

Tamme trat einen Schritt vom Wagen zurück. »Klar. Danke für deine Auskunft. Und schönen Tag noch.«

Nils tippte sich an die Mütze und gab Gas. Tamme schaute dessen kleiner werdendem Postauto hinterher. Anderthalb Wochen. Die ersten Videos waren vor bummelig acht Tagen hochgeladen worden.

Das kam also ungefähr hin.

Tamme straffte die Schultern. Mit weit ausgreifenden Schritten ging er zu Fiete zurück und konnte sich gerade noch davon abhalten, die Daumen dabei hinter den Gürtel seiner Jeans zu haken, so wie es der Texaner in seinem Buch tat. Er wollte ja schließlich nicht, dass die anderen Fährgäste sich über ihn lustig machten. Er klemmte sich hinter das Steuer und startete den Motor.

Er würde Paulsen und seinem Sohnemann einen kleinen Besuch abstatten. Gut möglich, dass ein Fünfzehnjähriger, der nichts dabei fand, im örtlichen Supermarkt Zigaretten mitgehen zu lassen, auch Schafe über den Deich jagte und das Ganze mit einer Drohne filmte.

Die Paulsens wohnten in einem frei stehenden Haus, von dem aus man über die Marsch bis zum Leuchtturm blicken konnte. Der Garten war ungepflegt und vollgerümpelt mit allerlei Kram, an dem Inka vermutlich ihre helle Freude gehabt hätte. Sie baute aus den komischsten Sachen ihre Kunstwerke und verkaufte sie dann für ein Heidengeld, was Tamme immer wieder verblüffte.

Noch mehr verblüffte ihn allerdings, dass Jasper in diesem Garten zugange war. Er hielt eine massige elektrische Heckenschere in beiden Händen und versuchte, damit die Büsche vorn an der Straße zu schneiden.

Gerrit Henning stand neben ihm und gab ihm mit ruhiger, aber leicht krächzender Stimme Ratschläge, wie er es hinbekam, dass die Schnittkante gerade wurde. Jasper hatte in kindlicher Weise die Zunge zwischen die Zähne geklemmt und wirkte hoch konzentriert.

Für einen Augenblick fiel es Tamme schwer, sich vorzustellen, dass dieser Junge mit dem noch weichen, rundlichen Gesicht in der Lage wäre, Schafe so zu quälen, wie der unbekannte Drohnenpilot es getan hatte.

Er war gerade aus seinem Wagen gestiegen, als im ersten Stock des Hauses ein Fenster aufgestoßen wurde. »Passen Sie bloß auf, dass der Kerl mit dem Ding keinen Mist baut!«, rief Jaspers Vater zu seinem Sohn und Henning hinüber.

Hennings Miene verfinsterte sich, aber er gab höflich zurück: »Keine Sorge. Ihr Sohn hat eine Menge mehr drauf, als Sie glauben!« Er zwinkerte Jasper zu, und der Junge senkte den Kopf, damit niemand sein stolzes Lächeln sah.

»Na, wenn Sie meinen!«, grummelte Herr Paulsen, dann schlug er das Fenster wieder zu.

»Nicht ärgern lassen«, riet Henning Jasper. »Der kann einfach nicht aus seiner Haut. Glaub mir, der ist hundertmal unglücklicher als du.« Seine Stimme klang angeschlagen und rau, so, als habe er sich erkältet.

Jasper nickte. Er hatte gerade mit der Heckenschere eine unschöne Ecke in das dichte Grün geschnitten und starrte missmutig darauf.

»Egal. Das wächst in Nullkommanichts wieder zu.« Henning hob den Blick und entdeckte Tamme. »Herr Hansen! Was führt Sie her?«

Auf einmal fehlte Tamme die Traute, Jasper direkt mit seinem Verdacht zu konfrontieren. Er kratzte sich am Hinterkopf. »Tja …«

»Sind Sie im Auftrag von Jan hier? Helfen Sie ihm wieder bei seinen Ermittlungen?«

Es machte Tamme stolz, dass der pensionierte Polizist

offenbar völlig einverstanden damit war. Klar. Der war ja auch nicht auf den Kopf gefallen. Der erkannte einen fähigen Ermittler, wenn er ihn vor sich hatte. Trotzdem beschloss Tamme, vorsichtig zu sein. Er wollte nicht, dass Jan Ärger bekam, nur weil er rumerzählte, wie er bei polizeilichen Ermittlungen half. Fieberhaft überlegte er, was er jetzt sagen sollte.

»Ich darf nicht mit Ihnen über die Fälle reden«, war das Einzige, was ihm ad hoc einfiel.

Henning grinste. »Schon klar.«

Tamme beschloss, in die Offensive zu gehen. »Sie kümmern sich ziemlich viel um Jasper«, sagte er. »Sogar mit dieser fiesen Erkältung.«

»Jemand muss es tun. Jungs, die in schlechte Gesellschaft geraten, brauchen einfach nur jemanden, der sich kümmert.« Er sagte das, als wüsste er sehr genau, wovon er sprach. »Und die Erkältung ist … na ja, nicht der Rede wert.«

Tamme kaute auf der Innenseite seiner Wange. Es gefiel ihm, dass Henning sich kümmerte. Der Vater des Jungen war ein Idiot, wie man eben ja gesehen hatte. Da war es nur gut, dass jemand anderes die Vaterrolle übernahm. Jemand, der einem Fünfzehnjährigen ein bisschen den Kopf zurechtrücken konnte.

Tamme beschloss, den beiden hier jetzt nicht die Laune zu verderben, indem er ihnen mit seinem Verdacht kam. Besser, er sprach Henning später mal in aller Ruhe darauf an. Wenn Jasper wirklich sein Täter war, konnte der ehemalige Polizist vielleicht dafür sorgen, dass das mit der Tierquälerei aufhörte.

Nachdem Jan seine Informationen mit den beiden Kollegen vom Festland geteilt hatte und in sein Büro gegangen war, fand er auf seinem Schreibtisch eine Klarsichthülle mit zwei Fotokopien, die Sinje ihm hingelegt hatte.

Sorry, hatte sie mit Kugelschreiber an den Rand der einen geschrieben. *Leider kein Name in den Artikeln. Ich suche aber weiter.*

Jan überflog die Kopien. Es waren die Zeitungsartikel, von denen Sinje ihm erzählt hatte. Der erste Artikel stammte aus dem Jahr 1961, war zwei Spalten lang und berichtete, wie der Pilot vor der Insel abgeschossen und von den Einwohnern später im Watt aufgelesen worden war. Er war sichtlich verwirrt gewesen, was sich unter anderem auch darin äußerte, dass er sich an ein Wrackteil festklammerte und nur mit Mühe dazu zu bewegen war, es herzugeben. In dem Artikel stand darüber hinaus, wie die Pellwormer sich über das Unrechtsregime hinweggesetzt und den Mann versteckt hatten. Aus dem Text ging hervor, dass er offenbar mehrere Monate lang auf der Insel gewohnt hatte. Der zweite Artikel drehte sich um ein anderes Thema, in ihm wurde der Pilot nur am Rande erwähnt. Wie Sinje geschrieben hatte, nannte weder der eine noch der andere Artikel einen Namen.

Jan legte die Klarsichthüllen zur Seite. Dann rief er seine Mails ab. Der Obduktionsbericht von Meike Lorenzen war im Posteingang. Er öffnete und überflog ihn. Todesursache waren natürlich die schweren Verletzungen des Brustkorbs, die die Gabelzinken ihr zugefügt hatten. Darüber hinaus hatte der obduzierende Arzt ein paar leichte Verengungen der Herzkranzgefäße gefunden sowie Anzeichen für Diabetes. Alles nichts Ungewöhnliches für eine Frau in dem Alter.

An einem Satz der äußeren Leichenschau jedoch blieb Jans Blick hängen.

Keinerlei Anzeichen auf Abwehrverletzungen.

Er war noch in Gedanken darüber versunken, was das bedeuten mochte, als sein Telefon klingelte. Gerrit war dran. »Moin, Jan«, grüßte er mit einer Stimme, die ein wenig belegt klang.

»Du klingst erkältet«, sagte Jan.

Gerrit lachte. »Ach, hört man das? Ich glaube, das sind nur die Nachwirkungen von ein bisschen zu viel von dem guten Cognac, den ich aus dem letzten Urlaub mitgebracht habe.«

»Oh. Na dann. Julia hat mir gesagt, dass du zurückgerufen werden wolltest, aber ich bin noch nicht dazu gekommen.« Jan starrte auf den Monitor. »Der Obduktionsbericht von Meike Lorenzen ist übrigens da.«

»Oh.« Gerrit zögerte. »Und?«

»Es gibt keine Abwehrverletzungen«, sagte Jan.

Am anderen Ende der Leitung wurde es einen Moment lang still. »Was denkst du?«, fragte Gerrit.

»Dass es doch ein Unfall war, auch wenn die Umstände nicht besonders dafür sprechen.«

»Hm.« Wieder Schweigen. »Es gibt noch eine andere Erklärung«, meinte Gerrit dann. Seine Stimme war wirklich kurz vor dem Versagen, dachte Jan. Er wusste, wovon der ehemalige Kollege sprach. »Selbstmord«, sagte er.

Gerrit machte ein zustimmendes Geräusch.

»Furchtbare Vorstellung.« Jan hatte eine Gänsehaut auf den Armen. Es wäre nicht das erste Mal gewesen, dass ein Mensch aus Verzweiflung zu einer extrem drastischen Methode gegriffen hatte, sich umzubringen. Im Ruhrgebiet hatte er einmal mit einem Lebensmüden zu tun gehabt, der Pflanzenschutzmittel getrunken hatte, um sich zu vergiften. Er war qualvoll an inneren Verätzungen gestorben. Jan beschloss, das Thema zu wechseln. »Aber deswegen rufst du nicht an.«

»Nein. Sondern wegen des toten Engländers. Mir ist da noch was eingefallen. Wenn ich mich richtig erinnere, dann hat meine Mutter mir erzählt, dass der Mann damals im Ütermarkerweg gewohnt hat.«

»Wohnten die Lorenzens damals schon da?«

»Ja. Meike hat das Haus geerbt. Würde mich also nicht wundern, wenn sie und ihre Leute den Mann gekannt haben.«

Jan dachte an die Bildunterschriften und das zerkratzte Foto. Daran, dass Meike sich Lauras und Inkas Meinung nach in großer seelischer Not befunden hatte, kurz bevor sie gestorben war. *Der Papa* hatte sie wieder und wieder an die Fotos geschrieben, geradeso, als müsse sie sich die Tatsache, dass Gerd Timmermann wirklich ihr Vater gewesen war, wieder und wieder einhämmern.

Jan überlegte, wie er diesen Gedanken in Worte fassen sollte, aber Gerrit kam ihm zuvor.

»Könnte es sein, dass Frau Timmermann, also die Mutter von Meike und Magnus, etwas mit diesem Engländer gehabt hat?«, fragte er. »Ich meine, zeitlich würde das doch hinkommen.«

Damit lag er so dicht an dem, was Jan gerade selbst gedacht hatte, dass Jan unwillkürlich nickte.

»Möglich wäre es.« Er bedankte sich bei Gerrit für das Gespräch und legte auf. Bevor er sich jedoch intensiver mit der Frage beschäftigen konnte, ob und wie gut Familie Timmermann den Engländer gekannt hatte, klopfte es an seiner Bürotür, und ein Feriengast kam herein. »Mir ist meine Brieftasche in der PelleWelle geklaut worden«, sagte er statt einer Begrüßung. »Ich möchte Anzeige erstatten.«

Die PelleWelle war das örtliche Freizeitbad, sie lag nur wenige Meter vom Amtsgebäude und damit von Jans Polizeistation entfernt. Jan machte sich daran, die Anzeige des Mannes aufzunehmen. Er war gerade halb fertig damit, die entsprechenden Formulare auszufüllen, als es erneut an seiner Tür klopfte und eine atemlose Frau den Kopf hereinsteckte.

»Hermann!«, haspelte sie. »Hast du schon die Anzei… oh!«, machte sie, als sie sah, dass ihr Mann mit Jan zusammensaß. Dann hielt sie eine dicke Geldbörse aus schwarzem Leder hoch. »Deine Brieftasche lag hinter dem Sitz im Auto!«

Jan nahm die Hände von der Tastatur seines Computers. »O-kay«, meinte er gedehnt. »Ist das Ihre Brieftasche, Herr Baumann? Die, die Sie mir hier gerade als gestohlen melden wollten?«

Der Anzeigensteller wurde puterrot. »Ich … ich fürchte, ja.«

Jan schloss das Anzeigenformular, ohne es abzuspeichern. »Na, dann hat sich ja alles noch mal zum Guten gefügt.«

Hermann Baumann schien erleichtert, dass Jan nicht ärgerlich wurde. »Gott, das ist mir ja schrecklich peinlich«, murmelte er, erhob sich, streckte Jan verlegen die Hand hin, zog sie aber sofort wieder zurück. »Bitte entschuldigen Sie den unnötigen Aufwand!« Dann stolperte er hinter seiner Frau her nach draußen auf den Gang. Während hinter ihnen die Tür langsam ins Schloss fiel, hörte Jan die Frau noch grummeln: »Du immer mit deiner Paranoia, Hermann. Echt! Die ganze Welt hat es auf dich abgesehen, oder wie? Das nächste Mal, das schwöre ich dir …« Der Rest wurde von der zufallenden Tür abgeschnitten.

Jan schloss die Augen, verschränkte die Arme hinter dem Kopf und lehnte sich auf seinem Stuhl zurück. Paranoia. Irgendwas regte sich bei diesem Wort in seinem Hinterkopf. Er dachte an Brunke und daran, dass der schwarze Mercedes, den der Mann immer sah, dem Sohn eines Nachbarn gehörte. Paranoia. Aber dann war da noch der Verdacht, dass Brunkes Bremsen manipuliert worden waren.

Eine tote alte Frau.

Suizid oder Unfall?

Und ein Leichnam mit einem Einschussloch im Schädel, was einen Unfall definitiv ausschloss. War der Tod des Engländers aber vielleicht auch Selbstmord gewesen? Jan hielt die rechte Hand vor seine Stirn und tat, als würde er eine Waffe abdrücken. Möglich war es, aber welcher Mensch schoss sich selbst in die Stirn? Hielt man sich die Waffe nicht viel eher an die Schläfe? Oder steckte man sich, wenn man, wie ihr Toter offenbar, dem Militär angehörte, nicht eher den Lauf der Waffe in den Mund?

Seufzend ließ Jan die Arme sinken. Auf all diese Fragen würden die polizeilichen Untersuchungen vielleicht später eine Antwort geben. Er beugte sich zur Seite und zog die Kiste mit den Asservaten zu Meike Lorenzens Fall zu sich heran. Viel befand sich nicht darin. Er nahm die Tüte mit dem Zettel heraus, den die alte Dame im Sterben Tamme in die Hand gedrückt hatte.

Gerechtigkeit.

Jan kam es plötzlich so vor, als sei das ein Appell, der an ihn gerichtet war. Er warf einen Blick auf die Foto-alben, die auf seinem Besuchertisch lagen. Der Zettel. Die Bildunterschriften. Auf einmal war er fest davon über-zeugt, dass sie als Hinweise dienen sollten. Als Hilferufe, die jedoch ungehört verhallt waren.

Er schloss die Augen, versetzte sich zurück zu seinen Treffen mit der alten Dame. Zu den vielen Seufzern, mit denen sie ihm immer wieder von ihren fernen Enkelkin-dern erzählt hatte …

Mit einem Ruck warf er die Tüte mit dem Zettel zurück in die Asservatenkiste.

Dann stand er auf.

Bevor sein Gehirn hier noch heiß lief, musste er endlich den Hintern hochbekommen.

Gerechtigkeit.

Er musste dieses Tagebuch finden.

Meike Lorenzens Haus wirkte noch genauso düster auf Jan wie beim ersten Mal. Jetzt war die Luft im Inneren allerdings noch um einiges stickiger. Kein Wunder, hier war schließlich seit Dienstag nicht mehr gelüftet worden.

Er begann seine Suche nach dem Tagebuch beim Sekretär. Sorgfältig suchte er jede Schublade ab, klopfte überall, um zu prüfen, ob das Möbel ein Geheimfach hatte. Vergebens. Er fand das Tagebuch weder hier noch irgendwo anders in der Stube und auch nicht in den anderen Räumen. Sogar den Keller und auch den Spitzboden suchte er akribisch ab, was in kürzester Zeit erledigt war.

Kein Tagebuch. Nirgendwo.

Seufzend und über und über verstaubt blieb Jan in der Diele stehen und überlegte, was er jetzt tun sollte. Sein Blick fiel auf das altmodische schnurlose Telefon, das er sich bisher noch nicht genauer angesehen hatte. Er googelte kurz, wie sich die Liste der ausgehenden Anrufe aufrufen ließ, und als er sie sich ansah, fand er sie mehr als deprimierend. Sie enthielt nämlich nur drei Einträge. Einer davon war sein Büro im Amt. Auch den zweiten erkannte er auf Anhieb. Er rief dort manchmal an, wenn er sich bei der Gartenarbeit den Rücken verknackst hatte: Unter dieser Nummer erreichte man die Physiotherapiepraxis im Kur- und Gesundheitszentrum der Insel. Er wählte sie und erfuhr, dass Frau Lorenzen wegen eines Rückenleidens, das bei Menschen in ihrem Alter häufig vorkam, in den Wochen vor ihrem Tod insgesamt sechsmal manuelle Therapie gehabt hatte. Die Therapeutin konnte Jan allerdings nichts Sachdienliches sagen. Ihrer Aussage nach hatte Frau Lorenzen während der Behandlungen die meiste Zeit geschwiegen.

Jan bedankte sich bei ihr, legte auf und nahm sich die dritte Nummer der Liste vor. Auf den ersten Blick war sie ihm unbekannt, doch während das Gerät die Verbindung herstellte, hatte er das Gefühl, sie irgendwo schon mal gesehen zu haben, wusste aber nicht, wo. Das Freizeichen ertönte, es klingelte fünfmal am anderen Ende. Dann sprang eine Mailbox an.

»Guten Tag. Sie haben den Anschluss von Ulf Brunke gewählt. Leider kann ich zurzeit nicht an mein iPhone gehen. Bitte hinterlassen Sie Ihren Namen und Ihre Nummer, ich rufe Sie umgehend …« Einigermaßen perplex legte Jan auf. Meike Lorenzen hatte Brunke angerufen? Und zwar insgesamt – mit den Tasten des Telefons klickte er sich durch die gesamte Anrufliste und zählte – sieben Mal.

Brunke und seine Assistentin hatten ausgesagt, dass der anonyme Anrufer sich siebenmal bei ihm gemeldet hatte.

In Jans Kopf fielen ein paar Puzzleteile an ihren Platz und begannen, ein allererstes, noch verschwommenes Bild zu ergeben. Ganz sicher war er sich noch nicht. Aber er wusste, zu wem er jetzt fahren musste, um noch ein paar Informationen zu bekommen, die das Bild vervollständigen würden.

Thea hieß die Nachbarin von Emmy, das hatte Laura Jan erzählt. Und von ihr wusste Jan auch, dass Thea fast achtzig war, aber mindestens zwanzig Jahre jünger wirkte.

Er fand diesen Eindruck bestätigt, als er an Theas Haustür klingelte und ihm eine hyperschlanke und von zu viel Sonne in ihrem Leben runzelige Frau öffnete. Sie wirkte, als sei sie heute Morgen in aller Frühe mal eben einen Marathon gelaufen.

»Frau …« Jan musste erst einen Blick auf das Klin-

gelschild werfen, bevor er zu Ende reden konnte. »…
Bolten?«

Die Frau in der Tür nickte. »Thea«, korrigierte sie ihn, dann ließ sie den Blick an Jans uniformierter Gestalt auf und ab wandern. »Ich habe mich schon gefragt, wann du selbst zu mir kommst, um mich zu verhören.«

Jan grinste angesichts der Tatsache, dass er hier einfach geduzt wurde. »Es sind im Zuge der Ermittlungen einige Fragen aufgetaucht, die du mir vielleicht beantworten kannst.«

Wenn es Thea überraschte, dass Jan sie genauso selbstverständlich duzte, dann ließ sie es sich nicht anmerken. Sie öffnete die Tür ganz und machte ihm den Weg frei. »Ich koche mir gerade Kaffee. Willst du auch einen?«

Jan überlegte kurz. Er hatte bei dem ausgiebigen Frühstück mit Laura, Inka und Tamme bereits eine Tasse mehr getrunken als üblich, aber was konnte es schon schaden? Mit den Leuten Kaffee zu trinken, vereinfachte schließlich so manche Befragung, weil man sich bei einem gemütlichen Plausch eher entspannte. »Gern«, erwiderte er aus diesem Grund.

Thea führte ihn in eine kleine, gemütlich eingerichtete Küche, in der die Farben Weiß und Blau dominierten und ein alter Eisenherd als Dekoration in einer Ecke stand. Thea hatte einen ausladenden Farn darauf platziert, dessen Wedel Jan am Hals kitzelten, als er sich auf die weiß gestrichene Eckbank zwängte und sein Notizbuch herausnahm. Er strich die Farnwedel zur Seite, aber natürlich fielen sie sofort in ihre alte Position zurück, also rückte er ein Stückchen von der Pflanze ab.

»Du kanntest Meike Lorenzen aus der Kindheit, stimmt das?«, begann er seine Befragung, während Thea eine weiß-blaue Tasse aus dem Schrank nahm und ohne Untertasse vor ihn hinstellte. Die Kaffeemaschine, die sie offenbar kurz vor seiner Ankunft eingeschaltet hatte, gluckerte leise vor sich hin. Der Geruch des frischen Kaffees erfüllte den Raum. Thea setzte sich und nickte. »Hat dir doch bestimmt deine Frau schon erzählt, dass wir zusammen zur Schule gegangen sind.«

»Hat sie.« Jan schrieb das heutige Datum auf eine Seite seines Blockes. »Und sie hat mir auch gesagt, dass das Verhältnis von Meike Lorenzen zu ihrem Vater nicht das beste war.«

»Der Vater kann Meike nicht umgebracht haben«, sagte Thea. »Der ist schon seit Jahren tot.«

Also hatte sie sich Gedanken über den Fall gemacht, dachte Jan. Mit dem Kugelschreiber malte er ein paar parallele Striche auf das Papier und überlegte dabei, wie er das Gespräch einigermaßen elegant auf sein eigentliches Thema lenken konnte. »Da gibt es noch einen Bruder.«

»Der kann es auch nicht gewesen sein, der lebt nämlich nicht auf der Insel.«

Wie selbstverständlich die Leute auf Pellworm immer seine Ermittlungsarbeit übernahmen, dachte Jan. Dann dachte er an Magnus, Meikes Bruder, und an dessen wasserdichtes Alibi. Thea hatte recht: Magnus war nicht ihr Täter. Zumindest nicht im Fall Meike. Was war jedoch mit dem Fall des toten Engländers? Jan fügte der Schraffur auf seinem Block ein paar weitere Striche hinzu.

»Bei meinen Ermittlungen bin ich darauf gestoßen, dass

Anfang der Sechzigerjahre ein englischer Soldat hier auf der Insel gewohnt haben soll. Weißt du etwas über den?«

»Der Pilot? Klar.« Thea drehte sich nach der Kaffeemaschine um, die kurz zuvor aufgehört hatte zu gluckern. Der Kaffee war allerdings noch nicht ganz durch den Filter gelaufen, und so wandte sie sich wieder zu Jan um. »Lustig. Deine Frau hat mich neulich auch schon nach irgendwelchen Beziehungen der Familie zu England gefragt. Weißt du, was ich denke? Ich denke, Meikes Tod und diese Leiche, die ihr in Brunkes Hof gefunden habt, hängen miteinander zusammen. Und dass du hier bist und mich nach dem Kerl fragst, beweist das ja nur.«

»Wir ermitteln einfach nur in alle Richtungen«, sagte Jan. »Was kannst du mir über diesen Engländer von damals erzählen?«

Thea beugte sich in einer fast verschwörerischen Geste vor. »Ich hab das deiner Frau nicht gesagt, aber da gab es wirklich mal was …«

»Aha.« Jan tippte mit der Spitze seines Kugelschreibers auf seinen Block, lehnte sich ebenfalls ein wenig vor, so als ob er mit Thea tuscheln müsste, und wartete.

»Ja. Ich habe keine Ahnung, ob das nicht nur ein böses Gerücht ist, aber es hieß, die alte Timmermann, also die Mutter von Meike und ihrem Bruder, dass die mal was mit einem englischen Soldaten angefangen hat, der auf dem Festland stationiert war. Wenn du mich fragst, kann das doch nur dieser Typ von damals gewesen sein, oder?«

Tja, dachte Jan und lehnte sich wieder zurück. Bingo.

Da er schon einmal in der Nähe war, beschloss Jan nach diesem Gespräch, einen erneuten Blick in den Schuppen zu werfen, in dem Frau Lorenzen gestorben war. Ihr Grundstück war noch immer mit Flatterband abgesperrt, aber da das Team vom Erkennungsdienst alles Relevante dokumentiert hatte, konnte Jan es ohne Weiteres betreten.

Er umrundete das Haus und ging in den Garten mit den beiden alten Kirschbäumen, von denen der eine seine Äste wie schützend über das Schuppendach reckte. Als er an dem kleinen Verschlag ankam, wo Frau Lorenzens Hühner untergebracht waren, war gerade der Nachbar Piet Johannsen dabei, mit einer Gießkanne die Wasserspender der Tiere aufzufüllen. Futter hatte er ihnen bereits in den großen Tonuntersetzer gefüllt, der als Napf diente.

»Herr Johannsen«, sagte Jan.

Johannsen zuckte zusammen, als sei er bei etwas Illegalem ertappt worden. »Herr Benden! Ich … ich bin nur hier, weil jemand sich um die Tiere kümmern muss, ich …«

Jan hob die Hand. »Schon gut. Ich bin froh, dass Sie daran gedacht haben, obwohl Sie eigentlich nicht hier sein dürften. Das Grundstück ist von der Polizei noch nicht freigegeben worden.« Jan verspürte einen Anflug von Ärger, weil ihm selbst nicht einmal der Gedanke gekommen war, dass die Tiere niemanden mehr hatten, der ihnen Wasser und Futter brachte. Kein Wunder angesichts der vielen Dinge, die ihm in den letzten Tagen durch den Kopf gingen. Gleichzeitig aber auch ganz schön peinlich, dachte er.

Johannsen beendete seine Arbeit in dem Verschlag. Er kletterte durch die schmale Drahttür hinaus, hakte sie hinter sich sorgfältig zu und stellte die Gießkanne ab. Die Hühner scharrten und pockerten vor sich hin, als sei alles wie immer. In ihrem Leben war es das ja auch, dachte Jan.

Er verabschiedete sich von Johannsen, und als der Mann fort war, wandte er sich der Schuppentür zu, die die Leute vom ED nur angelehnt hatten. Mit einem leicht mulmigen Gefühl im Magen zog er sie auf und betrat das Innere, in dem es nach Erde roch und ein wenig nach Staub. Der Geruch des Blutes hatte sich verflüchtigt, der große Blutfleck auf dem Boden war allerdings nach wie vor da. Er war zum Teil in dem festgestampften Boden versickert und hatte sein rot glänzendes Aussehen verloren, sodass er rissig wirkte – und beinahe schwarz. Jan ließ seinen Blick über die ebenfalls mattschwarz glänzenden Zinken der Ackerschleppergabel wandern.

Vorsichtig, um nicht in die getrockneten Blutreste zu treten, machte Jan einen Schritt vorwärts. Ein ganzer Schwarm Fliegen stob vor ihm auf und umschwirrte ihn. Er wedelte sie davon, dann beugte er sich vor, und genau wie bei Frerk Diedrichsens Traktor betrachtete er nun auch bei diesem die Hydraulik des Frontladers. Die Kolben waren ein Stück weit ausgefahren, sodass die Zinken der Gabel in diesem speziellen Winkel vom Boden in die Höhe ragten.

Jan zog ein Paar Handschuhe aus der Tasche und streifte sie über. Dann berührte er die blanke Stelle des einen Kolbens, rieb seine Fingerspitzen aneinander und betrachtete sie. Sie glänzten ölig. Knut Friedrichsen, der Bauer, der sich diesen Ackerschlepper ab und zu ausgeliehen hatte, hatte ausgesagt, dass er ihn vor über einem Jahr zum letzten Mal benutzt hatte. Und er war sich relativ sicher gewesen, dass er die Ballengabel ganz zum Boden abgesenkt hatte, als er das Gefährt in den Schuppen zurückgebracht hatte.

Jan starrte auf die Hydraulikflüssigkeit an seinen Fingerspitzen. Er war sich mittlerweile ziemlich sicher: Irgendjemand hatte erst vor Kurzem die Hydraulik des Frontladers betätigt, um die Ballengabel in die Position zu bringen, in der sie auch jetzt noch stand.

Jan dachte an das, was Meike Lorenzens Nachbarin, Frau Nissen, ihm erzählt hatte. Dass Frau Lorenzen oft Angst gehabt hatte, dass die Ballengabel zur Gefahr für die Kinder werden würde.

In Gedanken versunken verließ er den Schuppen wieder. Kurz überlegte er, dann ließ er das Vorhängeschloss an der Eingangstür sicherheitshalber einrasten.

Es war ungefähr eine Dreiviertelstunde vergangen, und er saß wieder an seinem Schreibtisch im Büro, als Tamme den Kopf zur Tür hereinstreckte.

»Moin, Jan. Hast du kurz Zeit?«

Jan, der sich beim Nachdenken über den Fall Lorenzen seine Schreibtischunterlage vorgenommen und sie mit einem Muster aus feinen Schraffuren versehen hatte, schaute auf. »Klar. Komm rein.«

Tamme betrat den Raum, was wegen seiner hünenhaften Gestalt auf Jan immer ein wenig so wirkte, als würde bei der Theateraufführung eines Märchens der Riese die Bühne betreten. »Ich hab mich ein bisschen umgehört. Wegen der Sache mit den Schafen, meine ich.«

»Ah. Und?« Jan legte den Kugelschreiber weg. Er hatte auf seiner Geburtstagsparty mitbekommen, dass Tamme an irgendeinem Fall dran war, hatte bisher aber keine Zeit gehabt, sich näher damit zu beschäftigen. Er wusste lediglich, dass es um einen Fall von Tierquälerei gehen sollte. Irgendwas mit den Schafen auf den Deichen der Insel.

»Ich vermute, dass jemand mit einer Drohne die Schafe jagt, es dann filmt und die Filme anschließend ins Internet stellt.« Tamme rümpfte die Nase. »Und ich denke, dass dieser Jemand Jasper ist.«

»Jasper?« Jan unterdrückte ein Seufzen, das ganz ausnahmsweise einmal nicht Tamme galt, sondern diesmal eher dem Jungen. Wenn Tamme recht hatte, dann war der Ärger, den Jasper bisher verursachte, noch nicht das Ende der Fahnenstange. Nach diversen Ladendiebstählen jetzt auch noch Tierquälerei? Und mehr noch: Allein das Fliegen einer Drohne am Deich war ein Verstoß gegen die Luftverkehrsordnung. Wenn er offiziell davon erfuhr, war er verpflichtet, sich darum zu kümmern. Auch noch.

»Wie kommst du darauf?«, fragte er.

»Ich habe mit Nils geredet, und der meinte, dass Jaspers Vater vor Kurzem vielleicht so ein Drohnendings gekauft und seinem Sohn zum Geburtstag geschenkt hat. Also bin ich hin und hab ihn danach gefragt. Den Vater, mein ich. Erst wollte ich mit Jasper selbst sprechen, aber der hat so schön mit Henning zusammen im Garten gearbeitet und war so zufrieden, dass ich es nicht übers Herz gebracht habe. Dafür habe ich dann einfach später den Vater angerufen. Und Nils hatte recht. Jasper hat so eine

Drohne zum Geburtstag bekommen, und zwar vor anderthalb Wochen.«

»Womit du, genau genommen, allerdings noch keinen Beweis für seine Täterschaft hast, sondern nur ein Indiz.«

»Schon klar. Aber er hätte die Mittel, und die Gelegenheit hat er allemal.«

»Brauchst du also nur noch ein Motiv.«

»Ich dachte an das Bedürfnis nach Aufmerksamkeit. Die Leute liken seine Filme, und das kann wohl ganz schön aufregend sein für jemanden, der Luft für seinen eigenen Vater ist. Hab ich mir sagen lassen.«

Tamme selbst hielt sich von den sogenannten Sozialen Medien fern. Jan lächelte ihn an. Zum ersten Mal, seit er Polizist auf der Insel war, beschloss er, seinen Möchtegernassistenten aktiv mit einer Ermittlung zu betrauen. Wenn Tamme sich um diese Sache kümmerte, verschaffte ihm selbst das die nötige Luft, um weiter in den Fällen ihrer beiden Leichen zu ermitteln. »Was hältst du davon, wenn du an der Sache dranbleibst?«, fragte er.

Tamme, der mit dieser Reaktion ganz offensichtlich nicht gerechnet hatte, riss die Augen auf. »Echt? Ich dachte …«

»Das hier ist Pellworm«, fiel Jan ihm ins Wort. »Manchmal erledigen wir die Dinge nach unseren eigenen Regeln.« Er hatte das Gefühl, jetzt erst wirklich zu einem Inselbewohner geworden zu sein. Es fühlte sich zwiespältig an, gut und irgendwie endgültig gleichzeitig.

Tamme ließ seine Worte einen Augenblick lang auf sich wirken. »Nu«, sagte er dann. Er kratzte sich am Kopf. »Und wie würdest du jetzt weitermachen?«

»Ich würde wohl mit Gerrit sprechen. Wenn ich das richtig sehe, dann kümmert der sich ziemlich intensiv um Jasper. Wenn Jasper wirklich dein Täter ist, können wir ihn vielleicht ins Boot holen, wenn es darum geht zu entscheiden, wie verfahren werden soll. Der Vater scheint ja eher nicht zu dem Jungen durchzudringen.«

Tamme nickte. »Gute Idee.« Er reckte den Kopf, sodass er lesen konnte, was Jan neben die Schraffur auf seine Schreibtischunterlage geschrieben hatte. »Meike und Magnus? Und der Engländer? Bist du an dessen Fall jetzt doch dran? Ich dachte, der Typ aus Flensburg hält dich da an der kurzen Leine. Hat Laura mir jedenfalls erzählt.«

Laura hatte es mit Sicherheit anders ausgedrückt. Jan schüttelte den Kopf. »Enderle weiß es schon zu verhindern, dass ich in seinem Fall ermittele. Aber ich denke mehr und mehr, dass beide Fälle miteinander zu tun haben. Erinnerst du dich daran, wie die Frontladergabel angekippt gewesen ist?«

»Kloar. Total gefährlich, so was.«

»Ich glaube, dass jemand das erst kurz vor Frau Lorenzens Tod getan hat.«

Tamme blinzelte. »Dann denkst du jetzt auch, dass es Mord war?«

Jan zuckte mit den Schultern. »Allerdings habe ich mittlerweile den Obduktionsbericht bekommen. Es gab keine Hinweise auf Abwehrverletzungen.«

»Hm.« Tamme verdrehte die Augen beim Nachdenken. »Vielleicht hat der Kerl sich von hinten an sie rangeschlichen und sie geschubst.«

Jan schüttelte den Kopf. »Und dann hat sie sich im

Fallen um hundertachtzig Grad gedreht? Das hatten wir doch schon. Schwer vorstellbar. Außerdem: Auch dann hätte die Gerichtsmedizin Abdrücke oder ähnliche Spuren gefunden.«

»Hm«, machte Tamme.

»Ich habe vorhin noch etwas sehr Seltsames erfahren.« Jan erzählte Tamme von der unbekannten dritten Nummer auf Frau Lorenzens Anruferliste. »Ich habe da angerufen. Die Nummer gehört Brunke.«

»Br...« Tamme blieb die Stimme weg. »Wie jetzt?« Wieder verdrehte er kurz die Augen. »Frau Lorenzen war Brunkes anonymer Anrufer?«

»Das scheint so gut wie sicher. Und ich denke, sie war es auch, die die Drohbriefe geschrieben hat. Sowohl die Anrufe als auch die Briefe hörten auf, als sie gestorben ist.«

»Aber wieso sollte sie so was tun? Ich meine: Glaubst du, dass die alte Frau auch Brunkes Bremsen manipuliert hat? Moment, nee! Als Brunke verunglückt ist, war sie ja schon längst tot, das passt also nicht.«

»Doch. Du weißt so gut wie ich, dass Brunke mehr als ein Auto hat. Frau Lorenzen könnte also sehr wohl schon vor längerer Zeit die Bremsen von dem Porsche manipuliert haben.«

»Hm, möglich ist das schon«, murmelte Tamme. »Brunke ist in einem Porsche verunglückt? Dann muss das sein alter 356er sein. Einen anderen hat er im Moment, glaube ich, nicht. Das Teil wurde in den Fünfzigern gebaut, wenn man ein bisschen Ahnung hat, kann man bei dem bestimmt ganz leicht die Bremsleitung durchschneiden. Aber eine Frau? Noch dazu eine, die fast achtzig ist? Meinst du wirklich?« Bevor Jan ihn darauf hinweisen konnte, dass seine Frage wohl ein kleines bisschen sexistisch war, fügte Tamme hinzu: »Und überhaupt: Was sollte sie denn für ein Motiv gehabt haben?«

Jan nahm sein Handy, rief die Fotos der beiden Drohbriefe auf und zeigte sie Tamme, der sie stumm las. Seine Lippen bewegten sich dabei. Dann las er ein zweites Mal. Schaute Jan an. »Du denkst, sie wollte verhindern, dass Brunke die Leiche findet?«, fragte er entgeistert.

Jan zuckte erneut mit den Schultern. »Erinnere dich an den Engländer, den die Pellwormer hier vor den Nazis versteckt haben. Gerrit hat mir erzählt, dass der Mann 1964 noch mal auf die Insel gekommen ist und kurz darauf spurlos verschwand. Und dann habe ich eben mit einer alten Schulfreundin von Frau Lorenzen gesprochen. Sie hat mir erzählt, es gab damals so ein Gerücht. Dass die Mutter von Meike Lorenzen was mit einem Engländer angefangen haben soll.«

Tamme bewegte all die Details eine ganze Weile lang in seinem großen Schädel herum. »Wann sind Meike und ihr Bruder geboren?«, fragte er irgendwann.

Zufrieden, dass er genau die gleichen Schlüsse zog wie er selbst, antwortete Jan: »1946.«

»Das heißt, wenn das Gerücht stimmt, könnten Meike und ihr Bruder die Kinder von diesem Engländer sein!«

»Zeitlich würde es passen«, sagte Jan. In seinem Kopf kreisten die Details ihres Falles. Die Bildunterschriften in Frau Lorenzens Fotoalbum. Lauras und Inkas Vermutung, dass die alte Dame das geschrieben hatte, weil sie herausgefunden hatte, dass der Mann, den sie ihr ganzes Leben für ihren Vater gehalten hatte, es gar nicht war.

Er griff zum Telefon und rief Laura an.

Laura war gerade dabei, im Hühnerstall die Eier einzusammeln, als ihr Handy klingelte und Jan dran war. »Hey, Schatz«, meldete sie sich.

»Nur eine kurze Frage.« Er klang aufgeregt. »Wäre es nachvollziehbar, dass eine Person diese Bildunterschriften schreibt, wenn sie kurz vorher rausgefunden hat, dass der Mann im eigenen Fotoalbum gar nicht der eigene Vater ist?«

»Du meinst ...« Laura stellte den Korb auf den Boden neben ihren Füßen und richtete sich auf. Ihr Scheitel reichte beinahe bis an die Decke des Hühnerhauses, sie spürte, wie ihre Haarspitzen die Holzbalken berührten. »Inka und ich waren uns ja einig, dass die Bildunterschriften manisch wirken, so, als versuche Frau Lorenzen, sich von etwas zu überzeugen, das nicht der Wahrheit entspricht.«

»Dass der Mann auf den Fotos ihr Vater ist«, warf Jan ein. »In Wahrheit ist es aber jemand anderes, und sie hat genau das kurz vorher erfahren.«

Laura überlegte. »Ausschließen würde ich es nicht. Aber ein Beweis sieht natürlich anders aus, das ist dir klar, oder?«

»Logisch.«

Sie konnte förmlich hören, wie es in seinem Kopf ratterte, und sie stellte sich vor, wie er dasaß und gedankenverloren vor sich hinstarrte. »Wenn Meike und Magnus nicht von Gerd Timmermann sind, könnte das eine Erklärung dafür sein, wie brutal er sie immer behandelt hat. Es kommt immer wieder mal vor, dass Männer Kuckuckskinder ihren Frust über den Betrug der Mutter spüren lassen. Aber wenn der alte Timmermann nicht der Vater von Meike und Magnus war, wer war es …« Die Erkenntnis kam ihr noch beim Reden. »Du glaubst, der erschossene englische Soldat?«

»Möglich wäre es, oder?«

In Gedanken ging Laura ihr Gespräch mit dieser Thea durch. »Wann, glaubt ihr, ist der Engländer gestorben?«

»Wir haben da noch keinen konkreten Ansatz, aber es spricht vieles dafür, dass es 1964 gewesen ist. Damals wurde das Wohnhaus gebaut, in dem die Leiche jetzt gefunden wurde, und wir gehen davon aus, dass der Täter sie in die Grube gelegt hat, kurz bevor sie zugeschüttet worden ist.«

Im Stillen rechnete Laura nach. »1964 wären Magnus und Meike achtzehn Jahre alt gewesen.«

»Was sagt dir das?«, fragte Jan. Die Geräusche in der Leitung veränderten sich ein wenig, und Laura erkannte, dass er seinen Lautsprecher angeschaltet hatte. »Ich sitze mit Tamme zusammen«, informierte er sie. »Er soll auch hören, was dir eingefallen ist.«

»Hey, Tamme.«

Tamme brummte etwas Unverständliches.

Laura lehnte sich mit der Schulter gegen eine der hohen Sitzstangen ihrer Hühner. Die Luft im Inneren des Häuschens war warm. Sie betrachtete die Staubkörnchen, die in einem schräg durch die Tür hereinfallenden Sonnenstrahl tanzten. »Diese Thea, mit der ich gesprochen habe, hat mir erzählt, dass Magnus Pellworm verlassen hat, kurz nachdem er achtzehn geworden ist. Wenn er 1946 geboren wurde, war das also 1964.«

Kurz war es still in der Leitung. Laura glaubte, Jan atmen zu hören.

»Du meinst«, ergriff schließlich Tamme das Wort, »dass Magnus damals vielleicht abgehauen ist, weil er ...«

»... den Soldaten erschossen hat«, ergänzte Jan. Leise pfiff er durch die Zähne. Dann murmelte er etwas, das Laura nicht verstand.

»Was denkst du?«, fragte sie. Eines der Hühner streckte den Kopf ins Hühnerhäuschen, weil es sich offenbar wunderte, was sie so lange hier drinnen machte.

»Ich denke mir das so: Der Engländer kam 1964 zurück nach Pellworm. Vielleicht hatte er rausgefunden, dass er Kinder auf der Insel hatte. Vielleicht wollte er auch einfach die Frau wiedersehen, mit der er im ersten Winter nach dem Krieg etwas gehabt hatte. Aus irgendeinem Grund erschießt Magnus ihn, versteckt die Leiche und flieht von der Insel. Das Ganze wird nie aufgedeckt, weil niemand den Engländer so richtig vermisst. Bis Brunke den Hof kauft.«

Tamme zog die Unterlippe zwischen die Zähne und kaute darauf herum. »Aber hätte nicht viel eher der Vater ein Motiv, den Engländer zu erschießen? Ich meine: Er war es doch, der von seiner Frau betrogen wurde und der zwei Kinder durchfüttern musste, die nicht seine waren.«

»Ist natürlich auch eine Möglichkeit«, gab Jan zu. »Genauso wie die Tatsache, dass es auch Meike gewesen sein kann.« Da aber sowohl sie als auch ihr Vater tot waren und dementsprechend für eine Tat von damals nicht mehr zur Rechenschaft gezogen werden konnten, spann er seine ursprüngliche Theorie zu Ende. »Bleiben wir mal bei Magnus als Täter. Meike, die von der Tat gewusst hat, versucht Jahrzehnte später zu verhindern, dass der Tote entdeckt wird, und greift dazu zu nicht besonders erfolgreichen Mitteln. Sie stalkt Brunke per Telefon, schreibt Drohbriefe. Natürlich lässt Brunke sich dadurch nicht davon abbringen, einen guten Schnitt zu machen.«

»Denkst du, dass Magnus Meike auf die Ballengabel geschubst hat, weil sie rausgefunden hat, was er damals getan hat?«, fragte Laura.

»Nein, das geht nicht auf. Magnus hat ein Alibi für die Todeszeit von Meike.«

Eine dritte Stimme ertönte im Hintergrund, jemand, den Laura nicht kannte. Sie verstand nicht, was der Mann sagte.

»Danke, Schatz«, murmelte Jan. Er sandte Laura einen Kuss durch die Leitung. Im nächsten Moment hatte er aufgelegt.

Verblüfft über die abrupte Unterbrechung des Gespräches stand Laura da.

»Pock?«, machte das Huhn.

Laura sah es an. »Ja«, sagte sie. »Genau.«

»Darf ich höflich fragen, was Sie beide hier machen?« Enderle stand mitten im Raum und blitzte abwechselnd Jan und Tamme an. Er sah aus wie die personifizierte Empörung. Fehlte nur noch, dass er die Hände in die Hüften stemmte.

Jan, der noch sein Mobiltelefon in der Hand hielt, legte das Gerät mit einer bedachten Bewegung fort. Es war offensichtlich, dass der Kommissar Tammes letzte Sätze mitangehört hatte und dementsprechend informiert war, dass sie über *seinen* Fall gesprochen hatten. »Ich befrage Herrn Hansen zum Todesfall Meike Lorenzen«, antwortete er völlig gelassen. »Falls Sie noch keine Gelegenheit hatten, sich damit vertraut zu machen: Herr Hansen war es, der die Frau gefunden hat.«

Die kleine Spitze überging der Kommissar geflissentlich. Erneut sah er aus wie eine Mischung aus Hecht und Karpfen, nur dass im Moment wieder der Hecht überwog.

Betont freundlich fragte Jan ihn: »Kann ich Ihnen mit irgendwas behilflich sein, Herr Enderle?«

Das nahm seinem Gegenüber den Wind aus den Segeln. »Ähm. Ich bin nicht sicher, ehrlich gesagt. Wir haben den Vormittag damit verbracht, die früheren Besitzer des Hofes ausfindig zu machen, in dessen Fundament der Tote gefunden wurde.«

»Und? Sind Sie fündig geworden?«

»Laut Grundbuch gehörte der Hof einem gewissen Gonne Mommsen, aber der Mann lebt schon länger nicht mehr auf der Insel. Er ist 2007 nach Rendsburg gezogen.«

Nach allem, was er, Laura und Tamme soeben besprochen hatten, war das eine völlig unsinnige Spur, dachte Jan. Aber es ärgerte ihn massiv, wie Enderle ihn behandelte, darum behielt er ihr gemeinsames Wissen – vorerst – für sich. Sollte Enderle doch ein bisschen vergeblich in der Weltgeschichte herumermitteln. Umso mehr Raum hatten sie hier, die beiden Fälle an seiner statt zu lösen.

»Na dann«, erwiderte Jan und empfand Befriedigung angesichts der Irritation in Enderles Gesicht. »Wissen Sie ja, wohin Sie fahren müssen.«

»Von der Insel runter? Mit der Fähre?«

Jan zuckte nur mit den Schultern. »Sofern Sie nicht fliegen können.«

Enderle rümpfte die Nase, als würde ihn allein der Gedanke, die Fähre zu nehmen, unendlich nerven. *Willkommen in meinem Leben*, dachte Jan nun schon nicht mehr ganz so amüsiert. Ganz im Dunkeln tappen lassen konnte er Enderle dann aber doch nicht. »Wenn ich Ihnen einen guten Rat geben darf: Sie sollten das Labor bitten, einen DNA-Abgleich von Ihrer Leiche und der von Meike Lorenzen zu machen. Vielleicht stellt sich ja dabei etwas raus, das Sie weiterbringt.«

Enderle glotzte ihn eine Sekunde lang an, als wolle er rausfinden, ob Jan ihn bewusst auf eine falsche Fährte locken wollte. »Danke für den Tipp«, sagte er. Dann stiefelte er raus auf den Flur.

Tja, dachte Jan. Dumm, wenn man die eigene Borniertheit anderen Menschen zuschreibt.

Die Tür fiel hinter dem Kommissar ins Schloss. Tamme lachte leise auf. »Die Erbauer des Hofes? Wundert mich, dass er Brunke nicht auch noch verdächtigt.«

Jan stimmte in das Lachen ein. »Tut er ja vielleicht. Ich vermute, dass er ihm auf dem Weg gleich einen Besuch im Krankenhaus abstatten wird.« Er dachte daran, dass Tamme den Immobilienbesitzer in ihren früheren Fällen immer als Hauptverdächtigen geführt hatte. »Du dagegen scheinst Brunke dieses Mal ja gar nicht auf dem Zettel zu haben.«

Tamme kniff nachdenklich die Augen zusammen. »Nee«, meinte er, und er sagte es mit einer Gewissheit, als würde er konstatieren, dass Heiligabend auf den 24. Dezember fiel. »Brunke ist in diesem Fall unschuldig. Der war das nich. Weder das mit dem Engländer noch das mit Frau Lorenzen.«

»Ach?« Jan grinste. »Und das weißt du, weil?«

»Na, als der Engländer gestorben ist, war Brunke doch noch gar nicht auf der Welt.«

»Schon klar, aber wieso bist du auch bei Frau Lorenzen so sicher?«

Tamme richtete sich ein Stück höher auf. »Ermittlerinstinkt«, sagte er mit völlig ernster Stimme.

An diesem Tag saß er mit Meikes Tagebuch nicht am Esstisch, sondern er hatte es mit raus in den Garten genommen. Vielleicht hatte er an der frischen Luft mehr Eier, sich endlich der Wahrheit zu stellen, die auf diesen Seiten stand.

Seine Hände zitterten. Er presste sie auf den samtigen Deckel des Buches, das er auf den Knien abgelegt hatte. Seine Fingernägel waren weiß, die uralten Adern auf seinem Handrücken zeichneten sich dunkelblau durch seine Pergamenthaut ab.

So viele Jahre waren vergangen seit damals.

So lange Zeit angefüllt mit Schuldbewusstsein und Fassungslosigkeit. Meike war tot. Vielleicht sollte er endlich reinen Tisch machen und …

Undenkbar!

All die Jahre hatte er sich derartig zusammengeris-
sen, dass ihm die Lügen in Fleisch und Blut übergegan-
gen waren. Er konnte sich nicht vorstellen, jetzt auf seine
alten Tage noch damit aufzuhören.

»Meike«, flüsterte er.

Dann schlug er das Tagebuch auf.

Ich erinnere mich an den Tag, an dem ich meinen leiblichen Vater zum ersten Mal sah, *hatte Meike geschrieben.*
Ihre Handschrift war bei diesen Worten noch ein bisschen
krakeliger gewesen als sonst. Kein Wunder.

Mit zitterndem Herzen las er weiter.

Ich erinnere mich an den Tag, als wäre es gestern gewesen, dabei ist es über fünfzig Jahre her.

Er stand plötzlich vor unserer Haustür, und als die
Mama ihn sah, wurde sie totenbleich.

Samstag

Am nächsten Morgen standen Jan und Laura sehr früh auf. Da Wochenende war, bedeutete das, dass ein paar Gäste abreisten und neue ankamen, was immer eine Menge Arbeit mit sich brachte. Aus diesem Grund versuchten sie, die täglichen Pflichten auf dem Hof – vor allem Füttern und Ausmisten – so zeitig wie möglich erledigt zu haben.

»Ich habe nachgedacht«, sagte Jan im Auslauf der Ponys zu Laura, während er mit einer Heugabel eine große Portion Heu in die Raufe der Tiere wuchtete.

Laura, die dabei war, ein paar Pferdeäpfel aus den Boxen der Ponys zu entfernen, grinste. »Oha.«

Jan jedoch war heute Morgen nicht nach Scherzen zumute. Er hatte die halbe Nacht lang wach gelegen und darüber gegrübelt, wie er sich verhalten sollte. Wie es aussah, färbte die Borniertheit des Kommissars langsam auf ihn ab: Er hätte Enderle gestern von seinen Ermittlungserkenntnissen erzählen sollen, statt zuzulassen, dass der Kommissar zu einer in seinen Augen völlig nutzlosen Reise aufs Festland aufbrach. Zwar war Enderle nicht nur aufs Festland gefahren, um mit den Erbauern des Hofes zu sprechen, sondern auch um sich darüber hinaus persönlich um ein paar gerichtsmedizinische Details zu kümmern. Jan hatte keine Ahnung, was für rechtliche und internationale Vorschriften in ihrem Fall galten, aber offenbar hatte Enderle es geschafft, dass die Behörden in Kiel die Genehmigung für eine gerichtsmedizinische Untersuchung des britischen Soldaten bekommen hatten. Aber wie auch immer: Wegen der Abreise der beiden steckte Jan selbst jetzt in einem ziemlich blöden Dilemma, denn nun konnte er nicht einfach ohne Weiteres Magnus Timmermann befragen und ihn unter Umständen dazu bewegen, den Mord an dem Engländer zu gestehen.

Er hatte keinerlei Befugnisse, in diesem Fall zu ermitteln. Und trotzdem drängte es ihn, genau das zu tun, denn er hatte das Gefühl, dass ihn das auch der Lösung von Meike Lorenzens Tod ein gutes Stück näher bringen würde ...

»Ich rede heute noch mal mit Magnus Timmermann«, sagte Jan.

Laura stellte die Schaufel ab und stützte sich auf den Stiel. »Bist du sicher?«

Er zuckte mit den Schultern. »Nicht wirklich.«

»Magnus Timmermann hat ein Alibi für die Tat an seiner Schwester. Und wenn du ihn ohne Enderle wegen des getöteten Engländers befragst, riskierst du, dass er später wegen eines Verfahrensfehlers davonkommt. Das kann dich deinen Job kosten, das ist dir klar, oder?«

Einen Augenblick lang sah er sie bewundernd an. In einer Sekunde hatte sie die ganze Komplexität seines Problems erfasst, um die seine eigenen Gedanken schon seit Stunden kreisen.

»Tja«, meinte er. Felix, das kleinste ihrer Ponys, stand schon seit ein paar Minuten neben ihm und wartete darauf, dass er ihm ein Leckerli gab. Weil er nicht reagierte, begann es nun, an seiner Jacke zu knabbern. Jan schob Felix gedankenverloren fort. Mit einem empörten Schnaufen wandte der Kleine sich ab und machte sich wie der Rest seiner Herde daran, das Heu in der Raufe zu fressen.

»Der Engländer ist seit fünfzig Jahren tot«, sagte Laura. »Es wäre auch kein Drama, wenn du das Wochenende abwartest, bis Enderle wieder auf der Insel ist.«

»Schon klar«, erwiderte Jan. »Es ist nur …«

Aus ihren klaren Meeraugen sah Laura ihn an. »Was?«

»Keine Ahnung. Ich habe so ein drängendes Gefühl, dass ich Meike Lorenzen Gerechtigkeit widerfahren lassen muss …« Er merkte selbst, wie emotional und unprofessionell das klang. Verlegen grinste er Laura an.

Sie bekam einen ganz weichen Gesichtsausdruck. Sie lehnte die Schaufel gegen die Boxenwand, dann kam sie zu ihm. Ganz dicht blieb sie vor ihm stehen, sah zu ihm auf. Dann schlang sie die Arme um ihn und zog ihn ganz fest an sich. »Ach, Jan«, murmelte sie. Er konnte sie nur undeutlich verstehen, weil sie die Stirn gegen sein Brustbein gedrückt hatte.

Er erwiderte ihre Umarmung, versank für einen Augenblick lang darin. »Vielleicht werde ich einfach langsam zu alt für diesen ganzen Scheiß«, zitierte er halbwegs korrekt aus einem alten Actionfilm.

Laura sah zu ihm auf. Lächelte. »Du bist noch nicht einmal vierzig.«

Er wollte etwas erwidern, aber sein Handy klingelte

und kam ihm damit zuvor. Jan küsste seine Frau auf die Stirn, dann nahm er den Anruf an.

»Herr Benden?« Eine Männerstimme meldete sich.

»Ja?«

»Hier ist Piet Johannsen.«

Der Kaninchen züchtende Nachbar von Meike Lorenzen. »Herr Johannsen. Wie kann ich Ihnen helfen?«, fragte Jan und bedauerte es wieder einmal, dass er damals, im Fall des Feuerteufels, als man auf der Suche nach einem vermissten Jungen gewesen war, seine Handynummer an etliche Pellwormerinnen und Pellwormer herausgegeben hatte.

»Entschuldigen Sie, dass ich Sie am Wochenende störe, aber das Haus von Frau Lorenzen ist immer noch versiegelt, oder?«

»Ja. Wieso?«

»Na, ich frage, weil da ein Auto vor dem Haus steht. Sieht aus, als wäre da jemand drin, der nicht dahin gehört.«

Jan stieß einen leisen Fluch aus. »Danke, Herr Johannsen.« Er verabschiedete sich, legte auf und wandte sich an Laura. »Ich muss kurz weg. Bei der Lorenzen ist wohl jemand im Haus.«

Sie runzelte die Stirn. »Okay, pass auf dich auf«, meinte sie nur.

Als Jan kurz darauf in Uniform im Ütermarkerweg ankam, stand vor dem Haus tatsächlich ein noch relativ neuer VW Passat mit Kennzeichen Nordfriesland.

Jan parkte seinen Streifenwagen dahinter. Als er ausstieg, bemerkte er, dass das Siegel an der Haustür noch intakt war. Auch das Absperrband an der Gartenpforte war unversehrt, aber das ließ sich schließlich leicht überklettern.

»Hallo?«, rief Jan.

Keine Antwort.

»Hallo«, rief er noch einmal. »Polizei. Ist jemand im Haus?«

Wieder bekam er keine Antwort.

Er legte die Hand auf den Griff seiner Waffe, dann umrundete er das Haus, um hinten im Garten nachzusehen. Tatsächlich fand er Magnus Timmermann vor der Tür des Schuppens stehend und gedankenverloren vor sich hinstarrend.

»Herr Timmermann?« Behutsam näherte Jan sich dem Mann. »Sie dürfen das Grundstück hier nicht einfach betreten. Das ist ein polizeilich beschlagnahmter Ort, wie Sie sicherlich erkennen können.«

Timmermann drehte mit einer schwerfälligen Bewegung den Kopf zu ihm um. Sein Gesicht war bleich, der Ausdruck in seinen Augen zeugte von Schock und tiefen Emotionen. Kein Wunder, dachte Jan. Wenn man bedachte, dass der Mann gerade den Ort betrachtete, an dem seine Zwillingsschwester auf äußerst brutale Art und Weise ums Leben gekommen war.

An Timmermanns Schulter vorbei warf auch Jan einen Blick auf den Schuppen. Er schluckte. Dann jedoch nahm er sich zusammen. Es war immerhin möglich, dass Timmermann gekommen war, um im Haus irgendwelche Spuren zu verwischen, die ihn mit der Tat von 1964 in Verbindung brachten. Oder mit der an seiner Schwester, schoss es ihm durch den Kopf. Wenn denn sein Alibi falsch gewesen war …

»Kommen Sie!«, bat er ihn.

Timmermann jedoch rührte sich nicht.

»Kommen Sie«, bat Jan ein weiteres Mal. »Wollen Sie sich das hier wirklich noch länger anschauen?« Diesmal fasste er den Mann am Ellenbogen und bugsierte ihn sanft von dem Schuppen fort. Wie er es vor ein paar Tagen mit Tamme getan hatte, führte er jetzt auch Timmermann zu der Sitzecke unter dem Walnussbaum und half ihm, sich hinzusetzen. »Geht's wieder?«, fragte er, nachdem Timmermann einmal durchgeatmet und dann abgrundtief geseufzt hatte.

»Ja.« Mehr sagte der Bruder der Verstorbenen vorerst nicht.

Jan ließ ihm einen Moment, sich zu sammeln. »Was machen Sie hier? Sie wissen, dass Sie nicht hier sein dürften.«

Timmermann sah ihn aus brennenden Augen an. »Tut mir leid.« Er wirkte derart elend, dass Jan sich fragte, ob er vielleicht ein besonders guter Schauspieler war.

Was nun? Seine Aufgabe wäre es gewesen, Timmermann von diesem Ort wegzuschaffen und dafür zu sorgen, dass er und auch niemand anderes ihn wieder betrat. Aber da war immer noch Meike Lorenzens Fall – und Jans inzwischen wasserdichte Überzeugung, dass dieser mit dem Tod des Engländers zusammenhing. Er beschloss, die Gelegenheit zu nutzen. »Haben Sie gehört, dass auf der Insel noch eine weitere Leiche gefunden wurde?«, fragte er und behielt Timmermann dabei genau im Auge.

Timmermann sah ihm direkt ins Gesicht. »Nein.«

»Ein Mann in einer Uniform der Royal Air Force. Wir vermuten, dass er 1964 in einer Baugrube verscharrt wurde.« Jan beobachtete jede Regung seines Gegenübers. Bei der Erwähnung der Uniform weiteten sich Timmermanns Augen ein ganz klein wenig.

Sonst reagierte er nicht auf Jans Worte.

»Sie waren 1964 achtzehn, stimmt das?«, fragte Jan.

Timmermann überlegte, was für ihn sprach. Jan hatte hier gerade nicht den Eindruck, dass dieser Mann etwas mit dem Tod des unbekannten Engländers zu tun hatte, denn wäre das der Fall gewesen, hätte er mit großer Wahrscheinlichkeit nicht erst nachrechnen müssen. Vielleicht aber war er auch wirklich einfach nur ein sehr guter Schauspieler.

»Ja«, bestätigte Timmermann schließlich.

»Und ungefähr zu der Zeit haben Sie die Insel verlassen, stimmt das auch?«

Wieder bestätigte Timmermann. Er hatte seine Sinne noch nicht wieder vollständig beisammen, dachte Jan. Ihm war noch nicht der Gedanke gekommen, dass er hier gerade des Mordes an dem Unbekannten verdächtigt wurde. Gut. Jan beschloss, sich noch etwas weiter voranzutasten. »Warum haben Sie damals die Insel verlassen, Herr Timmermann?«, fragte er.

Timmermann legte beide Hände nebeneinander auf den Gartentisch und betrachtete die blau verschlungenen Adern darauf. Seine Fingernägel waren breit, mit tiefen Furchen durchzogen und schneeweiß. »Mein Vater war ein brutaler Kerl. Ich wollte einfach weg.«

Jan überlegte, ob er das Gespräch an dieser Stelle nicht lieber abbrach, um keinen Verfahrensfehler zu riskieren. Doch dann entschied er sich, noch einen vorsichtigen, tastenden Schritt zu unternehmen.

»Ich habe gehört, dass vor Ihrer Geburt ein Mann nur ein paar Häuser von Ihrer Familie entfernt gewohnt hat. Ein Engländer, der offenbar 1964 noch einmal auf die Insel kam.«

Jetzt endlich fiel bei Timmermann der Groschen. »Ist das der Tote?«

Jan schwieg.

»Sie glauben, dass ich ihn umgebracht hab und dann von der Insel geflüchtet bin?«

Jan holte tief Luft. »Haben Sie?«

»Nein.«

Jan wartete darauf, dass da noch mehr kam, aber er wurde enttäuscht. Timmermann schien nicht vorzuhaben, sich in irgendeiner Weise zu verteidigen. »Kannten Sie diesen Mann?«, fragte er weiter.

Timmermann zuckte mit den Schultern. »Kann schon sein.«

»Kannte Ihre Schwester ihn?«

»Woher soll ich das wissen? Das alles ist doch Jahrzehnte her!«

»Was meinen Sie mit *das alles*?«

Wieder ein Schulterzucken. »Nur so. Meine Flucht von der Insel damals. Mein brutaler Vater. Alles.« Er atmete durch.

»Ihr Vater hat Sie und Ihre Schwester oft misshandelt. Haben Sie eine Idee, warum?«

»Weil er ein brutales Arschloch war?« Kurz wirkte Timmermann nicht wie ein fast achtzigjähriger Mann, sondern wieder wie der Junge, der auf der Hut war, weil jeden Moment die Welt um ihn herum in Gewalt explodieren konnte.

»Könnte es sein, dass Ihr Vater Sie und Ihre Schwester misshandelte, weil er dachte, Sie seien nicht seine leiblichen Kinder?«

Timmermann hielt den Atem an. »Das ist doch …« Er stockte. Kurz hatte Jan den Eindruck, als sei ihm dieser Gedanke soeben nicht zum ersten Mal gekommen. Dann jedoch verschloss sich sein Gesicht wieder. »Ich habe keine Ahnung, wie Sie darauf kommen!«

Jan verspürte einen Anflug von Resignation. Er musste dieses Gespräch hier und jetzt wirklich dringend abbreche. Er wartete einen Moment, ob Timmermann von sich aus noch etwas sagte, aber das war nicht der Fall. »Gut. Ich würde sagen, dann bringe ich Sie mal zur Fähre.« Er stützte sich auf der Kante des Gartentisches ab und stand auf.

Doch Timmermann schüttelte den Kopf. »Ich bleibe hier auf der Insel.«

Jan starrte ihn fragend an.

»Ich möchte hierbleiben, wo Meike all die Jahre gelebt hat. Irgendwie habe ich das Gefühl, dass ich das brauche.«

Oder du wartest auf eine neue Gelegenheit, das Haus zu betreten und Beweise zu vernichten, dachte Jan. Laut sagte er:

»Ich kann es Ihnen nicht verbieten. Es wäre allerdings

gut, wenn ich wüsste, wo auf der Insel Sie sich aufhalten. Und natürlich: Sie dürfen auf keinen Fall noch einmal das Grundstück Ihrer Schwester betreten, bis es freigegeben ist.«

»Keine Sorge«, versicherte Timmermann ihm. »Das habe ich jetzt verstanden.«

Jan versuchte zu ergründen, ob er es ehrlich meinte. Vergeblich.

Timmermann nannte ihm den Namen eines Hotels in der Nähe der Alten Kirche, in das er sich einquartieren wollte.

»In Ordnung«, sagte Jan.

Auf dem Rückweg zum Paulinenhof, wo Laura sich in der Zwischenzeit allein mit den Wohnungswechseln abmühte, kam Jan Tamme in seinem Bulli entgegen. Er blendete einmal auf und signalisierte seinem inoffiziellen Assistenten damit, dass er ihn sprechen wollte.

Tamme hielt am Straßenrand. »Moin, Jan!«

»Moin, Tamme.« Jan informierte ihn über Timmermann, dessen unbefugtes Betreten des abgesperrten Grundstücks und darüber, dass der Mann nach wie vor auf der Insel war.

»Blöd«, meinte Tamme. »Heißt das jetzt, dass du den Rest der Zeit, die das noch dauert, das Grundstück bewachen musst?«

Jan schüttelte den Kopf. Nicht einmal auf dem Festland wäre das personell möglich gewesen. »Nein. Aber ich werde ab und zu vorbeifahren und ein bisschen aufpassen. Ich wäre dir sehr dankbar, wenn du das auch ein

paarmal machen könntest, bis der Herr Kriminaloberkommissar wieder da ist und wir die beiden Fälle hoffentlich endlich abschließen können.«

»*Mok ik gern.*« Tamme rieb sich das Genick. »Geht
einem ganz schön an die Nieren, das alles, oder?«

Jan nickte.

»Ich denke die ganze Zeit drüber nach«, sagte Tamme.

Jan klopfte gegen die Fahrertür des Bullis. »Ich auch«,
sagte er.

Montag

Am kommenden Montag betrat Jan um kurz nach acht in Uniform das Amtsgebäude, und er hatte sich kaum an den Schreibtisch gesetzt, da streckte schon Sinje Martens den Kopf zur Tür rein. »Ich weiß, wie der Typ hieß«, sagte sie ohne Begrüßung.

Jan bat die Archivarin rein. »Aha. Willst du einen Kaffee?«

Sie schüttelte den Kopf. »Bin Teetrinkerin.« Sie hatte ein schmales, in blaues Leinen eingebundenes Buch unter dem Arm, das sie Jan vor die Nase legte. »Das ist das Tagebuch einer Kapitänswitwe, das sich in den Untiefen dieses Archivs verborgen hatte. Ich bin wegen einer anderen Sache darauf gestoßen, und als ich gesehen habe, dass der Band genau die Jahre 45 und 46 abdeckt, dachte ich mir, es kann nichts schaden, mal nachzugucken. Und tadaa!« Sie beugte sich vor und schlug das Tagebuch an einer Stelle auf, die sie mit einem langen Papierstreifen markiert hatte.

Jan musste sich anstrengen, die steile Handschrift der Witwe zu entziffern.

Sinje lachte. »Ja, das ist schwer zu lesen. Musst du aber auch nicht. An diesem Tag hier im Jahr 45 schreibt sie von einem Flugzeug, das direkt vor der Küste der Insel abgeschossen worden ist und im Watt landete. Und sie schreibt auch, dass sich ein paar Männer von der Insel auf die Suche danach gemacht haben. Sie kamen mit dem Piloten wieder.« Sie grinste. »Der Mann war mit einem Wrackteil unter dem Arm im Watt rumgeirrt, als man ihn gefunden hat. Offenbar gab es danach eine Art Tribunal darüber, was mit ihm geschehen sollte. Man entschied sich dafür, ihn nicht an die Obrigkeit auszuliefern, sondern ihn auf der Insel zu verstecken. Ein Bauer aus Tammensiel erklärte sich bereit, ihn auf seinem Hof aufzunehmen. Und hier …« Sie blätterte einmal um. »… hält die Witwe auch den Namen des Soldaten fest. Er hieß Andrew Townsend.« Zufrieden blickte sie auf.

Jan lächelte sie an. »Das ist klasse. Danke für die Mühe, die du dir gemacht hast.«

Sie blies sich gegen die Stirn. »Ja, ich habe eine ganze Weile gesucht. Aber dass ich das hier gefunden habe, war, wie gesagt, Zufall.«

»Egal!«, meinte Jan. »Wichtig ist schließlich, was am Ende rauskommt.«

Sinje kicherte. »Soll ich dir das Tagebuch dalassen?«

»Gern!«

Sinje verabschiedete sich, und beim Hinausgehen ließ sie die Tür einen Spalt breit offenstehen. Es war eine Angewohnheit von ihr, die Jan schon ein paarmal aufgefallen war. Aus irgendeinem Grund schien sie geschlossene Türen nicht zu mögen, auch die zu ihren Archivräumen ließ sie ständig offen stehen.

Jans Blick fiel auf das Wrackteil auf seinem Besucherstuhl. Er betrachtete es eine Weile lang und dachte dabei darüber nach, wie dieser Andrew Townsend mit dem

Ding unter dem Arm im Watt herumgeirrt war. Der Mann musste völlig durch den Wind gewesen sein, so sehr, wie er sich daran geklammert hatte. Kopfschüttelnd stand Jan auf, um die Tür zu schließen, und genau in diesem Moment betrat Ramona Dreyer das Amtsgebäude. Auch heute schien sie nicht viel besser gelaunt als all die Tage zuvor, aber immerhin ignorierte sie ihn diesmal nicht, sondern blieb bei ihm stehen.

Er sah auf die Uhr. Es war noch sehr früh, und er wunderte sich, wieso Ramona schon wieder auf der Insel war. Er hatte sie und ihren Chef erst später am Tag zurückerwartet.

Sie bemerkte seinen Blick. »Wir haben die Frühfähre genommen«, erklärte sie. »Enderle musste kurz ins Hotel, aber der kommt auch gleich.« Dann grinste sie. »Der Engländer wurde mithilfe der Gerichtsmedizin und London identifiziert. Sein Name ist Flight Lieutenant …«

»… Andrew Townsend«, konnte Jan sich nicht verkneifen, ihr ins Wort zu fallen.

Sie starrte ihn verblüfft an. »Genau! Woher weißt du das?«

Er widerstand dem Impuls, mit den Schultern zu zucken und zu erwidern, dass sie schon einen guten Schritt weiter wären, wenn sie auf ihn gehört hätten. Stattdessen sagte er: »Euer Fall und meiner hängen zusammen.« Er folgte ihr in den Besprechungsraum im ersten Stock. Dort setzte er ihr in knappen Worten seinen Verdacht auseinander. »Wir vermuten, dass Magnus Timmermann damals den Engländer erschossen hat.« Er erklärte ihr auch, wie er darauf kam.

»Tja«, sagte sie, nachdem sie einen Moment über alles nachgedacht hatte. »Das ist ja alles schön und gut, aber wie es aussieht, hast du nichts Belastendes in der Hand, um auch nur irgendjemandem die Tat nachzuweisen.« Sie sackte ein wenig nach vorn, und Jan glaubte zu sehen, wie erschöpft sie war.

Wäre ich auch, dachte er. *Vor lauter Zähnezusammenbeißen, wenn ich mit Enderle zusammenarbeiten müsste.*

»Was wir bräuchten, wäre die Tatwaffe«, fügte Ramona hinzu. »Die Obduktion hat ergeben, dass Townsend mit einer alten Wehrmachtspistole erschossen worden ist, vermutlich mit einer Mauser. Ihr habt nicht zufällig so eine Waffe im Haus deiner Toten gefunden?«

»Dann hätte ich sie euch kaum vorenthalten«, grummelte Jan.

»Sorry. Ich arbeite wohl schon zu lange mit dem Kommissar zusammen. Da unterstellt man gern mal allen die gleichen Methoden wie ihm.« Ramona grinste ihn entschuldigend an. »Mal sehen, ob Enderle jetzt auf dich hört und einen DNA-Vergleich zwischen dem Toten und der Familie aus deinem Fall machen lässt.«

Jan verspürte einen Anflug von Resignation, dass der Kommissar das offenbar bisher nicht veranlasst hatte.

Ramona bemerkte es. Mitleidig sah sie ihn an. »Man merkt, dass du noch nie mit Kommissar Enderle zusammengearbeitet hast. Teure Labortests gibt der erst in Auftrag, wenn es gar nicht mehr anders geht.« Sie rieb sich das Gesicht, und auf Jan machte es den Eindruck, als würde sie jeden Anflug von grimmigem Humor fortwischen wollen. Übergangslos wirkte sie wieder verdrossen und wortkarg.

Jan handelte aus einer inneren Eingebung heraus. Wenn Ramona schon ein bisschen gesprächiger war als die letzten Tage – und wenn Enderle noch nicht im Haus war –, konnte er sein Glück ja ruhig einmal versuchen. »Darf ich einen Blick in eure Ermittlungsakte und den Obduktionsbericht werfen?«

Ramona wackelte unschlüssig mit dem Kopf.

»Keine Sorge!«, wiegelte er ab. »Ich will mich nicht in eure Ermittlungen einmischen, aber wenn unsere Fälle wirklich zusammenhängen ...« Den Rest des Satzes ließ er in der Luft hängen.

Ramonas Blick huschte zur Tür des Besprechungsraumes, geradeso, als hoffe sie, Enderle würde sich dort sogleich materialisieren. Doch ihr Kollege kam nicht, und Jan schaute sie weiterhin bittend an, sodass sie am Ende seufzend einwilligte. Sie nahm einen der Aktendeckel vom Besprechungstisch und reichte ihn ihm. »Der Obduktionsbericht liegt ganz oben.«

Jan schlug die Akte auf. Wie angekündigt, lag obenauf der Ausdruck des Rechtsmedizinischen Instituts. Jan überflog die Zeilen. Die obduzierenden Ärzte hatten Röntgenbilder von den Zähnen des Toten gemacht und zur Auswertung nach London geschickt. Offenbar hatte Enderle tatsächlich einige gute Kontakte in entsprechende Kreise, denn die Royal Air Force hatte schnell reagiert und den Toten identifiziert. Und sie hatte auch Townsends Militärakte mitgeliefert.

Jan blätterte einmal um und las, was es über ihren Toten zu wissen gab.

Er war 1926 in Leicester geboren und mit 17 zur Royal

Air Force gegangen, wo er eine Schnellausbildung zum Piloten gemacht hatte und nur sechs Monate später erste Feindflüge absolvierte. Viel mehr war in der Akte nicht vermerkt, außer dass er nach Ende des Krieges als verschollen galt, was aber ein paar Monate später wieder aufgehoben worden war.

Als er Pellworm verlassen hatte und zurück in seine Heimat gekehrt war.

Jan überflog die wenigen Informationen zweimal. Beim zweiten Mal blieb sein Blick an einem angekreuzten Kästchen hängen. Er musste die Augen zusammenkneifen, um zu entziffern, was daneben gedruckt war. *Deseases*, entzifferte er mühsam. *Krankheiten*. Auf die Linie neben dem Wort hatte jemand nur schwer lesbar *Deuteranopia* geschrieben. Dahinter befanden sich ein Stempel und die Unterschrift irgendeines Militärarztes.

Ramona, die Jan beim Lesen beobachtet hatte, reckte den Hals. »Was hast du?«

»Deuteranopia«, sagte er. »Eine Idee, was das ist?«

Ramona nickte. »Wusste ich auch erst nicht, aber ich habe es gegoogelt. Das bedeutet so viel wie Rot-Grün-Sehschwäche.«

Verwundert riss Jan die Augen auf.

»Ja«, meinte Ramona. »Ich dachte auch immer, dass man damit kein Pilot werden kann, aber offenbar gibt es einige Formen dieser Krankheit, bei denen man trotzdem fliegen darf. Zumindest bei der Bundeswehr ist das so, das habe ich recherchiert. Und ich denke mir, dass sie gegen Ende des Krieges vielleicht jeden nehmen mussten, den sie kriegen konnten.«

Interessant, dachte Jan. In seinem Kopf war soeben eine vage Ahnung zu so was wie Gewissheit geworden. Er klappte die Akte zu. »Ich muss mal eben eine Sache recherchieren«, sagte er. »Wenn ich richtigliege, dann haben wir hier den Beweis, dass unsere Fälle wirklich zusammenhängen. Und dann kann Enderle vielleicht auch auf den teuren DNA-Abgleich verzichten.«

Ramona zog die Augenbrauen hoch. »Ach? Und warum?«

Jan legte die Akte auf den Tisch und wandte sich zum Gehen. »Sage ich dir, wenn ich sicher bin.«

Zwei Minuten später saß er in seinem Streifenwagen und war auf dem Weg in Richtung Hooger Fähre, in deren Nähe Inka wohnte. Lauras Künstlerfreundin schien ihm die geeignetste Person zu sein, um ein paar medizinische Fragen zu klären.

Er parkte vor dem kleinen Haus mit dem verwilderten Garten voller Kunstwerke, die allesamt aus Inkas Werkstatt stammten. Vorbei an zwei golden angemalten Skulpturen, die aussahen wie Feengestalten in zarten Kleidern, jedoch aus Baustahl zusammengeschweißt waren, und einer offenbar neuen Statue, die einen bronzenen Jagdhund darstellte, ging Jan auf ein Werk zu, das einem Tornado aus Eisennägeln glich.

»Ich dachte, den Turbokapitalismus hast du an eine Frankfurter Bank verkauft«, sagte Jan im Eintreten in das kleine Häuschen.

Inka, die an ihrem Küchentisch saß und an neuen Entwürfen für weitere Kunst arbeitete, verzog schmerzlich das Gesicht. »Die Vorständ*innen haben sich am Ende doch noch umentschieden«, sagte sie mit einer Stimme, die tief aus einem Grab zu kommen schien.

Jan lachte. »Hatte mich sowieso gewundert, dass sie es überhaupt gekauft haben. Bei dem Titel!« Er ging darüber hinweg, dass Inka neuerdings angefangen hatte, auch beim Sprechen in den seltsamsten Formen zu gendern. Es störte ihn nicht besonders, auch wenn er es in Hinsicht auf den Vorstand eines Unternehmens ziemlich übertrieben fand.

Inka stimmte in sein Lachen ein. »Erst fanden sie es ironisch. Aber dann muss eine Person vom Vorstand wohl gedacht haben, dass es doch nicht so klug ist, ausgerechnet in ihrer Firmenzentrale ein Werk aufzustellen, das den Kapitalismus kritisiert.« Sie legte ihren Filzstift weg und klappte die übergroße Mappe mit Zeichnungen zu. »Was führt dich hierher, einsamer Bulle?« Provozierend ließ sie ihren Blick an seiner Gestalt auf und ab wandern und legte übergangslos jede Form von politischer Korrektheit ab. »Habe ich dir schon mal gesagt, dass ich auf Männer in Uniform stehe?«

»Schon hundertmal«, gab er mit einem Grinsen zurück. »Und ich erwidere jedes Mal, dass du mit Tamme zusammen bist.«

Ihre Miene verdüsterte sich. »Spielverderber!« Dann grinste auch sie. »Also, raus mit der Sprache. Was führt dich her?«

Er rückte seinen Uniformgürtel ein wenig bequemer zurecht, dann schob er sich zu Inka auf die Eckbank, legte die Hände auf den Tisch und verschränkte sie ineinander. »Ich brauche deine Hilfe.«

»Wobei? Willst du jetzt auch anfangen, Kunst zu machen?« Sie winkte ab. »Vermutlich eher nicht, so ein Banause, wie du bist. Geht es um einen deiner Fälle?« Schlagartig erschien ein waches Funkeln in Inkas Augen.

»Ich brauche deine Expertise in medizinischen Dingen.«

»Du weißt schon, dass ich Psychologie studiert habe und nicht Medizin?«

»Schon klar. Aber du kennst dich doch bestimmt einigermaßen gut mit vererbbaren Krankheiten aus.«

»Klingt ominös.«

»Ist es nicht. Ich muss wissen, wie sich eine Rot-Grün-Farbenblindheit vererbt.«

Inka lachte auf. »Und da kannst du nicht einfach Papa Google fragen?«

Er grinste sie an. »Einsame Bullen haben eben ihre eigenen Methoden.«

Inka erhob sich und räumte ihre Zeichenmappe weg. »Vermutlich wollen einsame Bullen einfach nur eine Tasse von meinem neuen und sehr leckeren Ostfriesentee abstauben.«

»Das auch.« Jan lehnte sich zurück und sah zu, wie Inka den Teekessel mit Wasser füllte und auf den Herd stellte. Für einige Augenblicke genoss er den ruhigen und entspannten Gang, mit dem die Dinge hier auf der Insel so vor sich gingen.

»Okay. Rot-Grün-Sehschwäche. Soweit ich weiß, entsteht die durch einen genetischen Defekt auf dem X-Chromosom.« Sie erklärte Jan, was das bedeutete und wie sich die Krankheit dadurch von Müttern und Vätern auf ihre

Kinder vererbte. Jan hörte lauter Begriffe wie *Allel*, *auto-somal*, *dominant* und *rezessiv*, von denen ihm am Ende ein wenig der Kopf schwirrte.

»Was ich eigentlich nur wissen will: Wenn ein Mann diese Sehschwäche hat, vererbt er die dann *automatisch* an seinen Sohn?«

Inka nickte. »Der Sohn eines Rot-Grün-Blinden ist auch rot-grünblind ja. Zu hundert Prozent. Weil, wie ge-sagt, das defekte Gen auf dem X-Chromosom liegt, und da ihr armen Männer nur eins davon habt, im Gegen-satz zu uns Frauen, ist der Anteil an Männern, die diese Krankheit haben, signifikant größer als der bei Frauen.« Sie schnaufte. »So viel zum sogenannten starken Ge-schlecht.«

»Wenn man darunter leidet, dann sieht man alle Far-ben anders, oder?«

Inka stand auf, nahm ihr Tablet aus einem Fach neben dem Kühlschrank und kam damit wieder an den Tisch. Sie tippte ein paarmal darauf herum, dann drehte sie das Ge-rät so, dass Jan draufschauen konnte. Er sah zwei Bilder mit Regenschirmen. Das linke war knallbunt, die Schirme darauf rot, grün, blau, orange, rosa. Das rechte zeigte das gleiche Foto, aber hier wichen alle Farben gegenüber dem Original ab. Die roten Schirme zum Beispiel sahen aus wie von einem verwaschenen Gelb.

Zufrieden nickte Jan. Vor seinem geistigen Auge tauch-ten Magnus Timmermanns rote Rosen auf. *Sie erinnern mich an Zitroneneis*, hörte er den Mann wieder sagen.

Er stand auf und umarmte Inka. »Du hast mir sehr ge-holfen«, sagte er.

In dieser Sekunde fing der Teekessel auf dem Herd an zu pfeifen, und Jan setzte sich wieder. Für eine Tasse Tee war auf jeden Fall Zeit. Immerhin hatte er soeben den Beweis dafür gefunden, dass ihre beiden Todesfälle wirklich und wahrhaftig zusammenhingen.

Es war nicht nur ein böses Gerücht gewesen, dass Johanna Timmermann etwas mit einem Engländer angefangen hatte: Andrew Townsend war tatsächlich Meikes und Magnus' leiblicher Vater.

Und irgendwo hinter dieser Tatsache, das spürte er deutlich, lauerte auch das Motiv für den Tod von Meike.

Bei einer guten Tasse Tee ließ es sich darüber noch mal so gut nachdenken.

Zurück im Amtsgebäude, machte Jan sich sofort auf den Weg in den oberen Stock. Die Tür des Besprechungsraumes war geschlossen, und ohne näher darüber nachzudenken, klopfte er an. Gleich darauf kam er sich dämlich vor. Schließlich war das hier nicht Enderles Revier, sondern seines.

»Herein!« Enderles Stimme klang genauso missmutig wie all die Tage zuvor.

Jan trat ein. »Ich habe den Beweis, dass Andrew Townsend der Vater von Magnus und Meike ist«, sagte er.

Ramona pfiff leise durch die Zähne.

Enderle hingegen, der, dem Apparat in seiner Hand nach zu urteilen, gerade hatte telefonieren wollen, schüttelte den Kopf. »Und woher haben Sie diese geniale Eingebung?«

Jan wurde bewusst, dass er den Mann heute gerade

zum ersten Mal sah und ihn noch gar nicht begrüßt hatte. Er zog es vor, es dabei zu belassen. »Ich habe Magnus Timmermann neulich besucht, um ihn mitzuteilen, dass seine Schwester verstorben ist. Er züchtet rote Rosen, und mich hat gewundert, dass er meinte, sie seien gelb.« Er wandte den Kopf in Ramonas Richtung, die mal wieder an ihrem Laptop saß und tippte.

Begreifend hob sie das Kinn. »Rot-Grün-Sehschwäche.« Ihre Stimme war ganz ruhig. »Deuteranopia.«

»Ja, eine Erbkrankheit. Sie überträgt sich zu hundert Prozent vom Vater auf den Sohn.«

»Das heißt, wenn der Vater es hat, hat es automatisch auch der Sohn?«

Jan nickte. »Die Tochter hingegen nicht notwendigerweise.«

Enderle, der noch nicht verstand, worauf das hier hinauslief, produzierte ein dumpfes Geräusch hinten in der Kehle. Es klang wie eine Mischung aus Rasseln und Husten.

Wortlos stand Ramona auf, nahm die Akte, die Townsends Militärunterlagen enthielt, und reichte sie ihm. Als er nicht reagierte, schlug sie ihm die Akte auch noch auf. Dann tippte sie auf die entsprechende Stelle, an der die Royal Air Force vermerkt hatte, dass Townsend farbenblind gewesen war. »Herr Benden hat mehrere Zeugenaussagen, die darauf hinweisen, dass die Mutter der Familie eine Affäre mit unserem Toten hatte«, sagte sie. Immerhin, dachte Jan. Sie hatte seine Berichte gelesen. »Hier haben Sie den Beweis, dass das nicht nur ein Gerücht war.«

Enderle starrte auf das Blatt in seinen Händen. »Das heißt ...«, murmelte er.

»Dass Andrew Townsend mit großer Wahrscheinlichkeit der Vater von Meike Lorenzen und Magnus Timmermann war«, wiederholte Ramona Jans Worte vom Anfang.

»Okay«, murmelte Enderle, nachdem er den Bericht mehrmals durchgeblättert hatte, vermutlich um zu verbergen, wie peinlich berührt er war. Jan hatte ihm bereits mehrfach versucht, deutlich zu machen, dass ihre beiden Fälle zusammenhingen, und er hatte es jedes Mal ignoriert.

Jetzt konnte er nicht mehr anders, er musste es akzeptieren.

Er tat es auf seine ganz eigene Weise. »Frau Dreyer, wie es aussieht, müssen wir diese nette kleine Insel schon wieder verlassen, um mit diesem Timmermann zu sprechen.«

»Müssen Sie nicht«, widersprach Jan. »Der Mann befindet sich nämlich auf der Insel.« Er nannte Enderle das Hotel, in dem Meikes Bruder sich einquartiert hatte.

Enderle seufzte. »Also gut. Dann möchte ich, dass Sie jetzt zu diesem Mann fahren und ihn zum Verhör hierher auf die Polizeistation bringen.«

Jan glaubte, seinen Ohren nicht zu trauen. Da hatte er als Teammitglied eben einen wesentlichen Hinweis gefunden und wurde hier immer noch wie ein Streifenpolizist behandelt?

Zähneknirschend und innerlich brodelnd befolgte er den Befehl, stieg in den Streifenwagen und fuhr zu Timmermanns Hotel. Er fand den Mann in dem kleinen, gemütlichen Frühstücksraum. In der Luft hing der leckere Geruch von Kaffee und gebratenem Speck.

»Guten Morgen, Herr Benden«, begrüßte Timmermann ihn. Völlig geradeaus und arglos sah er Jan in die Augen.

Jan räusperte sich. »Ich fürchte, Herr Timmermann, ich muss Sie mit auf die Polizeistation nehmen. Meine Kollegen von der Kripo möchten Ihnen ein paar Fragen stellen.«

»Immer noch wegen Meikes Tod? Ich habe doch schon gesagt, dass ich ein Alibi habe, und die Jungs von der Feuerwehr …«

»Es geht nicht um Meike«, unterbrach Jan ihn.

Ein Anflug von Verwunderung glitt über Timmermanns Gesicht, wurde aber sogleich von einer Art Erschöpfung überlagert. »Na dann«, sagte er und erhob sich so schwerfällig, dass Jan versucht war, ihm unter die Arme zu greifen.

»Ich hole nur noch meine Geldbörse und meine Jacke aus dem Zimmer.«

»Ich begleite Sie«, sagte Jan.

Genau das tat er, und ein paar Minuten später waren sie im Streifenwagen auf dem Weg zum Amtsgebäude in Tammensiel.

»Guten Tag, Herr Timmermann, mein Name ist Oberkommissar Enderle. Das ist die Kollegin Dreyer. Bitte, setzen Sie sich doch.«

Enderle sprach freundlich zu dem alten Mann, aber

Jan hatte selbst genug Verhöre geleitet, um zu wissen, dass sich das gleich ändern würde. Die Indizien, die sie gesammelt hatten, deuteten darauf hin, dass entweder Gerd Timmermann um das Jahr 1964 herum eine Waffe auf die Stirn von Flight Lieutenant Andrew Townsend gerichtet und abgedrückt hatte – oder aber Meike oder Magnus. Doch sowohl Meike als auch ihr vermeintlicher Vater waren tot. Was bedeutete: Sollte einer von ihnen der Täter sein, würde sich der Fall vermutlich niemals endgültig aufklären lassen, da ihnen die Beweise fehlten. Wollte Enderle seinen Vorgesetzten und auch den britischen Behörden also einen Täter liefern, brauchte er ein Geständnis – und zwar von Magnus Timmermann. Und er würde sich ziemlich anstrengen, es zu bekommen, so unter Druck, wie er in diesem Fall stand.

Jan sah zu, wie Timmermann sich auf einem der Besprechungsstühle niederließ. Seine Bewegungen waren immer noch schwerfällig, es sah jetzt aus, als habe er Schmerzen. Mit einer Mischung aus Empörung und Besorgnis sah er zu, wie Ramona ein Tonaufnahmegerät vor ihn hinstellte und einschaltete. »Was soll das? Wieso wird dieses Gespräch aufgenommen? Herr Benden hat mir gesagt, dass man mir nur ein paar Fragen stellen will. Und ich habe das alles mit ihm doch auch schon besprochen ...« Hilfe suchend schaute er in Jans Richtung.

Jan wand sich unbehaglich, weil Timmermann im Grunde Enderle soeben verraten hatte, dass sie bereits miteinander gesprochen hatten. Das würde mit Sicherheit Ärger geben. Darüber hinaus aber tat der alte Mann ihm auch leid, und weil er vermeiden wollte, dass der

Kommissar ihn aus dem Raum komplimentierte, zwang er sich zu einem Nicken. »Die Polizei darf Gespräche wie dieses –« er sagte absichtlich nicht Verhöre – »aufnehmen. Sie müssen hinterher eine Abschrift durch Ihre Unterschrift bestätigen. Das hat alles seine Richtigkeit, Herr Timmermann.«

Der Alte räusperte sich. »Gut. Na dann ...«

Enderle atmete einmal tief durch. An seinem Hals hatten sich rote Flecken gebildet. »Gut, da das nun geklärt ist: Würden Sie uns bitte Ihren Namen, Ihr Geburtsdatum und den Geburtsort nennen?«

»Ich heiße Magnus Theodor Timmermann, geboren bin ich am 14.2.1946 hier auf Pellworm.«

»Danke«, erwiderte Enderle. Er hatte sich Timmermann jetzt gegenübergesetzt und behielt jede seiner Regungen im Auge. »Ich bin verpflichtet, Sie darauf hinzuweisen, dass wir Sie hier in einem Fall von möglichem Mord befragen. Sie stehen in diesem Fall unter Verdacht ...«

»Was?« Timmermann fuhr halb in die Höhe.

Enderle ließ sich nicht beeindrucken. »Noch einmal in aller Deutlichkeit: Wir befragen Sie hier als Verdächtigen in einem Mordfall. Sie müssen sich nicht zur Sache äußern und haben das Recht, einen Rechtsbeistand hinzuzuziehen ...«

»Das ist doch absurd!«, fiel Timmermann ihm ins Wort.

Enderle war griffig genug, das für seine Zwecke auszunutzen. »Habe ich Sie richtig verstanden: Sie verzichten zu diesem Zeitpunkt darauf, einen Anwalt zu diesem Gespräch hinzuzuziehen?«

Timmermann hatte angefangen zu schwitzen. Fahrig wischte er sich über die Stirn. »Ja. Ja, ja«, murmelte er.

Enderle wirkte zufrieden. »Sagt Ihnen der Name Andrew Townsend etwas, Herr Timmermann?«

Es dauerte eine Weile, bis Timmermann darauf antwortete. Enderle beobachtete ihn genau dabei, wie er nachdachte.

»Andrew war eine Zeit lang ein Nachbar unserer Familie«, antwortete Timmermann endlich.

»Was wissen Sie über ihn?«, fragte Enderle weiter.

»Na ja. Er war Engländer. Wurde über dem Watt abgeschossen und dann von den Insulanern vor den Nazis versteckt. Nach dem Krieg blieb er noch eine Weile hier.«

»Wissen Sie, dass vor ein paar Tagen im Westen der Insel eine männliche Leiche gefunden wurde?«, fragte Enderle weiter.

Timmermann nickte. »Ja.« In seinem Blick schimmerte so etwas wie Erkenntnis auf.

»Wir konnten diese Leiche als Flight Lieutenant Andrew Townsend identifizieren«, sagte Enderle.

Timmermann starrte ihn an. Wortlos. Lange. »Oh«, machte er dann.

Wenn der unser Täter ist, dachte Jan spontan, *dann fresse ich einen Besen.*

»Eine Bekannte Ihrer toten Schwester hat uns verraten, dass es auf der Insel ein Gerücht gab bezüglich dieses Townsend und, nun ja, Ihrer Mutter«, fuhr Enderle fort, und Jan dachte: *Wow. Auch er hat meine Berichte gelesen!*

Timmermann zuckte mit den Schultern. »Die Leute reden viel, wenn der Tag lang ist.«

»In diesem Fall redeten sie darüber, dass Ihre Mutter und der englische Offizier eine Affäre hatten.«

»Das alles liegt Jahrzehnte zurück.«

Enderle beugte sich zur Seite, nahm Townsends Militärakte und schlug sie auf. Über den Rand hinweg betrachtete er Timmermann, während er fragte: »Herr Benden hat mir erzählt, dass Sie an einer Rot-Grün-Sehschwäche leiden, stimmt das?«

»Ja, und?«

»Wissen Sie, dass das eine Erbkrankheit ist?«

»Natürlich.«

Enderle richtete den Blick auf seine Akte. »Wissen Sie, dass Andrew Townsend ebenfalls eine Rot-Grün-Sehschwäche hatte?«

Mit einem Ruck, der in Jans Augen regelrecht schmerzhaft aussah, fuhr Timmermanns Kopf hoch. Wäre er nicht ohnehin bleich gewesen wie der Tod, so wäre an dieser Stelle vermutlich auch noch der letzte Blutstropfen aus seinem Gesicht gewichen.

Du hattest keine Ahnung!, dachte Jan.

»Das ...« Timmermanns Stimme versagte, und er musste neu ansetzen. »Wie sicher ist das?«

Enderle präsentierte ihm Townsends Militärakte und tippte auf die entsprechende Stelle. »Ich würde davon ausgehen, dass die Royal Air Force bei solchen Dingen nicht irrt.«

Timmermanns Blick klebte an dem kleinen Kreuzchen auf dem Papier und dem danebengekritzelten *Deuteranopia*. »Irgendwie habe ich es immer gewusst«, murmelte er.

Enderle straffte sich. »Wovon sprechen Sie, Herr Timmermann?«

»Davon, dass so eine Krankheit nicht einfach vom Himmel fällt. Mein Vater hat mich deswegen oft einen Schwächling genannt. Hat gemeint, dass Gott mich damit straft für irgendwas, das ich getan haben musste. Ich wusste nie, was er damit meinte.«

»Könnte es sein, dass Ihr Vater wusste, dass Sie Townsends Sohn sind?«

Diesmal musste Timmermann lange in sich gehen, bevor er schwach nickte. »Das wäre eine Erklärung für seinen Hass auf mich.«

Enderle beugte sich vor. »Gut. Gehen wir also noch einmal gemeinsam durch, was ich denke«, sagte er, und in seiner Stimme schwang etwas mit, das Jan bedrohlich vorkam. »1964, da waren Sie gerade achtzehn Jahre alt, korrekt?« Er wartete nicht ab, bis Timmermann nickte, sondern sprach sofort weiter. »Andrew Townsend kehrt achtzehn Jahre nach Ihrer Geburt noch einmal auf die Insel zurück. Sie erfuhren davon, und irgendwie erfuhren Sie auch, dass nicht der Mann ihr Vater war, den sie all die Jahre dafür gehalten hatten, sondern dieser dreckige Engländer. Er hatte Ihre Mutter geschwängert, obwohl sie mit einem anderen Mann verheiratet war. Er war Ihr leiblicher Vater, und das war für Sie unerträglich. Sie passten ihn in einer dunklen Ecke ab. Davon gibt es hier auf der Insel doch immer noch genug, oder? Ich bin sicher, damals waren es noch viel mehr. Also: Sie passten ihn ab, stellten ihn zur Rede, und dann … Tot war er.«

Während des langen Monologs hatte sich Timmermanns Gesicht mehr und mehr mit Entsetzen überzogen. »Nichts davon ist wahr!«, rief er aus. »Sie denken sich das alles doch nur aus, weil Sie unbedingt diesen Fall abschließen wollen.«

Enderle blieb völlig ruhig. »Wie haben Sie es gemacht?«

»Gar nicht!« Langsam wandelte sich Timmermanns Stimme in eine Art Winseln. »Weil ich Andrew nicht umgebracht habe. Himmel, ich wusste bis eben ja gar nicht, dass er tot ist! Ich dachte, er hätte sich damals heimlich aus dem Staub gemacht.«

Und du wusstest auch nicht, dass er dein Vater war, fügte Jan in Gedanken hinzu. *Bis eben jedenfalls nicht.*

»Warum sollte er das getan haben?«, fragte Enderle. »Sich aus dem Staub machen, meine ich.«

»Keine Ahnung! Vielleicht, weil er erfahren hatte, dass er hier auf der Insel zwei uneheliche Kinder hatte.«

»Also wussten Sie doch schon damals davon, dass er Ihr Vater ist?«

»Nein, Herrgott! Drehen Sie mir doch nicht jedes Wort im Mund um!«

»Wissen Sie, Herr Timmermann, was ich mich auch frage? Hat Ihre Schwester kürzlich dieselben Schlüsse gezogen wie ich hier? Musste sie deswegen sterben?«

Das war der Moment, in dem Timmermann sich besann. Er richtete sich kerzengerade auf und starrte Enderle ins Gesicht. »Mein Anwalt«, sagte er leise. »Ich möchte, dass er auf der Stelle angerufen wird.«

»Herr Benden, können wir uns einen Augenblick unter vier Augen unterhalten?« Enderles Worte hielten Jan auf, nachdem er den Besprechungsraum verlassen hatte und auf dem Weg die Treppe hinunter in sein eigenes Büro war. Bis Magnus Timmermanns Anwalt aus Husum auf die Insel kommen würde, würde es dauern, also konnte er sich genauso gut auch um ein paar andere Dinge kümmern.

Er holte tief Luft. Jetzt würde der Herr Oberkommissar ihn anschnauzen, weil er die ganze Zeit in seinem Becken gefischt hatte.

Und genau so war es. »Habe ich Herrn Timmermann da vorhin zu Beginn unseres Gespräches richtig verstanden: Haben Sie ihn bereits in Hinsicht auf den Fall Townsend befragt?«

Da Enderle ein paar Stufen oberhalb von ihm stehen geblieben war, musste Jan den Blick zu ihm aufheben. Er tat es mit betonter Gelassenheit. »Nein. Ich habe ihn nicht in Ihrem Fall befragt, sondern in meinem. Aber da ich im Gegensatz zu Ihnen schon vor der Erkenntnis, dass beide Männer rot-grünblind sind, davon überzeugt war, dass die Fälle zusammenhängen, musste ich ihm auch einige Fragen zu Townsend stellen.«

Seine Ruhe brachte Enderle aus dem Konzept. »So … nun ja. Jedenfalls: gute Arbeit, das mit dieser Krankheit.«

Es sollte ein Friedensangebot sein, das verstand Jan durchaus. Er war im Moment allerdings nicht in der Stimmung, es anzunehmen. »Mein Team und ich leisten immer gute Arbeit«, sagte er kühl. Dann nickte er Enderle zu und ließ ihn auf der Treppe stehen.

Er umkrampfte das Lenkrad mit beiden Händen, sodass seine Knöchel weiß hervortraten.

Reiß dich zusammen!

Aber das konnte er nicht. Nicht mehr, seit er vorgestern Meikes Tagebuch bis ganz zu Ende gelesen hatte. Er wusste jetzt, was damals wirklich passiert war, auch wenn die letzte Seite des Tagebuches gefehlt hatte. Trotzdem kannte er plötzlich mehr als nur den kleinen Ausschnitt der Ereignisse, der ihn bisher schon heftig genug gequält hatte.

An einer Kreuzung hielt er und ließ einen von rechts kommenden Wagen passieren.

In seinen Ohren kreischte es. Wenn er blinzelte, flackerte dieses eine Bild vor seinem geistigen Auge auf. Townsend. Das kreisrunde blutrote Mal in der Mitte seiner Stirn.

»Tu es!«, hörte er dann wieder Meike mit ihrer grellen Stimme kreischen. »Oder bist du eine Memme?«

Er schloss die Augen. Glaubte wieder, die Waffe in der Hand zu halten, dieses kalte, furchtbare Ding, eine Mauser ...

In der Luft lag der Geruch des soeben gefallenen Schusses. Der Schmauch kratzte hinten im Hals und in seinen Augen.

Meike hatte ihn all die Jahre eiskalt angelogen!

»Wir sollten sehen, dass wir uns ein bisschen beeilen«, sagte er zu seinem Beifahrer und versuchte vergeblich, seiner Stimme einen fröhlichen Klang zu geben. »Laura wartet bestimmt schon auf uns.«

Jans Festnetztelefon klingelte, als er sein Büro betrat. Er lief zum Schreibtisch und nahm ab. »Polizeistation Pellworm, Benden?«

»Gott, wo habe ich Sie denn hergeholt?«, fragte eine amüsierte, noch recht jung klingende Frauenstimme. »Sie klingen ja, als hätten Sie gerade einen Marathon hingelegt.«

»Nur eine Treppe gelaufen«, erwiderte Jan.

»Ja, ja, das liebe Alter. Na dann. Mein Name ist Jana Assmann vom polizeitechnischen Labor. Sie hatten gebeten, dass wir Sie sofort informieren, wenn wir den roten Porsche untersucht haben.«

Jan ließ sich auf seinen Stuhl fallen und versuchte, Frau Assmanns Bemerkung über sein Alter zu verdauen. »Und?«

»Wir können mit großer Sicherheit sagen, dass die Bremsleitungen manipuliert wurden. Unserer Meinung nach, scheint sie jemand mit einem scharfen Gegenstand durchtrennt zu haben.«

»Der Crash war also kein Unfall«, sagte Jan. Der Gedanke gesellte sich zu allen anderen, die nach dem Verhör von Magnus Timmermann eben noch in seinem Kopf kreisten.

»Wir gehen von Sabotage aus. Es wurden übrigens auch Fingerabdrücke an Stellen gefunden, an denen sie eigentlich nur von Ihrem Täter stammen können.«

»Sehr gut! Können Sie mir die mailen?«

»Klar.« Jan hörte Papier rascheln, dann nannte die Sachbearbeiterin ihm seine Mailadresse. »Ist die korrekt?«

»Ist sie. Danke. Sie haben mir sehr geholfen.«

»Ist ja mein Job. Viel Glück bei der Suche nach dem Typen, der das getan hat.«

»Danke.« Nachdem Jan aufgelegt hatte, starrte er aus seinem Fenster, vor dem nichts zu sehen war als ein winziges Stück Rasen, eine rote Backsteinmauer und ein kümmerlicher Sommerfliederstrauch. Sein Computer signalisierte ihm eine eingehende Mail. Er öffnete sie, sie enthielt nur eine einzige Zeile Text – *Hier die Fingerabdrücke. Grüße, Jana Assmann* – und eine Datei als Anhang.

Er öffnete sie und starrte eine Weile lang auf die feinen Rillen und Schleifen der Abdrücke. Einer der Finger, das war auffallend, schien vernarbt zu sein, quer über die Fingerkuppe lief eine haarfeine, aber deutlich sichtbare helle Linie.

Jan presste die Lippen zusammen. Er dachte daran, dass eine der Telefonnummern aus Meike Lorenzens Anrufliste Brunkes gewesen war, und an den Verdacht, den er deswegen hatte: dass die alte Frau die Stalkerin des Immobilienmaklers gewesen war.

Da sich oben im Besprechungsraum nach wie vor nichts tat, beschloss er, die Zeit zu nutzen, um wenigstens in diesem anderen Fall irgendwie voranzukommen. Er schnappte sich seine Jacke und den Schlüssel des Streifenwagens und machte sich auf den Weg zu Frau Lorenzens Haus.

Dort angekommen, kletterte er über das Absperrband, öffnete das polizeiliche Siegel an der Haustür, das er später erneuern würde, und betrat den muffig und nach Einsamkeit riechenden Hausflur.

Kurz sah er sich um, dann entschied er sich dafür, es im Badezimmer zu versuchen. Er hatte Glück. Meike Lorenzen hatte einen Zahnputzbecher aus Glas, von dem er mit einem Pinsel und Grafitpulver ohne Probleme ihre Abdrücke nehmen konnte. Es war eine Sache von kaum einer Minute, dann hatte er Gewissheit.

Einer der Abdrücke, die sich in Schwarz auf dem Glas abzeichneten, zeigte eine haarfeine und deutlich sichtbare helle Linie.

Es klingelte am anderen Ende der Leitung. Jan zählte mit. Dreimal. Viermal. Fünfmal. Dann wurde abgenommen.

»Brunke?« Die vertraute Stimme des Immobilienunternehmers klang noch angeschlagen, aber immerhin – er war am Leben und konnte reden. Wenn es nach Meike Lorenzen gegangen wäre, würde Brunke jetzt mit einem Zettel am Zeh in der Rechtsmedizin liegen und nicht in Husum im Krankenhaus und auf dem Wege der Besserung.

»Herr Brunke, Benden hier.«

»Ah, Herr Benden!« Brunkes Stimme wurde schlagartig kräftiger. »Haben Sie …« Er musste sich räuspern. »Die Person gefunden, die mich hierher in die Klinik gebracht hat?«

»Haben wir, ja. Ich rufe an, weil ich Ihnen sagen wollte, dass Sie in Sicherheit sind. Ihr Stalker kann Ihnen nichts mehr antun.«

»Das ist gut.« Brunke klang nur wenig erleichtert, aber das war durchaus nichts Ungewöhnliches. Menschen, die nach längerer Angst davon plötzlich befreit wurden, brauchten oft eine Weile, bis sie sich wieder sicher fühlten. »Wer war es?«, fragte er mit belegter Stimme.

»Das wird die Staatsanwaltschaft mit Ihnen klären. Ich rufe, wie gesagt, nur an, weil ich Ihnen wieder ruhige Nächte verschaffen wollte.«

Brunke ächzte. »Diese Person war verantwortlich für meinen Unfall«, murmelte er. »Ich denke, ich habe ein Recht …«

»Haben Sie auch, Herr Brunke, aber wie gesagt, in einem laufenden Verfahren möchte ich die Herausgabe von Informationen vorab mit der Staatsanwaltschaft absprechen, auch wenn Sie der Geschädigte sind. Sie werden sicherlich zeitnah weitere Details in diesem Fall erhalten.« Zu Jans Verwunderung und ganz gegen seine sonstige Gewohnheit, extrem penetrant zu sein, bestand Brunke nicht auf seinem Willen.

»Eines noch«, sagte Jan. »Der schwarze Mercedes, den Sie immer wieder gesehen haben – er gehört dem Sohn eines Ihrer Nachbarn. Der junge Mann hat mit der ganzen Angelegenheit nichts zu tun.«

»Aha.« Brunke unterdrückte hörbar ein Gähnen.

»Ich lasse Sie dann besser mal in Ruhe. Ich wollte nur, dass Sie wieder ruhig schlafen können.«

»Ja. Das ist gut.«

Kam da noch ein Danke? Offenbar nicht. »Auf Wiederhören, Herr Brunke«, sagte Jan.

»Herr Benden?«

»Ja?«

»Ich danke Ihnen sehr. Und vielleicht sind Sie ja doch nicht so ein schlechter Polizist, wie ich immer dachte.«

Zur Kaffeezeit war Laura im Garten des Paulinenhofes damit beschäftigt, auf Gerrit zu warten, der sie kurz zuvor angerufen und um ein Treffen gebeten hatte. Sie nutzte die Zeit, um heruntergefallene Äpfel aufzusammeln. Zu ihrer Erleichterung war die Familie von Leon und Louis am Samstag vorzeitig abgereist, weil der Vater bei irgendeiner wichtigen Tagung als Redner einspringen sollte. Nun musste sie nicht mehr wie ein Schießhund auf ihre Tiere aufpassen, und das entspannte die gesamte Lage auf dem Hof erheblich.

Sie trug den nächsten Korb mit kleinen, harten Früchten zum Komposthaufen in der hinteren Ecke des Gartens, leerte ihn aus. Der Geruch der dort schon vor sich hin faulenden Äpfel stieg gemeinsam mit einer Wolke winziger Obstfliegen in die Luft und hüllte sie ein.

Wie unterschiedlich Kinder aufwachsen konnten, dachte sie und verglich die Familie der beiden Jungs mit Jaspers. Während Leon und Louis unter einer sonderbaren Mischung aus Wohlstandsverwahrlosung und Überbehütung litten, war es bei Jasper komplizierter. Und gleichzeitig auch wieder ganz einfach. Seine Eltern interessierten sich nicht die Bohne für ihn. Jan hatte ihr wortwörtlich erzählt, wie Jaspers Vater darauf reagiert hatte, dass sein Junge schon wieder beim Klauen erwischt worden war.

Ich bin sein Vater, nicht sein Babysitter. Ich muss arbeiten, hab keine Zeit, mich schon wieder um den kleinen Mistkerl zu kümmern.

Laura schüttelte den Kopf. Es war ihr einfach unverständlich, wie man Kinder in die Welt setzen und dann so wenig Interesse für sie haben konnte. Klar, Inka hätte mit Sicherheit eine gute Erklärung für das Verhalten von Jaspers Eltern parat gehabt, Überforderung oder soziales Abgehängtsein verbunden mit dem dadurch entstehenden Frust, oder so.

Trotzdem!

Sagen Sie ihm, er soll seinen knochigen Arsch hierher nach Hause schwingen, damit ich ihn ihm versohlen kann.

Noch immer kopfschüttelnd trug Laura den leeren Korb zurück in den Garten, stellte ihn aber unverrichteter Dinge ab, denn Gerrit Henning kam in seinem dunkelblauen Kombi die Auffahrt zum Paulinenhof hochgefahren. Sie zog ein Tuch hervor, das sie sich unter den Gürtel ihrer Jeans geklemmt hatte, und wischte sich damit die Hände ab, während sie Gerrit entgegenging.

»Hallo!«, begrüßte sie die beiden. Am Telefon hatte Gerrit ihr nur gesagt, dass es um Jasper ginge. Mehr hatte er nicht verraten wollen, und so war sie gespannt, was er auf dem Herzen hatte.

Der Junge schlurfte in seinem Schlepptau hinter Gerrit her, hatte den Kopf gesenkt, sodass seine zu langen blonden Haare den Gesichtsausdruck verbargen. Laura betrachtete die zusammengesunkene Gestalt des Jungen, die vornüberhängenden Schultern, die tief in die Taschen seiner Baggypants gestopften Fäuste.

Oha!, dachte sie.

Aus Jasper sprach Frust pur. Als er kurz aufsah, entdeckte sie allerdings auch mühsam unterdrückte Wut in seinem Blick.

Gerrit schüttelte ihr die Hand. »Hallo, Laura. Danke, dass du so kurzfristig Zeit für uns hast.« Er stieß Jasper mit dem Ellenbogen an. »Benimm dich vernünftig und begrüße Laura!«, befahl er.

Die Lippen des Jungen teilten sich kurz, pressten sich dann fest aufeinander. Wenn es überhaupt möglich war, so schob er seine Hände noch ein bisschen tiefer in die Hosentaschen.

»Jasper!«, mahnte Gerrit.

Jasper schwieg.

Dann, endlich, murmelte er: »Moin, Frau Benden.«

»Du kannst ruhig Laura zu mir sagen«, ermunterte sie ihn.

Er nickte nur. Sein Blick klebte wieder an dem Kies zwischen seinen und ihren Füßen.

Gerrit seufzte. »Können wir uns irgendwo setzen, damit wir in Ruhe reden können?«

»Klar. Ich habe uns schon einen Kaffee gekocht und auf der Terrasse den Tisch gedeckt. Wenn du möchtest, kannst du ein Stück selbst gebackenen Apfelkuchen haben, Jasper.«

»Cool«, nuschelte er kaum verständlich.

Sie gingen zu der Terrasse von Jans und Lauras Wohnung, wo Lilly es sich in einem Sonnenflecken gemütlich gemacht hatte und sich das dreifarbige Fell wärmen ließ. Als sie Laura mit ihren beiden Gästen kommen sah, hob sie den Kopf und klopfte sachte mit dem Schwanz auf den Boden.

Jasper drehte den Oberkörper ein bisschen zur Seite und hielt ihr die Hand hin, damit sie daran schnuppern konnte. Erst als sie sich entspannte, krabbelten seine Finger sanft durch das Fell an ihren Ohren.

Sie seufzte wohlig.

»Du kennst dich wohl gut mit Hunden aus«, sprach Laura Jasper an.

Er zuckte mit den Schultern.

»Doch. Du hast dich Lilly eben genau richtig genähert.«

Wieder Schulterzucken. »Ich gucke viel den Hundeprofi«, murmelte er.

Laura tauschte einen Blick mit Gerrit, der sich an den Jungen wandte. »Meinst du, du kannst mit dem Hund ein bisschen unten auf dem Rasen spielen gehen?«

Zum ersten Mal, seit sie hier waren, glomm so etwas wie ein Licht in Jaspers Augen auf. »Darf ich?«, fragte er Laura hoffnungsvoll.

»Klar.« Sie ging kurz rein und kam mit ein paar Spielzeugen von Lilly wieder nach draußen, die sie Jasper gab. »Den Ball hat sie am liebsten.«

Jasper nahm die Spielsachen an sich. »Komm, Süße«, sagte er.

Lilly schoss wie von der Tarantel gestochen voran in den Garten.

Gerrit stieß ein tiefes Seufzen aus, dann erst setzte er sich.

»Was ist los?«, fragte Laura ihn.

»Es kann sein, dass ich mich in der nächsten Zeit nicht ganz so intensiv um Jasper kümmern kann, und ich wollte dich fragen, ob du das übernehmen könntest.«

Gerrit wirkte erschöpft, stellte sie fest. Auf einmal sah

sie die Müdigkeit in seinen Augen, verbunden mit etwas, das sie nur als innere Unruhe bezeichnen konnte. »Bist du krank?«, rutschte es ihr heraus.

Er jedoch schüttelte den Kopf. Er wollte etwas hinzufügen, aber Jan kam ihm zuvor.

»Oh, hey, ich wusste nicht, dass du da bist!« Jan trat um die Hausecke, freudig begrüßt von Lilly, die kurz angerannt kam, ihr übliches Schön-dass-du-wieder-da-bist-Tänzchen für ihn aufführte und dann wieder in den Garten zu Jasper davonschoss.

»Jan!« Laura erhob sich vom Tisch, gab ihrem Mann einen flüchtigen Kuss. »Warum bist du schon zu Hause? Ich dachte, du wolltest heute bis mindestens fünf im Büro bleiben.«

Jan rückte den Gürtel seiner Uniform zurecht und ließ sich auf einen der freien Stühle fallen. »Hatte ich eigentlich vor, aber es sind ein paar Dinge passiert, die ich gern mit dir besprechen würde.« Er warf einen Blick in Gerrits Richtung, und der machte Anstalten, sich zu erheben. »Nein, nein. Vielleicht ist es ganz gut, dass du da bist. Mit deiner Polizeierfahrung kannst du Laura und mir vielleicht helfen, diesen elenden Knoten zu entwirren, den unsere Fälle mittlerweile darstellen.«

Gerrit setzte sich wieder. »Wenn du meinst. Aber ich dachte eigentlich, dass sich die Kollegen aus Flensburg um die Fälle kümmern.«

Jan stieß ein höhnisches Schnauben aus, aus dem Laura all seinen Frust herauslesen konnte.

»Verstehe«, meinte Gerrit.

»Der tote Engländer hieß Andrew Townsend«, begann Jan zu erzählen. »Er ist tatsächlich der Mann, der im Zweiten Weltkrieg abgeschossen wurde und eine Weile hier auf der Insel gelebt hat. Dabei hat er eine Affäre mit Meike und Magnus Timmermanns Mutter angefangen. Wir wissen relativ sicher, dass der Mann der Vater von Meike und Magnus war.« Sein Blick wanderte zu Henning, der ganz gerade und aufmerksam dasaß und hinter dessen Stirn es sichtbar arbeitete. Dann erklärte er den beiden die Sache mit der Rot-Grün-Sehschwäche, die sowohl Townsend als auch Magnus Timmermann besaßen.

Laura verdaute diese Neuigkeit schnell. Jan konnte förmlich zusehen, wie ihr Verstand bereits erste Verbindungen zog.

»Wir wissen inzwischen auch sicher, dass Meike Lorenzen sowohl die Briefe an Brunke geschrieben als auch die Anrufe getätigt hat. Und sie war es, die Brunkes Bremsen manipuliert hat.«

»Unmöglich!«, rutschte es Gerrit überraschend heftig heraus.

Jan musterte ihn. »Leider nicht. Die Leute vom Polizeilabor haben ihre Fingerabdrücke an Stellen von Brunkes Motor gefunden, wo sie nur hingekommen sein können, wenn sie die Bremsen manipuliert hat.«

Jans Aussage veranlasste Gerrit zu einem langsamen, ungläubigen Kopfschütteln. Er sah, wie seine Hände anfingen zu zittern. Was hatte er?

Laura war mit ihren Gedanken bei seinen Fällen.

»Du denkst, dass Meike Lorenzen Brunke davon abhalten wollte, den alten Hof abzureißen, oder?«

»Den Hof, in dessen Fundament die Leiche ihres eigenen Vaters lag«, ergänzte Jan. »Ja, das denke ich.« Er hatte ein schales Gefühl im Mund. »Ich glaube es nicht nur, ich bin mir sogar sicher.«

»Okay«, ergriff nun Gerrit das Wort. »Wenn du richtig liegst, dann ...« Er sprach nicht weiter, darum übernahm Laura das für ihn.

»Dann ist das ein starkes Indiz dafür, dass sie damals etwas mit dem Tod ihres leiblichen Vaters zu tun hatte.« Laura legte beim Überlegen den Kopf schief. »Wenn sie ihn wirklich umgebracht hat ...«, murmelte sie. »Das wäre eine viel bessere Erklärung für die manischen Bildunterschriften als nur die Tatsache, dass sie erfahren hat, dass Townsend ihr Vater ist.« Sie überlegte einen Moment. »Sie hat all die Jahre irgendwie damit gelebt, vielleicht war das der Grund, warum sie sich so zurückgezogen hat.«

Und vielleicht auch dafür, dass sie diese Tochter und ihre beiden Enkelkinder erfunden hatte, fügte Jan in Gedanken dazu. Andy und Meike. Andy. Andrew. *Sie lebten auf der anderen Seite vom Großen Teich.* So hatte sie es immer ausgedrückt. Er hatte es als USA interpretiert, aber offenbar war es allein Frau Lorenzens Fantasie entsprungen.

Andy arbeitet für die Regierung.

Andrew war Soldat gewesen ...

Er vertagte diese Überlegungen auf später und hörte zu, wie Laura weitersprach.

»Dann hat sie kurz vor ihrem Tod aus irgendeinem Grund erfahren, dass der Mann, den sie umgebracht hat,

ihr Vater ist. Das hat sie so getroffen, dass sie sich einreden musste, der Mann in ihrem Fotoalbum sei ihr Vater.
Voilà die Bildunterschriften.«

»Verleugnung«, murmelte Gerrit. Er saß immer noch
kerzengerade da, und irgendwas an ihm störte Jan. Er
hätte jedoch nicht sagen können, was es war, allerdings
hatte hinten in seinem Schädel eine Alarmglocke leise angefangen zu läuten. »Hm. Das alles ist ziemlich speku-
lativ. Immerhin könnte doch auch ihr Vater, oder viel-
mehr der Mann, den sie all die Jahre für ihren Vater hielt,
Townsend erschossen haben. Oder ihr Bruder. Vielleicht
war eines davon das, was sie kurz vor ihrem Tod rausgefunden hat. Würde das nicht auch die Bildunterschriften
erklären?«

Würde es, dachte Jan, und dann dachte er an Enderles Vernehmung von Magnus Timmermann. Laura schien
Gerrits Gedanken ebenfalls etwas abgewinnen zu können. Wie auch immer: Der Beweis, dass Meike Lorenzen
die Bremsen von Brunkes Porsche manipuliert hatte, war
allenfalls ein Indiz dafür, dass sie mit dem Tod von Townsend damals etwas zu tun hatte.

Jan unterdrückte ein Seufzen. »Was auch immer damals geschehen ist, ich glaube, wenn wir das rausfinden,
dann wissen wir auch, warum Frau Lorenzen sterben
musste.«

Er sah in zwei nachdenkliche Gesichter.

Tamme stand vor Gerrit Hennings Haus und überlegte.
Der pensionierte Polizist wusste mit Sicherheit am besten,
wie man mit Jasper umgehen musste, damit diese ganzen

Missetaten aufhörten und der Junge nicht seine ganze Zukunft zerstörte.

Eigentlich, dachte er, war es doch völlig bescheuert, dass er hier war und nicht bei Jaspers Vater, der sich doch um seinen Sohn hätte kümmern müssen. Tamme hatte erfahren, dass Jaspers Mutter gestorben war und dass sich Paulsen senior seitdem in den Alkohol flüchtete. Weichei! Statt einen Blick dafür zu haben, wie sehr auch sein Sohn litt, soff er sich Tag für Tag das Hirn weg. Klar, das war ja auch einfacher, als sich den Problemen und der Trauer zu stellen und damit umzugehen wie ein vernünftiger Mensch.

Tamme kratzte sich am Kopf.

Er hatte sich auf dem Weg hierher zurechtgelegt, was er Henning fragen wollte, aber irgendwie kam ihm jetzt alles komisch vor. Er war ja kein richtiger Polizist. Was, wenn Henning ihn auslachte, weil er sich in Sachen mischte, die eigentlich Jans Aufgabe waren?

Nee. Er musste Henning das so sagen, dass klar war, ihm ging es um Jasper.

Und das war ja auch nicht einmal gelogen. Man konnte doch bestimmt an der Auflösung eines Falles interessiert sein und gleichzeitig so was wie Empathie für den Täter haben. Jan machte das schließlich immer so.

Tamme gab sich einen Ruck und klopfte an Hennings Tür. »Moooin! Henning? Bist du zu Hause?«

Drinnen rührte sich nichts.

Tamme klopfte noch mal und öffnete diesmal dabei die Tür einen Spaltbreit. Wie es auf Pellworm immer noch üblich war, schloss auch Henning beim Weggehen nicht ab. »Henning? Ich bräuchte mal deine Hilfe!«

Alles, was ihm aus dem Haus entgegendrang, war Stille. Henning war tatsächlich nicht da.

Tamme schob die Tür ganz auf und trat in die dahinterliegende Diele. Er würde Henning einen Zettel auf den Küchentisch legen und ihn bitten, ihn wegen Jasper anzurufen. Er orientierte sich kurz, die Küche lag hinten rechts. Sie war ziemlich modern eingerichtet, mit Kochinsel mitten im Raum und mehreren Einbaugeräten, die Tamme noch nie gesehen hatte. Wofür brauchte man gleich zwei Herde? Die Arbeitsplatte war penibel aufgeräumt, nur eine Metallschale mit ein paar Zitronen darin stand darauf und hätte von der Optik her eines von Inkas verrückten Kunstwerken sein können.

Und neben der Schale, zusammengeknüllt, als hätte Henning es ziemlich eilig dorthin geworfen, lag ein altes Handtuch. Es war ölfleckig und an den Rändern ausgefranst, und es hatte so ein typisches Siebzigerjahremuster, eins von der Sorte, die damals so in gewesen waren, weil alle Leute glaubten, Orange und Dunkelbraun würden gut zusammenpassen.

An der Wand neben dem Kühlschrank hing eine große Metallplatte mit Magneten, die Henning als Pinnwand benutzte. Auch die war sehr ordentlich, ein altes Foto hing daran und zwei Postkarten sowie ein Kassenbon vom örtlichen Supermarkt, bei dem Henning einen Posten mit Kugelschreiber eingekreist hatte. Tamme sah genauer hin. Brokkoli. Warum auch immer man Brokkoli kaufte.

An einer speziellen Halterung entdeckte er den Kugelschreiber und daneben einen kleinen Block, der vermutlich für Einkaufsnotizen da war.

»Na also!« Tamme riss ein Blatt von dem Block ab, griff sich den Kugelschreiber.

Dabei fiel sein Blick auf das Foto. Neugierig sah er genauer hin.

Und stieß einen deftigen Fluch aus.

Er dachte an das Foto an seiner Pinnwand. Seine Hände waren eiskalt, gleichzeitig lief ihm auf dem Rücken der Schweiß hinab. Wie hatte diese ganze elende Sache nur so schrecklich aus dem Ruder laufen können?

Wieso hatte Meike ihn all die Jahre angelogen? Wieso hatte er es nicht gemerkt? Hatte es nicht merken wollen.

Manipuliert hatte sie ihn! Nach ihrer Pfeife tanzen lassen wie ein dummes, kleines Hündchen, das auch noch glücklich gewesen war, ihr zu Diensten zu sein.

Er dachte daran, wie er die letzte Seite ihres Tagebuches umgeblättert hatte.

Ich sorge jetzt für ... hatte sie geschrieben. Der Text hatte an dieser Stelle geendet, weil das letzte Wort nicht mehr auf die Seite gepasst hatte. Er wusste aber, dass Meike es auf die nächste geschrieben, diese herausgerissen und in der Hand gehabt hatte, als sie gestorben war. Jan hatte es ihm ja erzählt.

Gerechtigkeit, hatte auf dem Fetzen in ihrer Hand gestanden.

Ich sorge jetzt für Gerechtigkeit.

Er schloss die Augen und sah wieder das Bündel in seinen Händen, das er all die Jahre vor den Blicken der Welt verborgen gehalten hatte. Dieses hässliche orange-braune Handtuch, dessen Inhalt schwer in seinen Händen lag, als er es aus dem Versteck hinter der Toilette geholt und auf die Arbeitsplatte der Küche gelegt hatte. Mit kalten Händen hatte er die Ecken des Handtuches auseinandergeschlagen …

»Gerrit, ist alles in Ordnung mit dir?« Lauras besorgte Stimme durchschnitt seine Erinnerungen.

Er zwang sich zu einem Lächeln, aber er wusste, dass er sie nicht täuschen konnte. Musste er auch nicht. Nicht mehr.

Er kehrte in seine Erinnerung zurück.

Er hatte die Ecken des Handtuches auseinandergeschlagen, zum Vorschein war die Waffe gekommen, eine Mauser HSc, hässlich in ihrer bulligen Bauart.

Vor allem aber hässlich, weil durch sie ein unschuldiger Mann gestorben war.

Er rutschte unbehaglich auf seinem Stuhl hin und her. Die Mauser drückte ihm gegen den Rücken. Vielleicht war es doch keine so gute Idee gewesen, die Waffe hinten in seinen Hosenbund zu stecken.

Ob sie nach all den Jahren überhaupt noch funktionierte?

Er würde es gleich rausfinden. Denn heute war der Tag, an dem ER endlich für Gerechtigkeit sorgen würde.

Mit einem tonnenschweren Knoten im Magen und dem Foto von Hennings Pinnwand in der Hand verließ Tamme die Küche, wandte sich in der Diele nach rechts zu Hennings Stube.

Diesmal hatte er keinen Blick für die Einrichtung. Alles, was er sah, war das fliederfarbene Buch, das sorgsam ausgerichtet in der Mitte des Couchtisches lag. Wie für die Nachwelt eigens so drapiert. Er schluckte. Streckte die Hand nach dem Buch aus. Schlug es auf.

Eine krakelige Frauenhandschrift.

Pastellfarbene Veilchen am Rand der Seiten.

Tamme hatte Mühe, sein Handy aus der Tasche zu nesteln und die richtigen Tasten zu drücken.

Laura musterte Gerrit, dessen Gesicht plötzlich irgendwie leer wirkte. *Was ist nur los mit ihm?*, dachte sie in dem Moment, als Jans Handy klingelte.

»Tamme«, sagte Jan, dann stand er auf, ging ein paar Schritte in den Garten hinein und nahm den Anruf an. »Hey«, hörte Laura ihn sagen, danach lauschte er eine Weile lang.

»Sag das noch mal!«, entfuhr es ihm schließlich. Und gleich darauf: »Und du bist dir hundertprozentig sicher? … Gut. Fass nichts an, lass alles so liegen, wie es ist, und komm auf der Stelle hierher … Ja, er ist hier bei uns … Beeil dich. Bis gleich!«

Er legte auf und blieb für einen Moment mitten auf dem Rasen stehen. Lilly, die immer noch mit Jasper am anderen Ende des Gartens Bällchen spielte, schaute ihn an.

»Hol's!«, rief Jasper, aber die Hündin reagierte nicht auf den Befehl. Ihr Blick ruhte unverwandt auf Jan.

Laura ging zu ihm.

»Was ist?«, fragte sie. Er machte auf einmal ein sehr ernstes Gesicht, aber er weigerte sich, ihr zu erzählen, was Tammes Anruf zu bedeuten hatte. Ganz kurz huschte sein

Blick zu Gerrit auf der Terrasse, der immer noch aufrecht und blass dasaß und ihnen den Rücken zuwandte. Ihr wurde kalt, vor allem als Jan mit den Worten »Irgendein Routinekram« zu Gerrit zurückging, sich wieder an den Tisch setzte und das Gespräch über ihre drei Verdächtigen wieder aufnahm. Sie spürte die Anspannung ihres Mannes, und Gerrit war nicht senil. Er spürte es auch. Sein Blick wurde wachsam.

Laura atmete erleichtert auf, als sie unten an der Warft Tamme mit seinem VW T1 auf den Parkplatz fahren hörte und der hünenhafte Nordfriese gleich darauf um die Ecke des Hauses kam.

»*Dor bün ik.*« Er grinste, aber es wirkte unecht. Sein Blick huschte wie magnetisch angezogen zu Gerrit, der in diesem Moment beide Hände auf die Tischplatte legte.

»Was ist los?«, fragte er.

Laura lief es den Rücken hinunter, denn es war nur allzu deutlich, dass er längst wusste, was los war.

»Sag du es mir!«, erwiderte Jan.

Die Spannung am Tisch war jetzt mit Händen zu greifen.

Jasper und Lilly standen im Garten und rührten sich nicht.

Gerrit nahm die rechte Hand vom Tisch und fasste hinter seinen Rücken. Jan reagierte blitzschnell, sprang auf, zog seine Waffe und richtete sie genau in dem Augenblick auf Gerrit, als der eine altmodisch aussehende, gedrungene Handfeuerwaffe aus dem Gürtel zog.

Tamme keuchte auf.

»Keine Bewegung!«, schrie Jan.

Gerrit stockte. Er hielt die Pistole kurz in die Höhe, dann legte er sie langsam mit seitlich abgewandtem Lauf auf den Tisch vor sich. Die Hand behielt er dabei auf der Waffe.

»Gerrit, ich sage es nicht noch mal: Keine Bewegung, und jetzt lass die Waffe dort liegen und nimm langsam beide Hände über den Kopf, sodass ich sie sehen kann!«

Gerrits Blick ließ nicht von Jan ab, und kurz sah Laura etwas in seinen Augen, das ihr den Magen umdrehte. Wollte er, dass Jan ihn erschoss?

Fast sah es so aus.

»Gerrit, der Junge«, hörte sie sich selbst sagen.

Er nickte. »Ich weiß.« Dann sah er wieder Jan an. »Was habt ihr rausgefunden?«

Jan umfasste seine Waffe fester. »Tamme war in deinem Haus. Er hat Frau Lorenzens Tagebuch dort gefunden.«

»Und ein Handtuch, auf dem Ölflecke waren«, fügte Tamme hinzu. »Darin hattest du all die Jahre die Tatwaffe, oder?«

Die Tatwaffe, die sich in diesem Moment unter seiner Hand auf dem Tisch befand.

Laura grub die Fingernägel in die Handflächen.

Gerrit lächelte milde. Laura grauste es. Es kam ihr vor, als sei in den letzten Minuten eine Maske von seinem Gesicht gerutscht. Darunter war etwas zum Vorschein gekommen, das sie noch nie zuvor gesehen hatte.

Resignation. Trauer. Aber auch glühende Wut.

»Die Mordwaffe«, sagte er mit diesem vielsagenden Lächeln. »Genau.«

Die alte Wehrmachtspistole lag unter seiner Hand und erwärmte sich langsam, was absurd war, denn seine Finger waren noch immer eiskalt.

Und wieder glitten seine Gedanken in die Vergangenheit davon, diesmal viele Jahre, in eine Zeit, in der er gerade einmal neunzehn gewesen war ...

Er betrat die Scheune, in der er und Meike viele Stunden gemeinsam verbracht hatten. Aber diesmal war da keine fröhlich-entspannte Stimmung, diesmal hatte die Luft diesen scharfen Geruch, den er während seiner Ausbildung zum Polizisten zum ersten Mal auf dem Schießstand wahrgenommen hatte.

Und diesmal lag der Mann da. In Uniform. Auf dem Rücken, mit offenen Augen und einem kreisrunden roten Loch in der Stirn.

Der Anblick brannte sich tief in seinen Verstand, überflutete seine gesamte Wahrnehmung mit kreischendem Rot.

»Was hast du getan?«, wisperte er.

Meike stand da, die Mauser baumelte lose am Finger neben ihrem Oberschenkel herab, gerade so, als habe sie völlig vergessen, dass sie sie immer noch in der Hand hielt.

»Er hat gesagt, dass er wegmuss«, flüsterte sie kaum verständlich. »Er ...«

»Was hast du getan?«, schrie Gerrit. »Du hast ihn erschossen! Warum hast du ihn erschossen?«

Meike hob die Waffe, starrte sie an, als sei sie plötzlich an ihrer Hand festgewachsen. Dann ließ sie sie los. Das Ding landete mit einem dumpfen Poltern auf dem Dielenfußboden der Scheune. Meike begann zu kreischen.

Sie kreischte und kreischte und kreischte, bis Gerrit endlich seine Starre überwinden konnte. Bis er zu ihr ging und ihr eine Ohrfeige gab, die ihren Schrei verstummen ließ.

Mit weit aufgerissenen Augen starrte sie ihn an. Da war etwas in ihrem Blick, das ihn zurückweichen ließ. Übergangslos war sie eiskalt und berechnend. »Wir müssen die Leiche verstecken«, sagte sie mit einer Stimme, die er noch nie zuvor von ihr gehört hatte.

Er schüttelte den Kopf. »Wir müssen das meld…«

»Bist du von Sinnen? Sie sperren uns für den Rest unseres Lebens ein! Nein, wir müssen die Leiche irgendwo verstecken, und ich weiß auch schon, wo. Die Mommsens bauen am Alten Kirchenweg ein neues Haus, und die Grube wird gleich morgen früh zugeschüttet, habe ich gehört. Das ist die ideale Möglichkeit …«

»Hör auf!«, schrie er.

Doch sie hörte nicht auf. Sie redete und redete. Davon, dass sie nicht in den Knast wollte, davon, dass Townsend selbst schuld sei, davon, dass sie auf keinen Fall in den Knast gehen würde. Und dann fing es an. »Bist du ein Mann oder eine Memme?«, fragte sie ihn. »Weil: Ein richtiger Mann hilft der Dame seines Herzens, wenn sie in Not ist. Aber vielleicht bist du ja einfach nur eine ängstliche *Memme!«*

Memme!

Das eine Wort verfolgte ihn jetzt seit so vielen Jahrzehnten. Ebenso wie all die anderen Dinge. Der Anblick der kreisrunden Wunde in Townsends Stirn. Der Geruch von Blut. Das Gewicht des toten Körpers, als Gerrit ihn

aufgehoben und zu seinem Wagen getragen hatte. Die Ge-
räusche, die erklungen waren, als er ihn in diese Truhe in
der Baugrube gelegt hatte. Seine Gewissensbisse seitdem.
All die Jahre, die vielen Jahre, in denen er als Polizist
dafür gesorgt hatte, dass Verbrecher enttarnt und ihrer
wohlverdienten Strafe zugeführt wurden. Nur bei Meike
hatte er …

… versagt. Er hatte sie davonkommen lassen. All die
Jahre hatte er sie aus falsch verstandener Liebe zu ihr da-
vonkommen lassen …

Er stöhnte, und es war dieses eigene Stöhnen, das ihn
zurück in die Gegenwart holte.

Jan standen sämtliche Haare zu Berge, als er das Stöhnen
hörte, das über Gerrits Lippen drang. Kurz war der ehemalige Polizist davongedriftet, und Jan fragte sich, was er
vor seinem geistigen Auge wohl gesehen hatte.

Er hatte keine Vorstellung, wie Gerrit nun reagieren
würde, und umfasste seine Waffe fester.

Sein Blick huschte zu Jasper, der wie zur Salzsäule erstarrt dastand.

»Alle außer Gerrit und mir verlassen jetzt langsam diesen Ort«, sagte er. Er tauschte erst einen Blick mit Tamme,
der einen Schritt zurückwich, dann einen langen Blick
mit Laura. Sie nickte kaum merklich, atmete dann einmal
tief durch, stand auf und ging zu Jasper über den Rasen.
»Komm«, sagte sie zu ihm. »Wir gehen uns mal ein bisschen die Beine vertreten.«

Jasper rührte sich nicht. »Herr Henning?«, fragte er.
Seine Stimme zitterte.

»Es ist gut, Junge«, gab Gerrit zurück. »Geh mit Laura und Herrn Hansen. Es ist gut.«

Jasper folgte. Zu Jans grenzenloser Erleichterung schloss er sich Laura und Tamme an, verließ mit ihnen den Garten und verschwand gleich darauf um die Hausecke.

»Was jetzt, Gerrit?«, wandte Jan sich wieder an den ehemaligen Polizisten.

Der reagierte nicht.

»Ich möchte nicht auf dich schießen, werde es aber tun, wenn du die Waffe hebst«, sagte Jan.

»Sie war all die Jahre kurz davor, verrückt zu werden«, sagte Gerrit.

»Meike?«

»Ja. Ich habe mich um sie gekümmert, so gut ich konnte, aber ich konnte nichts dagegen tun.«

»Wogegen?«

»All die Gewalt von ihrem Vater. Über die Jahre hat sie das wahnsinnig gemacht.« Gerrits Hand krampfte sich kaum erkennbar um die Pistole.

Jans Anspannung verdoppelte sich. »Lass es«, warnte er.

Gerrit lockerte den Griff wieder etwas. »Ich kam damals in die Scheune, als sie Townsend gerade erschossen hatte. Sie hatte die Waffe noch in der Hand. Ich habe ihr geholfen, die Leiche zu verstecken.« Er blinzelte mehrmals schnell nacheinander. »Weil richtige Männer der Dame ihres Herzens beistehen, wenn sie in Not ist. Nur Memmen tun das nicht.«

»Weißt du, warum sie es getan hat?«

»Sie sagte mir, sie wollte nicht, dass er weggeht. Sie war ganz vernarrt in ihn, weil er ihr eine Menge Aufmerksamkeit gewidmet hat. Dass er ihr Vater ist, hat sie erst neulich erfahren.«

Ja, dachte Jan. Kurz vor ihrem Tod. Genau wie Laura, Inka und er vermutet hatten. »Was ist in ihrem Schuppen passiert, Gerrit?«, fragte er behutsam.

Gerrit schloss die Augen. Kurz verspürte Jan den Impuls, ihn zu überwältigen und ihn zu entwaffnen. Aber er war nicht sicher, wie schnell Gerrits Reflexe noch waren, und er wollte kein Risiko eingehen. Dann riss Gerrit die Augen wieder auf. »Dass Townsend ihr Vater war, hat sie nur zufällig rausgekriegt. Ich glaube, sie hat ein Foto gefunden, das irgendwie in das Futter einer alten Handtasche ihrer Mutter gerutscht war. Es zeigte Townsend und ihre Mutter – als Liebespaar. In dem Moment hat der ganze Wahnsinn angefangen.« Mit der freien Hand rieb Gerrit sich über die Augen.

Jan blieb auf der Hut. Er konnte sich ungefähr vorstellen, was in Meike Lorenzen vorgegangen sein musste. Einen Mann zu erschießen und jahrzehntelang damit zu leben, war schon grausam genug. Dann aber auch noch zu erfahren, dass er der eigene Vater gewesen war ... Jan dachte an die Dinge, die die alte Dame ihm wieder und wieder erzählt hatte. Von Andy, der auf der anderen Seite vom Großen Teich lebte. Er hatte es nicht verstanden. Wie hätte er es auch verstehen sollen? Er hatte keine Ahnung gehabt ...

»Richtig schlimm ist es dann allerdings erst geworden, als Brunke den Hof gekauft hat und dadurch die Gefahr bestand, dass die Leiche entdeckt wird.« Gerrit ließ den Kopf hängen. »Ihr habt ihr Tagebuch gefunden, oder?«

»Haben wir.«

»Lies es, dann wirst du alles verstehen.« Er lachte auf. »Dann wirst du auch verstehen, wie sie mich all die Jahre zum Narren gehalten hat.« Es geschah völlig ohne Vorwarnung.

Mit einer plötzlichen Bewegung umschloss Gerrit die Pistole und riss sie hoch.

Dann fiel der Schuss.

Donnerstag

Die Sonne schien draußen vor Jans Büro, aber weil er gegen die nahe Mauer des benachbarten Hauses blickte, fielen die Strahlen nicht bis auf seinen Schreibtisch, an dem er saß und in Meike Lorenzens Tagebuch las.

Er blätterte die vorletzte Seite um.

So viele Jahre sind vergangen, und niemand hat meinem Vater Gerechtigkeit widerfahren lassen, war der vorletzte Satz, den die alte Frau geschrieben hatte. Der letzte lautete: *Ich sorge jetzt für ...*

Die Worte endeten unten auf der Seite, und das allerletzte hatte sie auf eine neue geschrieben. Die sie dann in einem Anfall von Schuldgefühlen und Wahn herausgerissen und in ihrer Faust gehalten hatte.

... Gerechtigkeit.

Seufzend schlug Jan das Buch zu. Es war, wie Gerrit ihm gesagt hatte: Er wusste jetzt, was wirklich im Jahr 1964 passiert war. Dennoch waren immer noch nicht alle Fragen geklärt.

Er stand auf, verstaute das Tagebuch in einem abschließbaren Schrank, dann zog er seine Uniformjacke über. Die Fähre aufs Festland fuhr in einer halben Stunde. Es wurde Zeit, dass er sich auf den Weg machte.

Er betrat das Krankenhaus in Husum kurz nach Mittag. Eine freundliche Mitarbeiterin am Empfang wies ihm den Weg, er fuhr mit dem Aufzug in den zweiten Stock und ging einen langen Gang entlang.

Vor Gerrits Zimmer saß eine uniformierte Kollegin auf einem Stuhl.

Er stellte sich vor und wurde eingelassen.

»Jan«, sagte Gerrit von seinem Bett aus. Er hatte das Kopfende seines Bettes aufrecht gestellt, sodass er halb liegend, halb sitzend Jan anschauen konnte. Sein rechter Arm lag in einer Schlinge, aber da waren keine Schläuche oder piepsende Monitore, wie Jan befürchtet hatte.

Jan trat näher ans Bett. »Wie geht es dir?«

Gerrit lächelte matt. »Wie es einem geht, dem ein Kollege in die Schulter geschossen hat.«

Jan schluckte. Es war die einzige Möglichkeit gewesen, Gerrit davon abzuhalten, sich selbst zu erschießen. Er hatte reflexartig gehandelt, und er bereute es nicht. Trotzdem spürte er eine gewisse Befangenheit dabei, Gerrit hier und jetzt so gegenüberzustehen.

»Ich habe das Tagebuch gelesen«, sagte er.

Gerrit wies auf einen Stuhl, der am Fenster stand. »Und?«

Jan setzte sich und überlegte, wie er es in Worte fassen sollte. »Du hast die Leiche für Meike in die Grube geschafft.«

»Das habe ich.« In wenigen, spröden Worten erzählte Gerrit Jan, wie Meike von ihm verlangt hatte, ihr bei der Beseitigung der Leiche zu helfen. Wie er mit ihr zusammen den toten Townsend zu der Baugrube im Westen der

Insel gefahren und ihn dort in der alten Aussteuertruhe versteckt hatte. »Ich habe jeden Tag damit gerechnet, dass man die Leiche findet. Ich meine, wir konnten die Truhe ja nicht vergraben, weil das aufgefallen wäre. Wir haben nur die Leiche hineingelegt, den Deckel zugemacht und sind weggefahren. Erst als der Hof der Mommsens Richtfest hatte, habe ich begriffen, dass uns niemand auf die Schliche gekommen war.«

Jan unterdrückte ein Schaudern, als er daran dachte, was er aus dem Tagebuch erfahren hatte. »Du hast all die Jahre geglaubt, dass Meike Townsend erschossen hat«, sagte er.

Gerrit nickte. Er wirkte wie ein geschlagener Mann. »Es erschien mir klar, als ich in die Scheune kam. Da war der tote Mann und direkt daneben Meike mit der Waffe ihres Vaters in der Hand.«

»Du wusstest nicht, dass es Meike kurz zuvor genau wie dir gegangen ist«, sagte Jan. Er dachte an das, was in dem Tagebuch gestanden hatte. Meike hatte den Schuss gehört und war in die Scheune gelaufen. Dort hatte sie Townsend erschossen vorgefunden.

»Es war ihre Mutter«, murmelte Gerrit. »Meike hat erst viel später erfahren, warum. Ihre Mutter hat ihn erschossen, weil sie ihn liebte und weil sie es nicht ertrug, dass er sie erneut verlassen wollte.«

Genau so hatte es in Meikes Tagebuch gestanden. Meike war in die Scheune gekommen und hatte ihre Mutter mit der Waffe in der Hand vorgefunden. Meike hatte nicht gewusst, dass der tote Mann dort zu ihren Füßen ihr leiblicher Vater war. Aber sie wusste, dass sie ihre Mutter verlieren würde, wenn man sie als Täterin verhaftete. Ihre Mutter hatte die Waffe ihres Mannes an sich genommen, die dieser seit dem Krieg in einer abschließbaren Kiste ganz hinten im Schrank aufbewahrt hatte. Das ließ auf Vorsatz schließen, was bedeutet hätte: Ihre Mutter wäre für lange Zeit ins Gefängnis gegangen, und Meike und ihr Bruder Magnus wären dann allein mit dem brutalen Vater zurückgeblieben. Das war einfach undenkbar, also hatte sie blitzschnell einen Plan gefasst. Sie wusste, dass Gerrit völlig vernarrt in sie war, dass er buchstäblich alles für sie tun würde. Sie hatte ihrer Mutter die Pistole weggenommen und sie fortgeschickt. »Ich kümmere mich darum«, hatte sie ihr versprochen. Und das hatte sie dann auch getan. Sie hatte Gerrit glauben lassen, dass sie die Täterin war. Dadurch und mit der manipulativen Frage, ob er ein Mann oder eine Memme sei, hatte sie ihn dazu gebracht, ihr bei der Beseitigung des Leichnams zu helfen. Und dann hatten er, sie und ihre Mutter das Geheimnis jahrelang für sich behalten.

Zu ihrer Verwunderung hatte Gerrit auch noch den Mund gehalten, als ihm klar geworden war, dass sie ihm ihre Liebe aus reiner Berechnung vorgespielt hatte. So hatten sie all die Jahre in gegenseitigem Schweigen verstreichen lassen.

Bis vor wenigen Tagen.

»Kurz bevor sie starb, wollte sie, dass wir beide zur Polizei gehen«, sagte Gerrit. »Sie wusste, dass Brunke die Leiche entdecken würde, und sah den Zeitpunkt gekommen, endlich reinen Tisch zu machen.« Er lächelte erneut, diesmal wirkte es traurig. »Sie mochte dich sehr,

Jan. Und sie war der Meinung, dass du es verdient hättest, die Wahrheit zu erfahren.«

Meine Enkelkinder leben auf der anderen Seite vom Großen Teich. Ihr Vater ist ein hohes Tier. Er arbeitet für die Regierung.

Allesamt Sätze, die Meike Lorenzen Jan gesagt hatte und die immer noch in seinem Kopf widerhallten. Jetzt endlich spürte er die Dringlichkeit, mit der die alte Frau ihm das erzählt hatte. Er spürte, was wirklich dahinterge-steckt hatte: die Bitte nachzuhaken. Die Wahrheit aus ihr rauszuholen, weil sie selbst es nicht ansprechen konnte.

Er hatte es einfach nicht verstanden.

Er schob das Schuldgefühl von sich.

»Ich habe es ihr ausgeredet, es dir zu sagen«, fuhr Gerrit fort. »Ich dachte, dass es nach all der Zeit nicht mehr … Ach, Unsinn!« In einer resignierten Geste warf er den ge-sunden Arm hoch. »Ich wollte nach all den Jahren einfach nicht mehr der Mittäterschaft beschuldigt werden. Ich hatte ja keine Ahnung, was das mit ihr machen würde.«

»Sie steigerte sich in ihr Schuldgefühl rein«, vermutete Jan. Das, was nun kam, hatte nicht mehr in dem Tage-buch gestanden, er war also auf Vermutungen angewie-sen. Und darauf, dass Gerrit ihm die Wahrheit sagte.

»An dem Morgen, an dem sie gestorben ist, war ich bei ihr. Sie war außer sich, beschimpfte mich, drohte mir mit der Faust. Ich habe sie beruhigt. Dachte ich zumindest. Ich bin dann weggefahren.« Er hielt inne, sein Blick rich-tete sich in die Ferne.

Jan wartete. »Was ist an dem Morgen weiter gesche-hen, Gerrit?«

Es dauerte mehrere Minuten, bis Gerrit wieder den Mund aufmachte. »Ich bin weggefahren, wie ich gesagt habe. Da hat sie noch gelebt. Ich habe ihr nichts angetan, Jan, das schwöre ich dir!«

Es lag Jan auf der Zunge, etwas zu sagen, aber er würde Gerrit nichts in den Mund legen. Er schwieg. Wartete weiter.

»Sie muss die Frontladergabel selbst hochgefahren haben. Ich habe ihr nichts getan.«

Jan presste die Lippen aufeinander.

»Sie hat es nicht mehr ausgehalten.« Gerrit legte den Kopf zurück ins Kissen und starrte an die Decke. Jan mochte sich nicht vorstellen, was er gerade sah. »Sie hat sich selbst umgebracht«, beharrte Gerrit.

Freitag

»Sie hat es selbst getan?« Tamme schaute Jan aus großen Augen an. Er, Jan, Laura und auch Inka saßen nachmittags auf Jans und Lauras Terrasse. Nachdem Jan am Vortag bei Gerrit gewesen war, hatten er, Enderle und Ramona alle Hände voll zu tun gehabt, um die Ermittlungsergebnisse in diesem Fall in einer Akte zusammenzufügen und sie der Staatsanwaltschaft zur weiteren Entscheidung zu übersenden. Jetzt war er froh, dass es vorbei war. Er genoss es, mit Laura und seinen beiden Freunden einfach hier zu sitzen und sich über die vergangenen Tage zu unterhalten. »Sie hat es wirklich selbst getan?«, wiederholte Tamme. Er konnte es kaum glauben, und Jan ging es ähnlich. »Wenn man sich umbringen will, macht man das doch nicht auf so furchtbare Weise!«, ächzte Tamme.

Laura, die Jans Schilderung von seinem Krankenbesuch bei Gerrit die ganze Zeit schweigend gelauscht hatte, griff über den Tisch und nahm Jans Hand. Ihre Haut war warm und weich, und es tat ihm gut, die Berührung zu spüren. »Glauben Enderle und Ramona ihm?«, fragte sie.

Jan zuckte mit den Schultern. »Eher nicht. Ich denke, die Staatsanwaltschaft wird Anklage gegen Gerrit erheben, aber ich bin nicht sicher, ob wegen Mordes oder wegen Strafvereitelung. Dann muss ein Gericht entscheiden, was wirklich geschehen ist.«

»Tz«, machte Tamme. »Das ist irgendwie unbefriedigend.«

Ja, dachte Jan und lächelte matt. *Finde ich auch.* Er war müde und fühlte sich wie ausgehöhlt. Doch da war etwas in seinem Hinterkopf, das ihm einfach keine Ruhe ließ. Es war das nagende Gefühl, dass sie irgendetwas immer noch übersahen. Dass da noch irgendwas war … Vielleicht, dachte er, war es aber auch einfach der Wunsch, dass Gerrit wirklich nichts mit Meike Lorenzens gewaltsamem Tod zu tun hatte.

»Glaubst du ihm?«, fragte Inka.

Er lauschte in sich hinein. *Keine Ahnung*, dachte er. Aus irgendeinem Grund wollte er es nicht aussprechen. Er fühlte sich von Gerrit hintergangen, weil er gedacht hatte, dass sie Freunde waren. »Die Art, wie sie ihr Tagebuch geschrieben hat, wird den Gutachtern Aufschlüsse über ihre geistige Gesundheit geben. Wie auch immer die Anklage lauten wird, am Ende werden sie ihn vielleicht mangels Beweisen freisprechen müssen.«

»Unbefriedigend, sag ich ja«, maulte Tamme.

»Das hier ist eben das Leben und keiner deiner Krimis«, sagte Inka und tätschelte ihm in einer mütterlich aussehenden Geste die Wange.

»Was ich auch nicht versteh …«, sagte Tamme, »warum hat Gerrit dir die ganze Zeit mit Hinweisen geholfen, wenn er doch selbst in die Sache verstrickt war?«

»Das habe ich ihn auch gefragt, kurz bevor ich das Krankenhaus wieder verlassen habe«, antwortete Jan. »Er wusste es selbst nicht genau. Da war irgendwas in ihm, hat er gesagt, das wollte, dass die Sache endlich aufgeklärt wird.«

»Menschen handeln nicht immer logisch«, warf Inka ein, und dem mochte keiner von ihnen widersprechen. Ein Moment des Schweigens entstand, der unterbrochen wurde, als Jasper um die Ecke kam. Er hatte Lilly bei sich, mit der er Gassi gewesen war.

»Hey, Laura!«, rief er. »Hey, Jan!«

Sie beide winkten ihm zu, und einen Augenblick lang schauten sie alle zu, wie er begann, mit Lilly sogenannte Agility-Übungen zu machen. Er hatte in den vergangenen Tagen dazu ein paar Hürden aufgebaut, über die der Hund springen, und Stangen, um die er Slalom laufen musste. Lilly hatte großen Spaß an dem Spiel, und vor lauter Begeisterung kläffte sie Jasper fröhlich an.

»Jungs, die in schlechte Gesellschaft geraten, brauchen einfach nur jemanden, der sich kümmert«, murmelte Tamme. »Das hat Gerrit mir neulich gesagt, als ich gefragt hab, warum er sich so für Jasper einsetzt.«

Jan nickte vor sich hin. »Irgendwie ist der Junge noch ein Opfer dieser schlimmen Sache. Weil der einzige Mann, der sich für ihn interessiert hat, nun vielleicht ins Gefängnis muss.«

»Wir werden uns um ihn kümmern«, sagte Laura.

Und Tamme nickte eifrig. »Der hat ja einen Riesenspaß mit dem Hund. Aber vielleicht könnte ich ihm auch ein bisschen unter die Arme greifen. Ich könnte nämlich durchaus jemanden gebrauchen, der mir bei Fiete ein bisschen zur Hand geht.« Er grinste. »Vor allem aber könnte ich jemanden gebrauchen, der eine Drohne hat, weil sich jemand mein Dach angucken muss. Ich glaube, da brüten mal wieder ein paar Dohlen.«

»Dann hast du Beweise dafür, dass Jasper der war, der die Schafe gejagt hat?«, fragte Jan.

Tamme schüttelte den Kopf. »Nee. Aber ich bin ziemlich sicher, dass das in Zukunft aufhören wird.«

Jan nickte. »Okay.« Ein warmes Gefühl überkam ihn in der Gegenwart dieser Menschen. Dann jedoch dachte er wieder an etwas, das ihn nach wie vor umtrieb. »Andy«, sagte er und wandte sich an Inka. Mit kurzen Worten erklärte er ihr, was Meike Lorenzen ihm so oft erzählt und was er nie begriffen hatte. »Ist es wirklich möglich, dass die Ereignisse damals sie dazu gebracht haben, sich ihre Enkelkinder auszudenken?«

Inka legte den Kopf schief. »Klingt nach kognitiver Verzerrung«, erklärte sie. »Wenn der Verstand mit einer Sache nicht klarkommt, sei es aus Schuldgefühl oder auch durch große traumatische Belastungen, dann kann es schon vorkommen, dass er sich Ausweicherzählungen ausdenkt. Also ja: Ich glaube, es ist durchaus möglich, dass Meike Lorenzen sich ihre Enkelkinder ausgedacht hat, um den Tod von Townsend damals zu kompensieren.«

»Du liebe Zeit«, murmelte Jan. Das Schuldgefühl, das er schon die ganze Zeit verspürt hatte, schlug mit voller Wucht zu.

Lauras Griff um seine Hand wurde fester. »Du hattest keine Ahnung von alldem, wie hättest du erkennen sollen, was wirklich hinter Frau Lorenzens Worten steckt?«

Ich hätte nachfragen können, dachte Jan. *Aber ich war*

zu beschäftigt mit meinem eigenen Leben. Ich habe es nicht getan. Er richtete den Blick auf Jasper.

»Brav gemacht!«, rief der Junge Lilly zu und klatschte in die Hände.

»Was mich noch interessiert«, warf Inka ein. »Weiß man, was es mit diesem Wrackteil auf sich hat? Ich meine, warum Frau Lorenzen es all die Jahre aufbewahrt hat?«

Jan dachte daran, was er von Sinje erfahren und was in dem Zeitungsartikel gestanden hatte. Townsend war nach dem Abschuss seiner Maschine mit dem Wrackteil unter dem Arm im Watt herumgeirrt. Irgendwie musste es zu Meike gelangt sein – vielleicht hatte ihre Mutter es ihr gegeben, nachdem der englische Soldat tot gewesen war. Genau würden sie es nie erfahren. »Ich würde vermuten, sie hat es aufbewahrt, weil es sie an die Tat erinnern sollte«, sagte er.

Inka nickte vor sich hin. »Gut möglich.«

Eine Weile lang hingen sie alle ihren Gedanken nach.

»Brunke wurde übrigens heute aus dem Krankenhaus entlassen«, wechselte Tamme schließlich das Thema. »Ich habe gehört, dass er mit der Nachmittagsfähre auf die Insel zurückgekommen ist.«

»Hurra!«, rief Inka scherzhaft. »Dann ist ja alles wieder beim Alten, und diese furchtbare Person kann uns fröhlich weiter auf die Nerven gehen.«

Jan erstarrte. Es fühlte sich an, als hätte ihm jemand in dieser Sekunde einen Eimer Eiswasser über den Kopf gekippt. »Sag das noch mal!«, krächzte er.

Inka schaute verwundert. »Was? Dass alles beim Alten ist und Brunke uns weiter auf die Nerven gehen kann?«

Jan schüttelte den Kopf. »*Diese Person* ... Das hast du eben gesagt, nicht *Brunke*.«

Über Inkas Gesicht glitt ein Schatten. »Ich weiß ja, dass ihr meine Versuche, geschlechtergerecht zu sprechen, blöd ...«

Vehement schüttelte Jan den Kopf. »Das ist es nicht.« *Diese Person* ... In seinem Kopf hallte ein ähnlicher Satz nach, den allerdings jemand ganz anderes zu ihm gesagt hatte.

Haben Sie ... die Person gefunden, die mich hierher in die Klinik gebracht hat?

»Ach, du ...!«, entfuhr es ihm.

»Was ist denn?«, fragte Laura.

Er sah sie an. Dann wanderte sein Blick zu Inka und anschließend zu Tamme. »Jetzt weiß ich, was wirklich mit Meike Lorenzen geschehen ist«, murmelte er.

»Nicht dein Ernst!« Tamme, der auf dem Beifahrersitz des Streifenwagens saß, während Jan mit überhöhter Geschwindigkeit, Blaulicht und Martinshorn den Liliencronweg entlang in Richtung Tammensiel fuhr, war ein bisschen blass um die Nase.

Jan war soeben von seinem Stuhl aufgesprungen und hatte seinen Teilzeitassistenten gebeten, ihn zu begleiten. Noch auf dem Weg zum Wagen hatte er ihm gesagt, wen er in Verdacht hatte.

»Brunke?«, krächzte Tamme jetzt. »Du glaubst echt, dass der Frau Lorenzen ...« Ihm ging die Luft aus. Fassungslos schüttelte er den Kopf.

An der Einmündung des Liliencronwegs zwischen

Wester- und Ostertilli verlangsamte Jan kurz seine Geschwindigkeit, nur um gleich darauf auf dem Junkersmitteldeich wieder Gas zu geben. »Es passt alles zusammen«, erklärte er. »Ich habe mich darüber gewundert, dass Brunke so defensiv war, als ich mich das erste Mal wegen seines Stalkers mit ihm getroffen habe. Ganz anders als sonst wollte er eigentlich nicht, dass ich in seinem Fall ermittle. Er hat sogar mehrmals versucht, mich davon abzuhalten, aber seine Assistentin hat permanent dazwischengefunkt.«

»Kapiere ich nicht«, murmelte Tamme.

Jan jedoch sah jetzt klar. »Frau Gottschalk, das ist die Assistentin, hat den Termin für Brunke mit mir gemacht. Das war einen Tag vor Frau Lorenzens Tod, da wusste er noch nicht, dass sie es war, die ihm diese Drohbriefe geschrieben hatte. Aber irgendwann im Laufe des Tages oder vielleicht auch am nächsten Morgen muss er es rausgefunden haben. Er ist zu ihr gefahren und hat sie zur Rede gestellt. Vielleicht kam es zu einer Auseinandersetzung, immerhin muss sie zu dem Zeitpunkt emotional ziemlich aufgewühlt gewesen sein.«

»Wieso das?«

»Denk an die Tagebuchseite in ihrer Hand. Ich glaube dass sie kurz vorher damit aus dem Haus gelaufen ist, wo sie Brunke getroffen hat. Vielleicht hat Brunke auch versucht, sie einzuschüchtern, sie ist zurückgewichen, und dann …« Er unterbrach sich, weil Tamme seinen Kopf schüttelte.

»Aber was ist mit den hochgefahrenen Gabelzinken? Das passt nicht zu deinem Szenario.«

»Doch. Es passt, wenn Gerrit recht hat und Frau Lorenzen vorhatte, sich umzubringen.«

»Sie hatte die Gabel schon hochgefahren. Und dann kam zufällig Brunke …« Tamme schürzte die Lippen. »Krass. Das geht wirklich auf.«

»Es würde erklären, warum Brunke bei meinem ersten Gespräch mit ihm in dieser Sache so nervös war. Ich dachte, er hätte wirklich Angst vor dem Stalker, in Wahrheit aber hatte er kurz vorher mit angesehen, wie die arme Frau Lorenzen vor seinen Augen in die Ackerschleppergabel gestürzt war.« Sie näherten sich Tammensiel. Weil er sein Kommen nicht ankündigen wollte, schaltete er Blaulicht und Martinshorn aus.

Einen Moment lang war es totenstill im Streifenwagen.

Jan durchfuhr die lang gezogene Kurve an der Liebesallee. Erst als er am Deich nach links Richtung Hafen abbog, ergriff Tamme wieder das Wort. »Wenn es stimmt, was du dir da ausgedacht hast, dann hat er die arme Frau einfach sterbend zurückgelassen.«

Ja, dachte Jan. Offenbar hatte er das.

Sie erreichten den Deichgrafenweg. Er hielt direkt vor Brunkes Haus, und als habe der auf ihn gewartet, öffnete sich seine Haustür, als Jan ausstieg. Brunke stand im Türrahmen. An einem Bein trug er eine Orthese, die seinen gebrochenen Knöchel stabilisierte, ein Arm lag in einer Schlinge. Sein Gesicht war schneeweiß, aber zu Jans Erleichterung wirkte er sehr gefasst.

»Herr Benden, ich habe schon auf Sie gewartet«, sagte er.

Sehr viel später am Abend, nachdem er Ulf Brunke festgenommen und dafür gesorgt hatte, dass er von zwei Kollegen aufs Festland gebracht worden war, saß Jan mit Laura allein auf der Terrasse. Tamme, der sich bei der Festnahme im Hintergrund gehalten, sich danach aber wie ein Wildwest-Sheriff aufgeführt hatte, war mit Inka nach Hause gefahren. Laura hatte Jasper heim gebracht und ihm versprochen, dass er jederzeit kommen und mit Lilly trainieren durfte.

»Wodurch genau hat sich Brunke denn nun verraten?«, fragte Laura.

Der Abend war lau, nur ein paar Schäfchenwolken segelten vor den Sternen dahin.

Jan dachte an das Telefonat, das er mit Brunke geführt hatte, als der im Krankenhaus gelegen hatte. An das unvermittelte Räuspern, mit dem Brunke sich selbst unterbrochen hatte.

Haben Sie ... die Person gefunden, die mich hierher in die Klinik gebracht hat?

Ganz kurz war er davor gewesen, sich zu verplappern, das hatte er in dem Verhör, das Jan gleich im Anschluss an die Verhaftung durchgeführt hatte, auch zugegeben. Alles andere, was Jan auf dem Weg zu ihm im Streifenwagen gemutmaßt hatte, traf ebenfalls zu.

»Er wollte sie nicht töten«, erzählte Jan Laura. »Er hat ausgesagt, dass er sie nur ein bisschen einschüchtern wollte und dass es ein Unfall war.«

»Er hat sie sterbend zurückgelassen.« Lauras Miene war ein Spiegel ihrer Gefühle, Jan glaubte, den Sturm in ihren Meeraugen sehen zu können.

»Er dachte, sie sei tot, das jedenfalls hat er behauptet. Ganz unwahrscheinlich ist das nicht, Tamme hat ja auch erst dasselbe geglaubt. Aber wie auch immer: Er ist in allen Punkten geständig, das bedeutet, dass Gerrit um eine Anklage wegen Frau Lorenzens Tod herumkommt. Jetzt muss er sich nur noch wegen des Falls von damals verantworten.«

Lauras Miene wurde ganz weich. »Er ist dir wichtig«, sagte sie ihm auf den Kopf zu.

Er antwortete darauf nicht, sondern ließ stattdessen seine Gedanken schweifen. Hin zu den beiden Fällen, aber vor allem hin zu Tamme, der sich mehr und mehr zu einer wichtigen Stütze für ihn mauserte. Wer wusste schon, wie diese ganze Sache ausgegangen wäre, wenn er nicht das Foto und das Tagebuch in Gerrits Haus entdeckt hätte?

Lauras Stimme riss ihn aus seinen Gedanken. »In der Küche liegt immer noch der Brief von deinen ehemaligen Kollegen«, sagte sie behutsam, und weil er sich nicht rührte, stand sie auf, ging nach drinnen und holte den Brief.

Ebenfalls behutsam legte sie ihn vor ihm auf den Tisch.

Er schloss einfach nur die Augen. »Gott, bin ich müde«, murmelte er. Dann jedoch gab er sich einen Ruck, setzte sich aufrechter hin und öffnete den Brief. Er enthielt eine Geburtstagskarte, auf der all seine früheren Kollegen unterschrieben hatten. Sein Blick wanderte über die Unterschriften. Axel, Patrick, Alexandra, Gottfried, Andree, Roland und noch viele mehr konnte er dort lesen.

»Wie lieb, dass sie an dich gedacht haben«, sagte Laura.

Er zog ein zusammengefaltetes Blatt hervor, das sich

auch noch in dem Umschlag befand. Es trug den offiziellen Briefkopf des KK11 aus Krefeld. Jan verspürte einen Stich in der Brust. In den Polizeibehörden von NRW war das Kriminalkommissariat 11 die Abteilung, die unter anderem für Todesermittlungen und Straftaten gegen das Leben zuständig war. Als Jan den Absender sah, war er sprachlos.

Der Brief war unterschrieben vom Ersten Kriminalhauptkommissar Stefan Mellen, dem Leiter des Krefelder Kommissariats.

Jan rieb sich die Augen vor Verwunderung.

Bei seinem Fortgang aus Essen war Mellen einer der Kollegen gewesen, mit denen er am engsten und vertrauensvollsten zusammengearbeitet hatte. Vor allem aber: Er war da noch Kriminalhauptkommissar gewesen. Offenbar hatte er seitdem die Behörde gewechselt und in Krefeld die Leitungsfunktion übernommen. Das freute Jan.

Neugierig überflog er die Zeilen, und er konnte nicht anders, er seufzte, als ihm klar wurde, was er da gerade las.

»Was wollen sie?«, fragte Laura.

Er reichte ihr den Brief. »Melli ist nach Krefeld gewechselt und leitet dort das KK11. Er bietet mir eine Stelle an« sagte er.

»Oh«, entfuhr es Laura.

Jan nickte. »Er fragt, ob wir uns vorstellen könnten, nach NRW zurückzukommen.«

Rezepte

Jan und Lauras Bärlauch-Schafskäse-Frittata

Zutaten:
7–9 Stiele Bärlauch
3–4 große Kartoffeln
1–2 Zwiebeln
1e Packung Schafskäse je nach Belieben 150–200 g
5 Eier
Salz, Pfeffer
½ TL Paprikapulver edelsüß
3–4 El Milch
Butter oder Öl zum Braten

Zubereitung:
Zwiebel schälen und fein hacken. Anschließend in ein wenig Butter oder Öl glasig dünsten.

Kartoffeln schälen und in kleine Würfel schneiden. Fett in einer zweiten Pfanne erhitzen und die Kartoffeln darin unter regelmäßigem Wenden anbraten, bis sie goldgelb und annähernd gar sind.

Hitze reduzieren, gedünstete Zwiebel zugeben und untermengen. Mit Salz, Pfeffer und Paprikapulver würzen.

Schafskäse in Würfel schneiden und sanft unter die Kartoffeln heben, sodass dieser nicht zerbröselt.

Eier mit Milch verquirlen, ebenfalls mit Salz und Pfeffer würzen.

Bärlauch waschen und trocken schütteln, danach in feine Streifen schneiden. Mit der Eiermasse verrühren, etwas Bärlauch zum Garnieren klein schneiden.

Die Eimasse über die Kartoffeln gießen und bei geringer Hitze langsam stocken lassen. Hierbei kann die Pfanne auch mit einem Deckel abgedeckt werden.

Wenn die Frittata gestockt ist, den restlichen Bärlauch darüber verstreuen und servieren.

Sinje Martens veganer
Schoko-Karamell-Kuchen

Zutaten:
380 g Mehl
380 g Zucker
50 g Kakaopulver
20 g Weinsteinbackpulver
5 g Salz

150 ml Öl
400 ml warmes Wasser
2 x 50 ml Karamellsirup

100 g Blockschokolade

Puderzucker

Zubereitung:
Mehl, Zucker, Kakaopulver, Weinsteinbackpulver und
Salz vermischen. Öl, Wasser und 50 ml Karamellsirup
ebenfalls miteinander mischen, zu der Mehl-Zucker-
Kakaopulver-Mischung geben und sorgfältig vermengen.

Die Blockschokolade im Wasserbad schmelzen und ebenfalls unterheben.

Den Teig in einer gefetteten Springform bei 180 Grad ca. 45 bis 60 Minuten backen, bis der Kuchen fest ist (Stäbchenprobe).

Die restlichen 50 ml Karamellsirup mit dem Puderzucker vermengen (langsam zum Sirup geben, bis eine glatte Masse entstanden ist) und als Glasur auf den Kuchen verteilen.

Inselmord statt Mordsidylle –
auf Pellworm
ist der Teufel los!

978-3-7341-0929-4, 325 Seiten

Pellworm, Nordsee. Von Mord und Totschlag hatte der Polizist Jan Benden genug. Deshalb kam ihm die Stelle auf der kleinen, idyllischen Insel gerade recht – wenn die nur einen einzigen Polizisten brauchen, kann da ja nicht viel passieren, hatte er gedacht und zog kurzerhand mit seiner Frau Laura dorthin. Doch dann sitzt eines Morgens eine Leiche auf dem Deich. Jan nimmt die Ermittlungen auf – unfreiwillig unterstützt von Tamme, einem Inselbewohner mit etwas zu viel Begeisterung für Kriminalfälle. Und auch Laura beginnt zu recherchieren – auf ihre eigene charmante Art. Denn, was niemand gedacht hätte: Verdächtige gibt es nicht gerade wenige auf der sonst so friedlichen Insel …

Lesen Sie mehr unter: **www.blanvalet.de**

Feuer auf Pellworm! Der spannende zweite Fall für Laura und Jan Benden – und natürlich Tamme.

352 Seiten. ISBN 978-3-7341-0930-0

Pellworm. Nordsee. Das nordfriesische Biikebrennen, das große Feuer, mit dem die Wintergeister ausgetrieben werden sollen, steht kurz bevor. Doch Inselpolizist Jan Benden hat schon jetzt alle Hände voll zu tun, denn ein Feuerteufel scheint sein Unwesen auf der sonst so friedlichen Insel zu treiben. Nach mehreren kleineren Bränden wird Jan schließlich zu einer in Flammen stehenden Bauernhausruine gerufen, und spätestens hier hört der Spaß auf, denn darin befindet sich eine verkohlte Leiche. Jan nimmt die Ermittlungen auf – immer unterstützt von seinem selbsternannten Assistenten Tamme. Und auch Jans Frau Laura verfolgt ein paar ganz eigene Spuren …

Lesen Sie mehr unter: **www.blanvalet.de**

Da liegt watt!
Eine Leiche an der Küste
vor Pellworm ...

KATJA LUND
MARKUS STEPHAN

WATTEN MEER GRAB

blanvalet

Ein Pellworm-Krimi

352 Seiten. ISBN 978-3-7341-1228-7

Pellworm, Nordsee. Im Watt vor der Insel stößt Tamme
Hansen, der selbsternannte Assistent des Inselpolizisten Jan
Benden, auf ein altes Bronzeschwert. Er ist sicher: Es muss
ein sagenhaftes, antikes Artefakt sein! Einige Wochen später
wird auch Jan ins Watt gerufen, da eine weibliche Leiche
gefunden wurde. In ihrer Hosentasche entdeckt er ein durch-
weichtes Foto – und das zeigt ausgerechnet das von Tamme
gefundene Schwert! Die Ermittlungen erweisen sich als
besonders harte Nuss, doch gemeinsam mit seinem skurrilen
Team wird der findige Jan diese wohl knacken – oder?